2020春夏卷

陈思和　王德威　主编

复旦大学出版社

目录

声音

他们在校园写作:复旦创意写作新人特辑　主持/张怡微　…3

"创意写作"的枝蔓
　　——浅谈"创意写作"本土化进程中的潜力与可能　文/陈芳洲　…8

为汉语副词建一座灯塔　文/周燊　…15

未来小说工坊:建造科幻的爱荷华　文/张凡　…22

从MFA起步
　　——我的科幻创作　文/王侃瑜　…29

天真与经验　文/伍德摩　…37

写作于我的意义　文/余静如　…44

滞后的顿悟　文/黄守昙　…50

到那边去　文/薛超伟　…57

经验转换与情感教育　文/张心怡　…63

情感与实感
　　——关于创意写作的个人观察　文/郭冰鑫　…71

小说的市场化叙事和文学表达　文/张祖乐　…77

对抗与自由　文/严孜铭　…87

对话

我们的语言中仍能听到李白的语声　对话/哈金　燕舞　…99

马华小说的可能性　对话/黄锦树　康凌　…112

评论

死守陈旧的英诗格律
　　——试论古典诗词外译中的一大误区　王柏华　　…121

谈艺录

《亨利六世》：一位软弱而虔敬的国王！　傅光明　　…139

著述

金克木香港佚文　金克木　　…215

书评与回应

群心、群言与群众再现：想象群众的方法
　　——评《革命之涛：现代中国的群众话语》　陈昉昊　　…243
将"群众"问题化
　　——评《革命之涛：现代中国的群众话语》　张耀宗　　…251
从叶圣陶笔下的"催眠家"谈起
　　——对书评的回应　肖铁　　…257
"满肚子的不合时宜"：评《蜗牛在荆棘上：路翎及其作品研究》　廖伟杰　　…264
新文学精神与思想的前史：评《重溯新文学精神之源：中国新文学
　建构中的晚清思想学术因素》　王玮旭　　…273

声音

他们在校园写作：复旦创意写作新人特辑

"创意写作"的枝蔓
——浅谈"创意写作"本土化进程中的潜力与可能

为汉语副词建一座灯塔

未来小说工坊：建造科幻的爱荷华

从 MFA 起步
——我的科幻创作

天真与经验

写作于我的意义

滞后的顿悟

到那边去

经验转换与情感教育

情感与实感
——关于创意写作的个人观察

小说的市场化叙事和文学表达

对抗与自由

他们在校园写作：复旦创意写作新人特辑

■ 主持/张怡微

【主持人按】

2019年以来，对于中国的"创意写作"专业而言，是久违的热闹之年。7月，广州《花城》杂志第四期出版专刊，以"新的欲望，新的征服"为命题，研讨复旦大学和中国人民大学"创意写作"专业案例，探索数字时代创意写作的路径。9月，中国人民大学宣布招收创造性写作方向博士研究生。10月，西北大学举办了"第五届世界华文创意写作大会暨2019创意写作社会化高峰论坛"。11月，复旦大学举办了"我们在校园写作"高峰论坛暨庆祝复旦大学中国语言文学系创意写作专业成立十周年大会，此次大会获得了新华社和《人民日报·海外版》《解放日报》《光明日报》《文艺报》《文汇报》《文学报》《新民晚报》《现代快报》等媒体的高度关注。12月，南京《钟山》杂志社主办"文学期刊融媒体发展与创意写作"研讨会，来自复旦大学、上海大学、同济大学、北京师范大学、南京大学、华东师范大学等"一线阵地"的学者与作家就十年来创意写作"中国化"主题畅所欲言，展开激烈的交锋与探讨。这一波热潮延烧至今，《文学报》《中华文学选刊》等刊物都制作了相关专题。可以说，自从"创意写作"这个舶来学科落地中国引发"作家能不能教"的讨论以来，"创意写作"在中国的议题再度获得了文学媒体的高度关注。

复旦大学中文系一直带有"写作"基因。据复旦大学教授、图书馆馆长陈思和教授回忆，"复旦中文系成立于1925年，当时就由著名作家担任了中文系的教师。著名的戏剧家洪深在复旦成立了复旦剧社，复旦剧社在上海戏剧界一直是顶着三分之一的力量。另有小说家孙良工,有诗人刘大白。即使在刚刚成立中文系的时候,复旦的文学创作力量就是不薄的,他们奠定了文学创作的规律,这个规律一直延续到19世纪50年代。50年代院系调整后,复旦大学在学术力量上得到很大的增长,这个过程中,文学创作一点没有衰弱。跟巴金先生主编《收获》的创始人章靳以就是复旦中文系教授。贾植芳先生从震旦学院调到复旦中文系,主要讲文学写作,戏剧是余上沅先生担任教学工作的,散文和诗歌是由一个新月派的诗人方令孺担任的。当时小说、诗歌、戏剧还是鼎足三分,在复旦中文系形成了文学创作教育的传统"。

上海一直是"创意写作"学科实践与探索的重镇。如今包括复旦大学、上海大学、同济大学、华东师范大学都已成立创意写作专业。回溯"创意写作"与上海的关系,还要追溯到1994年,著名作家王安忆受邀在复旦大学讲授小说研究课程,1998年,王安忆出版了课程讲稿《心灵世界》。2005年,复旦大学中文系正式聘请王安忆作为中国现当代文学专业教授,成立了"复旦大学中国当代文学创作研究中心",开辟了作家进入中文系执教的先河。2006年,复旦大学中文系设立了"文学写作"专业,可看做中国大陆创意写作学科建设的起点。2007年,王安忆开始担任复旦大学"文学写作"学术硕士(三年制)导师。2009年起,复旦大学停招"文学写作"学术硕士,开始正式招收创意写作MFA专业硕士(两年制。自2017年起,专业硕士也改为三年制,令学生有足够的时间至少有一次出国出境交流机会,拓展视野)。这也是教育部正式批准设立的第一个创意写作MFA硕士点。这个转变的契机来自海外教学模式与经验。因为原本每年学术硕士招生人数太少(一名),当时的系主任陈思和教授决定探索并借鉴美国大学的培养模式,开办专业硕士课程,每届招生10~20人。如今,复旦创意写作MFA专业已成立有十多年的历史。深究起来,在上海,作家与学院的关系还能追溯至更久以前。据复旦大学创意写作专业导师梁永安回忆,从1989年到1992年,复旦就已经"不动声色地举办了三届独具特色的作家班:学习两年,发结业证……这三届作家班大概120来人"。①

2006年以来,复旦大学中文系在"创意写作"学科领域积累了丰富的教学实践经验,也在不断适应着时代发展,树立本土化写作教育教学的新导向。初期,聘请如王蒙、贾平凹、余华、叶兆言、严歌苓等海内外著名作家为中文系兼职教授。2008年,邀请美国芝加哥哥伦比亚学院小说工作坊创始人舒尔兹(John Schultz)担任中

---

① 梁永安:《从作家班到MFA》,《创意写作MFA第一卷:有诗的好日子》,上海人民出版社,2013年,第119页。

文系特聘教授。2012年5月邀请了诺贝尔文学奖得主莫言(发表演讲《想象的炮弹飞向何方》)、茅盾文学奖得主迟子建(发表演讲《写作,从北极村童话开始》)为创意写作专业学生开设写作讲堂。2014年,著名作家阎连科、严歌苓、虹影等分别来给学生上课。类似的教学模式每一届MFA学生都曾亲历,这也是中国创意写作教学的主体——以知名作家进校园开设写作课作为基本范式。据复旦大学创意写作专业导师王宏图回忆,复旦大学除了开设以上作家授课的教学模式之外,在"创意写作高级讲坛"及"艺术创作方法研究"课程中,特别重视跨学科艺术养成的培训工作。自2010年以来,创意写作专业先后邀请了中国连环画泰斗贺友直、上海歌舞团名誉团长舒巧、上海音乐学院音乐剧系主任金复载、著名书法家刘天炜、纪录片研究专家林旭东、上海人民滑稽剧团团长王汝刚等各艺术门类顶尖专家为创意写作专业学生做专题报告,其中金复载的课程带领从未接触过音乐剧的MFA学生创作了音乐短剧剧本。2014年,邀请著名画家陈丹青、美学家刘绪源、音乐家林华、戏剧家荣广润、剪纸画家乔晓光来校授课,为学生打通艺术边界、从其他艺术创作方法中汲取养料提供了专业支持。尽管复旦大学创意写作专业课程的主体是小说、散文、诗歌,学生经由课程依然获得了其他艺术形式的创作可能。[1] 王安忆教授、王宏图教授、严锋教授、梁永安副教授等长期担任小说课程教师,张新颖教授、青年诗人黄潇(肖水)长期担任新诗写作课程教师,多位学生获得诗歌奖项,胡中行教授长期担任诗词写作教师,带领学生于报刊发表古典诗词创作。李祥年、陈思和、张岩冰、梁燕丽等老师也曾长期担任现代文学、艺术原理、海外华文文学等课程指导老师。

严锋教授长期推动着当代中国科幻文学发展,他的学生王侃瑜如今已是当代炙手可热的科幻题材青年作家。严老师认为:"如果我们再从一个更大的文化视野来看这些走向,就会发现可写的文本其实从未消失,反而走出少数精英的文化实验,找到了全新的载体,并走向了极为广阔的大众文化空间,那就是网络、游戏和虚拟现实。在那里,大众进行着前所有未有的自由创造和极乐的游戏。同时,更多的问题也不断涌现。"[2]他的判断十分具有远见,中国在游戏剧本写作的课程建设方面还是一片处女地,但我们的毕业生早就开始了探索的旅程。在2019年复旦大学"我们在校园写作"高峰论坛下午的圆桌会议上,2019届MFA毕业生蒋颖如发表了论文《用游戏讲故事》,毕业后的蒋颖如在新型互联网文化公司"叠纸游戏"工

---

[1] 王宏图:《创意写作在中国:复旦大学模式》,《写作》2020年第3期,第14—19页。
[2] 严锋:《假作真时真亦假:虚拟现实视野下的〈红楼梦〉》,《中国比较文学》2020年第2期。

作,她是复旦MFA专业入职"叠纸游戏"的多位毕业生之一。作为一个游戏剧本的写作者,蒋颖如不自觉间,已将复旦创意写作课程中学到的小说写作技巧运用到了实际工作中。

2017年,复旦MFA在"小说写作实践"和"散文写作实践"两门必修课的基础上,由青年教师陶磊增开"文学翻译实践",这门课缘起于王安忆访问哥伦比亚大学艺术学院时,对方提出合开一门以英译汉为主的文学翻译课。[①] 拙作《潜在的与缺席的——谈"创意写作"本土化研究的两个方向》(刊于《上海文化》2019年第9期,页34—42)、《隔膜与创新——兼评马文·卡尔森〈戏剧〉》(刊于《通识教育评论》,复旦大学出版社,2020年第7期)、《论"创意写作"学科的理论交互与实践创新——以复旦经验为例》(刊于《山东青年政治学院学报》"创意写作研究"栏目)都提出复旦经验对于"创意写作"本土化研究的部分探索成果,并于2020年出版全国第一部创意写作散文写作指南——《散文课》。复旦大学创意写作MFA专业自成立以来,长期开设"散文写作实践"必修课,由导师龚静担任指导教授,培养了数十位散文方向的创作者,令复旦大学创意写作散文方向的教学经验同样居于全国领先水平。迄今为止,复旦创意写作MFA学员已于《文汇报》"笔会"专栏、《萌芽》杂志、"澎湃·镜相"等文学媒体发表作品数十篇。其中由龚静老师指导的首届MFA学员陈成益,曾获第二十四届全国孙犁散文奖单篇类一等奖。

如今,"创意写作"(Creative Writing)在中国走过了十年本土化历程,培养了数百位写作人才。据刘卫东、张永禄统计[②],截止2019年,中国创意写作研究领域已有300余篇期刊论文、学位与会议论文。其中复旦创意写作MFA的办学经验,长期以来都是各校创意写作专业高度关切和研究的对象。近五年来,复旦中文系戏剧专业(创意写作MFA)的研究生报考人数逐年翻倍增长,可见复旦"创意写作"专业同样被当代文学爱好者所认可。这是近两百位MFA学员和前辈教师们共同努力的结果。

十年来,复旦"创意写作MFA"成果颇丰。许多文学期刊和新人奖项都能见到复旦MFA学生及毕业生的身影。王侃瑜、余静如、黄厚斌(笔名黄守昙)、张心怡等已成为"90后"代表作家,斩获包括彗星科幻国际短篇竞赛优胜、全球华语科幻星云奖、《钟山》之星"文学奖、香港青年文学奖、台湾林语堂文学奖、澳门文学奖等

---

① 陶磊:《在翻译中寻找"最好的文字"》,《文汇报》2019年11月19日。
② 刘卫东、张永禄:《2019年中国创意写作研究年度观察》,《中国图书评论》2020年第3期,第61—70页。

等诸多荣誉。不少毕业生已经出版了多部文集、有大量作品发表,如张祖乐、薛超伟、周燊、胡卉、严孜铭、伍华星(笔名伍德摩)等,获得文坛广泛关注。他们培养了自己的读者,正在逐步建立了新的审美观念、新的表达方式。大部分复旦MFA学生在校期间至少能在文学期刊上发表一篇小说或散文作品,每一个人都至少有一篇代表作被收入在上海人民出版社出版的《创意写作MFA》刊物上。这本刊物目前已经出版到第七期,担任执行主编的是2012级MFA毕业生余静如。她是《收获》杂志的青年编辑,离开学校之后,依然坚持写作,2020年获得了第二届"《钟山》之星"年度青年佳作奖。2016级MFA毕业生俞东越在毕业以后也加入了《收获》杂志,在校期间,他曾发表多篇散文创作。

值得注意的是,复旦创意写作的学生在毕业后除了成为文学编辑之外,也有不少选择了继续深造,攻读博士学位,如张凡、王侃瑜、张梦妮、丁茜菡、郭冰鑫、陈芳洲等,在文学研究领域,他们关注着"创意写作"学科的发展,接棒文学教育的神圣职责。不少正在或曾加入文学与写作教育行列的毕业生,如张梦妮(常州工学院)、张凡(重庆合川钓鱼城科幻中心主任)、黄厚斌(广东财经大学华商学院)、周燊(鲁东大学文学院)、王霓(北京电影学院青岛分校)、张馨月(上海延安中学)、范淑敏(浙江省杭州高级中学)等,成为了文学教育承前启后的新生力量。这也继承了复旦经验的传统,令人想起1981级的系友朱光甫前辈,他曾在本科阶段在复旦进行文学创作,后来投身文化出版。在他离开这个世界之后,他的太太和他的孩子,包括同一级的很多同学捐款建立了"朱光甫文学创作奖",支持鼓励学生进行文学创作。每一年,"朱光甫文学创作奖"依然在全校范围举办,激励一代又一代新生的文学力量。据陈思和教授回忆,1978年卢新华发表了小说《伤痕》,过了一年颜海平发表剧本《秦王李世民》,再过了一年,陈小云出版了第一部中篇小说集。当时"7711"(1977级中文系)一下子变成创作非常强势的专业,一个短篇小说、一个剧本、一个中篇小说、一个单行本,把文学创作热重新点燃起来,创作的火焰一直在复旦校园里燃烧,一代一代的传下来。到如今,30年的"校园写作","他们"的力量正在不断壮大、创新。

在2019年的十周年会议上,王安忆教授如数家珍地谈起复旦"创意写作"专业创立的缘起、困难、反对力量、课程设计、招生过程……说到首届MFA的毕业餐聚,班长高绍珩说,"我在一个月前把我的自行车卖了,为什么卖我的自行车?他说我要一步一步地走,可以使时间过得慢一点",可是时间还是很快的过去了。时间过去了,却留下了火种,留下了"有情"的足迹,留下文学的情义,留下了教育的心血心意,也留下了对于未来的无限祝福。

"创意写作"的枝蔓
——浅谈"创意写作"本土化进程中的潜力与可能

■ 陈芳洲

自 2009 年复旦大学引进创意写作 MFA 后,创意写作已在中国发展超过十年。这十年的本土化进程里,作为学科的"创意写作"在自身不断丰富扩展的同时,还呈现出更多可能的面向。如果说毕业后还坚持从事创作的同学正在茁壮成为"创意写作"的主干,那么这些尚在探索中的面向,就像从"创意写作"当中生发出来的枝蔓,在细分领域继续吸收主干的养分。本文在大量采访的基础上,选取三位创意写作毕业又继续博士学业深造的同学,沿着他们自身的综合经历,挖掘探寻出"创意写作"更为综合的潜力和更加丰富的可能。

一、"创意写作"的学术枝蔓:提供全新的学术视角

从"创意写作"硕士毕业后,有一部分同学选择继续读博深造。适应从创作到研究的身份转换后,"创意写作"的学习经历便能给这些同学提供更加新颖的切入和思考角度。如果说文学评论者或文学研究者更多是从"读者""高级读者"或者"专业读者"的角度来看待和分析文学作品的话,那么从"创意写作"转身学术的同学则更能感同身受到作者在创作时的所思所想,更为"共情"地了解和体察文学生产的过程,天然倾向一种从文本落进的研究方法。

MFA 毕业后继续深造的战玉冰,就是此类学术转身的成功典型。在复旦中文系现当代文学专业读博期间,他的论文发表在《中国现代文学研究丛刊》《文艺报》

等顶尖的期刊报纸上。博士毕业后,还因优秀的学术研究能力入选复旦大学"超级博士后"计划,获2020届上海市优秀毕业生荣誉称号。

那么,"创意写作"经验究竟为他产出这些优秀学术成果带来过哪些启发与影响呢?

首先,是"创意写作"经验为他带来研究作家作品的新视野。在"创意写作"的硕士阶段学习当中,战玉冰所阅读的作家作品可粗略分为两类,一是文学史上的经典作品,二是当代中国青年作家的文学创作。经典作品都是中文系必读书目,阅读这些作品自是必然。但阅读当代中国青年作家的创作,却是因为他想从这些年龄相仿的同时代作家的写作积累中,借鉴些许有关时代问题及少年困境的创作经验。从"创意写作"萌生的青年作家考察视野,一直延续到战玉冰对中国现当代文学的研究当中。被华东师范大学的黄平老师称为"新东北作家群"的双雪涛、郑执和班宇等人,成为战玉冰高度关注的青年作家群,就与他在"创意写作"期间计划创作的东北题材小说相关。"新东北作家群"作品当中工业基地的衰落、漫长且寒冷的冬季、极富地方性与辨识度的语言风格,甚至是有些"末日废墟"美学风格和魔幻现实主义特色的小巷街道等,同是东北出生的战玉冰对此有着直观的记忆和体认。创作上的东三省虽尚未落实,但战玉冰正在准备一篇整体讨论这群"新东北作家群"的论文,在学术中融入自己对那段历史的记忆、对那片土地的情感。此外,"创意写作"的同窗毕业之后,有一部分已经成长为优秀的青年作家,例如薛超伟、余静如、王侃瑜、郭冰鑫等人。比较特殊的情形是,战玉冰本身就跟这批青年作家是同学和朋友,可以说一路陪伴成长,对其作品的来龙去脉清楚明晰,算是近似"文人交游"的作品进入方式,可谓是"创意写作"得天独厚的优势。

其次,创意写作还启发了他泛艺术研究的视角。复旦大学"创意写作"专业设置非常多元,总结起来大致包括三大部分:一是创作实践,包括小说、散文、现代诗、古诗词的创作教学,属于夯实学生创作能力的基础课程;二是作品阅读,有现当代小说精读、中国新诗、西方经典小说阅读等课程,属于提高学生整体文学素养的扩展课程;三是跨学科的讲座与活动,除了邀请知名作家到校演讲外,还包括美术、音乐、电影等其他艺术门类讲座,也包括一些采风、话剧等活动,甚至还会邀请科学家进行科学演讲。这种设置完全符合写作本身的特性。写作本身是包罗万象的载体,内里的装载内容皆由写作者决定,因此写作本身就是多元、包纳、融合的。"创意写作"这种多元、包纳、融合的学科特点,使得它能够和其他相关学科交叉结合。受此影响,战玉冰将文学视为众多艺术门类之一种,并且采取更为互动的、多元的、跨艺术门类的视角来看待文学的基本观念,这大致就是在创意写作学习时期形成的。而这也持续地影响他在日后的学术研究中。战玉冰最近正在尝试一种结合图像、绘画、电影等艺术门类的研究,打通各个艺术门类,形成一种新的泛艺术的研究方法。他的论文《从"淫邪丑内容"到"身体解放"——夕阳裸体画进入中国近现代文学的过程及影响初探》[1]正是以"裸体画"作为文学历史发展的镜子,探讨其中折射出的"文化与民族心理变迁史"。

与高校当中传统的文学理论教育不同,"创意写作"更加注重文学技艺层面的训练,并在此基础上形成"小说工坊"的教育体系。这种体系去掉文艺理论学院派"远在庙堂"的严肃性后,允许更多的艺术门类参与进来,相互融合、相互启发,为彼此创造出更为丰富的可能性。除此之外,注重实践的"创意写作"与注重理论的"写作学"之间,应该生成怎样的相互关系,也是学术枝蔓当中值得继续思考的部分。

二、"创意写作"的科幻枝蔓:"创意经济时代"的创意思维

随着经济和科技的双向发展,世界一直尝试突破几千年来人类社会的固有边界。不久前,埃隆·马斯克(Elon Musk)发布了最新的脑机接口,将芯片以外科手术的方式植入大脑特定区域,并展示了有关脑信号的初步试验成果。这种外部世界的尖端变化体现到文学内部,则表现为科幻文学的强势发展。复旦大学"创意写作"自然为此科幻潮流提供了充足的人才弹药,写作《云雾》《海鲜饭店》等作品的王侃瑜就是其中之代表。

然而,作为学科的创意写作,又可以在这种强劲的科幻潮流当中扮演怎样的角色呢?

张凡,复旦大学第一届(2010届)创意写作硕士毕业生,后进入北京师范大学现当代文学专业成为科幻文学博士,现为合川钓鱼城科幻中心的主任。在从零开始打造钓鱼城科幻中心时,张凡的思维是完全"创意写作"式的。他将"钓鱼城科幻嘉年华"和"未来小说工坊"规划为钓鱼城科幻中心两大重量级项目。最重要的项目"钓鱼城科幻嘉年华",设计参与人数为三四千人,围绕"钓鱼城科幻大奖"展开,包括与科幻相关的VR展、先锋艺术展、cosplay比赛、圆桌交流等活动。嘉年华的核心"钓鱼城科幻大奖",将含纳科幻整个行业的奖项,涉及科幻编辑、科幻翻

---

[1] 战玉冰:《从"淫邪丑内容"到"身体解放"——西洋裸体画进入中国近现代文学的过程及影响初探》,《现代中文学刊》2018年第5期,第10—19页。

译、科幻作家、科幻的国际交流等方面。无论是从规模还是设置上看,"钓鱼城科幻嘉年华"都将是中国最大的科幻狂欢节。而"未来小说工坊"可以说完完全全就是"创意写作"的科幻细分。每年,工坊将在全国各地招收25名用中文创作科幻小说的同学,在9位专业老师的指导下,产出一个中篇或者短篇的科幻小说。张凡谈到,从科幻学术转移到了科幻活动,正是来自在"创意写作"学习经历的启发。以"创意写作"思维打造钓鱼城科幻中心的方法,使得钓鱼城科幻中心从一众老派科幻研究机构当中脱颖而出,打破学术、专业、小众的门槛,成为更容易推广的科幻经验。

在张凡之前,中国科幻学术界更多关注的是理论研究,在反向促进科幻产业发展时,是略微滞后的。"创意写作"的架构思维,促使张凡从科幻理论转向为科幻活动,则是可以直接地、及时地整合当下最新的科幻文学。可见,作为学科的"创意写作"依旧具有很强的学科结合能力,无论是纯文学式的"创意写作"还是科幻式的"创意写作","创意写作"自身都有强大的生命力和足够的包容性,在更加细分的专业领域发挥自己的功效。

如前所述,人类社会的外部发展已然到了一个与以往都完全不同的时代。改革开放以来,中国一直紧追世界经济科技发展步伐,已成为世界第二大综合经济体,并于2019年中国国民人均总收入突破一万美元。上海大学文学院创意写作专业带头人葛红兵教授提出以"创意经济时代"来命名这种前所未有的阶段。他在论文《"创意国家"背景下的中国当代文学转型——文学的"创意化"转型及当代使命》中,将中国经济发展分为"农业经济时代""工业经济时代""创意经济时代"三个历史阶段,并以2016年5月19日国务院颁布的《国家创新驱动发展战略纲要》标志中国式创意国家战略基本成型。[①]

实际上,中国科幻文学的强势发展,其实也是从正面反映中国"创意经济时代"的到来。而"创意经济时代"来临,自然少不了"创意写作"思维的深度参与。

无论是国内的抖音、快手还是国外的TikTok,在目前的"创意经济产业"当中,短视频无疑是传播广、受众多、影响力巨大的产业形势。从内容上看,要在短平快的短视频领域脱颖而出,创作者必须拥有足够的"创意写作"能力。在短时间内讲出一个吸人眼球的亮点,这种从主题架构文本的方式,本身就是非常"创意写作"的。另一方面,短视频在变现过程中也遇到一些新要求。老式广告因缺乏读者吸

---

① 葛红兵、高翔:《"创意国家"背景下的中国当代文学转型——文学的"创意化"转型及其当代使命》,《当代文坛》2019年01期,第101—107页。

引力而逐渐失去原先的传播功效,广告创意逐渐成为阅读量的硬性指标。我们暂且把这些新兴的文本模式都称之为"商业(广告)创意写作",那么,有能力在内容与商业之间达到平衡的必然是成熟的"商业(广告)创意写作"思维。而近期芒果TV大火的综艺节目《明星大侦探》,其核心内容直接来自悬疑创作,主演在当中寻找线索,以悬疑、冒险、出人意料等吸引观众。这种将"创意写作"和综艺相结合的方式,也是"创意经济时代"的典型案例。

任何学科都不应该脱离外部世界的变化发展,"创意写作"也应当将自身的学科可能性纳入到产业结构当中,更加前沿和整体地思考"创意写作"学科在"创意经济时代"的应用场景。

三、"创意写作"的教育枝蔓:大众的情感教育与情感疗愈

从传播路径来看,一种学科下沉的过程明显存在于"创意写作"当中。最初,创意写作由复旦大学引进国内高校,面向的主要是对写作具有强大野心的、极有可能选择写作作为职业的、专业性较强的同学。随着教学不断发展、师资队伍的不断强大(当中一部分教师直接毕业于"创意写作"专业),一些面向普通文学爱好者的"写作课"也逐步开设。再进一步,"创意写作"教学又从高校深入下沉到中小学的作文教学领域。

从精英到大众,从专业教育变为爱好教育,在这个学科下沉过程中,"创意写作"专业的文学艺术教习功能的确在一定程度上减弱。复旦大学中文系"创意写作"硕士生导师张怡微在新著《散文课》当中提到,当今散文地位的衰弱是跟情感教育的缺乏直接相关。可见,写作是情感教育的途径之一。因此从另一个方面来说,"创意写作"学科审美和情感教育的功能又会在这一下沉过程中得到相当程度的增强。写作不仅是一个创作的窗口,也是一个重新进入生活内部和人生本真的窗口。写作就是以文学的方式观望自身心灵成长,并以此构建更加健全的人格。

那么,"创意写作"又可以跟那些方面结合,从而发挥出自身的情感教育的功能呢?

郭冰鑫,复旦大学中文系创意写作硕士毕业,现于复旦大学中文系现当代文学专业就读博士三年级。2019年秋季学期,她在复旦大学继续教育学院教授汉语言文学专业的必修课程"写作课"。与硕士阶段的同学不同,继续教育学院"写作课"里80余位学生来自各行各业,有医生、街道办工作人员、国企员工等。郭冰鑫上课时采取了"创意写作"的教学方式,尽量让每个同学都写一篇文章,通过她的批阅

点评后,学生再给出一个修改的版本。通常她只给学生出一个很小的诸如《枕头》类的题目,意在引导同学去观察日常生活中被忽视又很重要的物品。这种毫无功利性的观察方式,自然十分不同于学生时代接受的应试作文和工作后接触的应用公文,学生们刚开始并不适应,但经过短暂的八九周教学反馈后,郭冰鑫惊讶地发现大部分学生都有很大的进步。让她印象最深的是一位写外婆的学生。因为没有见到外婆去世的最后一面,这位学生在很长一段时间内都抱有对其他亲戚的怨恨而无处释放。接触"写作课"后,他邮件告诉郭冰鑫这份痛苦的成因和经过,郭冰鑫便建议这位学生将痛感写成一个虚构的故事,最好能将自我从虚构当中抽离出来。这位学生依言尝试虚构后,竟然真的有了一点一点走出痛苦的感觉。

"创意写作"是进行情感教育的途径之一。以写作本身去释放文学爱好者心中郁结之情,这跟写作的特点相关。写作的唯一门槛就是识字,这就意味着在当代中国,绝大多数人都有进行文学创作的基础能力。无论何种形式的写作,都与作者的心灵世界有莫大的关联。这似乎也为我们提供了一种"创意写作"式情感疗愈的可能。

这种情感疗愈功能最可能应用在创伤疗愈的心理学领域。黄红英在《非虚构创作训练体系是一种认知治疗——以李华〈写出心灵深处的故事:非虚构创作指南〉为例》当中已经提出过这种观点。她认为,"李华式非虚构创作训练体系的流程为:激发(自由写作)→一稿评论→二、三稿→分享。……可以将作者所经历的特殊情景、自动思维、情感及行为反应真实地描写出来。而之后的修改过程中作者将不断审视自己。在谋篇布局的过程中,更是用理智及高于自己的视角去重新审视并成长。这个过程如同认知治疗中,学会不接受功能障碍性信念,学习和发展更现实的功能和新信念。"①实际上,文学的情感疗愈功能不仅仅存在于非虚构的创作当中,郭冰鑫所接触的案例表明,虚构也是解脱痛苦的行为之一。

除此之外,"创意写作"的情感教育和情感疗愈还可以应用在女性、儿童及青少年等人群领域当中。《房思琪的初恋乐园》《阴道独白》等书目已经拥有此类倾向。但是"创意写作"学科若是作为情感疗愈功能介入女性时,更应该起到提前预警的功效。女性在面对某些伤害(特别是性伤害)之后,往往极度缺乏向外表述和求助的渠道。而写作除了面向内心外,还具有极度私密的特点,在写作的过程当中,作者只需要面对自身,更加容易把内心创伤表达出来。有相关研究表明,儿童

---

① 黄红英:《非虚构创作训练体系是一种认知治疗——以李华〈写出心灵深处的故事:非虚构创作指南〉为例》,《广西科技师范学院学报》第31卷第6期,第23页。

被性侵后可能会在画画时出现蛇的形象。如果"创意写作"在情感疗愈相关领域深入研究下去,也许能够结合实际案例,发现一些原生家庭创伤或者性创伤在文字当中的表达。

另外,"创意写作"学科的教程通常也是一本好的情感教育书籍。前文提到的"写作课"便是此种有益的尝试。小说、散文、诗歌、戏剧、非虚构……无论哪种文本模式,其内核都是面对情感。无论写作最终能否起到治愈创伤的作用,最起码在写作的这段时间里,写作者能为自己留出了一些认真面对自我情感的时间。"创意写作"学科当中潜在的情感教育和情感疗愈功能,还需要心理学相关专业人士一起探讨实践。

四、结语

"创意写作"学科包容和整合度极高的特点,使它在自身专业性艺术性的领域外,还生发出学术、经济产业、情感治愈等方面巨大的潜力和可能性。既然如此,在考虑"创意写作"学科发展的潜力时,便要站在更可能多的面向来考虑"创意写作"学科的"枝蔓",既要包括写作技巧和学术建论的立场,也要包括外部影响和内部功用的角度。作为一个新兴学科,"创意写作"还有很多可以发展、值得挖掘的面向。无论是"主干"还是"枝蔓","创意写作"学科都展现出无限蓬勃的生命力。而这也正是反映了写作对于当代人的重要性。我相信,在这个阅读日渐快速化、碎片化的时代,"创意写作"学科的壮大和崛起,也会是一场文学的文艺复兴。

作者简介:

陈芳洲,1991年生于重庆。复旦大学中文系创意写作2014级硕士研究生,现于复旦大学攻读文学博士学位。

作品目录:

《流沙》,《创意写作·一双会魔法的手》,上海人民出版社2017年

为汉语副词建一座灯塔

■ 周燊

在复旦学习创意写作的岁月是非常愉快的。自由的学术氛围和广阔的知识环境供给使我欣欣盎然,也正是从那时开始,我懂得了创作短篇小说的法则是精益求精,形成自己独特的风格有多么重要。最开始时,我的构思通常是一种"想当然"的状态,虚构色彩严重,不符合生活逻辑且不自知。慢慢地,我对人物关系的起承转合和故事叙述的轻重缓急有了进一步认识,在语言的拿捏上有了一定感悟,写起来便顺畅了一些。中文系始终氤氲着一种贯穿古今的文史氛围,给学子灌输以谦逊的气质。我受其熏染,对于文学一直保持着敬畏心,对于写作,始终秉持着探索欲。

自2016年毕业到2020年,我"混迹"于国内各文学期刊,陆续发表了二十余篇小说,在被批评和自我批评中摸爬滚打,练就百折不挠之心。在复旦学习期间,我们阅读了许多经典和"超前"的作品,一边听老师解读,一边和几个伙伴一同品味,不亦乐乎。然而阅读与实践有时就像一个傅科摆,总有一头顾不上,需要强大的自律力才能使其平衡。有时候当阅读的热情上来了,我就什么都不写,有时写作的激情迸发了,我也会什么都不读。这不是一个好办法,但却是适合我自己的。那时候同学们喜欢从王宏图老师、梁永安老师那儿搜集书单,就像一群要糖吃的孩子,然后大家交换,十分快乐。写作的冲动总是从阅读中来,有时一篇网络小文亦可使人眼前一亮,摩拳擦掌。

有些人写作重在关注社会现实,这也是评论者乐于看到的现象。有的人写作重在突出人性,可以令读者拍案叫绝。人们都说能同时满足现实与人性的小说才是合格的作品,不过在当代中国小说作品中不难发现刻意向其中一面倾斜的痕迹:有的作者以为树立一个时代背景就有了庇护所,在里面闭门造车,使人性与现实格格不入;有的作者直接用语言勾勒社会简像,呈现出栩栩如生的生活画面,以散文手法去创作小说,追求所谓的"淡化情节",但却无法让文化、风土产生性格,因而也就没有主人公,丢了脊椎。顾头不顾尾的现象存在着,左顾右盼、有意逢迎、刻鹄类鹜的态度也存在着。

奥地利作家彼得·汉德克认为语言本身有一种特殊的力量,他说:"每种语言都有自己的方式,每个国家也都有自己的特点。"他为此着迷。我很赞同他的观点。闲暇时间我喜欢尝试翻译英文论著,有时英译汉,有时汉译英,内容有建筑学、哲学,也有文学,我是只"菜鸟",不够地道,也不专业,十分笨拙,但是却从中发现了一点中西语言的差别,那就是本土文化只有本土语言才能最好地展现其内涵。比如我们中国的园林、绘画、古诗词这样讲究意境的艺术形式,翻译成英语很容易就会丧失巧夺天工的精华。中文翻译成英文,美国人看和英国人看也是感触不同,一个崇尚自由,有垦荒的执着;一个讲究体面,有霸道的精神。英国哲学家爱德蒙·伯克所认为的能激发人们恐惧感的"崇高美",在我们以婉约、含蓄的艺术氛围中亦难以融通。好的译者客观、冷静,能保存伟大的东方国度的神秘感,使不同文化背景的人们产生解读欲的,正是这种神秘感。

我个人认为,汉语副词是词性中属性最神秘的,原因在于它似乎"最多余"。我曾在某儿童文学专家的讲座上听到讲者形容副词为"通往地狱的阶梯"。实际上,确有许多高明的写作者在写作时会努力省去副词的使用,如果非要形容程度、范围等,他们通常能用更诗意和巧妙的办法比喻出来。这是一种非常优秀的做法,可以使作品显得老练、圆融。我认为动词是有必要修饰的,虽不适合通篇修饰,但在关键之处却可以添一把柴。从复旦创意写作专业毕业后,我很幸运地成为了鲁东大学文学院汉语言文学专业的一名讲师,讲过"大学写作""阅读与写作""创意写作"等课程,接触过本科不同年级的学生,批阅过许多"95后""00后"孩子的文稿。不少稿子可以看出他们有想法、有立场,但是却不懂如何表达心中所想,以至文章和思想相差天壤。我曾经也遇到过这样的问题,通常我的创作灵感都是来源于较小的事物,一个片段、某个横截面,或者犹如马尔克斯所言的一个形象画面。这个小东西出现后,我并不知道如何去编织,一边写一边想的后果是,百分之九十都是沦为了垃圾稿。

如何扩大灵感点,让其他的光融入进去,有时候从语言本身找突破口也是可以的。前面我虽说过有百分之九十都是废稿,但同时也有百分之十的幸运稿,我可以用添加、减少副词的办法追问出一些隐晦在文章里的小精灵。比如,人物发出某个动作,是"轻易"还是"再三";他的心理变化是"只好"还是"至少";他的目的是"永远"还是"一时";他的决断是"干脆"还是"迟迟";他的醒悟是"猛然"还是"渐渐";他的欲望是"不够"还是"未几",等等。副词可以很好地帮助作者设计人物。对于故事情节,也同样:此处悬念是"无端"还是"趁机";事件逻辑是"梯度"还是"反而";故事高潮是"悉数"还是"零星",等等。

如果单独放在句子里,有人会觉得"她笑了"比"她愉快地笑了"要更能激发读者之想象,多一个副词就是画蛇添足,"她离开"比"她转身离开"更能凸显心境,产生默契。我幼年读书时,并不排斥句子中的副词,相反,我还会期待看到这样的词汇。它使人物不必隐忍,该生气时就"狠狠地"捶对方一拳,该道歉时便"真诚地"认错;该悲伤的时候就"默默地"流泪,要释然的时候则叹一声"奈何"。我认为副词的使用最能体现一个民族的书写传统。《诗经》中的百余副词,如《小雅·角弓》中的"民胥然矣","胥"为"都""皆"之意;屈原《楚辞》中的情态副词、指代性副词、语气副词等;李白诗文中的程度副词、否定副词等,如《江上赠窦长史》一诗中"相约相期何太深,棹歌摇艇月中寻"中的"太"字所表示的心情,以及《红楼梦》副词所体现的虚实等。无论是在音律上还是在意义上,其作用都不容忽视,螺丝钉虽小,但一味缺少则会产生问题。

我的导师王宏图教授为人谦和,讲话声音小,对我们提出质疑时总是非常婉转但直中要害。在毕业开题报告阶段,我摘抄了一句他发来的关于我的毕业作品的意见:"你在进入具体写作时,要多设计一些细节,展现人物关系的复杂性。就像《安娜·卡列尼娜》中,作者一方面展示安娜爱情的伟大与强劲,另一方面注意到它的毁灭性影响。"这样的指导我始终铭记,再加上从王安忆老师那里学来的"大关怀""意义价值""人性逻辑"等重要写作技巧,我愈发感到语言本身是驾驭一切的河流,所有东西都需在河水中流淌,因此它必须有自己的流向和流速,一种节奏。对此,擅攻比较文学的王宏图教授如是说:"汉语中副词的功能非常多,一是语法功能,因为汉语不像欧洲语言有词形变化,很多语法功能需要用副词来表达。对写作来说,副词的运用对文章的风格和色彩有很大的影响,使用不同的副词,使文章能够获得不同的节奏感,表达不同的意蕴。"

副词虽看似多余,实则却是最微妙的细节。如果生硬、笨拙地使用,自然是达不到美丽的效果。一篇文章,无论何种体裁,哪怕是需要舞台表演的戏剧,都被关键性细节左右着整体的意境。王安忆老师曾说现在小说不好看的原因之一在于作者想与传统叙事保持距离,想寻找新鲜材料,但生活还是老样子,不可能常变常新。没错,作者在叙事时总想站在思想的最高点,希望通过独特的手段和犀利的眼光进行手术,经常会直奔"肿瘤"而去,但却不自觉地忽视了"周围的神经",这些"神经"就是细节。

　　副词用来修饰细节(纵然有人觉得其实是粉饰),更多的贡献在于句子的意义,它可以让句子的意义单元在文章深层形成另一种逻辑,这种逻辑是清晰、直观、带有民族基因的。如果把一篇文章中带有副词的句子单独挑出来,便不难发现作者的语调个性。例如,在沈从文的《三三》中,开篇使用副词的是这样一句话:"堡子位置在山弯里,溪水沿到山脚流过去,平平的流到山嘴折弯处忽然转急,因此很早就有人利用到它,在急流处筑了一座石头碾坊,这碾坊,不知从什么时候起,就叫杨家碾坊了。""因此"一词作为承载逻辑关系的连词,比有些副词还要"虚",表因果关系,直接修饰意义较弱,但却体现了生活在堡子里的人的智慧。自然环境既然如此,人们"就"(副词)利用它建一座碾坊,一切都显得自然而然,天经地义。在这个句子里面人们能读出传统中国的小农精神,是那种有道有儒的浑然天成,靠山吃山,靠水吃水。"吃穿不愁"的感觉一下子便交代了出来,读者通过一个"就"字,能看到碾坊里生活的朴素百姓和他们的后代生活在一种什么样的智慧和环境中,能衍生出什么性格,均能猜出一二。"不知从什么时候起","不"作为否定副词,把作者自身的叙述痕迹巧妙抹去,完全把故事背景交给岁月,缓缓流淌开去。

　　副词对细节的贡献,可以追溯到一个民族的集体潜意识中去。伦理哲学家阿维夏伊·玛格利特写过一本书叫《记忆的伦理》,在书中作者认为有共同记忆的群体才会有更深厚的关系,而记忆是一种讲究伦理的责任。人们犯罪有时会得到宽恕,但宽恕的方式可以是抹掉,也可以是掩盖,作者总结:"忘记发挥了双重功能——忘记罪孽的人和忘记罪孽。"虽然书中内容存在一定程度的局限性,但却为人们强调了记忆之于伦理、道德等人性层面的重要意义。我认为对于作家来说,他的头脑里不仅仅有属于他自己的记忆,还有千千万万个陌生人的。汉语有"文言"和"白话",经历了缓慢的语法结构和语音的变化,实词的虚化成为了产生副词的一个原因,而副词,可以说是华夏子孙千百年来的伦理、道德之共同记忆的书面粘合剂。它与其他词类的关系十分紧密又渐渐区别出来,承载着从古到今书写习惯的趣味转变。一句"关关雎鸠,在河之洲",不仅呈现了中国人对美的记忆,也体现了生命在上层建筑中的你来我往。

　　进入到鲁东大学文学院工作后,随着工作接触和写作习惯的改变,我发现每个人运用他的母语都是有特色的,而这与地域区别、性格取向等诸多问题都有关联。

有的人慢条斯理,做事情也如绣花;有的人目光犀利,研究起问题来非常尖锐。汉语的美妙在于,有时候大家想表达同一个意思,但是说出来、写出来又都不相同,它可以形成许多种言外之意,言外之意又能够形成新的"外意",意味深长。从《典论·论文》开始,人们普遍认为作品与作者的气质是成正比的,这点毋庸置疑,对于为人仔细、叙述考究的作者和性格粗犷、落笔豪迈的作者来说,他们使用副词的频率一定也不相同。

我的短篇小说虽然题材上五花八门,但在语气语调上却出奇地统一。在此摘抄两段作为对比。

一为《在人民广场站踟蹰》:"管正乘坐地铁二号线刚刚在人民广场站下车。她专门挑了下下班高峰期来此地,像一只被挤变形后拼命想舒展的魔方,扭着红色高跟鞋上深蓝色的胯,来做一件她觉得毫无意义的事。"另一为《母亲的博南道》:"可她是个说谎精,十句里面有九句是假话,如果算上引申意义,可能十句里面有十一句是假话。但是说谎精和骗子还有一定差距,母亲从不损害他人利益,她的不诚实就像一颗苦味的杏,没有虫洞没有烂核,除了味道不对,人们挑不出别的毛病。"

两篇文章中的主人公分别是青年女性和老年女性,"管正"生活在大都市,"母亲"生活在边陲地区。可以看出,相比较《在人民广场站踟蹰》中的一段,《母亲的博南道》这段使用的否定副词要更多一些。也可以说,大都市小人物题材,我倾向于用尝试的、肯定的态度去塑造,而有厚重历史感和少数民族文化感的风土题材,我选择用朦胧的、神秘的笔调去渲染。如果是踊跃的、向上的性格,自然要在修饰动词时注意副词的正向意义。在表示事件程度和说话人语气时,我对副词的选择通常要谨而慎之,不敢夸大,不能削弱,因为外地人刚去打拼,从底层做起,他抱有的希望和所受的挫折其实可以使其心态达到平衡,在叙述时就要注意情绪上的稳定,而稳定感,最需要恰当的副词来烘托,否则会脱离人物应有的心理变化,违背漂泊逻辑,从而不符合生活现实。

同理,在《母亲的博南道》中,我的主人公看似是一位爱讲故事的母亲,但实际上的主人公却是一条博南道。我把一条路和一个人捏在一起,通过不同人物的捏合,以不同角度呈现博南古道的沧桑历史,最终要把不同视角转换为同一视角,所以要对不同人物的性别和年龄等差异做模糊化处理,亦真亦幻。抗战时期博南道的修建有着各族人民大团结的历史背景,因此同样需要一种除去战争依然带有神秘感的凝聚力。介于以上,我在表达范围、情态、时间、地点等对副词的选用上,喜欢用含有否定意义或者话锋柔和的字词,加强一种不确定或者运用某种双重否定,加深读者的探索欲,把表面的土刨松一些,让道路的本质自己演绎出来。

复旦教给我的,其实更多的是对于学习的态度和方法。复旦人似乎都有一种博学广志、思路大开的气质,想象力丰富,眼界也高。中文系学子有创新精神,关注艺术前沿,总能发现新角度,做精细的研究。我从小喜欢写作,发觉脱离知识的写作是缺少营养的,虽然这么说比较绝对,但一篇小说的内涵常常离不开历史、文化的根基,虽不必旁征博引,但应有相关依据。如果说阅读与写作的技能只能保留一种,我会毫不犹豫地选择阅读。有人认为一本好书要反复阅读多遍,但我不赞同这种做法。我认为无论多好的书,一遍就够,没读懂的、受局限的,可以在日后阅读其他图书的时候串联起来,那种豁然开朗、茅塞顿开的感觉很难在反复咬紧同一本书时体验到。不过每个人的阅读习惯不同,找到舒服的方式最好。

此外,作者可以尝试找到自己喜欢的语词属性,并用作品为之建立一座灯塔,帮助形成自己独有的语言风格。我在语言探索的道路上还有漫长的路要走,我希望有更多人能够加入彰显汉语魅力的大家庭。

作者简介:

周桑,女,1991年出生于长春,复旦大学创意写作专业2014级研究生,现任职于鲁东大学文学院。

作品目录:

《山里娃》,《诗刊》2004年6月(上)
《两条金鱼》,《作家》2014年12月(下)
《十年》,《作品》2015年4期
《点不亮的油灯》,《青年文学》2015年5期
《牙洞》,《民族文学》2016年1期
《印象派》,《芙蓉》2017年5期
《韭菜湖》,《芙蓉》2017年5期
《我曾爬上豹子的那棵树》,《芙蓉》2017年5期
《印象派》,《小说选刊》2017年10期
《十年》收录于《近似无止境的徒步》(人民文学出版社),2017年8月
《辛红的纱布》,《满族文学》2018年2期
《昆仑岭》,《鹿鸣》2018年3期
《在人民广场站踟蹰》,《山花》2018年8期
《在却步中为时间收尸》,《名作欣赏》2018年8月
《一票难求》,《满族文学》2019年3期
《灵芝土》,《民族文学》2019年3期
《艾琳的洗澡大业》,《芙蓉》2019年3期,《长江文艺·好小说》2019年12期
《月光监牢》,《青年文学》2019年5期

《黄金螺旋》,《南方文学》2019 年 6 期
《极光的租子》,《满族文学》2020 年 2 期
《母亲的博南道》,《西湖》2020 年 8 期
《倒座房》,《山东文学》2020 年 9 期
《花豹的垂钓》,《山东文学》2020 年 9 期
《小说的气象》,《山东文学》2020 年 9 期
《彩色的孩子》,东北师范大学出版社 2002 年
《多麦家族》,四川少儿出版社 2006 年
《尼尔与多麦家族》,台湾复林文化出版 2006 年
《爱在八点半》,安徽少年儿童出版社 2009 年
《永恒之阱》,未来出版社 2014 年

未来小说工坊：建造科幻的爱荷华

■ 张凡

在中国西南地区，一个名叫重庆合川的小城，我建立了亚洲最大科幻中心……

一、詹姆斯·帕特里克·凯利（美国，未来小说工坊国际导师）

坐在故宫太和殿前的长椅上，詹姆斯·帕特里克·凯利（James Patrick Kelly）突然拍了拍我的肩膀，侧过头说："凡，我要纠正你对阿西莫夫的看法。"

他是美国著名科幻作家，多届雨果奖得主，以写中短篇科幻著称于世，是世界顶尖的赛博朋克流派大师，也是世界闻名的科幻创意写作"号角写作班"的创意写作导师。

这次，我带着8位国际科幻作家，在北京参加中国科幻大会，也带着他们去清华大学参加科幻讲座。他们分别来自美国、加拿大、英国、以色列、意大利，其中有四人是世界科幻最高奖之一的雨果奖得主。我想，作为一位科幻博士，同时，一位科幻铁杆粉丝，这是我毕生的荣耀——吴岩教授把他们在中国的行程，全部托付给了我。

他的看法是这样的——

"凡，你刚才说到了阿西莫夫，我们都崇拜他，对吧？你知道的，我从前也和你一样佩服他。不过，我夫人受过他骚扰，或者说献殷勤。阿西莫夫是那种直男，他会在一切和女士相处的公众场合，抓住机会，对她们动手动脚，甚至假装优雅地拍一下她们的臀部,这混蛋!"

阿西莫夫的急色,我多少有所耳闻,他的的确确是有史以来最出色的科幻大师之一,只是近些年,他的黑暗面和癖好被挖掘出来,大家也都颇为不齿……不过和这位科幻大师如此出乎意料地"亲密八卦",还是让我吃了一惊。他接下来又说:

"我决定去参加你和弗朗西斯科(Francesco Verso)在合川举办的未来小说工坊。"

这是美国人的风格,迅速的转折,和他小说温厚的节奏相反。一定有什么重要的东西打动了他,而我至今一无所知。我就这样得到了第一位雨果奖大师参加我们创意写作班的许诺。

在参加中国科幻大会期间,他曾问我一个问题:

"中国小说有描写未来、穿越到未来的故事吗?"

我则回答:"有的。一百多年前,中国处在晚清,梁启超就写了科幻小说《新中国未来记》,描写百年后的中国。那时候,文人的笔下,处处都是中华帝国的辉煌未来,甚至预测到了上海的世博会。而现在,我们则会写,穿越到明朝当公爵(王爷),或者化为女身,为了皇帝争风吃醋,步步惊心……很久以来,我们故事的主流时间,是往过去穿越的。"

"所以你们要办未来小说工坊?"

"是的,不过还有很多其他理由……"

二、弗朗西斯科(意大利,未来小说工坊国际校长)

一开始,弗朗西斯科·沃尔索每次和我说话,都居高临下,报以轻微的嘲弄态度。

我一再忍让,因为他是吴岩教授的国际友人,意大利首屈一指的科幻作家、编辑和出版人。而我很尊重吴岩教授。这位意大利人是科幻界的马可·波罗,为中国科幻做出了极大贡献,几乎所有中国作家如刘慈欣、韩松、陈楸帆、宝树、夏笳的作品,都由他组织译者,翻译到意大利语和欧洲世界,虽然他完全不懂中文。

他如何选稿呢?他会让中国作者和译者给他提交故事的英文简介,如果他觉得这个故事的概念好,符合他的选取标准、对科幻有更新的价值,那么就会找优秀的译者翻译成英文版,进一步确认,并最终介绍到他自己的《未来小说》书系里。《未来小说》有些像科幻MOOK,收集全世界科幻作家的名篇,但有他自己独特的选取标准,他的这个书系,已经做了将近100本,光是中国的科幻选集就出了六七本。

弗朗西斯科是一位理想主义骑士,他痛恨英语世界的霸权,致力于非英语国家科幻的国际传播。有回我陪着他上八达岭,他一路怀疑路线走错了,唠叨不休。等我受够了他,要回头发飙时,他才腆然一笑,拍拍我的肩膀以示歉意。然而,等他转过头来,却又突然泪流满面。原来,他看到一位小贩,在城墙门口,画铁线画。虽然我提醒他不要买,价格虚高,他还是买了,并生气地说:"这叫自由艺术家!我也是!你知道他们人生的艰辛吗?"

他每次来中国,我总会到机场亲自去接他,并最后送走他。我带着他走遍了中国,一起走过的城市有:北京、深圳、成都、重庆,带他去重庆出版社、科幻世界杂志社、八光分、微像……中国所有的科幻出版机构,我都差不多带他去过。可以说,比他与老朋友吴岩先生在一起的日子还多。

慢慢地,我感受到他对我的尊重,因为,我们都是在不计名利地为中国科幻的传播而一起努力。特别是我读完了他的小说《继人类》之后,大受震动。这是一部废土世界的科幻小说,写50年后的地球,垃圾遍布世界,人类被垃圾湮灭,隔离到一个个居住带,一位少年,从15岁起,直到生命的最后一息,如何寻回所爱的故事。少年在人生各个阶段,所爱恋的对象,是一个进化后的仿生姑娘——继人类。小说充满着爱的魔怔和痛苦,那种情绪很像《聊斋志异》里的《连城》和《叶生》,痴绝已极。

我和他在出租车上谈论这部小说,他的眼睛亮起来。他滔滔不绝,告诉我他的家族、他的妻子、他的孩子。他的妻子是俄罗斯人,如何万里迢迢来到意大利寻找他……他个人前半生的不顺……他每年会都去俄罗斯贝加尔湖阴郁地写作,把自己关起来,如果你找到他,他只会眼神直勾勾地看着你,什么都不懂……

我们越谈越深,谈到他的文学理念,何为科幻?何为未来?中国,意大利,欧洲,美国……

他成为了我的伙伴,并且担任了钓鱼城科幻中心的荣誉主任,成为我最好的国际朋友。

他还成为了我们未来小说工坊的国际校长。

三、吴岩(中国,未来小说工坊中方校长)

吴岩教授是中国科幻唯一的博导。考他的博士,我考了三年,等了四年。我考博一共考了六年。到第三年份上,我决定只盯准科幻,这是一个全新的充满未来的领域,我决定只考吴岩先生一个人。

我不知道他为什么最终招了我,可能有很多理由:我的推荐人是著名的严锋教授;我热爱科幻;我坚持考了这么几年(事实上当他还是硕导的时候,我就写信想考他的博士,他回复我,抱歉,我还没有招。等到他招生之后,我又眼睁睁地看着大师兄和二师兄堂堂正正地击败了我……),可能还有一个很重要的原因,我出身复旦"创意写作"MFA,身为学者的他,也是一位著名科幻作家,对写作很看重,我因此沾了 MFA 的光。

吴岩教授可能也是比较偶然地发现了我的国际交流能力,他派我去参加在美国圣何塞举办的 76 届世界科幻大会,亲自交待了一些科幻使命,比如,要与美国的科幻中心、想象力中心建立各种联系。由于我的科幻使命完成得还算不错,他渐渐地把科幻国际交流这一块交给我,鼓励我去做。因此,我才有这么多与世界科幻大师亲密接触的机会。吴岩先生在国际科幻界享有崇高的威望,外国科幻界想起的第一个作家是刘慈欣,而第一位学者一定是吴岩。

吴岩先生是一个从不勉强别人,也不勉强自己的人。他绝不让别人不舒服,也从不疾言厉色,从来都平和谦虚,我就没见他和别人红过脸。他对自己的事情看得也非常开。比如,有段时间,有电影公司重金请他写科幻电影剧本,写了四五稿,被要求改来改去,改得不耐烦,他就说,算了,这个钱不挣了,不写也罢。他说到做到,不管什么人找他,他真就不写了。

吴岩先生对创意写作学科一直极其重视,虽然在生活中,从不与人红脸。但是,在学术场合,他会毫不留情地反驳对科幻的错误见解。例如,有次广州的创意写作大会,我就听他批评了前面几位教授的意见,诸如"创意写作是无法教的"这种言论,他常说,我们科幻界早就解决了这个问题,雨果奖得主里,有百分之四十,都接受过创意写作班,例如号角写作班的培训和帮助。

能请到吴岩先生出任我们未来小说工作坊的中方校长,我感到十分荣幸。

四、王安忆(中国,精神导师)

接下来我应该谈谈我这个发起人,谈谈我为什么要发起"未来小说工坊"这个项目。但我想先谈谈王安忆。

王安忆和我们的未来小说工坊无关,但我必须谈谈她。因为她对我的影响太大了。关系到我对创意写作的理解,对人生、对工作的态度。

对王安忆的接受史,我经历过拒绝——接受——尊崇——平静四个阶段,也许未来还会有新的发现。

上学时，我对王安忆是特别拒绝的，不喜欢她那一套。她上课布置的作业，我都会比较敷衍地拿旧作去给她评析。

等我毕业三年后，我因为自己要写长篇写实主义小说，也因此借这个机会，读完了全部的托尔斯泰和王安忆，我读完了她的每一本小说。我感到自己愚蠢，错失了亲受教诲的良机。并且，那段日子，我变得极为困惑，因为，我不得不背叛自己的原始心理，在个人的体系里接纳她，承认她的杰出和影响，采纳她的写作体系，对写作逻辑的深深体察。中国作家里，没有任何一人，在写作逻辑上，能比她说得更清楚、更明白、更严肃。

我觉得，任何一个真正喜欢王安忆小说的人，都能够从他人对王安忆的只言评语中，看出对方是否真正读懂了王安忆，以及对王安忆理解的等级。甚至，我后来还按照王安忆的写作方式，写了一部极度写实主义的长篇小说。这部小说一直没有出版，藏在我的抽屉里。如果回到10年前，回到王安忆的圆桌创意写作课堂，我会比较自信地拿出这部小说，作为我的毕业小说。但这部小说我一读再读，觉得还是有缺陷，因此更感觉到王安忆小说技术的难能和高超。

举《天香》为例，来说明我所感受到的王安忆作品的阔大深流。这部小说看起来像女性小说，却主动摆脱了性别视角的"优势"。它写的是刺绣，整体精神正是王安忆自己创作小说的经验，深纳周密，费劲心血，可谓王安忆的女史自况。王安忆也许觉得艺术之间，都同为手艺，有共同的经验，在艺术门类之间，亦有天人互通。

她这部小说不但写了闺阁中的英雄，也写天工开物、人工成物，写上海史、晚明史，更是写艺术史，文化史，写先天后天精神。举凡造园、制墨、养蚕、书画、鉴别、木构、儒道、释教、基督教、民俗、种植、花卉、疏浚还有最重要的顾绣，无不众理含章，文采斐然。不知花费多少功夫来细细梳理。这尤见雄心功力，却并非小说最难得处。最难得的地方是，这一大篇文化，这一大篇人工匠心，竟是没将好小说、好故事压死，没把人间深情和常情压死，敷衍出一段奇崛天香来，弥布纸背。在语言上，并非字字珠玑，却是页页惊心。这种语言密度的写作，语言的朴实无华，开始脱离女子口吻，而还归于中性的中庸、肃穆和壮烈，可以说是君子之文。因此文字有了英雄相，于是就成了后天的求道文章，有着艺术最本真的执着思索，联结一片，氤氲如锦。更有意思的是，这是一部匀速前进的小说，节奏很特别，有先天之才而使笨拙之力，甚至让我看得惊悚而感慨。

读《天香》那段日子，是我最尊崇王安忆的时候。

而渐渐地，这份迷恋，经过回忆、沉思、反刍，又冷却下来了。

在复旦读书时,我就有个惊奇的发现。我发现,王安忆从来没谈过陀思妥耶夫斯基,她的偶像应该是托尔斯泰。王安忆应该是属于纳博科夫那个体系里的,再想想纳博科夫满满的对陀氏的恶意,简直是国际反陀联盟主帅。虽然纳博科夫装模作样,假装中立说了一些陀的好话和分析,但陀思妥耶夫斯基的读者不会觉得他说得有多好。我觉得,不能理解陀思妥耶夫斯基的人,始终不能叫懂得了文学。你可以蔑视他的粗糙和感伤,但在本质和心灵上不能蔑视,这和趣味是两回事。尽管你可能是个理性的作者。

我曾认为,陀氏或托氏,二人你必须选择一个。后来我发现这是错误的看法。你可以既理解陀思妥耶夫斯基,也热爱托尔斯泰。理性和非理性不是借口。阅读你可以挑选阵营,而写作,你可能是无法逃避阵营的,因此我理解王安忆的执着。

王安忆有本小说叫《考工记》,这部小说主要就是讲上海的破落贵族如何改造,主动和被动地放弃身份,成为劳动者。王安忆的这本书,收缩了《匿名》的探索,重回到《天香》的路子。我越来越觉得,王安忆后期的写作,开始从女性向转为中性写作,在她的写作里,你看不出来性别了,是一种君子化的写作姿态。并且越来越放弃纷繁复杂的、现代的、个体的叙述视角,而以一种俯瞰的全知视角,结合中国古典小说的韵律,复古而上。她的语言是高度典雅化的,和现代作家和现代中文,是一种有意的悖行和逆行。而有意思的是,王安忆的古典化,却是以不损害左翼的传统为前提的。这让她的古典叙述充满着无法臧否的凝重。

同时,我意识到一个十分重大的问题:王安忆那本著名的《小说家的十三堂课》里所谈到核心的写作哲学"心灵世界"的建构,也许只能或更好地解释写实主义风格的作家。而像博尔赫斯、卡尔维诺这般高概念、低写实的作家,就不能有这个逻辑解释了,那是另一路写作路径,而科幻正处在这种反现实、超现实的路径上。这并非否定王安忆的写实主义,而只是解释了王安忆和纳博科夫、昆德拉等人,为什么都天然在托尔斯泰的阵营。显然,那种飘忽、发达的感性和平空的疯癫,是他们主动选择避免。

五、尾声

除以上作家,我们聘请的导师还有:陈楸帆、凌晨、宝树、江波、阿缺、张怡微、肯·麦克劳德(Ken McLeod),金·斯坦利·罗宾逊(Kim Stanley Robinson)……所有这些国内外著名作家,聚集在一起,在合川与全球选出来的25名科幻写作新人,带着对写作的爱恋和困惑,在合川这座小城,举行心灵的聚会和对话。他们的心灵将凝聚一起,扭成一股绳,抖落着未来的力量,和对写作一生的困惑。

作为未来小说工坊的发起人,我带着王安忆从前的严肃面容和教导,也把写作看得很真,关乎心灵世界和另一种世界。35岁后,我逐渐用写作来解释世界的构成。也许,我还会反悔我自己对于写作的各种理解。

这就是未来小说工坊的一切。我可以谈创意写作,谈培养作家,谈建设中国科幻的爱荷华,谈我们豪华的科幻大厦,谈我们有多少资金,谈如何在某个小镇的街道开始写某个黄昏,如茨维塔耶娃的诗一样……但这些都不是最重要的。

最重要的,也许,是用写作整理我们各自的一生。

作者简介:

张凡,1980年出生于安徽。复旦大学中文系创意写作专业2010级硕士研究生,现为重庆钓鱼城科幻中心主任。

作品目录:

《刘慈欣的宇宙诗学》,《中国新闻出版广电报》2019年2月第8版
《韩松狩猎指南》,《深圳特区报》2019年2月第3版
《医院朋克》,《深圳特区报》2019年2月第3版
《新的科幻小说的路径在何处》,《文学报》2019年第173期
《科幻未来主义的叙事策略》,《探索与批评》2020年第1期
《猪婆龙》,《文艺报》2020年3月第7版
《虚拟身体的能指:后人类视角下的职业分工》,《热风学术》第12辑,上海书店出版社2020年

从 MFA 起步
——我的科幻创作

■ 王侃瑜

在进入 MFA 学习创意写作专业之前,我从未想过自己会认真将写作当作一项事业。从小到大,我的作文分数都只能说是平平,达到勉强不拉数学和英语成绩后腿的地步,没参加过任何作文或征文比赛,也极少写出能让老师表扬的范文。四平八稳不偏科的我高考志愿填报了复旦大学管理学院工商管理类专业,就因为这是前程似锦的热门专业,是高中老师的推荐。本科的前两年,管院实行的是通识教育,进入大三后才正式在工商管理、市场营销、会计和金融四个专业中择一,不想和数字打交道的我选了工商管理,并且暗暗在心底考虑另一种可能性:去中文系读研。但最终进入创意写作专业,则是一系列的机缘巧合与阴差阳错。

我在九年制义务教育期间是一个标准好学生,完成老师布置的每一项作业,成绩不错,课余时间读读闲书、看看动漫、打打游戏,甚至算不上热爱文学,科幻奇幻也只是我爱好的诸多类型中的一种。我于 2008 年进入复旦读本科,那时候所有社团都集中在一两天内招新,号称"百团大战",我在本部排球场挤得满满当当的摊位前晃了几圈,加了大概十来个,过了一个月,其他社团纷纷召开了迎新会,只有科幻社毫无动静。就在我以为自己填写了联系方式的那张 A4 纸大概被风吹走了之际,终于收到了科幻社用飞信发送的活动通知,说于某日晚在光华楼前的草坪上举行第一次活动。那个初秋的夜晚,我在黑漆漆的"光草"借着手机微弱的亮光摸索了半天,终于找到了组织,得知由于社长的拖延症和场务没借到教室等原因,才有了这次迟到一个多月的露天迎新。科幻社团一直兼收奇幻爱好者,那时候我读得比较多的是国内原创的奇幻小说,九州七天神、云荒三女神、燕垒生等写手才是我的偶像,其他社员们口中的阿西莫夫、克拉克、托尔金、刘慈欣等作者我通通没读过,但科幻社这种迥异于其他社团的气质吸引了我,我成了不定期活动中的常客。

与科幻社的友人们交流多了,我也开始读他们推崇的一些科幻,跟着去参加一些作家见面会。那时候刘慈欣(大家都亲切称他为大刘)在小圈子内已经是最受欢迎的作家,我却一直到《死神永生》出完才一口气把"三体"三部曲读完,读完后当然十分叹服,但要说那时候我最喜爱的科幻作品还属丹·西蒙斯的《海伯利安》。磅礴的想象,对传统文学和艺术的致敬,绝美的文笔和恢弘的叙事,当时我认为那就是文科生写科幻的极致,一辈子能写出那样一部作品也就值了。科幻社的友人们不少都会尝试创作、办社报,甚至在暑假前想好设定约好集体写作(不过最终没能成行),有几位朋友确实写出了完整的小说,甚至在杂志上正式发表,但我自己却从没有认真写完过日记和博客以外的东西。

与此同时,我在组织科幻活动上投入了更多活力与热情。2009年,我与上海几所高校的科幻协会成员一同创办科幻苹果核,并负责当年的上海高校幻想节总统筹工作,之后苹果核举办的大小活动我也或多或少有所参与和推动。我借由这些活动结识了许多科幻作家,但与他们见面交流时,我没读过他们本人的作品,对于科幻这个文类也缺乏了解,导致我们之间缺乏有效话题。于是我去补了一些经典和当代的科幻作品,继而觉得,去中文系的比较文学专业读研,做科幻研究或许是个不错的选择。

当时国内科幻专业的研究生只有北师大的吴岩老师带,其他人大多是在中文系或者外文系进行科幻研究。我选了好几门中文系的专业课,并且旁听了更多,找跨系考研的学长学姐们求取经验,想要直升复旦本校的中文系研究生,最终被以"本系想直比较文学的学生已经很多了,你还是不要来了"的理由打回来,就连比较文学学科带头人也跟我说"你这个绩点赶紧回去直管院的研啊,来中文系干什么"。可是,在陆家嘴的银行实习了一个暑假、参加了管院直博夏令营的我已经确定了管理学不是我的志趣所在,坚持想要去中文系。我在系办磨了好几天,最终系秘提了个建议:"你要不改成直创意写作吧,这个专业刚开没两年,没那么多人报。"我寻思了一下,当不成科幻研究者,当个科幻作者或许也不错,而且小说总比论文的读者多吧。于是就这样,我改了直研志愿,进入创意写作专业读研。

由此可见,我并非一开始就将科幻创作乃至文学写作当成自己的明确目标,而是一不小心走到了创意写作门口,在这个专业学习的两年期间,才开始认真尝试创作,并且发现了自己在这方面的可能性,逐渐迈进了写作的大门。MFA于我而言,是起点,也是决定性的转折,倘若我没有来这里学习,那我可能永远都不会开始创作。

在复旦,创意写作的课程设置相对"正统",有文学史、经典细读、创作实践、讲座等等课程,相较学术型的文学研究而言,淡化了理论的部分,阅读分析时更强调的也是从作者角度出发。在这里,我从零开始学习写作,但学习的过程却并非如市面上的创意写作书系中呈现出的那样,讲一些理论和方法,布置一些作业;也并非像英美的创意写作教学那样依赖于工作坊(workshop),花大量时间让同学们进行细致的互评。我们的老师不会灌输技巧和方法,而是先让我们写,再在课上与我们讨论和交流,适时推荐一些相关的优秀作品作为阅读参考材料。在龚静老师的散文写作实践课上,我意识到自己长期以来的语言西化问题,通过阅读一些好的散文语言,去改正这种膈应的写作方式;在王安忆老师的小说写作实践课上,我学会了去追溯人物的前史和动机,哪怕不在故事中写出来,作者也要明白来龙去脉。老师们教授的更像"心法",而非具体的"招式",打好了基础的底子,学会辨别是非好坏,往后在写作技巧层面就可以靠自己慢慢磨砺了。

我们专业虽然没有开设类型文学的相关课程,对于类型文学却很包容。在毕业作品开题时,我选择自己最爱的科幻类型,想要创作出一篇能够获得中文系老师们认可的科幻小说。我们的毕业作品要求写一个三到五万字的中篇,开始创作《云雾》之前,我从未构思过如此长篇幅的作品。《云雾》的科幻创意说不上新,记忆上传和集体意识早就是科幻文学和影视作品中司空见惯的题材,但我的主要着力点却在文中的人物和情感上。我认为,好的科幻小说要有自洽的科学逻辑,而能获得中文系老师认可的优秀科幻小说则要更进一步,同时符合自洽的情感逻辑。据此,我构思了《云雾》的主要人物关系——一位白领女性,她的极客男友,以及她那反对技术的母亲。在云网普及的近未来,人人都可以将记忆上传至云端,根据需要实时调用,但当某天云网断开,无法读取记忆的你是否还能认出面前的所爱之人?如何确认你还是你自己?通过三人的互动,我探讨了记忆与人格和自我的关系。因为有完成毕业作品这个明确的目标,我在写《云雾》时没有考虑太多东西,只是按照时间表每天一千字把初稿写完,给朋友们读,再进行修改。我的导师严锋老师和校外导师傅星老师都很支持我写自己喜欢的科幻,并在创作过程中给了我很多建议与帮助。最终答辩时,老师们对《云雾》的评价不错,我知道我的目标达成了。没想到的是,在答辩结束后的发言中,我的同学们哭了,我也哭了,我本以为自己对这个专业的感情没那么深,但想到这两年间我找到了人生一种新的可能,想到这样静心阅读与创作的日子再也不会有了,就伤心无比。从那刻起,我知道我会一直坚持写下去,既然好不容易开始了,就不能停下。那是 2014 年。

我的科幻创作起点可谓较高。第一篇完成的中篇作品《云雾》在我毕业后于《萌芽》2015 年 1—6 期进行连载,获得全球华语科幻星云奖,多年后又出了意大利语版,而我写的第一篇短篇科幻《重返弥安》又在匿名读者票选的情况下荣获当时的彗星科幻国际短篇竞赛优胜。但那之后,我的创作道路却不那么顺利。一方面,由于第一第二篇作品分别是五万多字的中篇和五千多字的小短篇,我不大知道如何写一万字左右适合杂志的短篇。另一方面,我发表第一篇作品是在《萌芽》,是面向年轻人的文学刊物,而我在科幻圈认识的其他作家朋友们的主要阵地则是《科幻世界》,是面向年轻人的科幻杂志,两边偏好的风格并不一样。我自己在青少年时期没有读过其中任何一本,所以得从头开始了解杂志所寻求的稿件风格。阅读了几个月的《萌芽》和《科幻世界》之后,我发现尽管两本杂志的读者年龄段差不多,阅读品味和审美志趣却不尽相同(但没有高低之分),而我被夹在了两者之间。以《月见潮》为例,这篇作品一开始是应《科幻世界》的中秋特辑约稿所写,关于两颗互为月亮的双行星和一对永不相见的恋人,在《科幻世界》没有得到很好的评价,《萌芽》这边却觉得不错,让我修改后进行发表。至今,科幻圈的朋友们仍很少提《月见潮》,却有《萌芽》读者在微博上给我私信说当年多么喜欢这篇,也有英国的编辑兼译者觉得它很特别,因而将之翻译到英语,即将在英国出版发表。

可我那阵子的其他作品就没那么幸运了,我写的时候往往瞻前顾后,两边都不靠,时常被退稿。加上 2016 年爷爷去世,我人生第一次经历如此高密度的情感冲击,好几个月里,除了日记我没法写别的东西,经常写着写着就哭。书写成为了我排解情绪、自我疗愈的方式,我更加离不开写作了,但却陷入瓶颈没法写小说。那阵子,《萌芽》相熟的编辑让我试试看写散文。虽然此前我有一系列题为"砍鱼漫游地球科幻圈"的游记在科幻星云网发表,但我从不好意思把那些算作正式的散文。在给《萌芽》写了《亚洲风味炒面》《丢失海德堡》《窗外的乐声》几篇散文后,我好像找到了一些创作散文的心境。在过往的小说创作中,我总是刻意隐藏自我,去虚构和编造,让人物顺着安排好的情节行动。而散文的创作则要袒露自我,去梳理和再发现自己的生命体验,写出"我"在面对当下场景时的情绪波动和所思所想。我最开始写的几篇散文都是人生经历中现成的独立切片,很容易从芜杂的记忆中提取,成为一篇完整而独立的散文,这些散文叙事性较强,与小说较为相近。但这样的经历却并不常有,因而之后我也开始尝试一些其他的写法,从不同时空中裁切相关联的情感体验,拼接到一起,于是就有了《客厅里的君王》《光与暗之间》《辛辛那提的雪》。

打破创作瓶颈后,我应邀写了几篇短小的科幻作品,三千字以下的篇幅让我没有那么大压力。之后,我又接到另一本书的约稿(后来这本书的出版计划终止了),想要"美食情感类"小说。构思期间,我恰巧在新英格兰地区出差,朋友提醒我说那是许多克苏鲁故事的发生地,我又想到 H. P. 洛夫克拉夫特说过"恐惧是人类最深远的情感",于是我想,索性利用自己对于章鱼这类食物的恐惧,写一篇美食恐怖小说好了。《海鲜饭店》成文很快,我使用了与之前的小说创作截然不同的笔触,借鉴了散文的写法,采用女性第一人称叙事。我在主人公美食作家身上放了一部分的自我,虚构了一座位于现实和虚构之间的小镇"因不纽斯",让主人公在其中游历、体验、反应。我知道小说的起点和终点,却没有像以前那样安排好主人公每一步的行动,而是让她随心所欲,一步步抵达那里,并在过程中做出对自我的反思。我后来将这种创作手法命名为"散文式科幻"。

与《海鲜饭店》隶属同类的还有《冬日花园》,同样取材于我在都柏林游历的经验,主角身上投射了一部分的我,用了不太浓的科幻元素,更注重于人物和文学性的探索。我好像在做一个只有自己知道的文本实验,写作过程妙趣横生,因此也格外偏爱这两部作品。这两部创作时间相隔一年的作品最终在同一时间段分别发表于《花城》和《小说界》,前者也成为了我第二本小说集的书名。

我在《海鲜饭店》之后创作的若干科幻作品,相继在纯文学期刊上发表,包括《失乐园》(发表于《香港文学》《西湖》)、《链幕》《织己》(发表于《上海文学》)、《语膜》(发表于《收获》)等。这些作品有一个相似的母题:在技术背景下,人与人如何互相理解(或永远无法互相理解)。新技术的发明没能给人带来单纯的快乐与便捷,反而加深了人与人之间的隔阂,但这并非技术本身的过错。说到底,人性本就如此,技术无非将之放大而已。这些作品都有一种悲伤而清冷的底色,行文亦冷静克制。

大概 2018 年起,我开始用英文创作小说,与中文小说悲观沉重的色调不同,我的英文小说大多是乐观轻盈的,同时亦有一丝幽默感。我的英语绝对没有达到母语水平,但想到我刚开始写作时中文语言也不怎么样,我就不惧怕所谓语言不够好的问题了。用英语写作时,我的叙述声音更为活泼,而且无一例外选用了非人类作为主角,《年的故事》中的机器人男孩与年兽,《岛的故事》中的岛,《赛博菟丝子宣言》中的赛博菟丝子。非人主角似乎为我的语言异质性找到了一种解释,也为我无法像使用中文写作时那样触及人物内心找到了一种掩饰,这是唯有科幻才能做到的事情。写的时候没有多想,回过头来看,我在使用英语创作时可能不自觉将自己置于一种他者的位置,从他者的角度述说,以此回避掉对于处于中心的(白)人的直接描述。我曾说过希望自己能够在未来去书写人与他者之间的沟通或不可沟通,这样看来,我的英文创作先于中文创作迈入了更广阔的尺度,未来我要做的应该是集两者之长。

这些年来,我一直在做的一件事似乎就是观察与学习不同的评价标准和处事方式,去比较和分析,去平衡和取舍,并且找到一条适合自己的路。无论是科幻活动组织者和科幻作家之间、科幻和纯文学之间、小说和散文之间、中文和英文之间,我同时依附两边,却不从属于任何一边,我不百分百遵从任何一种规范与传统,而是小心翼翼地摸索自己的方法,寻找自己的风格。我不能说自己已取得成功,但我至少仍坚持在写自己认可的作品,尽管它们仍有瑕疵,仍可打磨,但我一点一点在往前进。这不是一条快捷的路,却是我问心无愧的路。

最后,我也想谈一谈这些年来自己作品中的女性意识成长和未来目标。

女性是我的性别认知,也符合我与生俱来的生理性别。在写作的初期,我没有特别多考虑自己的女性身份,并且与其他许多女性作者一样想要获得一种去性别化的认可,不愿强调自己的女性身份。但随着写得越来越多,包括在科幻这个领域进行的国际交流越来越多,我愈发认识到,我们之所以总是遇到有关"女性文学"的特色、"中国科幻的中国性"等等问题,而从没有人提问"男性文学"的特色、"西方科幻的西方性"等相关问题,是因为后者在很长一段时间里被视作主流和默认规范,而我们是后来者、是他者,若仅仅是遵循既定的标准和范式去书写,那宝贵的丰富性可能就被泯灭了。在这里,我不想倡导近年来西方科幻评价标准中过分强调的"政治正确",而是想说即便作者不给自己的身份贴标签,也不应刻意去模仿所谓的主流标准,而应该找到自己的声音。

我的早期作品比较像"少女科幻",而且是以不自觉地、懵懵懂懂地选择了与我相近的女性作为叙事主体;近两年来,我则是有意识地去选择女性叙事者,作品中的角色也从"少女"成长为"女人"。这种成长与我个人的生命体验有关,也与我的阅读、观察和思考有关,是一个不断将外界观察内化为个人思考,再将个人思考通过作品来反馈到外界的过程。我的这种经历并非个案,我很高兴地看到,越来越多的女性科幻作家的作品被出版,她们也越来越多公开谈论自己作品中的女性。目前在国内有不止一本女性科幻选集正在审校待出版,而我也在工作中推进着一个中国女性幻想作家作品的英文选集项目,也算是一桩值得期待的美事。

从我个人阅读的体验来说,如今最为喜爱的作家和作品从丹·西蒙斯的《海伯利安》变成了厄休拉·勒古恩的"海茵宇宙"系列和她的一些奇幻作品。深受道家思想影响的勒古恩不会在作品中一味强调尖锐的二元对立,而是去书写一体两面的转化、调和与平衡。她往往从不同视角出发来聆听不同立场的声音,作品视野广阔,行文优雅从容,叙述冷静平和,是我想要追寻的写作目标。但现阶段我深感自己在阅历和学养方面都无法支撑住那种体量的作品,因此我选择申请出国读博,既是在生活中远离我出生、成长、居住了三十年的上海,去往一个陌生的环境获得新的体验,也是在思想上去潜心研究一个课题,弥补一直以来缺乏学术训练的遗憾,为未来的创作汲取养分。

如今于我而言,写作是一辈子的事业,也是生命中不可分割的一部分。在我成长的过程中,我对文学和创作的思考不断在改变和发展,反过来这又是激励我继续往前迈进的动力。未来,我也会坚持写科幻,但不会局限于写科幻,去跨越边疆、探索未知才是科幻真正的精神所在。

2020 年 8 月于上海

作者简介:

王侃瑜,1990 年出生于上海,复旦大学中文系创意写作专业 12 级硕士研究生,现任职于微像文化,2020 年 10 月起任奥斯陆大学 CoFutures 项目博士研究员。

作品目录:

《云雾》,《萌芽》2015 年第 1 期—第 6 期
《消防员》,《科幻世界》2016 年第 2 期
《月见潮》,《萌芽》2016 年第 3 期
《他去往何方》,《南方人物周刊》2018 年 3 月 26 日第 8 期
《The Gift》(《礼物》,英文)*Galaxy's Edge Magazine*(美国《银河边缘》杂志),2018 年 3 月
《链幕》,《上海文学》2019 年第 4 期
《语膜》,《收获》2019 年第 4 期,收录于《2019 青春文学》(人民文学出版社)及《2019 年中国女性文学选》(清华大学出版社)
《失乐园》,《香港文学》2019 年第 5 期,《西湖》2019 年第 8 期
The Story of Dao(《岛的故事》,英文),*An Invite to Eternity—Tales of Nature Disrupted*(英国《通向永恒的邀请——混乱自然的故事》选集)(Calque Press,2019:英国)
《海鲜饭店》,《花城》2019 年第 6 期,收录于《长江文艺·好小说》2020 年 3 月下·选刊
《冬日花园》,《小说界》2019 年第 6 期
《鹏城万里》,收录于《九座城市,万种未来》,中国发展出版社 2020 年
《揽星号》,《文艺报》2020 年 5 月 29 日
A Cyber-Cuscuta Manifesto(《赛博菟丝子宣言》,英文),亚利桑那州立大学人类与想象力中心 Us In Flux 系列 2020 年 6 月 25 日
《蛰伏的爱》,《ELLE》2020 年 8 月
《云雾 2.2》,上海文艺出版社 2018 年

《海鲜饭店》,作家出版社 2020 年
《亚洲风味炒面》,《萌芽》2017 年 3 月
《丢失海德堡》,《萌芽》2017 年 5 月
《窗外的乐声》,《萌芽》2017 年 10 月
《茄子的夏天》,《最小说——友爱》,湖南文艺出版社 2018 年
《拖拉机!》,《萌芽》2018 年 6 月
《客厅里的君王》,《萌芽》2018 年 11 月
《光与暗之间》,《萌芽》2019 年 5 月
《辛辛那提的雪》,《萌芽》2020 年 7 月

天真与经验

■ 伍德摩

约莫四年前,我在一次清理电子信箱过程中,无意间翻出一封邮件。我在信中提出了些对文学和写作的困惑,问题懵懂。回信人是当时主讲中国现当代文学课程的申霞艳老师,她在信末写道:"你现在明显有些操之过急,你自己的写作跟创意写作专业不一定要联系起来。"这话令我一下好似返到最初阵地,那时的我自认对写作一点认识也无,却暗含冒进的鞭策和要求。不过都如风沙般过于虚渺,也是盲目,找不到切入的路径,只能任凭自己感知文学阅读的生活中,一些超脱日常的、飞扬或沉寂的片刻,并沉迷其中,但除此之外,就什么也再说不出。我就是带着这样的状态到了复旦去。

我大学本科就读于广外(广东外语外贸大学),专业是汉语言文学(创意写作),广外是内地首家本科开设写作方向的高校,因此有些误打误撞的意思,身为首届学生,俗称"白老鼠",得到诸多照顾。本科毕业后,我进入复旦中文系,攻读创意写作MFA,复旦又是国内首开创意写作硕士课程的高校之一。因此,随这一求学的线索来看,我的大学生涯,似乎都与这个新兴学科紧绑一起,可谓十分"科班""学院派",十分"创意写作"。事实上,在学界或我对所谓"创意写作"的涵义稍做梳清之前,自己就已身在其中。求学期间,对自我、周遭与文学的认知,近乎每时每刻都在发生变改,复杂情绪自然日益滋长,加上自己并无写出什么像样的作品来,称得上毫无建树,因而很长一段时间,基于各种缘由,我都想极力撇开"创意写作"这个标签。

如果说本科四年学习经验的积累,让我带着一点期待进入复旦,那可能是,我把它纯属当作再学习,又不仅仅是学写作。或者说,写作只占最少的部分。进入复旦后,我以极其缓慢的速度开始尝试写作。首先是写诗,或一些像诗一样的东西。我加入复旦诗社,与诗友们谈论各自青睐的诗人,读诗和诗论,同时互读批评彼此的习作。这种氛围就与写作班类似,在这一了解更多同代人的写作路途中,从中也能折射出一些时代给予的款惠与局限。遵循这种对诗的认识,我尝试写了一些,好运拿了一些小小的诗歌奖后,猛然发觉,诗歌"并非如此",宛如进入某种空转之中,于是便搁笔。在这个空档里,我将笔头转向小说。

在小说片段的练习过程中,我不得不回溯一些源头,基于眼下,亟需厘清关于写作认识的起源。再是,时间与空间都隔了较远的距离,异乡人总易于伤感,伤感中又涨起理性成分。比方说,我常常疑惑,我的写作起因或许与一条河有关,那条河教识我许多。幼时的我跑到河中央,一道极窄的铁网桥上,望两岸迥异的城市景象,工厂的废墟与热闹的人群,望人脸上的表情面口,想象他们的年轻模样,年老模样,甚至前世今生;有时我以动物或植物来标记他们,比如,有人像猫头鹰、像鲩鱼、像樱桃水母,或像蕨草,抑或松籽花,而后铺排发生在他们身上的故事。那条河还会造就幻象,河上时间仿佛可见,闪闪烁烁。人站在桥上,只要盯着脚底的小漩涡、小风波,盯久了,就会猛然发现自己即是一艘大船,冥冥中缓慢行进,带去远方。那一刻,我不禁感到另一世界的存在是如此真实,并醉心于这处虚构的新世界。那条河流外沿揽着一条村子,包起来,像一个伶仃小岛。在城市中心,却囊括在外,是以视察者的眼光目睹城心的变改。深处和边缘,在这里,成为一组相互印证的孪生词,正如一个人喜欢坐在凳子边缘,一种摇摇欲坠的感觉,告诫自己世上没有绝对的安定,人只能在安定与不安定中习得平衡的能力。

那是我接入这个世界的开口,因为望见许多人事物,许多变迁,温柔和暴烈,嬉笑和眼泪,虽不能忘却,却常常无暇于顾及许多个苦闷下午的心绪,而将目光朝向那个趣致的、新旧隔阂的更大世界当中去。这时,极多时,是沉闷世界中闪着一对稍不沉闷的眼,在那里瞥见过往人的面目中的倾情一刻。

除此之外,我想我对文字产生兴趣,其实又与音乐、绘画与舞蹈不能脱开关系。作为外来人,我出世在20世纪90年代初广州一个西北郊的城中村。村中只有一所学校,教学条件落后,但也开设兴趣班。我成长于家境急速下降的时期,彼时,时代和家庭的好时候恰已过去,生活捉襟见肘,但也不妨碍自己有这些"兴趣",纾解日常。这些关于艺术的热情,度过童年,便冰存了起来,后来又因种种缘由放弃了,渐行渐远。直至大学,终于有校园剧场和剧社,于是将大块时间花在戏剧舞台上,像一种本能的回报。我本科毕业作品递交的是一个话剧剧本,也是初试素描那处城市空间角落,将方言融入戏剧语言之中。现在回看,我自那时起,就渐渐将眼前的世界划分为三种,以便区分:一是纸面世界,二是灯光下的舞台世界,三是之间的日常世界,但事实上三者不是河水与井水那样界线分明,相反,常常暧昧,漫漶不清,动静相宜,相互交叉,分享着真实与梦幻。也不担心生活中不再出现丰富情节,因为真正的情节在于内心的跋涉。

我将这些艺术形式的共性、感情与审美,渐渐带往更长远的时间。但如何从虚空中被赋予形状,而不走宣泄的道路(不仅仅与抒情有关),是在复旦期间才有了一些更细致的思考,获得更多有益的启发。王安忆曾在《感性与技术》一文中谈到她"写作的座右铭和目标",就如亚里士多德所言,"创造一种可以存在又可以不存在的东西"。有趣的是,毕业后我曾听过身边不止一位同学抱怨,三年间自信心磨损,情感倾泻似乎也殆尽。其中一位,谈及他在进入复旦之前,有一个月,三十天时间,每天一万字推进,写成一篇三十余万字的小说。但他现在哪怕再写一行字,也变得畏首畏尾起来,害怕失败,心上空空,哑巴似的。我相信这并非他一人的经历,在主动选择与主动放弃之间,取决的或许正是如艾略特所言的"一刹那果决献身的勇气"。而另一方面,事实上,艾略特也提供了一种做法,不妨作为一种参考,他说,"时不时把自己切成小块,看哪块能发出芽来——这倒是件挺有意思的事"。那些自我建立起的所谓的"庸众的活法",所涉及的情感宣泄,甄别克制的"单纯的需要",或许是第一道坎。在这件事上,倘若不够"专断",其实又往往妨碍自我表达。

与那位同学类似,不得不承认,我们这些刚开始写作的人,眼力和经验都显得左支右绌,却仍要自信,一笔一划描出那处全新的世界,还要信它,不致担心丑怪或被笑话。因此要自我培育出一颗欣赏丑怪的决心。令我想起毕业作品送审,遭遇否定,王安忆老师鼓励申诉,我心有戚戚,辗转反侧。隔日,她传来一通短信,列出申诉细项,并附了一句简短的话:你要有自信!如今我仍常常想起这个巨大的感叹号。再想到,她曾在毕业前重复对我说过一番话,现在回看,像一道警示。她说,你要知道,你跟班上一些同学不一样,你选择了这条路,恐怕要比别人难走得多。我当时听见,觉得振奋,但也疑惑,我选了哪一条路?自己其实也不能确切。但我的确对这些所谓"难"的东西感兴趣,生命不正是难难易易当中推进,并不是单纯的进步或退步那么简单,而是立足一种阶段,随后再转到另一种阶段去。身在其中,却浑然不知,甚至企图连通不连贯的生活轨痕,以期攫取有限生命的无限向度。

很多人进入王安忆其人与作品的世界,是从曲解中进入的,我也不例外。某次一位班上同学说起课堂旧事,谈及我在一次上课"顶撞"王安忆,表现英勇。他说,当时王老师问,你写一对老人在多年后重遇,但为什么要让他们都盲了,又为什么要去香港。我说,我就是要让他们去,没有为什么。当时我态度倨傲,场面尴尬,同学对我当时那番言论印象深刻,但我却一点记忆都无。现在回忆起来,也只记得脑子一片空白,心扑扑跳。只记得,王老师问,你读过余华的《小面人》吗,我说无。课后,我去图书馆架子上来回走了好几转,也没找到这本书,因她说的其实是雨果的《笑面人》。

王安忆与绝大多数作家不同,她以具体写作,建立起一套自己对文学与写作的清晰认识和理解,这已极难,更难的是,她持续不断的写作又佐证她理解的纵深,驱使其往新高度去。她在写作上给予我的诸多启发,又不止实用与技法,而更多是意志与人格,恳切与热忱,而这些都经由文学发生,正所谓"日用而不知"。如今回想起来,当中并非顺从接受,而是经历叛逆与审思。

然而,坦白而言,作为"两次"从这个专业毕业的学生,我自认为并非及格学生,这并非什么谦辞。因毕业后,我常常回顾发现,自己并未习得应当掌握的写作技巧,或者说,基本方法,而更像学习腹语术的鹦鹉。这当然是我的问题,我似乎对此一直抱有天生的犹疑、抗拒和紧张,甚至狭隘和怯懦,在厘清写作与自我生命经验之间关系的这件事上动用蛮力。因此,无论我初试写诗、戏剧剧本,抑或小说,写作量总是很小,更似是试探。这是我力图克服的一点,要再放松些,让写作中更多"必要的时刻"露出水面。

我在毕业后才开始发表小说,目前只有一个,是我的毕业作品,题叫《函函转》,发在《上海文学》(2019年12期)。新近完成的两个小说也将发表。关于《函函转》,小说的发表也属偶然,完成后心里忐忑,并无底气。我当时担任小说课助教,王安忆老师读过初稿后,意见是"写得很好,但有些语言上的问题",随后沟通,便更多针对语言改造展开。这是我唯一一次得到王老师的夸奖,更似对进步的鼓励。预答辩前,《上海文学》副主编崔欣老师来电,说想用这部小说,遂刊载之。未想到发表后还得到了一些关注,被《中篇小说选刊》《中华文学选刊》选载,入围了"《十月》年度中篇小说奖(2019)"等文学奖和榜单,因此这是一部好运的小说。小说合计三万四千余字,是我尝试小说写作的第一步,更像搭建一处小舞台,往后即以这处小小空间引出更多故事。像泥沙堆砌起建筑,再将不同的人置于不同的景,或倒过来,因要有了这样那样的人,再为他或她造出新景。但于《函函转》,我想我要尽快抛弃它,将凝视的目光稍稍偏移,顾及街上的另一些人,开展更多的新故事。那是小孩最乐意做的事,像玩儿一样,东看西看。而小孩最不容易忘却,因为看来得来的都是第一次。如尼采所言,孩子是自转之轮。但令我感到烦恼的是,舞景搭成,上演第一幕之后,其他人物即争前恐后,迫不及待要往台上拥去了!这热情着实令我有些手足无措,但执笔的人仍要镇定。

我相信,我近乎苛刻地描绘某种地景,并非有意于展示"地方"或"空间",而仅仅因为我对它以及生活在彼处的面孔更熟悉。当下世代变更迅速,人心更是。空间逐层剥去、蜕变、消逝,实际上不只是一处处空间的消失,不只是时间的流失,而是一代代人以及意志的消失,"一小片历史"的皮肤被刮损,而这或可称为"变中不变的成分",空间的"命运合集"。小说归根到底仍是时间的艺术,他们身上所牵带的"时间",跨越性的、细微的爱与孤独,才是我想接近的。那个时间、永恒、空间相交汇的特殊的十字路口。我想,这也能解释,为什么我在一个从未见过雪的溽热南方,会对乔伊斯《死者》里的那些飘雪、那些明亮帽子般的坟碑产生极其熟悉的感受。布朗肖说,"每个人都会死,但每个人又都活着,这同时也就意味着每个人的都是死者"。这当然是一种旋绕、夸张的说辞。但事实上,小说中的人物,生者及死者,永远在期待之中,又永远落空。他们的力气和能量似乎弱小得可怜,仅够他们用以期待,再别无所剩。写作人不吝惜于给予希望,但同时也清楚地意识到,相比于轻易与麻木,这应是一种"微弱的乐观"。希望的量是恒定的,是一点、一丝,而不是一个、一颗。在真正的丑陋被目睹之前,他们或可似天使一样美丽。

我将复旦的三年视为身处"台风眼",顾不及四周旋风,却暗自壮大,这壮大,便是由阅读得来的。写作与阅读在一点上类似,那就是就当下的发生而言,它们都纯属私人行为,与他人无关。尽管在资讯膨胀、语言磨损、媒体泛滥的时代里,持这样的观点无异于清教徒,但起码应当认识到,在阅读和写作这件事上,仍可不放弃自我选择。最近几年开始,我的阅读似乎也发生某种改变,从阅读一个小说,观察它写什么,转向更留神它怎么写,到后来,好似渐渐形成一种近乎欲望的本能,即随着阅读推进,也发生另一层虚构、估谜,与纸面上文字的排布又交织一起,甚至滋长一种游戏的乐趣。一件物什不存在是因为无法对它定义,某种程度上,写作就是按捺住对事件万物命名的决心,先切切实实将它袒露,让它存在和显现。与人(尽管可能只是极少数)建立起真正的共鸣,通过彼此口中都能理解的节奏、音响、声腔、语气作为材料,如果小说包裹故事,那就是生命之间联系的绷带所缠成。一如奈保尔在描述自己生平第一次看见雪时写道,"在特立尼达,我见过与它最相似的物体,就是积在冰箱里的那种东西",詹姆斯·伍德对此评价道,"奈保尔总是能够找到关联"。这些命名的过程,事实上是借由关联发生作用而来,又与经验的本能相关。

目前我的职业是文学图书编辑,当我初入出版业,不时产生这样一种偏见,那就是,一个人倘若不通过写作或创造(比如,仅仅依靠单纯的阅读,或重复的编辑),他就不能进一步体味写作中所有晦暗困难的部分,就不足以真正地了解文学的全部(除非在每一件重复的事情中寻找不可复制的部分)。或者说,了解的可能只是与文学有关的局部事物,而不是文学自身。因而,我在工作伊始就始终无法理解,为什么这些日夜与文字相对的人,能抑制内心冲动,甘心替别人拾掇一个个字符,如同耐心的佣人,而不另外自己造出一个新东西来呢?这是一个颇大的偏见。因为事实上,并非每个人都有叙说的欲望,或者说,这种欲望的体积、形状、实现方式亦因人而异,不局限于书面写作。

只不过,一个写作人,如果选择了汉语写作,首先面对的,是一个个汉字,再由字及词,由词及句,变着样式跳房子、爬格子,包含劳作的因素。倘若一个不写的人说理解,我是存疑的。如同成长后的某个雨天傍晚,漫天的积水令我回忆起一条河流,那河流是橄榄色的。我可以将河流的涨退、形状、河上的木舟、滩涂的虾辣、螃蜞、岸上晾衣却不小心被风吹走的人一一讲述,但并不能辨认他们从何而来。记忆的河流、想象的河流,抑或是现实的河流,如何泾渭分明?我为这种关于经验与虚构的怅惘而感到振奋,在暗处的角落独自高兴,也为描绘层层叠叠的橄榄色而着迷。在这一层面上,我相信不写的人是无法体验这种写的快乐的,在写就的一刻,万物才得以存在。

一个写作人应当以作品说话,我目前所写的东西太少,谈论再多只会更不安。对于自身目前写作中存在的问题,也略知一二,因此别人说的一些漂亮话、鼓励话,或是批评话、尖刻话,觉得都可一听,因为其实也不最重要,除非能将写作的长短脚都精确描出,否则写作人都应当不会乐意遇见。虽则当下,只要对很多期刊稍有涉猎,不难发现,很多小说故事的叙述语调极其相似,那些小小的、俏皮的玩笑,僵板的严肃面孔,愉快的虚无主义,纯熟的故事模式,形似的命运观,仿佛就是为期刊量身订做,单看或许蒙混过关,摆在一起,便尴尬地显露出心智的雷同与贫困。我想,这或许也能算作大多数文学期刊给予写作人的一些道德诫示。某种程度上,写作应当使文学的生活打开,打入其内部,纠正它,不惜穿透它。

我在复旦读书时,常常混迹于本科生的课堂,旁听中文系、哲学系、人类学系、外文系的课程,把课表从早到晚排满。其中有张新颖老师"沈从文精读"一课,课上花大半学期讨论《从文自传》,这部薄薄的小书。与自己年龄相仿时,沈从文就已着眼为自己立传,随之想到,这文学道路中的三年或更长,如何从中打开某种视野,给自己设定一种边界和形式,在这个形式当中活动,又经由自己的手打破,再打破。而现实是,这部小书,在很多年后,它的作者历经人生苦痛,再在1980年重发杂志《新文学史料》时,谈到"近于出入地狱的沉重和辛酸",而不仅仅是多数读者觉得的"离奇有趣"。我极喜欢沈从文这部小书,甚至超过那部人人熟知的《边城》,因为切己,更令我动容。我尊崇他彼时勇猛的姿态,不忌讳宿命——因宿命中往往带有一点真相的轮廓。书中我尤其喜欢他写到说服自己,准备去北京读书,玩笑话"读书不成便作一个警察"。但随之,他写道,"尽管向更远处走去,向一个生疏世界走去,把自己生命押上去,赌一注看看,看看我自己来支配一下自己,比让命运来处置更合理一点呢还是更糟糕一点?"我时时回看,觉得也似是讲给此时的我听的话。

扎加耶夫斯基在《两座城市》中谈得正好,"天真因经验变得更丰富,因自我确信而显得更为贫乏。我们知道得如此之少。我们在某一时刻理解了,然后随即忘记,或者,我们背叛了那个理解的时刻。到头来,有的只是天真,苦涩无知的天真、绝望、好奇"。一如纳博科夫在《防守》中借象棋天才卢仁之眼,写道,"童年时代正是灵魂的本能不会出错的时代"。于我而言,写作无可避免要谈及源头与过程,而复旦三年也远未到要我给它一个总结的时候,所以此文便只能先拉出一个大致的形状,只能说认识至此,有待往后一一续补。

我在拙文《学徒及其漫长年代》中曾引歌德《威廉·麦斯特的学习时代》一书,初谈所谓"创意写作",或许可更多被看作锻造一种"修养",为一个人有足够能力去描述一个由他所见过、爱过的一切所组成的世界做足准备。而眼下,则正如他在书中另一处所写道,"最稳妥的永远是只做我们面前最切身的事……",这或许在告诫所有写作人,做最切身的事,同时辨清天真与经验。天真之后,是经验的获得,而后再返回天真,确保孩子般的真诚,这也是我对待文学和写作的一种路径。

作者简介:

伍德摩,原名伍华星,1993年出生于广州。复旦大学中文系创意写作专业2016级硕士研究生,现任职于浙江文艺出版社上海分社。

作品目录:

《首参者》,《诗林》2018年3期
《导盲四章》,《诗林》2018年4期
《囟囟转》,《上海文学》2019年12期
《我的街光辉灿烂》,《中篇小说选刊》2020年2期
《学徒及其漫长年代》,《中华文学选刊》2020年7期

写作于我的意义

■ 余静如

在复旦大学写作班的学习经历,毫无疑问对我影响很大。这影响主要发生在创作观的形成和改变上,并且这样一种影响不仅仅作用在我的写作上,也作用在我的生活中。

我小时候不擅长运动,因此和别的小孩玩运动类的游戏总是很挫败,也得不到乐趣。同时从认字以来我就很喜欢看书,书读得很快也读得很细,父母买的童书没一会儿就读完,于是偷偷拿大人的书看,《封神演义》《西游记》《源氏物语》什么都有,没书看的时候连《毛选》都会看,就算看不懂也还是要看,好像这就是我童年时期最大的兴趣。去别人家玩第一件事是找书房。过生日和过年的时候问大人要的礼物也是书。买了新书回来,吃饭的时候也要看。现在想起来其实挺奇怪的,因为现在我要写作,又从事编辑工作,反而不像小时候那样狂热。

虽然从小就很喜欢看书,但其实到现在写作、做编辑,却绕了一个大圈。首先,小时候虽然喜欢看书,从来没有想过当作家。也没想过自己要写点什么。读书全是出于对人和世界的好奇,也出于消遣。小时候都会被问到理想,我的理想好像是外交官一类的角色,现在也不知道是为什么。那时因为我看课外书到了一种狂热的态度,让我父母害怕,觉得这是一件应该被禁止的事情。也许不管对什么东西狂热都会让人想要禁止。所以没多久我就没有看书的途径了,学习上偏科严重,数学考试成绩总是不好,记得有一回看一本从表哥家里拿来的《汤姆叔叔的小屋》,被我爸发现,竟然当着我的面把书撕成两半。现在我爸有时候说我写作是受了他教育的影响,我就拿出这个例子来反驳他。他自己确实也是80年代文学青年,据他说,那个时候读中文系是很了不起的事情,也因此我家里有很多书,都是我爸年轻时候买的,只是当我学会看书的时候,他已经不看了,那是90年代中期了,大家认为有钱才是了不起。我爸也转行去做生意,看文学读物这种事情只是被他当作消遣而已,我也不知不觉把它当作一种娱乐,好像过分喜欢读书是件罪恶的事。

大学时我爸给我报的志愿是国际经济与贸易,为了顺利读到这个专业,甚至放弃了更好的大学,把分数压低了五六十分去填,结果不凑巧,还是被调剂到中文系,还记得我爸连连叹息的样子,好像看见我前途渺茫。那时候我整个人都是麻木的,还不是迷茫,迷茫至少有一个追寻的意念在,麻木就是什么想法都没有。这是我经历小学、初中高中一直到大学的状态,不知道自己喜欢什么,也不知道自己想做什么。本科期间虽然读的是中文系,根本没想过写作这回事。现在想起来,我度过了很漫长的一段混沌时期。即便到那时候,我依然恍惚觉得,读文学是一件不务正业的事情,是一种懒惰的表现。我大学生活并不快乐,不喜欢集体活动,也不算合群。勉强适应了一段时间,感觉很不舒服,为了一个人待着,我开始每天去图书馆,图书馆里都是各种准备考试的人,安静又紧张,而我只是在看自己感兴趣的书,毫无方向地看,乱七八糟地看,这时候突然找回了小时候的那种感觉,我的兴趣又回来了。我白天在图书馆看书,晚上熄灯以后继续在手机屏幕上看,原本健康的眼睛很快得了结膜炎,动不动就会刺痛,才不得不休息。

后来就到了复旦的写作班。其实我没有做过太多功课,只因为这个专业分数线低一些。因此面试之前,我甚至不知道王安忆在这里任教,在门外看见她的照片,我吓了一跳,不久前才看过她的《长恨歌》,身上还带着读书笔记,那是我唯一写过的像样的东西,因此带来为自己加加分,没想到作者就坐在里边,最后还是硬着头皮把自己的读书笔记拿出来。房间里很暗,老师们背光坐着,我没戴眼镜,也看不清他们的脸。

我确实是幸运的。没有考进国际经济与贸易专业,是我的幸运,误打误撞地进了写作班,又是我的幸运。种种机缘巧合,令我得以走到了最适合我的道路上。

写作方面对我影响最大的,先是小时候在阅读中感受到的乐趣,再就是在写作班里,王安忆老师让我明白写作是一件严肃的事情。

王安忆老师刚开始给我们布置作业,是每节课交一段作品,下一节课讨论,之后再接着写下去。一个学期里,我们的课时不多,我当时觉得这样一节课写一段有点太浪费了,那时候的我,仍然以为写作不过是编故事而已,自圆其说就行。并不是多么难的事情。因此在第一节课,人家只交一段,我就交了一篇完整的小说,现在想想那个小说挺傻的,是一个简单又没什么追求的故事,耍了一些现学的小聪明,也不够有趣。后来我做编辑,这样的稿子也看了不少,我想,作者们跟我当时的想法大概差不多——写作就是编故事。对于那篇小说,王安忆老师的评价大致是,倒是写了一篇完整的小说,只是应该追求有难度的写作,要多想一想。

"有难度的写作",这句话对应在我所有的阅读经验上,突然让我发现了写作的意义。我慢慢形成了自己的写作观:要提高自己对人、对生活、对世界的认知,对所遇见的一切都"多想一想",很简单的说,就是把自己的发现和认识以小说创作的方式传达出去。所以,我的写作只是在做这两件事,观察和思考,把它们用小说的方式表现出来。二者缺一不可。

这看起来都是很自然,似乎是顺理成章的事情,但是道理谁都懂,却未必好实践。我后来进了杂志社工作,开始阅读大量文学期刊上的作品、访谈等,平时也要看全国各地寄来的稿件。我发现一些很有趣的事,作者们的创作观都是很不一样的,有人走上写作这条路,是因为看了几本杂志,觉得"这样的小说也能发,那么我也可以",有人写作是从模仿一些特征明显的中外名作家开始的兴趣爱好,还有人写作是因为平时社交网络写点东西玩,受到欢迎。能写出有趣的文字,构造出好的故事,确实这就是一种天赋,天赋可以让一个人很轻易地走上写作这条路。

但在我的创作观里,有天赋是远远不够的。所以我不喜欢"天才论"。没有人生来就会某件事情,天赋的实现要靠的是扎实的基础。就拿画画来讲,一个人也许对色彩、结构、绘画理念是有天赋的,但他难道能不经过长时间枯燥的训练,不画上万条直线,上千个圆,不造出几百张废纸就能随时拿出一副杰作来吗?在其他艺术领域也都是一样,那些长期的练习、付出和试错的代价,未必是一个普通人就能做到的。而所谓天才和普通人的区别,残酷的点就在于,"天才"经过这些努力实现了自己的天赋,而普通人经过这些努力最终发现自己并不适合这件事。写作总被认为是门槛很低的事业,我们都常常听见有人说"我这辈子的经历可以写本书""等我什么什么不干了,我就写本书",也确实有很多人就这么干了,我也看了不少这样的稿子,但是我们几乎不会听到有人说"等我什么什么不干了,我就去做雕塑、去绘画、去做音乐家、去如何如何",因为这些门槛都是看得见的。写作的门槛看不见,因为大家都会写字、会说话、会编故事。但这不意味着写作就没门槛。进了写作班以后,我才认识到写作的门槛。说明白一点,其实就是基本功,比如如何塑造一个人物,让一个人物说出符合自己个性和经历的话。听起来很简单,其实很多写作的人都做不到,甚至有发表过不少作品的人也没做到。

在写作班里,王安忆老师教我们的就是这些,讲逻辑,写一个人要知道一个人的营生。这看起来似乎很基础的东西,其实很重要。许多尝试写作的人总是按捺不住想飞的心,要高超的写作技巧,要魔幻现实主义,要后现代,要惊人。写出来花团锦簇的东西,但就是不讲逻辑,乍一看很厉害,仔细一看都讲不通。其实基础的东西一点儿都不容易。难道魔幻现实主义就不讲逻辑吗?后现代就不讲逻辑吗?什么都没有建立,又能打破什么?"逻辑"这样一个很普通的词,常用的词语,很少有人仔细去想它的意思。还不会逻辑就要反逻辑,还不会现实主义就鄙视现实主义,旧的没有消化,只是一味要新鲜的,这样的例子不在少数。我想,文学创作要达到一个高度,靠的是认识和表达,而不是制造一些不太讲究的阅读门槛和炫技。把小说作为商品来包装原本是出版商的事情,但现在往往从作者自身就已经开始了这个环节。

  不是说进了写作班,出来就是作家。没有谁这样说过,进去的人也不应该有这个期待。带着这样的期待进入写作班的人总是要失望。我又要说了,在我童年时期,除了阅读以外,我也很喜欢画画,那时候总是和表姐学着画一些美人图,画得像模像样,班里的小孩都抢着要。后来上绘画班,我不愿意花时间去画那些不漂亮的东西,比如素描静物,画一张布满沟壑的男人脸,因此就放弃了学习的机会。多年以后高考结束,闲来无事,去了堂哥的画班,结果一个月下来,只教我画直线和方块,我还画的不行,闷了一肚子气。心想为什么不能教我点厉害东西,出去也好唬人。从前画美人图很厉害的表姐,后来并没有走上画画的路,我们曾跟做美术生的堂哥提起这件事情,说有点可惜,堂哥说画画不是那么一回事,但也没有说更多,他不知道怎么表达,我们当时也没有多想。但现在想起来,用这个举例子很合适,期待进来写作班出来就是作家的心态,就跟我指望暑假过去之后能画出什么厉害东西唬人,是一样的。画美人图好看和成为一个画家是两回事。能写一篇似模似样的小说,跟成为作家,也是两回事。

  写作班对我来说,确实起了很大作用,但并不是让我成为一个作家。而是帮助我认识了自己,认识了写作这回事,基本形成了自己的写作观。一个人可以有很多兴趣爱好,但真正心甘情愿为之投入时间和精力,承受辛苦的那件事,才是值得去做,并且也有希望做好的一件事。我认为一个人如果念了写作班之后发现自己不适合写作,那也是一件好事。

  在复旦形成的创作观起先在我写作上表现出的影响,是写了一些"边缘人物",比如我的小说集中,"脑子里有根狗毛"的陆奇,生的很美却患有家族遗传性精神病的"安娜表哥",这些人物其实都有原型,但在进入写作班之前,我没有想过他们可以被写进小说,没有想过用他们来虚构故事。坦白地说,如果没有王安忆老师对"边缘人物"的关注,在课堂上的提示和引导,我可能也不会想到要写这些人,价值观的输入是一种潜移默化的影响,我应该是受了影响,同时也对写作有了一种使命感和责任心。认为写作就是应该关心社会,关心人。后来我发现,很多作者开始写作都是从自己的经历开始的,在编辑MFA的毕业作品时,我也看到很多同学采用的素材是自己的经历,或者是家族的故事。这大概是我和他们在写作开始时不同的地方。我并没有开始使用自己的经历,而我之前的写作,多数都是出于一种练习的目的。我的写作开始得很晚。我总是想确定自己是否有写作的能力,所以,我会像给自己布置作业一样,决定自己要把某个念头写下来,某个人物写下来,变成小说,其实这样一种心态跟在写作班里的心态是一样的,没有老师给我布置作业,我就自己练习。我希望我可以有扎实的基础,在将来的某一天完成我最好的作品,这个作品能让我觉得活着并不是一件遗憾的事情。

  这样的一种严肃的写作观也让我在毕业之后的写作停滞了一段时间。出了第一本书之后,我想我的练习也该进入下一阶段了,而我总是想着价值、群体、大命题这样一些东西,这对我而言是有负担的,有时候也会疑惑,写作难道是一件不快乐的事情吗?有一年我没有发表过任何作品。之后帮助我的还是我的童年记忆,那时候阅读是多么快乐的事情,我暂且放下包袱写了一些轻松的故事,我想,童年时期感受到的那种"享乐、愉悦是懒惰"的记忆,会一直跟随我,也是我需要时不时摆脱的东西,写作于我而言,早已经不是兴趣那么简单。但也不应该成为一个重负。在进入杂志社工作之前,其实我根本不关心现在的作者,也不知道人家在写什么,后来因为工作的关系,我了解到很多作者和作品。也遇到一些让我感到困惑的事情,对于文学,对于写作,人们各有自己的主张。作为一个编辑,我会接纳很多和我的文学观不同的作品,但作为作者,我会用我自己的小说捍卫我的文学观。我非常喜欢小说,从小就喜欢,我忘不了童年时打动我的一些作品,所以我认为,无论多么高深的见解、玄乎的理念、宏大的命题,如果选择用小说这个方式来表达,就应该要有小说的样子。我希望写小说的人是真诚的,至少在对待小说这件事情上,不要把它作为一个工具。一个小说的艺术价值,不是因为写了某个人,某个时代,阐述了某种理论,采用了某个题材,而是在于作者自身的认识、审美、观念、发现,以及如何运用小说表达这些东西,把它们传达给其他人。读者是出于消遣也好,出于好奇或是研究也罢,如果能给人一些乐趣和思考,都是好的。

  目前为止,我并没有做得很好,也没有什么可以夸耀的。好在我并不像高中时那样,企图学两个月的画画就能唬人。写作于我而言,不会是成名成家的路径,而会是一个陪伴一生的事情,它让我的生活变得有意义,让我的懒散、百无聊赖,让我莫名其妙的一些怪心思，让我珍视与憎恶的一切都有了意义，它让我感到自己的存在是有意义的。

我很感谢在复旦写作班里度过的这两年，很感谢关心我写作的王安忆老师、王宏图老师。即便在我毕业后，老师们也并没有忘记我。他们对于写作的态度给了我很大的信心，这信心帮助我抵御生活中遇到的不快，毕竟我们都活在世俗中，而写作只对于珍视它的人才有价值。我很高兴我现在做着这样的一份工作，如果小时候的我知道将来看小说也能是一份工作，该有多开心。

作者简介：

余静如，1989年出生于江西，复旦大学中文系创意写作专业12级硕士研究生，现任职于《收获》杂志社。获得第二届"《钟山》之星"年度青年佳作奖。

作品目录：

《游戏》，《西湖》2014年9期
《不归人》，《西湖》2014年9期
《丽花的悲伤》，《西湖》2015年3期
《荒草地》，《钟山》2015年6期
《安娜表哥》，《钟山》2018年4期
《今日平安无事》，《青年文学》2018年5期
《鹳草洲葬礼》，《文学港》2019年8期
《去云南》，《大益文学》2019年12月
《夏日午后》，《大家》2020年1期
《阿柳》，《雨花》2020年5期
《404的客人》，《山西文学》2020年5期
《安娜表哥》，译林出版社2018年

滞后的顿悟

■ 黄守昙

在天津师范大学读本科的时候,我遇上了一位批评家老师,叫张莉。那时我是学生中最烦人的一个,经常缠着她帮忙看小说,因为她千山阅遍,犀利已是本能,总能敏锐地指出我小说里的问题,这些批评基于文本,又超出文本。记得我写了一篇小说,是讲一个有狐臭的女士和一个肠道不健康的男士之间的相亲故事,我想写他们相亲过程中的虚伪,但她说,你这些设定是生理性的,和人物的品格无关,他们自己也没法决定,再说了,如果有同样身体状况的读者读到这篇小说,他们会作何感想?她的一番质问,把我写作结束时巨大的兴奋感浇灭了,浇得有理有据,无可辩驳,但她未必知道,这对我的写作观乃至价值观有很重要的影响,仿佛已经是在要求我,得翻出所有伪饰的善良与隐幽的邪恶来面对写作,又或者说,要通过写作来面对自己。

在她的当代文学课上,我开始读更多文学作品,莫言的、路遥的、余华的、铁凝的,还有王安忆老师的《我爱比尔》。此前,我只是一个庸笨的高中生,这些作家的名字听都没听过,人生理想是当一个汽水厂厂长或者《中国国家地理》的旅行作家。因为阅读经验贫瘠,也没有养成好习惯,我读书很慢,就像一颗积弱的谷种,即便有充沛的养分,也只能滴灌式地吸收一点,又一点。

也许是见我挣扎太久,张老师推荐了一些作品供我模仿,比如伊恩·麦克尤恩的《最初的爱情,最后的仪式》、胡诺特·迪亚斯的《沉溺》,这些名字对于初入大学的我,更是天外之人。两本集子读完,确实是我欣赏赞叹的风格,我甚至妒忌起来,为什么以我的声音就讲不出这些故事来？在懊丧之外，更有一种直觉——我写作的志向分明日益确凿起来：有人也写这些，不是吗？我想，这就是一个走在前头的文学前辈，对一个写作新人的启发，这种启发是以批评带动鼓励，内里虽有裁弯取直的痛钝，但水流也因此舒畅，通抵汪洋的方向亦更为明朗，对她来说或许是无心插柳，却真切地形成了写作教学的场域。后来有一天，这位老师给我看甫跃辉的集子，告诉我："复旦大学有招创意写作的研究生，你可以了解看看。"我回答说："好，我查查看。"

从此，创意写作，就作为一个新鲜的词语，闯入我狭窄的视角，变作一颗灯火，在写作困顿的重影间闪烁亮起，响着哔哔剥剥的诱惑之声。

激励与浮躁

我读研的经历，是一部浮躁书。在读研以前，只有两首小诗登在一个内刊上，但在毕业计划里，我却暗自许下不切实际的雄心大愿，以为凭一腔写作热情，又有环境的支持、师友的鼓励，定能笔走如飞，写得喧嚣、汹涌，就像莫言谈他到军艺上学的时候，和同学们都像是比着赛写作，我期待的读研生活也是如此，一群人互相激发、互相鼓励，火热地耕耘各自的园地。然而事实却是，我们当中绝大部分人都产量单薄，尤其经受了小说实践课的"磨折"，创作的信心或多或少遭到了打击。

我本身就是一个缺乏写作自信的人，一是读书少，二是从初中就开始写小说，却没有正经地发表过，往期刊投稿也是屡败屡战。在小说课上我的表现也很差，自信越来越低，低出来的空间，又被别的欲望填了去。那时觉得自己的生活有很多种可能性，比如上台表演、编写话剧，浮躁的一个表征，正是什么都想尝试，无论是专业之中还是专业之外，都在瞎忙，还会欺慰自己："算是为写作储备一些人生体验吧。"可知"体验"，果真是一个全能的词，万事万物都装得进去，尤其是对艺术从业者而言，无论是贪玩享乐，还是遇见糟糕的事，似乎用一句"就当做是体验"，便能稀释掉所有负罪、不甘与歹恨。

对我在小说课上的表现，王安忆老师是失望的。一次，她说我交的小说开头里，有两个支线人物之间的关系比较有潜力，一个是从来没看丢东西的保卫科科长，一个是走后门入职的偷窃癖同事。王老师觉得这样可以一来一往地过招，作为一个开头，是发展得下去的，于是嘱咐我好好写这对人物。可我一门心思顾着主线人物，不肯割舍，又觉得那矛与盾的故事太难把握，无力挑战，下一轮索性把两个人都摘掉了。新作业交上去,王老师很失望,说:"遇到困难不能就想着绕开。"当时我还不能充分理解老师的话,只觉得这终归是我的小说,我只写我想写的东西。这到底是一种误解了。

好在后来得到了第一个鼓励:在本科期间写的一篇小中篇,叫《老太太和她的牙》,写的是一个从抗日战争生活到改革开放后的农村女性,得了嘉润文学奖中短篇小说组主奖,这结果令我出乎意料。颁奖典礼的时候,我站在台上,王安忆老师是颁奖嘉宾,她从台下跨步上来,把手中奖牌递给我,笑着说了一声"祝贺",又握了我的手。这种感觉很奇妙。当我仍处于一种兴奋和恍惚的状态时,王安忆老师已经站上台说:"他(指我)在课上可是没有少挨我的骂,终于得了一个奖,也是对我(的)一个安慰和鼓励。"

那篇作品再翻开来,一望可知有模仿前辈作家的痕迹,彼时的我试图书写宏大的家国故事,但由于背景复杂、历史遥远、案头工夫做得也不到位,写出来的故事难免节奏过快,出现了许多空子,好比摊大饼,底子是这点底子,一硬撑就容易拉破,露出里头不饱满的馅儿来。所以,与其说这篇青涩拙劣的作品,能作为"一个安慰和鼓励",倒不如说,这句话本身即是对我的鼓励。

诚实地讲,这个奖是我第一次在写作上得到认可,尽管不是什么大奖,却给我几近熄火的信心提供了动能。因为它,我稍稍能被曾经立下的志愿惊醒,此后又像食髓知味一样,写作、投稿,也陆续受港澳台的一些奖项激励,其中一个略有影响的,是台湾的林语堂文学奖首奖。得奖的是一篇计划生育题材的小说,名为《叫爸爸》,这篇小说里的故事,是我本科就写过的,期间改了许多次,终于在读研时才找到一种相宜的叙事方式,后来它发在了《上海文学》的微信公众号上。

港台的文学奖项有点像征文比赛,是以匿名的孤立的一篇作为评审的内容,于新人写作者而言,它们最大的优点是会有复审记录和终审记录,而且记录得非常详实,仿佛评审们就坐在你面前争论。一篇作品,投杂志公邮很可能不知所之,但投奖至少会被阅读,又能在评审记录里能学到许多写作的知识,这似乎是大陆文学新人培养机制可以效习的一点。正是这种匿名带来的相对公平,在一段时间内,我频频投奖,这又是浮躁的另一表征。一个台湾朋友也问我,你怎么沦落到"奖棍"了?这个反问令我感到震惊、羞愧。我张皇地回望了一眼,原来自己已虚荣得过头。这时又想起那次颁奖典礼,王老师在台上说:"文学不是早慧的艺术。得一个奖,还不能说明什么,未来有很长的路要走。"

我想我的写作之路,还得与浮躁打一场仗。

想象与逻辑

王安忆老师课里课外的一些话，经常在很久之后，能让人产生预言验证般的滞后反应，某些时刻你会顿悟："啊，原来当时是这个意思！"倒不是她没有讲清楚，而是对于我这样钝感的人来说，不身在其中去经历过程，不经过反复地思考和验证，是很难领会真义的。

王安忆老师的小说课，众所周知是擂鼓阵响、箭如雨发的。她总是一副冷静从容的模样，轻易看穿我们故事里的破绽，但她不指出来，只是问："你现在告诉我，她长什么样子，她漂亮吗？""好的，那么她以何为生呢？""行，那么她为什么爱这个男人呢？"她的问题一个接着一个，问得急了，你甚至会内怨："她要不是王安忆，我肯定会以为她在耍我，在刁难我。"但课堂上反抗的声音也常有，许多同学招架不住，回应得简直像在耍赖，可王安忆老师依然平静地说："其他人觉得怎么样呢？"她是直面困难的，所以也希望我们不要软弱，或许是因为写作路上，没有哪座关阻能被绕开。后来我写小说，脑海中会本能地有一个声音，对我进行逼问，就像形成了一定的肌肉记忆，问："他究竟以何为生呀？"这才知道，小说课上那些簌簌飞来的箭，已经结实地扎在我的草船上，而迷雾，也散开了一些。

再如小说课上的采风。我们这级去的是上海第十七棉纺织厂，现在已经被开发成奥特莱斯，从一个机器声嘈杂的工业区，变作一个小调音乐的商业区。在江边，我们冒险家一样地走往更高处，那是一些荒废的店面，直到保安喊我们下来，我们就去坐船，花少少钱横渡了黄浦江。小说的采风，和散文的不一样，散文是就事论事，小说是人在眼前，故事已在万里之外：一对年老的夫妻，可供我们想象成失孤者；一间昏暗的旧发廊里，会藏着女人不可多言的身世；铁架上平时的维修工人，或许有一个隐幽的秘密。

采风是有意图的观察，为的是寻觅一个故事，或者一个能进入文本的人物，它要求我们感受环境，从过路者的动作、表情、谈吐、衣着外貌，观察出性格、职业、身份甚至家庭社会关系。我记得作家讲坛课请来了作家薛舒，她提到自己一次经历，说见到一个裁缝模样的男人挟着模特架在路上，觉得有趣，便以这个场景构思出了一篇小说《彼得的婚礼》。

这一点也非常"创意写作"，可见创意写作是方法，不是结果。

出于小说写作者身份的合法性，我们可以理直气壮地养成一个揣测他人的习惯，或者用自己的逻辑去想象路人的前史，就像掌握着一面随我心意的照妖镜。一下子,虚构者的霸道就显露了出来。不过,想象只是起点,将想象合理化、逻辑化,密密实实地铺开,才是创作的漫长路程。王安忆老师在《谈话录》中说到:"生活的逻辑是很强大严密的,你必须掌握了逻辑才可能表现生活的演进。逻辑是很重要的,做起来很辛苦,真的很辛苦。为什么要这样写,而不是那样写?事情为什么这样发生,而不是那样发生?你要不断问自己为什么,这是很严格的事情,这就是小说的想象力,它必须遵守生活的纪律,按着纪律推进,推到多远就看你的想象力的能量。"

经过小说实践课的锤炼,我们当中的一部分人已经丧失了写小说的兴趣。或许正是因为,我们对好小说的理解更深刻了,从前迷恋于情节要反转,对话要精彩,人物身世要悲惨或者猎奇,现在我们知道了,好小说要有更实在的逻辑,逻辑犹如基石,支撑着我们以想象力去建造空中花园,过程是踏实的,一点偷工减料都不行。

材料与讲故事

写毕业作品的时候,我调用了许多童年经历作为材料,那段时间,我徒劳地想,写作者能否回避童年?后来我看见80年代出场的前辈小说家们,有许多作品都是以儿童视角进行叙事,好像他们都曾是苦闷的孩童或者少年,等待用文字自我打救,一等就等了许久,以致于起身用势迅猛,能量巨大。反观同辈人的写作,就显得轻盈、温吞了一些。几年前,在复旦光华楼听了一场青年写作者和批评家之间的对话,批评家们提出了对青年作家的期待——年轻而不同的"冒犯"。可惜会议室里的青年作家们似乎不太领受这样的期待,有人表示:"我只是想写我想写的东西,恰好冒犯到而已。"

当下青年写作者,似乎不轻易接受别人的定义,对于成为时代声音中的一个,也兴趣不大,"我们"是个体主义的,是充分承受着多元文化洗刷的,是看上去最不应该被粗暴统摄的。然而,代际划分像个工业刀闸一样,把这些后生者硬塞进罐头里,贴上标签,光明正大地陈列在期刊和各个平台里,其实打开来看,每个人都要冲出来,大声喊:我们可不一样。是的,可不一样。

诚如弗洛伊德所言,童年的不幸会影响终生,海明威也被问过:"如何成为一名作家?"他答:"不幸的童年。"顺着这个逻辑思考下去,我们会发现,其实世上不需要什么创意写作学位,只要有失和的家庭与苦痛的经历即可,我们原生家庭中的权威者,即是最理想的学位授予者。又因为"不幸的家庭各有各的不幸","我们"一定能成长为形状各异、千奇百怪的写作者。

这里我需要提一下龚静老师的散文课。研一第一学期，我们性格迥异的十几个写作青年，挤在光华楼二十七楼一间小会议室里上课、谈散文，那间会议室比不上教室宽敞，仅能围成两圈，显得更紧凑、隐私、适合说悄悄话，像是刻意安排，好让我们在此相互掏心掏肺，用秘密把陌生人迅速升格为朋友。想起来相当浪漫了，"我们"在相遇中也从未觉得彼此面目相肖，反而检验出了彼此的特殊，然而还有许多人，认为上过同一门课，我们就会形成相同的思维，写出相似的作品。

散文课的意义，除了让我有第一次散文创作的尝试外，还让我在掏心掏肺中开始审视自己的写作材料：我在课上写过的四篇散文，有三篇都和我的童年、家庭、家族和家乡有关，一个同学读过后，问我说，你们家的故事怎么那么多？给你提供了好多材料啊！我说，可能是因为家族太大人太多吧。父系一脉，我的爷爷有十几个兄弟姐妹，他们又开枝散叶生了散布于珠江三角洲的两代人；至于母系一脉，我的外婆也生了六个儿女，他们各有各的传奇；我的家族中人，已经分别在偷渡船、潮剧戏台、裹尸草席等诸多场景中，留下过精彩的身影，他们当中有工人、老板、演员、教徒、农民、学生，经历过了战争、政治运动、生老病死、家庭变故，即便他们的故事经过了自我润饰，但也已足够驳杂、茂盛。

眼见家乡土地的上长满了或正在生长的无数故事，我有了一个念头，就是在小说里重新虚构、织补家乡。从读大学算起，我在天津、北京、上海、广州都生活过，或许因为体察世间的能力不足，总觉得它们似乎在相互复制、模仿，通过发达的公共交通和商业综合体，将都市中人便利地圈养起来。一种连锁的生活，对我乃至一代人来说，似乎已经避无可避，而唯有家乡，它永远地处在边缘的位置，以一个尴尬的不合时宜的姿势，等着从这里出发的写作者们开始说话与虚构。

家乡无疑是重要的。王安忆老师上小说写作课之前，先让我收集同学们的家乡地，似乎这是很重要的写作资源；当代的许多作家，也都喜欢以家乡作为底模，构建自己的文学王国，当然这可能不只是"想写"的问题，或许里头还有"能写"的问题。很有可能，不是写作者选中了故事，而是故事选中了写作者，它像一个附身的亡灵，咄咄逼人地叫你把它写出来，把它的身世讲给别人听。

可能与许多青年写作者不一样，相比于先锋的、实验的、反叙事的写作，我更喜欢讲故事。我享受它，甚至为之追溯到一些家庭传统，比如我的父亲和母亲分别是各自兄弟姐妹中最会讲故事的，他们经常说各种奇怪的故事，并"夹带私货"，以此教化我们；而我的五个姐姐，也很爱讲故事，我们经常聊到半夜，好像比着谁的故事更精彩一样；除了五姐，她不太讲故事，但她听故事，小学时我们为了省下五角公车钱，一起走路回家，一路无聊我就开始编故事，起初她不愿意听，觉得我这张狗嘴能说出什么来?我就骗她说,这些故事是我看书看来的,她就愿意听了。

一定程度上,我得以从个人的历史出发,理解了那句"首先要承认,小说的本质就是世俗的"。因为有段时间,我尝试写过先锋的小说,觉得那样高级,像是在给读者布置谜题、设置障碍,但后来我发现去模仿那样的写作,对初习者来说是危险的,不如回到故事中来,回到自己本属于的人群中来,用人人都能用的方法,写出同样好的作品。这才是我既小又大的新的志向。

研三的时候,王安忆老师对我说:"你就是写形而下的东西,你不要追求形而上的,那不适合你。"我当时很懊恼,甚至问:"是我写得不好吗?"老师说:"这不是好不好的问题。"过了一年多,我似乎还在等一个滞后的顿悟,就像此前那样,但我想,或许形而下写到极致,形而上就会自然生成吧。

作者简介:
黄守昙,1994年出生于广东汕头,复旦大学中文系创意写作专业16级硕士研究生,现任职于广东财经大学华商学院。

作品目录:
2017,小说《老太太和她的牙》获嘉润大学生华语文学奖中短篇小说组主奖
2018,小说《跨界》获第六届澳门文学节短篇小说比赛中文组冠军,并被翻译为英文及葡文收录入合集
2018,散文《乡村小姐》获第八届"包商银行杯"全国高校征文赛优秀奖
2018,小说《叫爸爸》获第十一届林语堂文学奖首奖,发表于《上海文学》微信公众号
2018,小说《走仔》获第二届上海市大学生原创文学大赛三等奖,发表于《萌芽》十月刊
2018,获复旦大学首届江东诗歌奖
2018,获南京大学第五届重唱诗歌奖
2018,所编创的反儿童性侵公益话剧剧本《小白船》,三人合作编剧,入选上海市文艺发展基金会青年编剧项目
2019,小说《团圆》获第四十五届香港青年文学奖小说组季军
2019,小说《天鹅》获第四届水滴奖短篇科幻小说二等奖

到那边去

■ 薛超伟

最初的问题是：什么是好的小说？读本科的时候，我喜欢凯鲁亚克、卡佛这些作家，他们都是美国作家，所以有一段时间我经常在复旦图书馆I712区域逗留。还记得第一次读完《达摩流浪者》，我一直跟同学讲书里的内容，讲凯鲁亚克和金斯堡那些疯狂的八卦。我从《达摩流浪者》学会了一个词，或者说一个动作，叫"雅雍"。但书里对我构成最大冲击的，还是主人公去孤凉峰做林火瞭望员时，在屋外的大岩石上倒立，发现了群山是倒悬着的。那个画面我想象了很久，感觉看到了很远的东西，透过阅读我第一次看得那么远。有一天有个博学的同学可能被我讲烦了，他决定说出真相，他说：你读的这些都是三流小说，你应该读一些好书。我表面不以为意，但拉着人讲书的次数渐渐变少了。后来，我的老师说过不一样的观点：你不用管他们是几流，能在文学史上留名的，即使是九流小说家，也值得学习。我记住了这话，同时内心也有所警醒，隐约觉得孤凉峰也不够远，我想知道更多的东西，想知道一点文学那边的秘密。后来，我报考复旦创意写作专业，也是想离那边近一点。

备考期间，除了复习，我重点读了学科推荐书目里的《小说鉴赏》，读到了很多短篇，也见识了新批评的一些神奇见解。两位编者对部分小说里流露出的感伤情调非常不满。我印象最深的，是他们对《带家具出租的房间》一篇的批评语：感伤情调有时来源于缺乏逻辑——不管这个场合是不是合情合理，就动不动诉诸感情。这话让我感到羞耻，因为我也经常在小说创作中流露感伤情调，当某处叙述卡壳的时候,就去表达情绪,从情绪里出来后,又可以继续往下走了,似乎这样,人物的行为就多了一点可信度。

次年我如愿进入了复旦创意写作专业学习。入学第一年,特朗斯特罗姆来讲座,门庭若市,我挤不进阶梯教室,跟同学翻了窗。那是第一次为求学翻窗。冬天,莫言获诺奖,我们都很兴奋,感觉亲历了大事件。

复旦的校园非常可爱,到处都是猫,学校里有燕园、曦园,但它本身就是猫园。猫分区域聚集,教学楼、宿舍区的多是橘猫、白猫这些长相可爱的猫,被学生们喂得胖乎,也不怕人。本北高速实验田附近的猫,长相差强人意,就活得比较仓皇。这似乎展示了某种通俗的道理。

到复旦学习之前,我不喜欢上海,脑袋里有个"观念的上海",所谓巨型城市、人情冷淡云云。可能跟我的阅读趣味有关,之前读很多当代著名作家的小说,多反映乡土,其中尤爱张炜,《古船》《九月寓言》等,里面的人物总在野地里奔跑,令人向往。在上海学习生活几年,我又是从"观念"入手,读了一些上海本土作家的书,比如王安忆、金宇澄、龚静、王宏图等老师的作品,照着部分地名实地游逛一番,感觉奇妙。空间对于文学非常重要。王安忆老师第一节写作课给我们布置的作业,就是去田子坊逛街,回来写一篇以田子坊为背景的小说。(以至于后来有朋友来上海找我们,我们都优先将其带去田子坊逛)逛得多了,尤其把这座城市落在自己笔下之后,偏见就在不知不觉间消失了。

阅读课,王安忆老师布置我们看科尔姆·托宾的短篇集《母与子》,还有朱利安·巴恩斯的《终结的感觉》。我喜欢《终结的感觉》,它机巧、幽默,又蕴含悲剧,而《母与子》平铺直叙。王安忆老师在给我们授课的时候,表达了对《母与子》里《长冬》一篇的喜爱,并且,她不喜欢《终结的感觉》,大意可能是说,太匠气。课后我重读了两本书,若有所悟。《终结的感觉》这类故事,是被塑造的,作者关闸或开闸,控制叙述的"水流"。而《长冬》,不依靠机巧,不设置太戏剧性的冲突,却从始至终保持着一股紧张感,漫长冬日,主人公在山里寻找离家的母亲,谜底揭晓的时候,也不直写,而是写秃鹰、写父亲的猎枪。或许有某种隐喻,但明面上的叙述已足够动人。那之后,我开始对那些第一眼特别绚烂的小说保持警惕,有了一层警惕,就不会轻易被俘获,也能看得更清楚一点。

写作课需要时时自省。我们提出小说的构想,王安忆老师会进行发问,我们给出答案,她会把答案转变成问题,继续发问,如果问到你答不出来,就是还没想明白,这篇小说需要重新考虑。比方说,主人公为什么要离开自己的小镇,到拉萨去?拉萨是否有什么不同于小镇的特异之处?主人公对拉萨之行有什么期许?作为作者,你期待拉萨的特异性赋予主人公某种转变,那他自身是否有足够的内在力量完成转变?类似的发问常常让回答者陷入窘境,但课堂上这人均几分钟的窘境,真的非常有帮助。就我个人来说,此后几年的写作,我都会先花好多时间给自己提问、整合素材,然后才下笔。从写作课上我还学到,写作者要考虑的东西,必须比呈现在纸面上的东西多很多。比如写一个人物,如果他的父母没有出场,你还是需要考虑他的父母是怎样的人,甚至要考虑他的祖父母,因为在怎样的家庭环境里成长,对人物后来的行为有很大影响。下笔前要考虑得很实,再虚幻的设定,也要想到很实的部分,说服自己,跟自己的内心达成合约,才能下笔。这些训练,可能相当于戏曲演员练的幼功,区别是他们三四岁就开始练了,而我们二十多岁才开始。如果不是来了创意写作班,不是听到王老师的课,可能我们一直都不会知道要做这样的训练。

从王安忆老师那里还学到了如何选择素材。素材即便有原型,也不一定能入文。文学自有一套逻辑,跟现实逻辑未必一致。现实里能发生的,如果在文学逻辑里不能发生,也不能轻易去写。以及,在你身上有切肤之痛的那些素材,不一定能在读者那里达到同样的效果。作者的情绪领先于读者,是一件尴尬的事情。我在课上提到我们那边的人会歧视周边省份来的务工者,想写一写这种不公。王安忆老师的意思是,这大体上只是经济问题,是发展过渡阶段的现象,不是永恒性的主题,可写可不写。

在创意写作班,所有的授课老师都带给我很大启发。我是从梁永安老师的电影课上重新学会看电影的,也是那时我开始写影评,到现在也保留写影评的习惯。梁老师的课不只讲电影赏析,也讲生活,讲人生,他提醒我们,要打开自己,去体悟形形色色的生活。他脸上经常带笑,是一个温暖的人。王宏图老师的课上,大家一起阅读西方经典文学。有一种说法,就是中文系的学生什么都懂,讲起文学史头头是道,实际上大部分作品都没有读过。在这堂课上,王老师引领我们扎扎实实地读了十部作品,布置我们写了很多读书笔记。王老师常有惊人之语,印象最深的是,他说巴尔扎克的语言实际非常粗鄙。他说这话是提醒我们好好学一门外语,只有读真正的原著,才能看到本来面目,不然只是读二三手材料。在戴从容老师课上,我们阅读原文。头两节课读的是乔伊斯的《死者》,文末雪花的描写被无数人推崇。It lay thickly drifted on the crooked crosses and headstones, on the spears of the little gate, on the barren thorns. His soul swooned slowly as he heard the snow falling faintly through the universe and faintly falling, like the descent of their last end, upon all the living and the dead. 死亡化为如此盛景,令人惊颤。后来看电影《银翼杀手》,

里面的角色在雨中死去,临终前念出那句响彻电影史的台词:All those moments will be lost in time...like tears in rain。我想二者的意境是相通的,即使换了媒介,那种动人的力量不会削减。《死者》中,两组词,"falling faintly"和"faintly falling",重复修辞,读时会感觉舌尖上有东西在跳跃。虽然我英语不好,也似乎能微微地体会到王宏图老师所说的那种原文之美。

戴从容老师是乔伊斯《芬尼根的守灵夜》的译者,我们在校时,也正是这书初版时,很幸运,我们学生时代可以与许多文学大事件相遇。室友是乔伊斯迷,每天早上4点起来读《芬尼根的守灵夜》,做批注。毕业时他送了我一套,我至今只看完了序言。我想,巅峰也不总是用来攀爬的,也可以是标定的一个界限,屹立在那里,告诉我们,文学最异质化的形态是怎样。人们随时可以去攀登,当然,畏高的人也可以去别处看景,没有什么景是非看不可的。但是也没有什么景,你笃定今生都不会前往。盛景必须存在,"在"这件事很重要。

上胡中行老师的古诗词创作课,是一段很特别的经历。我们现代青年人作的格律诗,可能都不如古代一个受过训练的稚童,胡老师每次还要把我们的诗都投到荧幕上,让大家互相分析,但我们的诗还不是最差的,在课上大家经常一起批判某些所谓诗人写的老干体,很好玩。格律诗不仅要合律,还要符合古韵,有些字古今读音有别,那就要检查今字在韵典里属于什么韵部,什么声调。想要的字不合律切韵,就要重新从韵典里找字眼。我写东西慢手,写格律诗更甚,为了一个字常找到半夜。所以诗对我来说很难,作诗不算是作诗,是找诗。在张新颖老师的课上,我们鉴赏新诗。民国新诗并不让人惊艳,但也饶有趣味,他们都是领跑者,其实胡适的《两只蝴蝶》也有美感,更别说鲁迅、穆旦。几年后,张新颖老师出了自己的诗集,最出名的自然是那句:风吹到句子之间/风吹词语/风吹到旷野和字的笔画之间。我读来有些恍惚,想起找诗的那些夜晚。诗可能终究不是找出来的,是被风吹到诗人笔下的。每一个写作者,无论写的是诗还是小说,写得好与不好,都是恋慕诗歌的。诗是词语的故乡。

我在龚静老师的散文课上最闲适自在,大约散文就是一种自在的文体,而龚静老师,也是一个自在的人。老师体弱,但她又很坚韧,在黑板上写粉笔字,写的是竖版,像作了一幅书法,矫若惊龙。她身上有古代文人的气韵,通书画,还会欣赏植物,认得很多花草。有一次课上,老师在窗边看了一会儿景,对我们说:楼下有只猫在草丛里负暄,真好。那天让人印象深刻,因为下课后那只猫还在草丛里不动,师生们一同去看,才发现那只猫不是在负暄,它是死了,死了,阳光也依然洒在它身上,风吹动它的毛发。散文课上,我学到了关心植物和动物,它们落在笔下,文章就热闹起来了。龚老师的文章有很多惊人的句子。将尽的阳光,总是拉长了拱廊。走在有阳光的走廊里,我总会想起老师的这句话。

在复旦那几年,我每天都有收获,感觉不断地窥探到文学那一头的一些秘密,经常处于亢奋中,便也渐渐自负起来。其中一个表现,就是那段时间,我对语言有洁癖,推崇写作者寻找专有和自有的独特语言,厌恶陈词滥调,更厌恶网络语言。我对自己的要求是:小说里每一个段落都要有精彩的句子。后来写毕业作品《水鬼》,我在语言上做到了自己能力所及的极致,也确实得到了老师的一些认可。但王安忆老师提醒我,小说不是诗,小说是一种时间和空间状态的呈现,要有张力,要有内在的紧张感,没有紧张感,小说不成小说。王安忆老师的批评我一直记在心里。但影响是滞后的,很多年后,我才决定在小说里把语言做得朴实一点。

那天在出租屋里打扫卫生,瓷砖里都是污迹,我完美主义作祟,拿抹布抠瓷砖的缝隙,力求把每一块瓷砖擦干净。抠了一整天,还没打扫完屋子。联想到自己的性格,自己的写作,发现一直有这样的习惯,抠细节,但却容易做坏了整体。后来读到了艾柯,艾柯援引他老师帕莱松在《美学》中表达的理念:重新要求艺术形式的整体性,拒绝在作品中单独挑出偶发的诗意片段。我又有些醒觉,跟以前在创意写作专业的受训结合起来,我尝试改变,把重心放在表现人物和营造文本内在的紧张感上面,也开始给语言做减法,写得不多,但感觉到自己有变化。那种变化,使得一些朋友、编辑老师认为我退步了,但我知道,从长远来看,是有益的。

毕业后,生活总体闲散。有两年是无业状态,后来也做过文案,还写起了短视频剧本,跟一些过去在娱乐圈混,以及将来可能会在娱乐圈混的人一起工作了一段时间,也尝试考了年轻时候非常排斥的公务员,差几名进面试。生活温温吞吞,但在文学上,感觉并没有荒废下来,也算是一种安慰。

一切都在变化中,但我现在依然有在思考最初的问题:什么是好的小说?我不断在喜欢的作家名单上面添加新的名字,比方说有科塔萨尔、罗恩·拉什、多克托罗,等等,但似乎还没有找到那么一个人,让我觉得,就是他了,我必须要向他学习。也许永远也不会找到单一的那么个人,无妨,自己走,偶尔停下来看看路边的风景,继续走。

从艾柯那读到对"艺术形式的整体性"的强调之后,过了两年,我又在纳博科夫那里读到一个论调:艺术的伟大之处就在于奇特的骗局和复杂。纳博科夫对"文学是简洁和真诚的"这一论断很不屑。某种程度上,似乎又和眼下我希望践行的那种文学目标背道而驰。我现在是觉得,什么样的表达都可以试一试。在复旦读书时的室友有一句诗,我记到现在:去天堂的路上/要换多少匹马?如今,我想到那边去,也不是一人一骑能成行的,也要换好几种交通工具。可能,兴致勃勃,最终也没能抵达另一头。但,去就是了。

作者简介:
　　薛超伟,1988 年出生于浙江温州,复旦大学中文系创意写作专业 12 级硕士研究生,现任职于一家短视频制作公司。

作品目录:
《匣子庄园》,《青年文学》2010 年第 2 期
《人间失格》,《青年文学》2011 年第 3 期
《斗夜》,《青年文学》2012 年第 5 期
《饥饿的恋人》,《青年文学》2012 年第 8 期
《同屋》,《上海文学》2017 年第 12 期
《换亲》,《上海文学》2018 年第 13 期增刊
《水鬼》,《特区文学》2019 年第 5 期
《渥丹的颜色》,《山西文学》2020 年第 3 期
《上海病人》,《特区文学》2020 年第 4 期
《万物简史》,《雨花》2020 年第 9 期
《春天》,《上海文学》2020 年第 10 期

经验转换与情感教育

■ 张心怡

因写这篇文章的际遇,在用语言阐释写作过程的书籍中,我又重读了一些印象深刻的。读到王安忆老师收在《小说课堂》集子里《小说的异质性》这一篇,想起第一次见到它,是在高中的阅览室,在《花城》杂志的"作家讲堂"专栏上。那是个很破败的阅览室,门口坐着个镜片很厚的管理员。我不知道什么是《花城》,对"小说"也没有概念,当时读一些当代小说选刊,最喜欢活泼有趣的故事。王安忆以授课的口吻,在文章里写,你看,小说可以以拆分的方式来读。那时候的震惊程度,让我突兀地跑去问管理员,虽然杂志是仅供阅览的,但我能不能破例把书带出去几分钟,复印一下再带回来。

他很好奇地盯着我看了一会儿,然后说,你去吧。

后来我想起这件事,就想起自己气喘吁吁地奔跑在黄昏当中的场景。如果这碰巧能是个短篇小说的开头,大概会被描摹为某种"天启"的时刻,但不是布道般的奇迹顿悟,我并非某种浪漫故事里"被选中"的人,而是像抓住稻草一般地去抓住写作本身。

我承认自己的资质平庸,在写作上,也许有一些天赋,但并不足够。生活中,性格过度敏感,时刻在勉力克服。在各种力量的规训下长大,缺乏安全感,也有一定程度上的软弱。但我通过写作寻找到自我与世界的相处之道,尽管它并不明确,随时间流逝而变化,却始终带给我最为清晰而真实的生存感。

其一是写作让我积极地置身于生活之中,通过具体的读和写,看待自己的生活。

所谓态度的积极,是尽可能取消在生活事件发生之前的价值预判。"我们准备着深深地领受",即使不一定能够等来"那些意想不到的奇迹",也要给生活本身以最大的尊重。着手做,从事具体的工作,而不是坐着想。读《沈从文的后半生》时,他写作上的勤奋给我留下异常深刻的印象,"外来的折腾,虽难避免,总不会影响到工作进程的"。其二是对于自我人格的反思,虚构抑或非虚构的叙述方式,甚至,从更广泛的意义上来说,从"写"回溯至"读",都给予我充分的宽容。张怡微老师在《散文课》里写,"即使成为不了伟大的艺术家,我们普通人也应该在历史中完成有限的自己。文学,或许是一个良好的路径。散文,也有助于我们完成自省,成为一个更好的人。"

对我而言,不止是散文,小说亦然。外部的事物需要一个精神世界的核心作为支撑,来得以消化。如果要说天赋,这也算一种天赋,不是那种璀璨的,却很顽固。

写作动机:从"恐惧与受辱"开始

这样的意思,其实已经被表达过了。"其实生活有着许多未知的合理性,每一个写作者和生活之间各有通道,一个秘密通道,这个秘密通道进入生活的部分各不相同,可能这就决定了我们各是什么样的写作者。"(王安忆《小说家的第十四堂课》)在复旦创意写作专业学习的两三年间,我集中训练写过一批短篇小说,在这些作品中,每一次写作实践上的推进,都给我一种感觉,像在幽深的隧道里穿行。

有意思的问题是,这是一条什么样的隧道?

对写作这一行为的想象,从"苦难"被赋予价值开始。高中时期我有轻度的抑郁,那个"神启"的时刻,给予我一个朴素的信念,坚持正常的学习状态,到考上大学,就能够获得写作自由。大学里我懵懵懂懂地写过一些故作成熟的小说,印象最深刻的是第一篇,写夫妻的七年之痒,竟然受到了评审老师的大力夸奖。后来断断续续写过的一些习作,印象也很模糊,在潜意识里并不愿意承认,写作动机大都与一些难以启齿和言说的情感联系在一起,恐惧、受辱,渴望颠覆现实逻辑的欲望,以及一颗少女破碎的心灵。

那时候我在《上海文学》杂志社实习,带教我的年轻编辑徐畅,同时也是个青年作家。我很勤奋地写,每次写完都第一时间发给他看。但情况通常是没有回音。直到有一篇叫《幽灵》的小说,他直接打电话给我,一下子谈了很多意见。其中有一点我印象深刻,他说,如果你对文中的这个"老太婆"是怨恨的态度,会妨碍你小说里面意义的探寻。

我无意在这里强调价值观的正确或者积极,文学中的价值与现实中的道德固然也不是同一回事。然而它可以用来阐释我写作之初的动机,抑郁的高中生活、灰暗的童年经历、生活中的敏感多疑与痛苦,文学提供了表达和输出的路径。在"写"的动作上,很长一段时间,其动力来源在于这个表达的欲望是如此之大,不付诸于"写",我就无法获得生活的平静与安宁。

在置身的现实里,看见自己的生活。这些第一个阶段的作品,在2020年春天集结出版了,较为完整的七篇,收入了我的第一本小说集《骑楼上的六小姐》(上海文艺出版社)里。出版的契机很突然,一直到书被印出来,我都很质疑她们的价值。但通过这本书,我获得了很多关注的目光、师长的鼓励,笨拙地接受一些采访、参加文学活动,艰难而一次又一次地阐释自己。

然而我的心情始终是纠结而矛盾的,这又回到了写作动机的问题。来源于原初性的情感体验,所表达出的"自我"是强大的,以至于虽是虚构的文本,里面的袒露是"赤裸"的。"自传性"的解读,让情节虚构与现实考量交错在一起。这不是一个好的状态,最开始我会尴尬地回答,你写的是不是谁谁谁的问题,后来,我干脆听之任之了。即使阐释我自己,不论是女性成长,抑或是短篇练习,都只是一些懵懵懂懂的回答。童年经验、有限的阅历、诚恳的内心感受,这些促成了第一阶段的表达。怀着强烈的写作动机,我一篇又一篇锲而不舍地写,只是为了解决一些看似简单的问题,如果要条分缕析地来表达,大致是以下几种:"我"是谁?"我"究竟值不值得被爱?"我"该怎么爱别人?"苦难"的价值在哪里?作为个体,"我"的价值在哪里?

在这个阶段,加拿大作家爱丽丝·门罗的一本小说集,《女孩和女人们的生活》,给予了我很大的启发和鼓舞。序列里的最后一篇小说叫《洗礼》,结尾处——

> 我尽量让自己明白读到的东西,过了一会儿,我对这些印刷出来的文字,这些奇怪的可能性,起了一种轻柔而明确的感激之情。城市存在了;需要电话接线员;没有爱和奖学金也可以应付未来。现在终于摆脱了幻想和自欺,摆脱了过去的错误和迷惘,严肃而简单,拿着一个小衣箱,搭上公交车,像电影里离开家、女修道院和恋人的女孩子,我想我会开始真正的生活。

在女主人公充满隐喻性的恋爱经历中,她经历了成长、欲望的苏醒、自我幻想的建构、破灭与重新出发的全部历程。门罗运用娴熟的时空压缩笔法,在最后这个小说里,再次创造了全书的序列与时间概念,"洗礼"一词,也是女主人公的希望。

我也尝试着完成了这么一个序列,按照这条探索路径而完成的小说,收在了小说集《骑楼上的六小姐》里。从"恐惧与受辱"出发,我很诚恳地,跟着小说里的主人公,走过了探索之路,一条幽长的隧道,来尝试回答那些看似简单,但难以概括和定论的问题。小说集里,最后一篇《骑楼》,是我在创意写作专业学习的毕业作品。她最开始的题目叫《女性联盟》,后来答辩的时候,老师们都给了很多意见,龚静老师建议我改名为《骑楼》。"骑楼"是在小说里贯穿的建筑,她最后成为了一个隐喻,和最早动笔的"幽灵"一样,女主人公花了很大的力气,走了很多的路,走到了一个新的地方。从过去的阴影里走出来,隧道是旧的,还会有新的隧道,但不再会有一样的隧道了。在新的地方,想要抬起头看一看。

是新的领受的准备。

形式:经验的转换方式

冯至在著名的十四行集里,有一节专门讲"水"。水没有固定的形状,"取水人取来椭圆的一瓶,这点水就得到一个定形",颇有点类似于小说劳作的过程。你从这个自我与世界沟通的"秘密通道"里,发掘出感受的片段,慢慢地建造一个完整的东西去表达它,称之为赋形。然而在这个过程的表述中,又产生出许多新的问题。所以冯至也说,"把住一些把不住的事体"。

其一是生活经验与感受的可疑性;其二是当我们开始赋形之时,我们所借助和依赖的写作经验。

第二点涉及一些写作的技巧,似乎更加有话可说。我在本科阶段陆陆续续地写过数十个小说,但直到研究生阶段,我的脑子里才有了短篇的概念。在课堂的激发之外,我自己开始了练习。

这个激发就来自王安忆老师的小说写作实践课程,是对我影响很大的一门课。王老师很严厉,对你的缺点直言不讳,并不会附加什么多余的鼓励。我们这一级十八个人,分为四个小组,每节课轮流讲评学生的作品。第一轮讲评课,我们所交的都只是小说的开头,大概一千字左右。我记得我的逻辑被严重地质疑了,那天晚上回寝室,我失眠了。第二次,我推翻了自己的开头,重新写了一个开头,准备了很多问题的答案,依旧被问倒了。第三次,怀着不服输的精神,我把小说给写完了,但我还是被问住了。小说当中的很多逻辑问题,我回答不上来。

其实答案是不重要的,重要的是这个对于自我的发现过程。王安忆老师的一句话让我失眠了好几个晚上,她说,张心怡,你这条路是走不通的。伤心之余,其实纠缠我的是对诸多问题的疑惑。我走的是什么路?为什么我这么写不行?

想不明白就开始写。王安忆老师反复推荐乔伊斯的《都柏林人》,在短篇小说写作上,它是我的第一本"教材"。把它叫做"教材",是很适切的,又很是心虚。适切之处在于,《都柏林人》中的许多小说都看似某种"片段"的截取,但却呈现出难以概括之貌,于是你知晓所谓片段,不过只是叙述的表象而已,其本质的野心在对永恒问题的探寻。技术上,描写的精准,其后充沛的哲思、庄严的情感与严密的逻辑,集聚于一个短小的篇幅中,即使资质平庸,也多少能读到一点东西。心虚之处在于,我很难说自己读懂了多少。所读到的东西,实践起来,也面目可疑。练习的过程也是对自我的怀疑过程,其中最为重要的怀疑,又回到了第一个问题:我该信任什么样的经验与感受?

门罗的诸多小说,在我的短篇小说练习中,是接下来的"教材"。从"赋形"来看,她并不是个规整的作家。她的产量很大,其中很大部分都呈现出一种"未完成"的状态。你能从晚期风格的小说中选取出技术最完满的状态,例如名篇《逃离》《法力》等。但处于"未完成"状态的作品,同样很打动我,甚至程度更深。其原因就在于门罗以一种实践的方式来回答了第一个问题,我们该信任什么样的经验与感受?当你试图将所捕捉到的对生活的领悟与理解具体化、叙事化,作者及其认知的位置在哪里?

评论家张定浩在《爱欲与哀矜》里,用小说《家具》结尾中的话来比喻门罗的努力,"像是从空中抓物"。"爱丽丝·门罗的愿望并不是试图捕捉一点样本,而是攫住全部,全部的人性和非人性的生活,全部的零碎而非剧情连贯的现实。"而她的作者姿态,始终不是跑在故事前面,呈现出一种清晰的主题概括或领跑,而是隐身其后,尊重人物、故事,或者,从更本质的意义上来说,尊重生活。

为表达生活而寻找叙事的容器,"赋形",当然不仅仅指小说。对我来说,散文是另一种经验的转换方式,"另一种"修饰的是经验,也是文体本身。

龚静老师的散文课堂很轻松,大家几乎是边聊天边上课,以至于有同学说出,我太困啦老师你点别人回答吧,这一幕成为经典段落,一直保留在我的记忆里。这或许也符合散文的"性格",更加日常的属性。如果小说是一个需要用追求的动作来完成的被爱对象,散文则更像是朝夕相处的陪伴者。这是我寻找到的,散文的意义和写作动机。尽管它可能没有巨大的体量,却是一种稳定而扎实、天长日久的力量。

我第一次在散文创作上得到认可,是复旦嘉润文学奖。原本,我主投的是小说,散文只是顺便,拿了龚静老师散文课上的作业去投稿。结果小说连初审都没过,散文却拿了首奖。有现场的读者来表达对于我散文的喜爱,我很尴尬地支支吾吾。实际上,我连自己投的内容都已经忘记了。

后来,我在《萌芽》杂志上陆陆续续地发了几篇散文,却始终没有找到能和小说等量齐观的写作驱动力。直到毕业那一年的秋招,我去了一家美食公众号的编辑部实习。主编让我从广告文案开始写起,不是昂贵的桃子,就是精品火腿。我听办公室里的同事谈论咖啡,以轻蔑的口气说起便利店、连锁店的咖啡,然后妙语连珠似地蹦出一些精品咖啡馆的牌子。我在那里并没有实习很久,却每天都很不开心。有一天是冬至,我路过南京西路的王家沙总店,发现一大早就排起了蔚为壮观的长队。那时候我呆呆地站了一会儿,觉得全身都被某种奇妙的感动所浸染。我对于美食的理解就是日常的、物美价廉、用以补充生活所需的。它深入到生活的细枝末节、家长里短,是一种调动回忆与传达情感的方式。后来,我产生了写食物的想法,食物与情感、食物与日常、食物与人,跟小说没什么关系,想写的都是散文。

散文能够处理的经验,或许比小说要宽容和广泛些。即便对它而言,表达感情是更为困难的事情。一种似乎是与生俱来的疑问,我为什么要倾听这种私人的絮絮叨叨呢?它没有叙事上被期待阅读的"故事",也不在追求提纲挈领的主题,那么,散文是什么?

这当然是个很大的问题,也超出我所能够阐释的能力范围。但对我而言,散文是梳理自我生活经验、追求情感净化的"赋形"。龚静老师曾说,"散文是人书俱老的题材"。张怡微老师也写过,"在散文里没有挽回的可能性,这是散文的忍心"。"在散文里没有挽回的可能性",是因为你面对的是一个最为真实的自我。除了诚实之外,你不可能再有第二种姿态。

因此,情感是最为本质和坚固的东西。

它让我们从麻木的生活里,时刻记住自己是一个人,是一个需要时刻自我领悟、自我教育,并始终对善和美心存向往的个体。五谷杂粮、蔬菜肉蛋,每天都需要,有时也感觉很腻烦。看起来似乎很琐碎渺小,但它们组成了你具体可见的生活。

赋形,抑或写作练习,在过程中慢慢彰显着生活的奥秘片段。

作者与作品:"情感教育"

生活是大于写作的,这是我这几年认知上最大的变化。但这并不代表某些利益的让渡与妥协,相反,正是因为生活大于写作,写作不应当被放置在现实利益的考量层面上,所以作品本身才成为唯一的价值与标准。

所以在复旦的三年,除了小说技法的学习之外,实际上,在认知上的开拓是更为重要的。导师张新颖老师,总在学生的文章里被写成,在讲课开始前把一只垃圾桶踢到教室门口的人,其实并不太贴切。如果这是个小说,为了尽可能准确地描摹人物,张老师应该会让垃圾桶呆在原地。

张老师话不多,零星的建议,也是以一种商量的口气。他鼓励学生自由发展。在这里,我又想到了冯至所说的"水"。如果小说写作的概念过于专业和偏狭,那么,"把住一些把不住的事体",用来喻指生活当中的努力,似乎更为贴切。我毕业后的第一份工作,是在教育领域,"水"与成人的关系,常会被我想起。一开始生命的状态,应该是像水,没有形状,拥有着太多的可能性,需要拿一个瓶子来,装进去,赋形,从而成为某一种形态。而当你拥有了固定的航道,回头看水源,又会感觉到无比疑惑,我怎么就走到了这里?

回望十年前那个高中生涯的傍晚,之所以,我把它称之为"天启"般的时刻,是因为它让我看到了航道,给予我以"赋形"的可能性。

所以,《骑楼上的六小姐》中的小说们,作为我在读研期间两三年的习作,其推进的轨迹,能够与我自身的生命过程作为对照。其一是技术上的推进,我始终在学习完成一个较为完整的叙事。其二是女主人公们的心路历程,是将她们送到一个全新的地方,获得对于生活新的认识与勇气。

这里面就有我自己。

我努力去破除一些执念,对个体而言,这些限制,像一些框,还是冯至的诗,"像整个的生命都嵌在一个框子里"。

例如说,自卑、虚荣、嫉妒、软弱等,以及很多具体的表现。尽管它们不时地卷土重来,我却仍在坚定地勉力克服。

我学习去爱他人,回头重建自己与过去的关系。在工作中培养自己实干的精神与理性的思维能力。

你可能会觉得,我在谈论生活琐事,这和写小说又有着什么关系?

而对一个写作者而言,生活大于小说的意义也在于,作为个体的经验,在形成写作动力、运用写作形式进行叙事建构的过程中,其价值的可能性,就在于作者本人"心灵世界"的图景。"心灵世界"是王安忆老师另一本课堂讲稿结集的书名,第一节课探讨的问题就是"小说是什么"。区别于新闻、非虚构、影像,在信息爆炸与生活同质化的时代,小说还能做什么?"筑造心灵世界的材料却是我们所赖以生存的现实世界""小说的价值是开拓一个人类的神界",是材料与建筑的关系。生活是材料,是重要的,但更为关键的可能性,在于作者运用个人对于生活的认知程度与理解力,构造另一种"规律、原则、起源和归宿"的能力。

所以,用张怡微老师在《散文课》里的那段话来表述,"文学,或许是一个良好的路径。散文,也有助于我们完成自省,成为一个更好的人"。在我的理解里,这条

经验转换与情感教育

路径的范围是更大的,首先是,成为一个"人",其次是,通过这条路径,文学与生活,能找到殊途同归的方式。你是在完成生活的同时,完成你自己。自我的发现,能赋予小说中人物全新的力量和可能性。其"天启"般的含义也在于,这是一条向上的道路。所谓的"向上",即是经由阅读与写作,看见更为广阔的精神图景,返回来看见自己,虽然在容器之中,却不在框子之内。

想起一年前,我在硕士毕业作品的创作谈里面写过:"我天赋一般,对于写作也是,对于生活也是。但是我诚实,而且,我愿意坚持。关于女性的故事,我还没有写完呢。请多给我一些时间,我还会写下去。"

在写作上,我走的是什么路?为什么这样写不行?我该怎么写?一切都还没有答案。并且,答案本身其实也不太重要。一年多过去了,我自己开始挣了钱,工作能力有了进步,搬过几次家,认识了一些人。家人和朋友都开始更多地依赖和信任我。这一切,都是好的开始。在冯至十四行集里,最为著名的句子还是,"给我狭窄的心,一个大的宇宙"。熊秉明写罗丹,也写过,真正的艺术家是"从容地,不计年月的"。

我的心愿和希望,还是一样的。请多给我一些时间,我还会继续写下去。

作者简介:

张心怡,1993 年出生于福建,复旦大学中文系创意写作专业 16 级硕士研究生,现任职于上海教育出版社。

作品目录:
《盛开的回廊》,《延河》2017 年 4 期
《幽灵》,《台港文学选刊》2017 年 11 期
《母亲和我和或许另一个女孩》《蓝色脂肪》,《西湖》2018 年 4 期
《小梨园》,《萌芽》2018 年 11 期
《瑞阿和珊阿》,《上海文学》微信公众号专栏 2018 年 11 期
《落肚踏实》,《萌芽》2019 年 3 期
《女体博物馆》,《鹿鸣》2019 年 6 期
《妙哇》,《山花》2019 年 8 期
《虚构》,《萌芽》2019 年 10 期
《肠中车轮转》,《上海文学》2019 年 12 期
《山魈》,《萌芽》2020 年 2 期
《温温恭人》,《福建文学》2020 年 3 期,《思南文学选刊》2020 年 2 期转载
《春宽梦窄》,《萌芽》2020 年 4 期
《骑楼上的六小姐》,上海文艺出版社 2020 年

情感与实感
——关于创意写作的个人观察

■ 郭冰鑫

2015年从复旦创意写作专业毕业的时候,我写过一段很长的创作回顾,现在翻出来看,那是一篇贴得很近的受教纪实,记录了我在老师们的指导下,从最初写诗,到后来向故事,向小说的慢慢转向。现在,毕业五年后再去谈在复旦创意写作的受教经历,及此后的影响,一些新的感受溢出当年的记录,逐渐廓清,一些从前难以回答的问题,如今也渐渐有了答案。

我在文学上的发蒙,至迟,至钝,一直到大学三年级,才第一次在文学课上被击中。在那以前,我甚至不是一个喜欢阅读的人,也从没想过要从事写作。后来在阅读小说《斯通纳》的时候,我一下识别出了农学院学生斯通纳身上的钝感因由,并感到亲切。作为一名文学研究者来说,他与文学相遇得很晚,在以文学为凭借理解人生之前,他已经朴素地经受了土地、劳动、童年烦恼、青年的迷惘、生存的困境与父母沉重的爱。所以他一方面能全身心以文学为志业,一方面又对智识世界里各样的机巧不为所动。对一个渴望以文学为依凭,来直面现实人生的人来说,文字世界里那些惹人滑落、教人逃避的诱惑,是很容易便能避开的。而不容易解决的困扰是,那些被文学一股脑释放出来的生命热望,该如何规整,并与文学拧成绳子。斯通纳选择投入诗法研究,而我的选择便是进入学校,实实在在地,学习写作。

依稀记得刚入学不久,就听王安忆老师说起,她是因为喜欢阅读才喜欢写作的,她很难理解一个不喜欢阅读的人怎么会去写作。那时我的心里就有了一个困惑,但也没有说出来。在一群喜欢阅读的同学之间,我不想暴露捉襟见肘的阅读量,但实在的情形是,我只是因为有大量的情感想要表达,忍不住才开始写作。进入创意写作班之前,我的储备大概就是纷乱的习作,左冲右突的情感,和砰砰乱跳的野心。两年之后,我交出了毕业作品,明白自己发生了很大的变化,但一直说不清楚变化的缘由。复旦的老师们确实不在课堂上教授任何具体的写作技巧,更多时候,老师对技巧的态度是怀疑和警惕。我们的很多课程也与中文系学术硕士的课程无异,更没有专门的创意写作理论可以讲授,所以有人问起复旦创意写作到底教的是什么的时候,我只能语焉不详地说,它提供了一种宝贵的文学氛围,是青年人难得的写作陪伴。

可毕业这么久,从事过类型小说创作、电视剧本创作,又再尝试去写短篇小说,现在回到学校,继续进行文学的学术研究后,我终于明白了那两年变化的缘由。至少从我个人的观察和感受来看,那是年轻的写作者领受情感教育的两年人生。这场宝贵的情感教育,仍一直绵延在由老师们起始的、有关生存问题的严肃追问中。

孟子说:"梓匠轮舆,能与人规矩,不能使人巧。"我过去认同这话,现在却有了不一样的认识,我开始思考"巧"究竟从哪里来,并在何处变化的问题。"规矩"变化易于识别,可"巧"的追踪却很难。如果仅把"巧"的发生变化推给写作者的个人天赋和悟性,恐怕很难解开写作在教与学上的难题。我们需要直面的是创意写作这个学科里最重要的主体部分,从我十分有限的观察来看,便是"使人巧"的部分。这个部分几乎是一个看不见摸不着,但一定存在的立体装置,我现在模糊看到了其中的一个面向,便是写作初学者所受到的情感教育。如同"哈利·波特"故事系列中,未成年巫师身上带有"踪丝"一样,青年写作者施展魔法的时候,总是更明显地,在情感探索的多个向度上,留下踪迹。

"有情"世界的发现

尽管张新颖老师在创意写作作品合集的序言中说"实在很惭愧,这么些年,没有做多少事,导师这个称呼更是担不起"。但实际上,不少创意写作的同学与中文系其他学生一样,是在他的"沈从文精读"和"现代诗名著细读"这两门课上,第一次聆听沈从文所说的"真的历史却是一条河",接触到穆旦写下的"丰富且丰富的痛苦",这才发现并确认,我们生活的此在,是有一个"有情"世界的。

很多年轻写作者,包括刚开始学写作的我自己,以为内发的某种情感是异于常人并独具能量的,于是抱了很大的热情去写,但写出来的常常是情绪片段,泼出去后只能任其挥发。细想情由,该是把情感放错了位置,以为遇上了文学,从此便生活在别处,情感也弥足珍贵了起来。但上过张老师的两门课,看懂了老师的文章,便渐渐翻转了这个认知,原来情感是我们人身上最平常不过的。仿佛经历了一次缓慢的退潮,几乎是肉眼可见地,我看到情感变得坦然而得以规制,情绪也得以收敛,隐含其间的那些具体、复杂、暗流涌动的东西,终于得以显现。从我自身来看,这是我后来一切写作的基础,所幸这门课上的还不算太晚,我开始学习体会"有情"世界里一寸一寸的实感,感知到作为一个创作的主体,我变得既渺小,却同时也能看到真正的大了。

最近在阅读张定浩的新书《孟子读法》时,看到他对情的理解,意外切中了我在创意写作班读书时的感受。他说:"在中国古典思想里,'情'字一直兼具内外二义,故内心感情和激发这种感情的外部事实是一体的,所以有'事情'和'事实'的说法,情就是实。这也相应于末段所引《诗经·大雅·蒸民》的段落,'有物必有则',万物各有其法则,人的法则就是追寻人的德性,如有耳目就有聪明之德,有父子就有慈孝之心,有天地万物之动荡就有内心喜怒哀乐之诚实变化。"①

"情就是实",情感就是实感。正是在这个意义上,我才渐渐搞明白经常于课堂上听到的"文学的实感经验"到底是怎么回事。在梁永安老师的"从小说到电影"这门课中,我再一次看到了情与实的连接和转化。从创作的发愿到文字,再由文字到影像,这门课程实现了情感脉络的具像化,坐在那样的课堂里,学生们感到的是一位从事文学活动的前行者,对一桩桩结结实实的人间故事,投以的爱恋似的温柔目光。这种目光首先是对写作者情感藩篱的有效去除,情感不仅可以外发出来,更被鼓励落到实处,并由独属于自己的语言细密排布。可如何才能落到实处?这里还需要一个打破自己的整全,推己及人的过程。

恻隐之心与推己及人

龚静老师的"散文写作与实践"课程是我们进入创意写作以后的第一门写作实践课,这门课写的是自己,讨论的是彼此,每一堂课本身就涌动着特别活泛的情感。现在每每回忆起散文课,同学们还能说出很多动人细节。就我自己而言,虽然这几年很少进行散文写作,但散文课于我的影响,我倒是愈加看重了起来。过去大家一直强调散文课对学员情感的打开作用,因为我们在课上都写了自己,写了家庭,写了爱和失败。可毕业很久我才看清楚,这门课实际上培养的是恻隐之心,即

---

① 张定浩:《孟子读法》,译林出版社,2020年。

对有别于己的他人的痛苦感到同情,并理解到世界的不纯,以及人的难以整全。

有时候回想起来,我们十六个人坐在散文课上,是十六个缺口在互相观照,自我的悲欢由内而外,他人的痛楚由远及近,恻隐之心便在此刻发生,并伴着写作者后来的人生轨迹,向更坚定处生长。毕业后我看到龚静老师在学员作品集的《导师序》中说:"作为老师,同时也是一个写作者,自身的敞开、体悟,课堂上微妙的感受,透过语言、神态对学生的了解,彼此的互动,是创作课是否取得成效的要素,所以,每次课后,常有一种心力的消耗感,甚至甚于自己写作后的消耗,可是消耗里同时又有某种拥有。"于是我更有一种确认,在这样一场情感的教育中,老师自己也是一个缺口,教与学在此时,变成了我们对邻人情感的互相承担。这是非常重要的时刻,源自于"我"的那些东西,落在了别人的缺口上,落在了具体的"人"上,这便是落在实实在在之处,而"我",也因此成为他人情感的承受者。推己及人,推己及物,在这样的流动中得以形成一种新的可能。

现在,一个个年轻写作者的可能性打开了,却仍有必要返归孟子所谓的"与人规矩"的问题。陈思和老师开设的"中国现当代文学概论"和王宏图老师开设的"西方名著经典细读"课程便是通过对经典作品的文本细读,来向学员们传授文学与人生的"规矩"。这个规矩既带有鲜明的史的要求,又因人而异,需要老师和学生合力的梳理与寻找,且必然要求一种情感的依归。

王宏图老师在《创意写作与经典文学文本》中曾写道:"在创意写作过程中,如何根据学生各自不同的禀赋才情,选择适合他们的文学经典范本,让他们得以将鲜活的经验浇铸在一个相对定型的形式中,是一个值得重视的问题。"于我个人而言,有关形式或曰规矩的教授十分必要且有益,因为创作者正是这样内置在了历史的脉络中,也是这样成为了世界变化发展的一部分。后来在王安忆老师的小说实践课上,我们更能明确感知到,情感与实感之上永悬着一个法度。这个法度追问着年轻的创作者,你为什么这样写,而不那样写。写过很多字以后,才稍稍明白了一点,这个追问非常大,围绕的其实是人怎么活下去的问题。

有关生存问题的追问

"在学校读创意写作的课程时,我们很多同学都在王安忆老师的课上受惠,她对虚构的逻辑、对生活实在感受的严肃追求,让我开始自觉追问小说中人物的来路。于是在虚构中,在无论是泥沙俱下还是精心组织的叙述中,人物都有着隐含的前史。前史无需向读者解释,它的目的也不仅仅是让小说可信,在我看来它对创作者是一个验证,验证你的人物是否自己推动了他的生活,在关系的深部他因精神的前进,而觉出一种真,一种不为何目的的愉悦来。"

这是 2019 年小说《道阻》发表以后,我在创作谈里写到的一段内容。写完以后我才意识到,原来王安忆老师的小说实践课一直没有结束,仍持续影响着我的写作。有时候提笔虚构,还仿佛身置王老师授课时的那间小教室,与同学们一起被紧张感包围,拼了全力,试着回答王老师的追问,并在下课后,感到脑袋一痛。在很多师友的文章里,我都看到过创意写作的学员们勉力应答,甚至被王老师问得难以招架的情形。

不少刚经历情感打开状态的同学此时会有受挫感,但只要还愿意回答王老师的问题,受挫的缘由很快就会展示出来。这缘由,多半是因为小说中人物的生存问题没有得到解决。这里,我要特别区分,王老师追问的不是存在问题,人该以什么样的方式存在,而是生存问题,人是怎么活到今天,又要怎么活到明天去。之所以产生这种认知上的区分,还是因为近来重读了鲁迅的《孤独者》,意识到魏连殳这个人物始终无法解决的是一个充满主动性的生存问题。考虑存在时,当然更顾虑自己的特殊性与立场,但涉及生存,孤独才真的于各样普遍的关系里凸显出来,调动起读者的实在的情感。

以前,课堂上有同学不能理解老师为什么要在青春爱情的故事里,纠结人物怎么赚钱,怎么为生的问题。现在我知道这问题一点不能小看,因为文学,至少是我在课堂上感知到的那种文学,并不庇护自矜的孱弱心灵,面对生存,你与他人没有不同,一样是竞争者,是同路人,呼吸、观看、参与,并与广大世界相连。于是小说实践课堂的学习真正成为了一种心灵磨砺,当写作在持续不停的追问中继续进行,我可以明确感知到文学实感的增强,体会到原来人的情感是可以扎实,透穿,也是可以更有力量的。

如今再回看毕业作品和小说实践课堂上的几篇习作,便能看到上述磨砺的痕迹,密集、紧张、毫不轻松。假如我是块石头的话,王老师一定还能找到那两年留下的刀痕。2015 年从创意写作毕业后,我找到了可以为生的写字工作,尽管形式各不相同,但我还是感到创意写作教育中那个很难看明白的立体装置,开始发挥作用了。在做长篇的类型小说时,我一边写着上古神话里的情感,一边追索人在洪水来临时求生的动力,写精怪故事的时候,我看重人、鬼、怪为了生存下去而生出的狡黠、做出的妥协、付出的代价,创作剧本的时候,我力求在情感之外,写出角色为了生存下去勇敢寻找的种种凭借。各样尝试的间隙里,我写短篇小说,断断续续,吭吭哧哧,一步一回头,总要迎面去应一应老师们传授的规矩,以及"我"之外那个更大世界的法度。

  写到这里,有一些感动忽生。记得张新颖老师在《写作使我们发现自己的不足》中写道,"当你能够体会写作和生命之间息息相通的时候,写作使你发现的不足,也许就会从语言文字、情节结构、想象力、现实感,扩充和深入到你自己生而为人的方方面面。这个时候,写作使我们发现的不足,就不仅仅是对写作有意义,更对生命有意义——写作使我们产生对于自己的认识,进而使我们成为更好的自己。"我无法不对两年的创意写作生活感到幸之又幸,以至于要抛了能解决生存问题的工作,回到复旦继续跟着张老师学习,攻读博士学位。学术生活自然与创意写作的生活十分不同,但确定作家路翎为我的研究对象后,反而又有一种回环的感觉。浸润在路翎的小说文本中,我时常感到更多的情感、实感在精神内部一一打开,历史与人在眼前纵深,毫不纷乱地排列。我想我还能试着回答王安忆老师那句追问:

  为什么是这样写,而不是那样写呢?

作者简介:

  郭冰鑫,1988 年出生于河北,复旦大学中文系创意写作专业 13 级硕士研究生,现于复旦大学攻读文学博士学位。

作品目录:

诗歌作品见《特区文学》2011 年 6 期,《诗建设》2013 年 5 期,《青春》2017 年 3 期
《枯枝败叶》,《长江文艺》2015 年 10 期,《长江文艺·好小说》2016 年 2 期转载
《〈长生〉为观众找到彼岸——话剧〈长生〉》,《上海戏剧》2015 年 2 期
《一个"爱情暴发户"的梦——话剧〈出租屋〉观后》,《上海戏剧》2017 年 7 期
《道阻》,《上海文学》2019 年 8 期,《中华文学选刊》2019 年 10 期转载

小说的市场化叙事和文学表达

■ 张祖乐

我出生在辽宁,童年的家旁边是一座监狱,父辈在监狱系统工作。按照标准剧本,我的人生轨迹应该是在辽宁读大学,考取公务员的职位,在北方过完一生。而我十八岁到了南京读外文系,二十二岁又到了上海,考进了复旦的创意写作专业,至今全职写作。可以说我的人生转折点,是在复旦学习写作的两年。

我目前的创作和影视版权改编联系比较紧密,故事的读者相对也比较多,也尽力地使用更文学化的叙述和表达,积累了一点点经验,希望对读到这篇文章的朋友有一些帮助。

我的创作经历

在考入复旦 MFA 之前,我是个小说爱好者——喜欢读小说,也会写一些故事,最长的写过 20 万字,算是我第一次对长篇小说的尝试。写作出于爱好,不过我知道自己的能力不足,所以并没有把这些作品发出来,但是个人化的书写让我觉得很快乐。二十岁的时候我想要以写小说为生,说来也许有点幼稚,这个念头促使我找到了复旦的创意写作专业,冥冥中觉得这个地方可以带给我什么。如今我的确在全职写作,也很不可思议——人是会被命运推到自己想要的位置的。

也许只是一段短暂的尝试,但是在复旦学习的两年的确是我重要的转折点。

坊间对于高校能不能培养作家都存有疑虑,那会儿我们进到这个专业时,也存有这样的困惑,毕业之后能不能写作?写了能不能发表,能不能得到收入?以写作这件事为生,能不能成立?如果专业能够培养作家,全职写作是否可行?不同于其他专业的内容,创意写作从课程从教学到实践,都是非常浪漫的:鉴赏小说与电影,创作小说,散文和诗歌写作,中国传统文化,文艺理论,以及来自不同领域的大师课和圆桌讨论会……整整两年的时间,我们都泡在写作环境里。

创意写作的课程设置非常有趣,所有的课程内容都是围绕创作展开的,无论是现当代文学,中国文化,还是小说写作实践,散文写作实践,都对小说的文学表达起到了很大的作用。高校的熏陶可能在于知识分子的人文理想,在创作过程中抱有赤子之心和理想化的写作热情,至于专业写作授课,是一个更为难忘的经历。

由龚静老师主导,专业十五位同学相互品评作品的散文写作实践,是研究生时期第一门创作课。我们第一次正面地拥有讨论会一样的氛围,在每次不同的主题里感受同学好友的行文风格和叙事节奏,并且在相互比较的过程中学习。每个人的生活背景不同,喜欢的文学类型也不同,散文交流更像是童年经历、原生家庭、阅读经历的一种交换,也像是打开自己的另一种方式。

小说写作课已经过去七年,但对我来说依旧非常难忘。本专业的十五个人围成一个圆桌,大家以同样的题材出发去完成一部作品,王安忆老师进行指导和评鉴,每节课因为时长,只能有五位同学被点评,没有轮到自己的课甚至会有些失落。而王安忆老师从故事和人物出发,对人物的动机与事情的发展提问,很多时候我们并不能给出一个完美的回答。天马行空的想象逐渐"落地",在历时半年的小说鉴赏课上我们只完成了一部小说的开头,但是这门课给了我非常强的写作指引,小说的逻辑要自洽,以及每个人物都要有充分的动机,故事要足够特别。

毕业作品我写了一个视力障碍的少年学习舞蹈的故事,刊登在专业作品集《22岁莲花盛开》中,在毕业后三年之内我没有写出新的作品。留在上海并不容易,因为经济原因一直在合租,工作也经常加班,再加上早晚高峰的路途,身心疲累,并没有多余的时间可以用来写作,也许有很多种方式可以使用碎片化的时间,但创作并不能碎片化地完成。另一方面,我隐隐觉得当时的阅历和能力撑不起我的野心,从学校出来的自己相对简单,即便写出作品,也没有好的内核去表达,写出空洞的作品是没有意义的。

2017年春天,我开始正式创作小说。原因也很直接,因为在上海拥有了第一间自己的房间。也许是积攒了三年的社会经验,并且三年的经历足够丰富:影视、金融、互联网、创业、广告……我都做过。表达欲非常旺盛,基本侵占了我所有的业余时间,再加上MFA专业的写作训练,我得到的回馈是非常快的,两年之内作品不多,《急诊室伤痕女神》(后更名为《急诊室女神》出版)得了奖也出了书,中篇《极光落在裙摆上》刊登在《西湖》杂志,并且被《中华文学选刊》转载;长篇《空巢时代》售出了影视版权,经济情况得到了很大的缓解。而且令我惊讶的是,《空巢时代》写完三天内就被影视公司采买,2018年底成功开始立项投入了制作。短短两年的创作后,我顺利地加入了上海市作家协会,每一步都走得很稳。创意写作专业的两年给了我对本文足够的思考和理解,并且训练了我缜密的逻辑,才能在构建作品的过程中几乎没有走弯路。以及两三年的创作经验,让我有些侥幸地觉得,我的写作内容似乎的确和市场化有那么一点点关系。

怀着对专业的感恩,我也想把自己的创作经验,以及全职写作后的一些感悟写下来。

打开自己

有不少想要从事写作的朋友来请教我,写作应该读一些什么书做些什么准备,我给出的建议都是:直接写。下笔写能最快发现自己擅长什么类型,也是最快能感受到自己不足的途径。一个作者能够擅长的文体也许只有一两种,虚构能力很强的人也许散文就少了一点从容,擅长散文可能在虚构时就很难做到情节跌宕,纪实作者的非虚构很专业就难免在虚构时过于干练。想要再多驾驭一些文体,就需要更多的专门训练,才能做到精通。

而且写作者可能需要写一段时间之后才会发现,自己的创作能力距离自己的鉴赏能力有一段距离。读作品时我们能很清晰地感受一本书的好与坏,并且有自己的审美喜好,希望能写出这样的作品,或者觉得自己的创作能力完全可以超过某位作者;而在真正下笔创作时,所能创造出的故事未必可以达到自己的期待,故事的逻辑完整,行文的流畅度,形容词、动词是否精准,指代词够不够干净精简,都需要时间去磨炼。通俗一点讲,如果我们能读的是英语专业八级甚至更高的水平,初学者时期,能使用的也许是大学英语四六级的词汇量,下笔是大学英语四级的作文水平。写作是一场长跑,技巧会随着练习不断提高,灵感也是不断的思考中偶尔闪出来的,不要过于倚仗才华,也不要过于自信。

只写开头或只在脑海中构建是没有用的,逐字创作出来并且完结才算是一次尝试的结束。当作者创作出几部完整的作品(注意:完整),能够比较清晰地看到自己的优缺点,就可以进入到下一步,用更纯熟文字构建自己的小说世界。

体悟人物,把自己当成演员

小说作者就是"精神分裂"的演员,群像小说也好,一条主线的小说也罢,最好的创作方式是身临其境。创造人物时尽可能地把自我隐去,代入新的身份去写,会让人物更加"入戏"。如果自我意识过强,会让作者的痕迹很重,和要塑造的人物不贴合,每个人物都像作者本人的分身。用知识分子的眼光去审视劳动者,写出的人物一定会虚浮;用普通人的心态去书写警察和罪犯,就很容易写出平淡的故事和意料之内的悬疑情节;用当下的视角去书写未来的故事和科幻,没有关于未来的先进表述和更超前的观念,这个设定就是失效的。用演员的方式分析人物后我们就会发现,每一个人物的出场都要有意义,行文中如果有演员离场过久,这个演员也许就是不被需要的。在自己想象的片场中没有多余的人走来走去,定型的故事就没有废笔;场次连贯,穿插的剧情不突兀,就证明整个故事的编排是流畅的。

一个演员从头到尾的行为会有变化,有属于自己闪光的时刻,如果没有,就会是一个乏味的故事。并不是普通的人物就没有书写的价值,价值正是我们创作者赋予的。比如一个上班族,他平淡地度过了一天,早晨起床,吃饭,上班,路上围观了一场车祸,晚上回到家,吃饭,再睡觉,这是一种流水账式的叙述;普通人早晨起床,吃饭,在出门的时候偶遇了一场车祸,而他被卷入车祸中成了目击证人,在做笔录的过程中发现被害者说了谎,或被害者想收买他作伪证,他在这个过程中拒绝了,或接受了之后录下了过程交给了警察,这是一个故事。再打个比方,一个习惯道德绑架的男人把妻子的相夫教子当成了理所当然,出轨了并不知悔改,还家暴,妻子忍辱负重地度过了一生;妻子在这个过程中学会了反抗,记录了丈夫的恶行并且将丈夫告上了法庭,并在这个过程中联合了第三者,一同分割了丈夫的财产。两者都是生活的一种,但读者也许更希望看到的可能是后一个故事,因为它和大多数见到的生活相反。小说在更多的情境下是"反生活"的,在故事中洞见人性,在颠覆中讲述人性的博弈,是吸引人的故事的一种,这些正是我们这些创作者心中需要去找到的"演员"。

不会被猜到的故事,是你最好的风格

读者和观众都是在进步的。套路化的故事在很多情况下已经不被买单。创作在套路外的故事,是作者进阶中的一步。像刚才我说过的人物一样,创作长篇小说

的过程中,写出几章之后,人物有了基本的性格和特点,就会自己为了故事而动起来。这时作者能做的像是充当"打字机",完整记录下人物的动向。而在这个时候如果大部分的情节和设定和其他作品类似(现在更流行的说法叫"撞梗"),很容易会沦为平庸,甚至会被误认为抄袭。

举个例子,一部言情小说,男女主角是互有好感高中同学,在另一座城市久别重逢。两个人对突如其来的缘分都有些触动,希望能正式开始一段恋情。这其中经历了女主角被职场霸凌,男主角一路保驾护航,又出现了令人厌恶的女二号,男主角依旧真心不改,两个人最终幸福地在一起。写完这部小说,也许读者觉得读到了一个不错的故事,但是并没有很强的记忆点。而这个时候,加入属于自己的情节,把中规中矩的故事线改掉,颠覆,写出新的故事:男女主角在高中时共同经历了一场校园霸凌,而在这之后女主角改变了容貌,性格冷硬,难以接近;男主角此时有其他的女朋友,出于想让女主角打开心扉,一直在她身边陪伴她,帮她解决人生的难题,并不去掌控女主角的人生自主权,留给对方足够的空间和自由,两个人没有在一起,却成为了在同一个城市里能够相互支持的朋友……每一个情节都和最初的设定不同,但这已经是新的属于自己的故事,这其中的每一个变化,都是作者本人独有的风格。

容易被忽视掉的语言细节,会让你的小说很难看

在写作过程中,我们希望人物足够难忘,情节完整,逻辑不出错,也希望文字尽可能地营造出属于自己的风格。在写作的过程中我们很容易在一件事上疏忽——文字干净和准确。

文字干净,是指在行文过程中减少代词和关联词。"这""那""虽然""但是""然后"在写作久了很容易像口头禅一样冒出来,读起来非常影响语感;作者经常会忽略人称转换,几个段落连在一起用"我""你""他",会让读者觉得作者用词繁杂。除此之外,频繁地使用一些高频词汇,会让读者觉得作者还在初学者水平,比如"爱""想""说""××了起来"。写了很多年的作者如果不去有意识地纠正自己的问题,很有可能在内容上一直有这样的重复。其实每一种问题都有相应的对策,指代词不在特别需要的情况就不使用,尽量让名字和人称交替出现,通过对话或侧面描写去回避人称使用,以及用同义词替换掉高频词汇,都会避免掉以上的情况。

准确是指比喻句和形容词的使用。漂亮的比喻句和形容词会让文章看起来更细腻华丽,但如果使用得不准确,不符合常识和逻辑,和通感也无关,会让读者读起

来很轻易地看出作品水平业余。例如"他长着一张兵荒马乱的脸",听起来像是毁容;"女孩像过山车一样冲了出去",过山车和冲出去,动作并没有很强的关联;"他在江湖中像普罗米修斯一样英勇地献祭",看似每个词都很有气势,实际上"江湖""普罗米修斯"和"献祭"对应的是不同的文化环境,组合在一起是不恰当的。

在这里我想推荐两本工具书:《现代汉语词典》和《同义词词典》,在表述更丰富的情况下,能扩充词汇量,也能给作者在创作中更多储备。

市场化叙事作品是否属于文学?

其实在很多人心中有一个有些偏颇的观念,被改编影视版权的小说不是一部文学作品,更像是快餐写作;在同样的时间,以改编为目的的创作并不是值得推崇的。网络文学门槛稍低,容易吸引更多的读者是事实,创作起来却不是那么容易。除开套路化的糖水一般故事,一部真正能让爱好不同、阅读深度也不同的读者都选择的作品被改编,第一条指向的就是文学性。作者思想观念的前沿度,语言,还有逻辑都成为了审查的标准。文艺片需要诗意,商业片需要强剧情,学院派注重结构……作者不但需要踏踏实实地写故事,影视化需要作者的"三观"超前,阅读量和浏览量大,而且要足够聪明,知道什么适合自己且适合市场。

当然小说的创作者,是不应该把这些作为首要的目的。一个小说归根结底落在两个字,就是"好看"。好看的标准我个人认为有三个:一、故事有热情,无论是阴郁的还是活泼的,要有丰沛的情感;二、语言干净,用词新颖,准确,有自己的特色;三、故事的所有逻辑都能连成串,专业和生活中的细节做得真,每一个词都是生活经验里来的。如果再要加上一点,那就是对于情节和细节描写,要有画面感。仔细审视市面上的小说,能完全跨过这几条线的并不多。

从心中自然流露的故事是最好的状态,如果从头到尾都有灵光闪耀,那是非常理想化的结果。但真正的创作其实很苦。而且能够改编的故事是依靠理性来构建的。比如写一个创业故事,主要驱动的人物是什么样的性格,为什么创业,又是什么理由促使他在这过程中一直坚持下去,甚至卖掉房子,孤军奋战,每一个内容都需要理由,这位主角本身就是名校出身,或者在互联网行业已经工作了很多年,一直在等待机会,在风口和商机出现时及时抓住了机遇,或者幼年或少年时期一直喜欢做领袖,到了青年时期依旧意气风发,再次被命运垂青。或者写一名警察,在断案时执着地追求真相,哪怕妻离子散,活得非常潦倒,因为他在十年前有一桩没能告破的冤案,这件事一直悬在他心头。又或者写一位穷困的律师执着地帮助弱势群体,为强奸犯和杀人犯辩护,坚信他们在犯罪之前经历困局,哪怕下了法庭被人泼脏水……这其中都需要大量的素材积累,以及用逻辑把人物和情节串联起来,小说是一个字一个字地写出来的,故事情节的真实会让读者身临其境,不会"出戏";虚构得生动会带着读者进入新的世界,了解他会好奇的生活,而且"改编"本身是很好的经济回馈。这并不是一件"不文学"的事情,而是让文学在更多元的层面得到了拓展和推广。把文学限定在象牙塔内创作,只会让文学成为"小众"的行为,为了文学性而选择和社会脱节,在我个人看来是非常遗憾的。不要排斥市场,市场是对作品最直面、最真实的反馈。

套路化叙述和表达阉割

使用素材进行写作并且目标是售出影视版权时,最容易走进的一个误区是把自己创作的作品变成"命题作文"。于是创作的内容完全按照自己对影视公司或者出版方的喜好进行创作,在写作过程中尽量避开敏感的话题以及无法改编的内容,导致写出的内容会比较"浅",甚至生硬。实际上影视公司的喜好并没有套路可循,变化的速度比创作的速度也快得多,去揣测市场需要什么而去创作,多半都达不到想要的效果,反而会破坏了自己的创作节奏。书写时代,以及拥有自己的表达,能够超越自己给出高于市场期待的作品是更值得做出的努力。

自由的表达和对事件挖掘足够深刻是小说的灵魂,去揣测别人的需求反而不那么必要,毕竟创作是个主观行为。改编是编剧的动作,不是作者需要过多去思考的内容,过于顾虑就会变成戴着镣铐跳舞,味同嚼蜡的作品也是很难被改编的。换句话说,编剧在情节的故事性上参考原著做加法,在尺度和审查层面对文本做减法,这并不妨碍我们在创作的过程中将原著写到 100 分,不要过度解读"审查"这个动作,更不要自我阉割。并且,不是所有的作品都需要发表,当有表达的欲望时,作者要允许私人化的写作自由留给自己。

追求新的精神内核,给作品更深的意义

不要放弃文学化表达。使用简略粗暴的语言和满足读者神经的情节也许会得到读者,但是并不一定会让这部作品有内涵。向更深的人性挖掘,用尽可能贴近读者的文学化书写去构建世界,同样的时间所写出的故事会更有价值。

因为社会的复杂,留给作者的写作素材非常多,另外社会也有很多没有被阳光

照到的角落值得去书写。合格的能被改编的作品,对于行业也好,人性也好,都要挖掘得足够深刻。双雪涛的《平原上的摩西》、郑执的《生吞》和班宇的《盘锦豹子》是三部书写东北的作品,收获了很多读者,更让更多的人关注到了东北工人村,下岗潮和北方人坚韧的性格。《白夜追凶》和《我们与恶的距离》并不是小说改编,而是直接出品的剧集,对人性的描摹和故事的掌控都是非常优秀且专业的,在追求正义、保护弱势方面也提出了足够深刻的见解,剧本足够成为代表时代的影视文学作品。这要求写作者不单单是个人,更要像是一个团队,从各个视角去审视并改造内容。不要为了市场而去迎合,写新的故事、新的精神内核,是专业作者应该有的追求。

很多人都在从事小说创作,"好看"的故事有很多,而什么是属于自己的灵魂内核,是件非常重要的事情。书写正能量故事,或者写温馨恬淡的小品,都是创作的一种,但是文学创作,挖掘生命力非常重要。人不会永远善良地活着,就像七宗罪一样,"暴食""贪婪""懒惰""嫉妒""骄傲""淫欲""愤怒"……人性是让社会变得纷繁复杂又多姿多彩的一个重要因素。这会让人在不同的境遇爆发出不同的感应,拥有不同的处理方式,并且留下不同的声音,如何架构只属于自己的故事,就会很重要,简言之,在创作之前要找到自我。

足够好的故事才能有自信面对更多的读者。

不要害怕曝光,找到自己的读者

虽然每种文学题材都有它较为通用的范式,也不妨碍作者打破这其中的壁垒。纯文学类型的写作可以写一个完整的故事,也可以从片段延展出人生的截面,还可以通过技巧去探索更多的写作次元,解构故事和语言,将内容陌生化;面向市场的小说更具有故事性,需要跌宕起伏,人物需要更强的动机和弧光,情节需要出乎意料,并且需要更贴近生活,涉猎广泛。两种写作都需要花费大量的时间去钻研,并且并没有高下差别。而且无论哪一种,拘束在小圈子中的写作很难和大量的读者相遇,直面市场得到的是最真实的反馈,销量、评论数、对内容的评价,都会让作者另一个角度面对自己的作品。有 200 个读者和 20 000 个读者是不一样的,更多的读者可以让作者更清晰地看到作品的好与坏,以及在同类型写作中处于什么样的位置。

不要害怕读者的评论。作为作者,我们对自己的作品有感情滤镜,孵化出的故事和塑造的人物在我们心中有着更重的分量,亲友的评价也带有感情分。抛开恶意的评价,客观的读者会从自己的角度去判断作品,不够专业,语言不够好,逻辑上有疏漏,都会很认真地指出来,这会令我们更快看到作品的不足之处,在下一部作品中去完善。而且一千个读者心中有一千个哈姆雷特,读者对文本的感受和作者是不同的,对人物也会有其他的想象,评论中也会感受到新的见解,说不定会激发更多的灵感。比起赞誉,差评能够更快速地促使作者成长,而且要学会看淡差评,它并不一定是一种恶意,更可能是优化作品的一种途径。

可以去尝试参加比赛。现在很多出版机构和平台会举办小说比赛,我个人非常建议小说写作者去参加。无论是已经出版过作品的成熟作者,还是新作者,比赛都会获得大量的曝光版面,同时也会接触到很多不同类型的作者。和参赛者作比较是一个快速能比对出自己优缺点的机会,并且竞技的状态下会激发出很多自己想不到的火花。不要害怕比自己优秀的作者,同路人的优秀会让人精进,道理如同水涨船高。我个人参加过两次豆瓣阅读举办的征文比赛,《急诊室伤痕女神》在第五届的征文比赛中得到了女性组首奖和柠萌影业选择奖,第二次是历时100天的长篇拉力赛,参赛作品《启齿》进入总决赛又一次得到了柠萌影业的选择。两次比赛都很激烈,一起参赛的作者风格和笔力都不相同,写作过程中会不停地逼迫自己创造出更吸引人的内容。网络写作也可以拥有文学化的书写和表达,而且被选中去改编是需要素材和积累的。

眼界宽,就不会自我复制

尽可能多地去了解自己不了解的行业。作为经历高考,读大学到进入工作留在大城市的我们来说,大家写作的素材是逐渐趋同的。尽管在创作中个人的经历会有差异,最初的创作依旧离不开个人的成长经历和见闻。在自己的故事写完之后,都会面临一个问题:素材的枯竭。了解更多内容并不是必须,毕竟很多情况下,只要有足够的技巧和足够多的阅读量,向内挖掘也能产生新的作品,但是自我复制久了会产生挫败感。我个人的观点是,小说作者需要广泛地了解各行各业,而真的去写某一个行业时,要尽可能多掌握一手资料,像从业者一样去生活,才能做到生动真实。听别人的转述都不如自己去体会,二手资料是经过他人杜撰的,可以用来交流,但亲眼所见与亲身经历而得到的感悟才是最贴近自己需求的。

大量阅读。这个是创作者的基本功课,多读经典,并且尽可能地精读,可以保证拥有更完善的创作观,以及提醒自己拥有更高的创作标准。

写作是一场长跑。起步的早与晚不那么重要,成名也并不是写作的必需结果。

书写是快乐的一种,也是漫长且孤独的过程。能够选择这样的生活,其实是放弃了很多娱乐和消遣的,每一位创作者都值得敬佩。未来我也许不会一直全职写作,也许会坚持下去,但书写的确成为了我生命的一部分,能够奔跑在写作的马拉松跑道,我非常骄傲。感谢复旦创意写作专业两年的训练,没有这两年的学习,我的全职写作不会来得这样顺利,也无法收获这么多的同路人。一起仍在写作的来自创意写作班的同学,是督促我进步和坚持下去的宝贵动力。也祝福各位热爱写作的朋友,心中有故事,有表达的欲望,就能够恣意奔跑。道阻且长,行则将至,愿坚持的你我都有收获。

作者简介:

张祖乐,1990年出生于辽宁。复旦大学中文系创意写作专业12级硕士研究生,现全职写作。

作品目录:

《急诊室女神》,上海文化出版社2018年
《极光落在裙摆上》,《西湖》2019年第5期,《中华文学选刊》第7期

对抗与自由

■ 严孜铭

在江苏参加文学活动时,我常被贴上一个标签:"文二代",我爸爸是一个作家,他写小说,所以我很早——早在六年级那会,就在他引导下写过一些"故事",高中时公开发表的第一篇小说《流年》便是由他代为投稿到《延河》杂志的,因此在发表这条路上我确实少走了一些弯路。然而即使到现在,有时我依然衷心希望我爸爸不是个作家,至少别是写小说的,写散文、写诗都行。我有朋友说我身在福中不知福。我没法反驳,但确实有点那个意味,仔细想想我一直都"身在福中不知福",在我从事写作的朋友由于出身自和文学不沾边家庭而得不到支持的时候,我的创作始终享有来自爸爸的关注,不仅是关注,还有长期以来的敦促;在有些同龄人羡慕我在复旦念创意写作,可以随时得到老师提点时,我却时常不愿意领受老师们课堂上的意见。

我是个有很强逆反心理的人,这种逆反心理贯穿在我生活中的方方面面,比如一款游戏,起初我看到广告或许感兴趣打算试着玩玩看,但没想到几天内频频刷到其广告,我很快就会打定主意绝不玩它,它越是玩命曝光,我越拒绝接受——别人越对我说"一定",我越不舒服,越不肯照办。但我的这种逆反特性表现得极不明显,身边人并不都能察觉,唯有相知相熟者才能看透这种本质,这是因为我总是暗自不悦,却很少真的表达出来。几天前我爸爸微信转来一张图,是我本科期间照的一张相,我站在书架前,身穿淡蓝衬衫,长发披肩,抿嘴微笑,眼神落在镜头前像落在一块软绵绵的丝绸上。我爸说,还是这张照片最好看。我回复了一个呲牙笑的表情。事实上我并未真心觉得那张照片好看过,即使在它刚拍摄出来的时候,即使它是我付费所得——但我当时还是把它发在朋友圈里,曾经也作为生活照放到作者推介的公众号里。照片向外界刻画出一个95后青年作者该呈现出来的面貌:文艺的、清秀的、羞赧的、乖乖女的——这个"该"并不针对所有人,毕竟有些青年作家一登场就是冷酷个性的姿态,但对于我,好像有个隐形的咒语落在头顶上,告诉我说你应该是这个样子的。"应该"是一个要警惕的词汇,尤其当它出自别人之口时。它是中性的,有温度的,没有"必须"那么斩钉截铁毋庸置疑,没那么容易激起反抗的行动,同时它又有很强的伪装性,看上去只是建议,几乎显得温情脉脉,出自良好动机,出自说话者对你的关心,但正因如此,如果你没有鲜明的个性和我行我素的勇气,即便这个"应该"违背了内心的需求,你依然极有可能去顺应这种期待,而期待总是外界施加给你的。外界的期待都不重要,关键在于你自己想要什么,过去很长一段时间里,我碰到的困境就是这个:我身边的人很爱说"应该"。

我开始写作不是一个自然而然发生的事情,这使得某些基调一开始就出现了。我的爸爸写作,写小说,所以我去写小说好像就顺理成章了,"子承父业",这听上去就很没劲,怎样才有劲?打个比方,爸爸五音不全,女儿却要去组乐队;爸爸是个作家,女儿却要去打电竞——这才有意思,最好再遭到一些阻挠,这样才会更容易产生一些激烈碰撞的东西。我爸爸从未要求过我必须去创作,他只是引导,只是说了一些"应该"。青春期的我像大多数同龄人那样有着充沛、无处宣泄的情绪,这些情绪当然也可以借助一些其他形式去表达,比如音乐、日记、QQ空间,但我依然选择写作,因为我最需要的偏偏就是这种表达形式。我爸爸说了"应该",投来期盼的眼神,而我真的就需要写作,这一切使得我写小说这一行动天然地丧失掉了那种外部的激荡,那种轰轰烈烈的反抗和叛逆,老天压根没给机会。

大一的时候我写过一则短篇小说,叫《奔跑的灯火》,主人公笑笑就是这样的女孩子,内心渴望摆脱掉一些东西,但是既无力也不知所措,当她碰到一个又叛逆又聪明的男孩子苏阳,就不可避免地被吸引了,她观望着,渴望接近他,向他靠拢,但仍旧无法真正接近他。她的人生轨迹最终还是按照父母的期待和安排去走,叛逆少年的出现只是一个插曲。在这过程中,她有过很复杂的心理活动,羡慕、崇拜甚至是嫉恨,少年身上那种称得上莽撞的东西虽然未见得可取,但恰恰是她匮乏的、渴求的,所以她"平和的表面下暗暗希望看到苏阳的挫败。让他失败,让他屈服,让他悔恨。让他像她一样落入俗套"。"让普罗米修斯钉在悬崖上吧!让秃鹰啄食他!",而当小说行至末尾,少年去向不明时,当时的我能够书写的只有少女心头的迷惘和失落,她只能提出一个关于谁是智者的疑惑,但无力解答,也想不明白。如今来审视这个作品,它当然是很稚嫩青涩的,但在我心中却有着重要位置,因为从它开始,我通过写作道出了自己的困境,即不自由和被束缚,被不激烈的、温吞吞的东西团团包围。后来我又写了一篇类童话小说《猫的国》,以一只猫的视角建构了一个猫类王国,王国有鲜明的鄙视链,野猫和宠物猫互相鄙视,野猫帝国中捕食者和依赖人类投喂的"长老"互相鄙视。"我"在一次逃脱人类恶作剧伤害的过程中被收留,身份转化为宠物猫,面对野猫帝国中同类的蔑视和外界潜藏的危险时,"我"最终依然选择逃脱,而逃脱走向的命运是被虐猫者杀死,但"我"感觉自己成为了英雄。相比较而言,《奔跑的灯火》女孩提出问题,而这只猫已经开始行动。

  我爸爸一直是我最忠实的读者。在我写作初期,我对他的修改建议秉持着全盘接受策略,但不知何时开始,我发现自己的内心深处郁结着某种不痛快。我感到文本并不完全属于我,这让人很没有安全感,而作者不该对自己的文本没有安全感。即使面对的是合理建议,我也会首先涌起一股愤怒,接着是悲伤,最后才能回归理智,更何况有时候我对他的意见并不完全赞同。问题并非出在我爸爸身上,他的阅读无疑是最细致的,评价无疑是最真诚的,问题是在于,我内在的性格缺陷导致自己张不开口强势拒绝这么真挚的帮助。我在2017年一篇创作谈中写过这种感受:倘若我是个叛逆者,我就能够梗着脖子,怒吼一句,我就要这么写——但这会让我爸爸很受伤,同时让我很内疚。我觉得自己像不识好歹的豌豆公主,仅是一颗小小的豆子就让我忽略掉高床软枕,辗转反侧,内心暴躁不安。这种表面平静而内心暴躁的状态让我很不舒服、很不痛快,一面想要夺回文本掌控权,一面还是把文本拱手让出,愤怒地参照意见对其进行修改,这中间有多个层面的原因,一则我不想要看到爸爸"受伤",二则本质上,我缺乏一个创作者对自己审美取向、价值判断、创作观的自信心:一方面接纳不完全赞同的意见带来痛苦,而另一方面又不知道该如何坚持自我。

  按道理来说,事情最佳的发展方向应该是我锻造出一颗强大的内心,由内部生发出力量,从而安定下来潜心创作,坚持自己的想法,但事实上我能够真正建立起创作方面的自信,主要还是借助了外界力量。这之间发生了三件事情。第一件是叶兆言到南京审计大学(我本科院校)开讲座,我干等了好长时间才结束,迫不及待地向他抛出问题,然后他叫我别搭理我爸的意见就行了——好极了,这就是我想要的答复。现在得到权威意见的认可,我理直气壮了。第二件事即2017年参加江苏省作协举办的第28期青年作家读书班,第二年又参加了雨花写作营。参加这些活动,我固然通过认真听讲获得了一些熏陶,但最关键之处在于,我获得了一些认可甚至是夸赞,这听上去有点虚荣,但事实上的确很重要,他们的话生效了,这是因为他们是有"身份"的人,他们手握话语权,代表主流,在此之前,我的写作、文本和爸爸之间形成的是一个闭环,而这时我带着作品的初始版本只身出现,文本短暂地回到了我的掌控下,它们被重新阅读了。无论我的爸爸曾经如何肯定过我的才华,但亲缘关系的存在使一切存疑,而此刻我正式被外界认识了,阅读了,更为幸运的是,还获得了一些肯定和激励。闭环打破了。2017年我写了一篇小说《会飞的鸟巢》,这算是我创作中标志性的一个作品,因为它意味着我的创作真正开始有了某种自觉,不再局限于私人化情感表达,而试图发现人们普遍的痛苦与困境,试图站在和我笔下人物平等的位置,关心他们,看到他们如何挣扎以及如何与世界达成和解。这个作品在写作营上被认为"很成熟"。

我发自内心地认为对于一个写作新人来说,鼓舞非常重要,你不能指望每个人都是骄傲不可一世的天才,毕竟连得过诺贝尔文学奖的布罗茨基都曾因为一个负面评价躺在地板上流眼泪,作家的心灵可没那么坚强,相反,是很脆弱的。我也流过眼泪,当对着电脑上被我爸爸亲自上手修改过的文本时,我感到糟糕极了,当时采取的做法是,我又逐字逐句修改一遍,做了一些删减和复原。最终,我是拿着小严而非老严的版本去参加改稿会的,而它得到了认可。

我的自信开始建立起来,就是由于这种很外部的因素,这没什么不可承认的。接下来就是第三件事,这件事格外重要,即我考上复旦大学的创意写作研究生。原本我计划考的是现当代文学方向硕士,直到一个偶然情况下知道"创意写作"专业,然后一拍大腿:这专业简直是为我而开。我对限时三小时临场写作一篇小说颇有自信,最后的确以很高的初试成绩顺利录取了。那阵子真是春风得意马蹄疾,我膨胀了很长时间,觉得自己又聪明又厉害,同时对人生新阶段充满期待,即将到一座新城市生活的忐忑和向往,重新获得三年读书写作时间的愉悦,当然最令人振奋的,是能够得到老师们在写作上的帮助和指导,以及来到一个群体中:这里都是想要写作、需要写作的人。

来上海读研是我的一个重要转折点,这个转折不单指向我个人的创作层面,更是指向我整个人由内而外的变化。我变得更自信了,这种自信体现在方方面面,从外部到内心都不再那么畏惧他者的审视和评判,当然也有不好的倾向,比如回避"文艺范",面对朋友说"我还是喜欢你以前穿得像个清纯的女大学生"心头直冒邪火,我特别希望自己看上去不像个搞文学的,心里那才叫舒坦呢。随着新生活徐徐展开,一切渐渐变了,我的衣着、行动不是为酷而酷,不是为了有意地追求特立独行,而是因为我喜欢、我愿意、我想要这么做。这和复旦校园无处不在的自由包容气息有紧密关系,与此同时,我的内心更坚定了。这种坚定体现在创作上表现为:相较之前的矛盾和徘徊,我把自己的心意放到首位。我相信创作首先是面向作者自身,其次才是读者或其他人,我相信自己想表达的东西是有意义的,我所为之努力的,不过是竭尽全力用最好的方式表达出来,是路径问题而不是终点问题,如果有人想要摇摆我的终点和意图,我就断然拒绝。对我而言,写作就好像一棵树打算结果子,它为之努力,吸收营养,输送养分,日夜不息,然后它终于结出果子了,心底很是满意。至于这颗果子是圆的、方的、苦的、涩的,它一点办法也没有。它自己看那颗果子觉得很好,但不知道是否有一个评判果子的国际通行标准。

一件事情不管你曾对它抱有什么样的期待,实现的时候都一定会感到失望。近几年来,开办创意写作专业的高校越来越多,虽然写作到底能不能教、哪些部分是可以教的,这仍旧是个在热烈讨论的问题,但至少有一点令人振奋,即这里或许是那些有着写作理想的青年安身立命之所。然而,即使这一点也令人失落了,青年作家钱墨痕(毕业于北京大学创意写作班)发表在《中华文学选刊》2020年第7期"创意写作"进行时专题上的那篇《创意写作的伪中国化》,我读后极有共鸣,我和他一样,骤然发觉同学"大多没有写作理想,只是踩上了距离自己最近的跳板,而后才看到了跳板上印刷的品牌"。[①] 当然,我并非觉得不文学、不写作就该轻视,我有些不写作的同学,他们热爱生活,行动力、执行力强,对未来有明确清晰的规划和掌控力,我喜欢他们——不是每个人都应该和需要写作,这没必要。问题在于,我原以为"创意写作"这样看上去有明确指向性的专业,应该像是在荒原上静静摇晃的荧光棒,发出微弱细小的光,把志同道合者聚集起来的地方。然而随着创意写作越来越热门,现实朝着截然相反的方向走去,"大部分人的想法是两种:一种是抱紧名校,创意写作相对于别的专业来说学术规范还不成型,不管是考上还是学习的难度相比别的专业性学科都小一些;第二种则是成熟作家进入'作家班',把创意写作当成自己提升学历的一个砝码"。理想和现实之间的落差巨大,我满怀沮丧地坐在创意写作的课堂上,心底暗暗酝酿着对抗和不满足。

读研期间,我陆陆续续在《特区文学》《湖南文学》《长江文艺》等刊物发表过几篇作品。这些作品如《有谁认识他》《日日夜夜》《对局》《余烬》等在题材、写法上都不尽相同,不具备明显的统一性,有朋友曾建议"你应该也去建构一个自己的文学地域",比如王占黑的"街道英雄",焦窈窈"芦镇文学版图",这样子会更容易"出来",我很不爱听这话,讨人厌的"应该"又出现了。作家建构自己的地域文学版图

---

① 钱墨痕:《创意写作的伪中国化》,《中华文学选刊》2020年第7期。

绝对不是为了"出来",而是他们想表达的东西需要这么做——依然是我说的"路径问题"。但这不是我需要的,也是我无能为力的,我生于江苏扬州,爸爸是云南宣威人,妈妈是扬州人,而我在泰州长大成人。我幼时常听到有关"南蛮子"的玩笑,而当回到宣威,和堂妹并肩走在街上,她骤然说,你一看就是外地人。在我不经意对我爸说道"你们那边"如何如何时,他猛地住口,提醒我"你永远无法更改你的籍贯云南"——我不相信这种固定不动的东西,排斥我爸爸的这种斩钉截铁。至今我无论在哪个城市生活,都有种寓居的离散感。创作上,则体现在我并不想要试着去建构一个稳定的文学场域,去讲述一条街道、一个社区里人们的故事。

我说我还要找,还要尝试,要变来变去不可捉摸。这种诉求和我对复旦创意写作的"不满足"交织在一起,使得我的创作好几次都是基于"不同意"而推进的,比如张怡微老师的散文课上,讨论过我的地铁采风作业后,我感到一种强烈的失落和别扭,感到她未能理解我的写作意图,也不完全同意老师的点评,于是我就去写小说《日日夜夜》,非得把我在散文作业中未完成和未实现的东西讲清楚讲明白;再如课上我和张老师讨论电影《阿丽塔》中阿丽塔掏出心脏的情节,我认为很动人,因为它超越了人类爱情盟誓中字面意义上的"把心掏给你",而是付诸了行动,老师提醒我,请注意,阿丽塔是一个机器人,掏出心脏她并不会死。老师说得没错,但我就是要把那个我认为很动人的东西阐述出来,这促使我去写了一篇软科幻意味的小说《如何拆解我的阿丽塔》(暂名),有意地偏要叫一个机器人掏出心脏——与此同时,它为此付出代价。而在王安忆老师的小说实践课上,我们被布置任务:到朱家角采风并以此为环境写一个小说开头。我计划写一个少女杀人故事,这是个完成起来将会很困难的故事,但我还是想要试着做做看,显然我的开头做得并不好,王安忆老师、同学们讨论它时固然细致而有耐心,老师引导着我去写另一版家庭和解的故事。我修改过的开头得到了老师的肯定,你进步很大,她问,看上去你放弃了杀人的想法。我说,我没有。同学们都笑了。这里再次涉及终点和意图的问题,对比我在雨花写作营和创意写作课堂上的不同经验,我发现,同样是讨论作品和创作,这二者在方式上有很大差异。雨花写作营上,点评学员作品的往往都是各大刊物的主编或副主编,而在复旦点评作品的是老师们(同时老师们自己也有创作者身份),身份差异使得他们看待作品的出发点亦有差异。编辑在点评时往往会更关心作者原本想表达的是什么,去衡量作者的意图和文本实际效果之间的距离,并给出提示;在复旦,就我切身体会而言,却并非如此。

我思考过一个问题,即怀有文学理想的青年来到创意写作,他们想要得到的是什么?在我看来,不同于人民大学创写班招收的是已经成名、创作已经成熟的作家,复旦大学的创意写作面向的更大程度上是"文学素人",他们的创作刚刚起步,大多胸中郁积着复杂情绪,想要倾吐而出,却不知如何抵达终点,或许对于他们而言,来到创意写作更多是为了得到帮助:方法。告诉我,我该怎么做才能抵达目的地。告诉我,我该用什么姿势吸收和输送营养,才能结出果子。问题在于,具有丰富创作经验和阅读经验,对世界的认知远远超过我们的老师,一眼看穿、看透学生们想要表达的那个东西有多单薄,于是他们善意地指出了另一条路。我想结出一颗苹果,不,你应该去试着结个橘子,这更适合你。

  同学们在上完一学期王安忆老师的小说实践课后,多数无法将那个只有开头的故事完成,一部分原因的确是我们在她紧密的叙事逻辑追问下节节败退、难以为继,另一部分原因在于,老师所指之路,或许并非我们渴求的终点,所以灰心丧志、垂头丧气,失去了创作冲动。这听上去有点"中二"、任性、偏执,但我恰恰认为这是对于一个创作者来说非常动人的东西,即坚持他想坚持的东西,尤其对于创作刚刚起步的青年而言,写得是否深刻、看得是否深远或许是次要的,他先要解决个体思索的那些小小的问题,小的,可能已被重复书写的,可能平庸的问题——但对他来说非先走出这一步不可。而那些更"高级"的东西,我们要有耐心,当他一次次抵达目的地时,总有更不满足的时候。写作到底能不能教?纳博科夫不相信人人都能被教会写小说,"除非他本身已具备了文学天资",可以断言,就读MFA的人群中,多数人没有文学天资,但这并不意味着他们想要表达的东西没有意义。他们来到创意写作,期盼能更加顺畅地表达,言语总是无法捕捞感觉,他们需要方式,否定创作意图将会令他们无比沮丧。我认为在创写的教学过程中,看到学生"要"什么,帮助他寻求抵达的方式,要比告诉他"你应该去走那条路"重要得多。

  我一度过激地认为自己在创意写作一无所获,但观察19级的学弟学妹的过程中,我发现他们热情洋溢,在课堂讨论时火星四溅,回望我及同班同学,我意识到这之间亦有我们作为一个班集体自身的问题,我们主动选择了沉默和忍受,而忘记了只要我们愿意去尝试,是可以让沟通有效的,沟通失效我们自己也要担责。复旦大学创意写作的办学历史中,并不缺少学生在课堂上和老师意见相左而"怒发冲冠"的场面,我认为这很宝贵也很必须,百依百顺就等于一无所有。在使我受益匪浅的雨花写作营上亦如此,后来也遇到过少数实在无法同意的点评,而这时我已可以对此置之不理。我相信自己。

  有朋友最近对我说,你写的东西一直都在变。我很高兴。变化意味着无限可能,题材和写法上我都在做尝试,既有中年人的故事,亦有年轻人的故事,也有一些故事新编、软科幻;既有乡镇书写,也有都市书写。"90后"一代的写作初期都较为普遍地回避了青春题材,我亦如此,较早的《会飞的鸟巢》就是一个关于城镇题材、聚焦妇女处境的作品,但我现又重新回头来,决定要写青春的题材,写校园,写青年人。有一篇青春校园题材的小说《八十一次温柔》(发表于《长江文艺》2020年第8期),我曾以"狼狈相骑士"为代号参加复旦MFA的匿名小说评审会,小说得到了两极分化的评论,虽然那些批评它"古怪""逻辑混乱"的话我听后心如刀割,但另一方面,又以为非如此写不可。还有一些暗自得意的成分,就是想要怪一点,大家猜不到这篇小说是我所写时,我觉得很有意思。我还没到要确定写作风格的阶段。我希望大家在文本中还捉不到我。现如今,我最害怕"成熟"一词,早在我写《会飞的鸟巢》时,就得到过"成熟"的评价,而成熟值得警惕,成熟就是满,就是固定,就是一颗葡萄已经开始在枝头腐烂却尚未被鸟类啄食。评论界点评当代青年写作者(尤指"90后")时,爱说他们很"乖",我是不同意的。在《中华文学选刊》的2019年当代青年作家调查问卷中我写道,就我接触的同代写作者来看,我感觉到他们大都有自己独特的文学见解、对文学的思考和创作上不懈的探索和追求,他们在自己的道路上扎扎实实地往前走。同代人并非有心去"乖",同时我们也没有必要故意去"叛逆",一个自觉的写作者总有一天会在创作主题、语言形式等各个方面获得突破。

回望我就读创意写作期间的写作,求学仍然使我获益良多。首先,考取硕士实现了我建立起对创作观、审美、价值取向自信心的最后一步,这时我终于能够更加客观、理性地对待他者(包括我爸)对作品的意见,并做出判断,敢于承认自己的"不同意";其次,多元化的课程设置(如宗教与文学、从文学到电影等),为我不断尝试不同类型的创作提供了可能性,此外,一些课堂上我曾无法理解的话题,长期地潜伏在心底,然后终于某一天我后知后觉地领悟过来——滞后而迟钝的收获;最后,在有些拧巴、对抗的心态下,我确实迸发出一种创作的动力,同时也不懈思索那些"不同意"的东西,完成了几篇还算满意的作品,实现了清醒、理智而又能坚持内心的创作自由。尽管这创作的动力并非出于我的心悦诚服,但客观上依旧是老师们先抛出问题,激发不满,引起思考,才开花结果。没有问题,就没有答案,没有老师指的A路线,就想不到去走B路线。这就是复旦大学的迷人之处,它这么自由,这么包容,对于我们这些从事文学创作的人,这份自由就显得更加的宝贵了。

2020年8月

作者简介:

严孜铭,1997年生于江苏,复旦大学中文系创意写作专业18级硕士研究生在读。

作品目录：

《流年》,《延河》2012 年第 7 期。
《会飞的鸟巢》,《特区文学》2017 年第 4 期
《有谁认识他》,《特区文学》2018 年第 6 期
《日日夜夜》,《特区文学》2019 年第 4 期
《余烬》,《湖南文学》2019 年第 5 期
《对局》,《特区文学》2020 年第 1 期(同期刊载导师复旦大学中文系教授王宏图评论《点点是伤心泪》)
《八十一次温柔》,《长江文艺》2020 年第 8 期

对话

我们的语言中仍能听到李白的语声

马华小说的可能性

我们的语言中仍能听到李白的语声

■ 对话/哈金　燕舞

2015年3月20日,为纪念次日的"世界诗歌日",联合国邮政管理局发行了一套六枚邮票——每枚邮票上都用对应的母语印一首名诗——包括中、英、法、俄文和西班牙文、阿拉伯文,李白的《静夜思》被作为汉语诗歌的代表印在了其中一枚上。

这则花絮,遥远地呼应着1975年版美国大百科全书的"李白"词条:"李白与杜甫是被世界公认的产生于中国的伟大诗人。"也有外国学者称"李白诗歌是人类的心声"。李白诗作自1830年代开始被介绍给西方读者。1915年,美国意象派诗人埃兹拉·庞德(Ezra Pound, 1885—1972)根据东方学学者芬诺洛萨(Fenollosa)在日本学习中国古诗的英文笔记遗稿,整理和译出了《华夏集》(Cathay),其中收录的李白《长干行》译作由此成为现代英文诗歌的杰作。1950年,英国汉学家亚瑟·韦利(Arthur Waley, 1888—1966)撰著的《李白的诗歌与事业:701—762年》(*The Poetry and Career of Lipo, 701—762 A. D.*)出版。1981年,美国汉学家宇文所安(Stephen Owen)的专书《盛唐诗》(*The Great Age of Chinese Poetry:the High T'ang*)出版,35年后他译出了6卷本的杜甫诗全集。

然而,英语世界近两百年来并无一部完整的李白传记。2020年春,北京十月文艺出版社引进和推出了美国最具影响力的华裔作家哈金的《通天之路:李白传》,该书译自神殿出版社(Pantheon)2019年初的英文版 *The Banished Immortal:A Life of Li Bai*,哈金首次完整地串联和重述了李白传奇的生命历程:童年入蜀、青年出蜀、两次婚姻、壮年干谒、老年流放、客死他乡……

哈金1985年赴美国布兰代斯大学（Brandeis University）攻读研究生，在1993年获得英美文学博士学位前3年即开始正式用英文写作，三十年间累计出版了4部诗集、4部短篇小说集、8部长篇小说和一部论文集，其中，《好兵》（Ocean of Words，1996）与《光天化日》（Under the Red Flag，1997）分获海明威奖和奥康纳奖，《等待》（Waiting，1999）获美国国家图书奖和福克纳奖，《战废品》（War Trash，2004）再获福克纳奖并入围普利策奖。"在英语世界中，写不出新书，你就不是作家了。"哈金的作品迄今累计被译成了三十多种语言的文字，与这些等身作品相比，《通天之路：李白传》颇为独特，与哈金作为讲席教授在波士顿大学创意写作学部教授的"小说创作"与"迁徙文学"也关系不大，它以非虚构写法为主，也借助文学化手法和适当的推演想象。

继哈金2014年和2016年两部近作的翻译合作之后，美国卫斯理学院东亚系讲师汤秋妍再次受邀翻译《通天之路：李白传》，她说最为费时费力的是书中大量专有名词的查找和确定，"我个人认为这部传记翻译回中文的意义，就是让对此感兴趣的人可以了解李白在英语世界中如何'被介绍'，同时里面有哈金老师自己对李白人生的理解"。在汤秋妍看来，作者试图写出李白的两个"通天"追求：一是政治上的"通天"追求：去皇宫、佐明主，当皇帝身边的重臣；二是宗教上的"通天"追求，即"得道成仙"，"但这两个追求因为种种原因都失败了。最后，李白只留下了一些作品，还有一种人格形象，这个人格形象让我蛮感动"，"不管李白个性上可能有多少缺陷，比如酗酒而不靠谱、狂妄、太过天真，也不管他人生多么失败（除了成就了诗名，那两个'通天'理想都落空了），但至少有一个'尊严'（dignified manner）似乎是李白一直要维护并且可以说是维护住了的。这对当代的人生或许还有意义：不管生活多难，我们永远不能放弃尊严；不管理想多荒谬，要有理想；要为人真诚，要努力做好自己能做的事情"。

2020年5月中上旬，笔者通过电子邮件书面专访了哈金。此外，本专访写作参阅了2019年10月号《北京文学》由该刊副主编师力斌先生撰写的"本刊特稿"编者按，赵雪芹、汤秋妍二女士亦有贡献，谨致谢忱！

——燕舞

喜欢比较老一点的细致磅礴、流畅又透彻的传记

燕舞：这个春天波士顿的新冠肺炎疫情也很严重，您和家人是怎么应对的？

哈金：都居家隔离一个多月了，马萨诸塞州说是就要解禁了。两个月来教课全在网上进行，学生都待在家里。我太太免疫力太弱，出去购物、办事都由我来做。我现在担心今年招收的国际研究生拿不到签证，无法来入学。

燕舞：去国外多年，您是否听说过故乡东北的一批青年作家如今在国内走红，甚至被命名为"新东北作家群"？

哈金：听说过双雪涛和班宇等年轻作家，但这里只有哈佛大学和布朗大学有国内的文学期刊和新出版的中文书。我住在乡下，一般不去那里。三年前见过双雪涛，但没能多谈，人很多，当时我的状态也不太好。

燕舞：过去四十年您比较推崇的中外传记有哪些？

哈金：我喜欢比较老一点的传记，比如理查德·艾尔曼（Richard Ellmann）写的《乔伊斯传》，还有厄尼斯特·西蒙斯（Ernest Simmons）写的《契诃夫传》和《托尔斯泰传》。他们都是大学者，传记写得细致磅礴。斯泰西·希夫（Stacy Schiff）写的纳博科夫的夫人的传记《薇拉》也很精彩，流畅又透彻。

燕舞：在 Shambhala 出版社 2015 年夏向您约稿中华人物的微型传记时，您最初报的传主候选名单中除了李白还有杜甫、孙中山、鲁迅等十余人，在王德威教授主编的《哈佛中国现代文学史》中您也受邀撰写了关于鲁迅的章节，孙中山、鲁迅各自最吸引您的地方是什么？

哈金：当时 Shambhala 要的只是很小的介绍性传记，每本才 12 000 字，类似一篇长文，所以我并没多考虑，只给了一个名单。

燕舞：国内有媒体给您贴标签"继林语堂之后，在美国影响最大的华语作家"，而 1940 年代末在纽约和伦敦出版的《苏东坡传》（*The Gay Genius：Life and Times of Su Tungpo*）成为了解林语堂上世纪 30、40 年代在英语世界推介中国文化绕不开的一项工作，您怎么看林语堂？

苏东坡 58 岁时书录过李白佚诗并编成《李白仙诗帖》。在林语堂的英译实践中，苏东坡是中国传统文化集大成的一个诗人典范，也是历代文人从政的一个样本，那您试图呈现和"输出"一个怎样的李白？

哈金：我跟林语堂不同。他自认为是文化大使，他的主要成就是他的介绍中华文化的文章和图书。另外，在国民党的政治文化中，他还有一个类似"国师"的角色。1944 年他回国访问半年，蒋介石和宋美龄连续接见他六次。上世纪 60 年代初他告老回台北时，蒋介石给他专门盖了一片房宅。而我，只是一介草民，一个挣扎的艺术家，完全凭作品立身。

苏东坡是林语堂心目中的英雄，1936 年赴美时他就带了大量的资料，要为苏东坡立传。在他之前,汉语和英语中都没有东坡传,他的工作是开拓性的。而我写李白传只是权宜之作——太太病了,我无法写长篇,就写了这样一本书。

燕舞:《苏东坡传》最末一段里,林语堂总结"一个具有伟大思想、伟大心灵的伟人"的遗产时说:"苏东坡已死,他的名字只是一个记忆,但是他留给我们的,是他那心灵的喜悦,是他那思想的快乐,这才是万古不朽的。"那么,李白"万古不朽"的又是什么呢?

国内两年前引进了法兰克福大学汉学系副教授杨治宜的《"自然"之辩:苏轼的有限与不朽》(Dialectics of Spontaneity:The Aesthetics and Ethics of Su Shi (1037—1101) in Poetry),她认为,苏轼文学的价值体现在对于自然的"自我否定"式的追寻中。李白呢?

哈金近影(摄影师:Dorothy Creco)

哈金:他们是从理念方面来衡量诗人,而我以语言来衡量,所以,李白是更大的诗人,他丰富了汉语,我们的语言中仍能听到他的语声。

燕舞:代后记中,与"写作"并置的关键词是"生存",您强调新书写作缘起"是与我作为一个作家的生存状态相关的",尊夫人前几年生病确实是您家的一个大事件,但您毕竟已经是名作家了,与1990年代初来乍到美国并艰难融入本地社群的情形已不可同日而语,何以还使用"生存危机"这样的严重措辞?

哈金:有许多知名作家都不存在了,都是"青春之歌",虽然人还活着。在英语世界中,写不出新书,你就不是作家了。这跟国内不太一样,没有"一本书主义"的说法,不能吃老本。我如果不出书,连我的学生很快都会瞧不起我。

"明月直入,无心可猜"

燕舞:最新人教版1—6年级统编《语文》教材中共收录了112首古诗词,其中李白的代表作就有9首。您1990年代初出道是以诗歌开始的——第一首英语诗《死兵的独白》刊发于《巴黎评论》上,芝加哥大学出版社1990年出版了您的首部英语诗集《沉默之间》(Between Silences),作为一个"50后"的现代诗的创作者,您如今对1960年代初期辽宁金州童年时期的小学古诗词教育还有印象吗?

您的儿子 Wen 也像您当年那样背过唐诗吗?

哈金: 我对金州有美好的记忆,特别是大连和我家所住的那个小镇亮甲店。我是上世纪 70 年代前期在部队里服役时开始接触李白的诗的。一位在黑龙江的老教师退休后要回上海养老,卖给我父母两袋课本和图书。其中有《唐诗三百首》,当时反复读过那些诗,也背了一些。

我儿子对诗不感兴趣。他的博士学位是历史,他读了许多书,多跟他的专业有关。与大多数华裔移民的孩子们一样,他能听懂也能说基本的汉语,但读写不行。

燕舞: 新书的主要参考书目只列了 8 种:李长之先生的《李白传》(东方出版社,2010 年)其实是将他 1940 年香港商务版的《道教徒的诗人李白及其痛苦》和 1951 年北京三联版《李白》两本著作合二为一,郭沫若的《李白与杜甫》的初版早在 1971 年就出版了,《李白评传》和《李白传》所代表的汉语李白传记"两极"的作者周勋初、安旗都是 1920 年代生人;亚瑟·韦利的《李白的诗歌与事业》和宇文所安的《盛唐诗》两部英文专著分别出版于 1950 年和 1981 年。可以说,您援引的这些中外文著述成果相对较早(文中的少量页下注则主要涉及传主身世与婚恋等方面的论文),您是觉得这些文献资料对于您撰写李白传来说已经够用了?

像程千帆、周勋初二先生的弟子、南京大学人文社科资深教授莫砺锋和复旦大学文科特聘资深教授陈尚君,这批与您算是同代人的当下顶尖唐宋文学研究专家,您却并没有援引他们的研究成果。

哈金: 我比较注重专题论文,而不光是名家的专著。《中国李白研究》对我帮助很大,这套年刊集中了国内李白研究的最新成就,其中的每一篇论文都是专门研讨某个专题。另外,我这本传记主要不是给学者读的。一开始神殿出版社的编辑就强调不要"学术著作",我故意往学术方面偏移,希望它在学术上也能站住。

燕舞: 众多版本的李白年表中,对您帮助较大的是詹锳先生的?

哈金: 我手头有五六个李白年表,差异不是很大。詹锳先生的年表主要在讨论李白女儿平阳时给了我帮助。

燕舞: 您将新作定位于"非虚构",尽量避免"李白学"大家安旗的《李白传》那种"像小说,一大半是对话"的写法,但您又"更注重有趣的细节,希望通过连接和描述它们,能勾画出一个完整鲜活的李白",在细节的选用和文学化的描写方面,您怎么确保真正做到"非虚构"?新书中也出现过杜甫去参加李白接风晚宴前的心理描写,还有一些天气状况的描写似乎也带有想象成分。

哈金: 我比较依靠叙述。至于细节和景物,我可以查看它们那时是否存在,都有什么特色。这是我与学者们写作不同的地方之一。至于杜甫赴宴前的心态,主要是从他与李白交游时的状态推测的,我觉得不会太离谱,他的确崇拜李白,心切得有点惶恐。我是在讲故事,如果不描写杜甫的心态,就会有一个大漏洞,所以权衡之后就写了那一段,即"杜甫不禁有些胆怯,他想:见面时,李白会把自己当成诗人同道来打招呼吗? 李白连朝廷上那些有权有势的人都不放在眼里,对他这样一个无名后生,会不会更不屑一顾呢? 若表现得过于热诚,李白会不会觉得自己在溜须拍马呢?"。但我不认为这完全没有凭据,虽然是推测的。

燕舞:您对既往英语世界中缺少完整的李白传的一个猜测,是李白诗作的英译需要付给原译者高昂版税,除了花300美元有偿引用卡罗琳·凯瑟关于李白与杜甫友谊的那8行诗,您自己在传中一共独立翻译了多少首李白的诗?

在英美诗歌方面的训练,具体是怎样帮助到您这些翻译的?

哈金:大概有四五十首吧。有些诗并不都是他的代表作,但有些讲故事需要也就翻译了。李白的诗风主要是轻易自然,我也尽量用接近口语的英语来译。当然失去很多东西,我只能做到译诗读起来是诗,有独特的风格。

在用英语写李白传《通天之路》这个过程中,我注意到很多汉诗的特点,也使我坚信古今中外的诗文法度很多是相通的。李白作诗的一个重要标准是"明月直入,无心可猜"。就是说无论思想多么深奥,都必须像月光那样直入人心。纵观汉诗,最优秀的诗句都具有这种明净透彻的品质。叶芝也反复强调寻找能"刺透人心的词语",这个说法跟李白的"明月直入"相类似。古代诗人们意识到诗中的思想不应该太玄奥,那样会减低诗的感染力。复杂的表达方式跟诗歌的情感冲击力往往成反比。

燕舞:李白"他的生平大框已经在那里",书中有哪些文献资料是您这几年为新书写作而新看的? 写这样一部17万字的传记,资料积累和吸收到什么时候就可以开始动笔了,而不会被淹没在史料里?

哈金:既然大框在那里,我就一块一块研究,一块一块写。这跟写小说不一样,不需要完全沉浸在作品中。我并没读所有的新书,只根据故事的需要来做研究,所以我用的专题论文多些。

燕舞:如果要给李白生命历程中的标志性事件如"童年入蜀""青年出蜀""两次婚姻""壮年干谒""老年流放"等各挑选一首代表性诗作来对应,您会选择哪几首诗?

哈金:如果这样分,不太容易来标出他的代表作。老年流放时他写了一些杰作,像《朝发白帝城》和《宿五松山下荀媪家》。《子夜歌》应该是"壮年干谒"时写的,《长干行》是李白刚出蜀后的作品。至于两次婚姻,他很少写关于夫人的诗,而且都不是杰作,给他孩子的《寄东鲁二稚子》却十分感人,也写得飘逸。

从一开始李白就对格律诗不感兴趣——他不是不会写这种诗歌——他只是不喜欢被形式束缚。他最喜欢的三种诗歌形式是古风、乐府和楚辞。楚辞在气质上特别投合李白的个性。

神殿出版社编辑芦安把本书稿交给她的助手凯瑟琳来做,凯瑟琳是华裔,汉语名叫董琳,她对整个文本做得十分认真,提出应该加入李白的原诗,我立即同意,并提供了繁体字的原文。书出来后,有位著名的美国诗人对我说他欣赏书中有李白的汉语原诗,让英译有所对照,否则英文读者会觉得这些诗句"不过是些拼音字母",有不可靠之感。

燕舞: 同为诗人,对您深入理解传主有什么帮助?"以诗证史"是中国文史研究中的一个悠久传统,研究者在这方面经常举陈寅恪先生《元白诗笺证稿》的例子。李白是一个诗人,"跟着他的诗歌走",在"诗史互证"的过程中如何确保这些诗作不沦为干瘪的史料,而保存其作为心灵和思想结晶的活力?如何祛除千百年来历代李白研究专家累积在李白身上的"逸事和神话"?"从文学(诗歌)内部来谈文学(诗歌)"又如何兑现?

"虽然写的是盛唐的李白,这本书多少也应该与当下有关",您尝试理解的盛唐的时代氛围、时代精神有哪些突出特征?这部传记的"当下性"具体又怎么讲?

哈金: 那些并不在我考虑的范畴内,我只想讲一个动人的故事,也通过这个故事来展现唐代的诗歌文化。写一个8世纪的中国诗人,最难做的是把故事讲得有趣、丰富,又不浅薄。我更注重写作技术层面的东西,像一节、一段怎样转折连贯。

我们谈到李白时,应该记住有三个李白:历史真实的李白、诗人自我创造的李白,以及历史文化想象所制造的李白。理想中,我们的目标应该是尽可能多地呈现真实的李白,同时试图理解诗人自我创造的动机与结果。但我们也必须了解,由于李白一生史料稀缺,这一野心势必受到局限。

燕舞: 新书作者简介中称您"主要教授小说创作和迁徙文学","迁徙文学"这个译法有什么特殊考虑?在别的文学史家或批评家那里,有"离散文学"或"移民文学"等不同提法,"旅行文学"最近这些年在国内也很流行。

李白少年时由西域迁回内陆四川、成年后的云游与干谒也都是"迁徙",您则是从中国迁徙到美国,这种生命状态的近似应该有助于您理解这位一千三百年前的同行和传主,哪怕您无法回国重走一遍部分或全部他当年的线路?

哈金: "迁徙文学"是一个笼统的说法,其中包括流亡、移民、旅行、战争、传教等,目的是选入最优秀的长篇小说。这门课主要是为创意写作的研究生开的,是关于长篇小说的形式的课。

李白是一个矛盾的人

燕舞：汉语世界过去关于李白配偶、子嗣的周边研究较为欠缺，关于其生命历程中的关键年份 745 年的直接书面记录几乎没有，您这次是怎么实现突破的？增进对李白 745 年活动的了解，主要是得益于李长之、安旗等学者的研究成果吗？像青年文史学者唐德鑫在《李白的访道人生及其死因刍议》中呈现的大量信息，按说既往李白学专家也很容易注意到的。

哈金：这方面的资料的确不多。我也没有什么突破，只不过按照常理和史料推断了几处。范震威的《李白的身世、婚姻和家庭》是部丰富的著作，对我帮助很大。

燕舞：李白"一个字都没有写过自己的母亲"，是因为母亲"是少数民族，甚至可能是土耳其人"的异族身份让他自卑吗？按说，唐朝是一个"相对宽容"的时代呀。我们倒是能从新书中看到一些李白的书童丹砂的信息，比如他 730 年和李白结发妻子安陆许氏府上的丫鬟成亲并留下来照顾女主人，如果没有他的侍奉和陪伴，李白的云游和干谒经历可能难以想象。

哈金：这些李白在诗中偶尔提及，丹砂也被提到，但频率不高。后来的学术成果基本是建立在诗句之上的。唐代非常开放包容，连军队都掌握在外族统帅手中，西方面军由哥舒翰统领，东北方面军则由安禄山统领。

燕舞：比起经商有道、家务安排得当的父亲李客，李白婚后 12 年才"老来得女"，但他的长女平阳疑似 16 岁就早夭了，二儿子伯禽在盐场的工作还是后来友人李阳冰协助安排的，可见作为父亲的李白在履行家庭责任上其实是相当不称职甚至失败的。

李白兄弟众多，但从您的转述中我似乎只看到他云游中与一位弟弟有过接触，难道与其他兄弟们就没有交往？家道中落后，其他兄弟是否有人接济过李白？

哈金：资料有限，说不清他和其他兄弟的关系。他 724 年出蜀时得到了家里巨大的资助，但他 726 年春在金陵时家里出了状况，资助断了。后来，他就靠朋友和仰慕者们帮助了。李白的朋友元丹丘多次接济过他。

燕舞：李白是天纵之才，他的"干谒投书"集中于年轻在蜀中时期、隐居安陆到二入长安前期、晚年安史之乱前期到流放夜郎时期，从这三个时期的经历来看，他经常是在刻意献诗逢迎地方主官和士绅名流时又忍不住恃才傲物，这是否是情商不够高的表现？从他疑似编造和美化家谱，过于看重两任正式妻子许氏、宗氏相门之女的贵族身份等细节来看，李白还有虚荣、势利的一面？

哈金：他是一个很矛盾的人，屡受挫折后就基本放弃了。后来在元丹丘和贺知章等人的帮助下，得到唐玄宗赏识，被招入宫。他的大起大落的人生也够精彩的。当然，这样说都是以他的诗歌来支撑的。没有他的伟大诗篇，他什么都不是。

若李白没有不朽的诗篇，他什么都不是

燕舞：曼彻斯特大学历史学教授迈克尔·伍德（Michael Wood）领衔制作和出镜主持的纪录片《杜甫：中国最伟大的诗人》（*Du Fu：China's Greatest Poet*），2020年4月6日在BBC热播，有媒体人把它当作"中国文化新叙事"（New Narrative of Chinese Culture）。该片当然也讲到了李白、杜甫的交谊，我读尊著其实也是挑着从第16章"两位巨星的相遇"先开始的。千百年来后人对"李、杜友谊"津津乐道，但是，这是否跟一种求圆满的戏剧心理有很大关系，因为他俩先后进入了文学史，而谈论两个大诗人的交往总是一种锦上添花的文学史花絮？

在杜甫与李白相识的744年，杜甫彼时并未获得长他11岁的李白那样巨大的现世影响力，杜甫要到宋朝以后才逐渐获得"诗圣"美名。诚如您所言，"李白——可能部分归因于他的道家心态——在对杜甫的感情中更为低调"，"这段友谊对李白的影响没有对杜甫那么深；似乎两人一分手，李白就不再想到杜甫"，尤其是考虑到您另外提及的数据——比如，李白754年与忠实崇拜者魏颢在广陵（扬州）相识后，为这位忘年交写了一首长达120行的《送王屋山人魏万还王屋》且将所有诗文手稿托付给他。这么说来，杜甫在与李白的"隔代"友谊中其实处于相对"弱势"的地位，他之于李白的重要性还不及魏颢？

哈金：杜甫只是李白的一位朋友。唐代诗人中，李白是少有的独行者。魏颢不一样，他是李白的信徒，跋涉三千里追寻李白。李白熟谙面相，相信魏颢将来会做官，后来应验了。他也需要魏颢，告诉他将来发达后别忘了自己和儿子明月奴。

燕舞：李白曾经将所有诗文手稿托付给魏颢，那761年年底托付给李阳冰的"所有的诗歌手稿"是另一批么？

除了孙子、屈原、庄子、鲁仲连、司马相如、诸葛亮、陶渊明、谢朓、骆宾王、陈子昂等古代或大致同代的"偶像"外,在李白的同时代,贺知章、孟浩然这样长一两辈的文友之外,他还有没有像元丹丘这样能平等相处的好友? 在前述一众古代或同代"偶像"中,对李白诗歌写作技艺影响较大的有没有?

哈金:魏颢和李阳冰手中的李白手稿是不同的两批,它们构成了现存的李白诗文的主要部分。孟浩然是李白的好友,但早逝了。元丹丘是他始终如一的朋友和教友,没有第二人像他那样跟李白情同手足。

燕舞:BBC 这次新片《杜甫:中国最伟大的诗人》,其名称来源于旅美华人学者洪业先生 1952 年出版的同名专著 *Du Fu：China's Greatest Poet* 并以之为讲述蓝本——副标题"中国最伟大的诗人"之后并没有加"之一",倒也符合"诗圣"的提法;同样是在 1952 年,诗人冯至在北大西语系主任任上出版《杜甫传》,他也独独推崇杜甫,追问"为什么与杜甫同时代且同享盛名的李白与王维就不能这样替我们说话(就像一个朋友替我们陈述痛苦一般),他们不是同样经过天宝之乱吗?"

但是,今人习惯将李、杜并称,诗人西川在《唐诗的读法》(北京出版社,2018 年 4 月)中论及中唐诗人元稹"可能是较早比较李杜诗风与诗歌成就的人"时,提到"宋人抑李扬杜";您援引过的《李白与杜甫》,其作者郭沫若被一些当代读者和批评家质疑为以"贬杜扬李"来"迎合"推崇当时"三李"(李白、李贺、李商隐)的潮流。

虽然理性提醒我们,应该警惕二元对立的思考方式,可是,"李杜优劣论"还真是一个学术问题,国内以解读金庸而走红的"80 后"作家、《给孩子的唐诗课》(上海文艺出版社,2019 年 8 月)作者"六神磊磊"去年底在他的微信公众号就推送了一篇演讲,讲题非常直白——"李白和杜甫到底谁更厉害?"……如果非要在李白和杜甫之间做一番综合性的比较,您如何评价从"抑李扬杜"到"贬杜扬李"再到"李杜并称"的观念变迁?

哈金:我认为那种比较没有意义,文学圣堂中有的是座位,他俩各有自己的位置。我觉得杜甫更深沉些,而李白多了一个宗教的层次,有其复杂的一面。

燕舞:像您说的那样,盛唐进士殷璠编纂的《河岳英灵集》"提供了唐人如何看唐诗的角度"——二十四位入选者中,李白诗作当时入选了十三首,杜甫为零——这个考察时段再延续至清人蘅塘退士编选的《唐诗三百首》,入选的杜诗又多出李白好几首。

哈金:到了《唐诗三百首》,李、杜已经成为汉诗的顶峰。但我写的是唐代,要考虑什么信息应该收入,要有节制,不能罗列,不能让叙述的张力松弛下来,所以《唐诗三百首》根本不必提及。这个选本对英语读者来说没有意义。

燕舞：李白在世时就获得了巨大声誉,杜甫的经典化过程迟至宋朝以后才逐步完成,您自己出道三十年来已经先后夺得海明威文学奖、美国国家图书奖、福克纳奖,您会觉得自己幸运么?

记得 2008 年 10 月号《印刻文学生活杂志》早就做过一期您的封面专辑"雪飞的国度——哈金的两个大陆"。个人著述在当代就完成了某种程度的经典化,您如何克服"成名"带来的弊端?

哈金：不能这样比。文学成就跟奖项没有关系,还有,奖项都是眼下的,靠不住的。经典化需要时间来定夺,我们很难预测。不过,写李白传的过程让我看清,如果他没有不朽的诗篇,那他什么都不是。一个艺术家应该做的只是努力把作品做好,做得更好。

燕舞：《北京文学》去年 9 月号就率先推出了尊著的 8 万字精选版,"国内读者较为熟悉的李白诗歌和情节稍有删节",这精简的部分反而应该就是您着重向欧美普通读者介绍的吧?饮酒之于中国古典诗歌创作的意义、入赘的婚姻形式等,感觉都是您特别提醒海外读者注意的"文化中国"背景,还有哪些方面您写作时比较注重向欧美读者解释和强调的?

哈金：师力斌编辑两年前就与我约稿了,但后来传记太长,《北京文学》从来没发过超过 8 万字的作品,所以就出了个删节版。我并没有介入这个过程,取舍都是他们做的,我让他们酌情处理。

燕舞：您在波士顿大学创意写作部执教多年,这个教学机构的特点是不是相对比较淡化文学理论?"传记"的写作应该并不包括在"小说写作"课中?

北京三联书店 2020 年初结集出版了哥大东亚系商伟教授的讲义《题写名胜:从黄鹤楼到凤凰台》,对您在新书第 5 章里写到的李白对《黄鹤楼》作者崔颢的"嫉妒"也有涉及,商著研究的"诗歌文本的互文关系"等我感觉比较学理化,北美大学东亚系的学生们本来就文言文基础相对薄弱,阅读这类诗学专著是否较为困难?

哈金：商伟这几年在做唐诗研究,唐诗是他的本行。我们一起修过宇文所安的汉诗课。

我们的创意写作部没有非虚构类,写这本传记完全是我自己的工作。我们学校的非虚构写作在传媒学院里,跟我们没有直接关系。至于文学理论,我们不强调,但我们是英文系的一部分,所以学生必须修文学课,自然要涉及文学理论。跟美国其他创意写作项目比,我们比较强调文学性。

燕舞：在李白广泛的人际交往中,他和生卒年几近一致的王维"没有任何记录表示他们曾有过交往"——尽管他们有孟浩然、杜甫这些共同的师友,这个谜团吸引着包括宇文所安在内的不少中外学者,您给出的一种猜测是,"除了诗歌上的竞争外,两人也有可能因为都被玉真公主欣赏而关系微妙。这种竞争也许能大到让他们一生疏远,彼此形同陌路",是否还应该从两位同龄诗人的性情、气质和精神结构以及各自在长安诗坛的话语权、流派倾向等更多方面来尝试解析?

哈金: 李白确实渴望能得到玉真公主的青睐,但她更喜欢王维,尽力帮助他。这应该是李白的一个心结,当然我也提到两位大诗人的诗风、秉性、宗教、仕途都迥异,所以他们很难交往。王维虽然为官,但他是佛教徒,不是飞扬跋扈之人,所以我认为玉真公主才是两人疏离的一个重要因素。

燕舞: 李白的同代诗人及宋代诗人在诗作中书写歌女、舞姬等女性形象的情形并不少见,但您认为他的独特点之一是"写了大量女性口吻的诗歌",这一点跟笔下多女性意象还不是一回事?

哈金: 不是一回事。比如,王昌龄也写女性经验,但不以女人的口吻说话。李白则给了许多女性自己的声音。从诗艺上讲,诗人和说话者是不同的人,这样就给了诗歌更大的容量和空间。

通过写作和作品来融入伟大的事务中

燕舞: 新书中您比较多地强调李白作为"道家徒"的一面——"李白的家园实际上永远是在途中,诗人生命的本质存在于无尽的漫游中,好像他在这个世界上注定只是一个过客","几十年来,李白在两个世界之间撕扯着——代表世俗政治最高层次的朝廷和代表精神领域的道教——但李白在两个地方都无法久留"……可是,多次干谒受挫之后他还一再谋求入仕,甚至晚年还希望能参军,这不就是再典型不过的儒家思维和行事方式么?只是他头脑中的道家思想在与儒家思想的竞争中占了上风?

林语堂认为苏东坡"为父兄、为丈夫,以儒学为准绳,而骨子里是一纯然道家",并"在心灵识见中产生了他的混合的人生观"。李白也是一种"混合的人生观"吗?

哈金: 李白既想成仙,又想入仕,最终两者都不可及。他的确非常执迷于仕途,但每当受挫,就退回到道家的天地。此外,道教是唐朝的国教,所以他看不起儒教。到了宋朝,儒教已经成为官僚文化的核心。林语堂用儒教来解释苏东坡入世的一面,完全说得通,儒教确实只关心此生此世。

在中国诗歌史上,李白是大量使用月亮意象的第一人,他不断赞美月亮的高洁、纯粹与永恒。他想象月亮是一方神仙居住的祥瑞净土,到处是神兽仙草和仙人们的私人宠物。中国古代信仰不太分离神性与人性,人们想象中的天堂似乎只是人间的升级版:风景、建筑、人物都类似,只是更神奇。任何人只要修炼得当,并假以时日与诚心,最后都可能得道成仙——中国很多庙宇里至今都供奉着这些地方神祇。他们本属人间,后来成为不朽,升到了天上,拥有神奇的法力,有点像西方的超人。

燕舞:新书中第1章在谈及屈原之于李白的影响时,您就大跨度地做了一个中西方诗歌的比较,称"与西方诗歌不同,中国诗歌的性质总体上是更世俗的,倾向于关注人间的疾苦与体验。中国诗歌不太召唤神明的帮助",您1993年在布兰代斯大学的博士论文涉及奥登、庞德、艾略特、叶芝等几位英语现代诗人作品中的中国文化素材,那李白最适合类比的同时代西方诗人您认为是谁? 能否简要列举您特别推崇的几位中西方诗人?

哈金:李白跟西方的诗人不一样。汉文化中没有缪斯这个艺术之神,所以文艺不具备神的佑助。但李白确实有一个神灵的层次。汉诗中我喜欢杜甫、李白、白居易、辛弃疾、李煜。西方诗人我喜欢的比较杂些:荷马、乔治·赫伯特、弥尔顿、惠特曼、叶芝、哈代、艾略特、奥顿、布莱希特、博尔赫斯。

燕舞:《通天之路:李白传》之后,您最新的写作计划是?

哈金:我的下一部长篇《放歌》明年春天将由神殿出版社出版,现在正忙着修改和编辑。

燕舞:12年前《印刻文学生活杂志》的封面专辑"雪飞的国度——哈金的两个大陆",可以认为是对您写作成就的一个及时判断与命名,纽约的《巴黎评论》也做过您的专访。海内外媒体对您的专访不在少数了,未来若干年间还可能有关于您的传记问世,可是,如果眼睁睁看着这些访问记或传记写不出您的复杂性和立体性,作为一个创作者您会不会很沮丧和气馁?

哈金:我不想看见自己的传记。我深受薇拉·凯瑟的影响:"真正的幸福是融入伟大的事物中。"这种融入,只能通过写作和作品来完成。这才是我渴望能做到的。

马华小说的可能性

■ 对话/黄锦树 康凌

黄锦树,1967年生于马来西亚柔佛州,马来西亚华文文学代表人物之一,在获得台湾"清华大学"文学博士后,长期任教于台湾暨南国际大学中文系。在其求学期间,黄锦树便以"烧芭"之姿闯入马华文坛,其后逐渐成为马华文学最具生产力与批判能量的创作者、批评者与研究者。主要作品收入短篇小说集《梦与猪与黎明》(1994)、《乌暗暝》(1997)、《由岛至岛》(2001)、《土与火》(2005)、《南洋人民共和国备忘录》(2013)、《犹见扶余》(2014)、《鱼》(2015)、《鱼》(2016)、《民国的慢船》(2019)和散文集《焚烧》(2007)、《火笑了》(2015)、《时差的礼赠》(2019)等,另著有文学批评与论文集《马华文学与中国性》(1998)、《谎言与真理的技艺》(2003)、《文与魂与体》(2006)、《章太炎语言文字之学的知识(精神)谱系》(2012)、《注释南方》(2015)、《华文小文学的马来西亚个案》(2015)、《论尝试文》(2016)、《幽灵的文字》(2019)等。自2018年起,后浪陆续引入黄锦树的《雨》和《乌暗暝》两部作品,引起大陆读者关注。2020年2月间,我与黄锦树先生做了一次访谈,内容不仅涉及他自己的创作和思考,也关注马华文学的历史与现状及其与"中国性"问题、与方言、与书写文字的纠缠。这次访谈的一个版本曾刊于2020年3月22日的《上海书评》,收入《文学》时有所变动。

——康凌

康凌:我想我们可以从读者反应开始说起。我大概翻了翻大陆版的《雨》和《乌暗暝》出版后的评论,毫不意外地,在你的作品所包含的各种元素中,首先被人所发现的,是由致密而潮湿的胶林和雨水所构造出南洋**风景**。这一风景也是认知马华文学之独异性的常见符码。读者对**异域奇观**的瞩目本身无可厚非,在华文文学的大陆接受史中,这似乎是不可避免的,但同时这样一种视角也很容易落入某种去历史化的东方主义(南方主义?)陷阱,并固化马华文学的盆栽境遇。你在讨论《猴杯》时,曾试图凸显婆罗洲雨林审美景观的"背景",尤其是华人在殖民史中所占据的位置及其与原住民的关系。那么我们是否可以请你现身说法,以《雨》和《乌暗暝》为例,谈谈**你的**雨林风景有哪些比较重要的"背景"?或者说,哪些"背景负担"是必要的?

黄锦树:我后来也常想,我们读那么多外国翻译小说,何尝(或怎么可能)去了解相关小说的背景?因此在前年的某次访谈中,针对大陆读者的反应,我曾说,友善的误解可能是美好的。审美体验本来就和误解脱离不了干系。就阅读史而言,那是无可厚非的。因此,我所谓的"背景负担"其实是针对专业读者和研究者的。东南亚史、殖民史、移民史、文学史、文化史、社会史、地理、植被、风土、政治、种族结构……

在否定的意义上,我不赞同写作者为了担心给非星马地区读者造成"背景负担"而刻意降低"南洋色彩",用大陆或台湾通行的标准语汇写作。在大陆的读者反应中,有一部分可能特别有意思,那是来自侨乡(福建、广东)的,他们有祖辈下南洋,甚至还有亲戚在南洋,或者有一段被遮蔽的家族南洋记忆。

康凌:"中国性"和离散经验是另一个在讨论马华文学时绕不开的问题,牵涉到的论述也已经汗牛充栋。这里我想从一个具体的例子开始提问。大约两年前,你批评了史书美在讨论(反)离散问题时的架空历史的操作,指出她的论述轻易抹去了马来西亚族群关系中,离散华人所面对的单一民族国家对他们施加的身体和文化(语言)暴力。史氏的论述与新冷战话语的合谋当然是一个重要的问题,这一论述以"在地化"为目标,试图将马华文学缩减为单一民族国家之下的少数族裔文学。但在你看来,"在地化"的文化政治实践(譬如南来文人弃绝中国经验而投身"此时此地的现实"),在**有国籍的马华文学**出现之后,就已经不再可能。

黄锦树:"马华文学作为单一民族国家之下的少数族裔文学"那倒一直是如此的,自马来西亚建国后,1970年代就定调了。依史氏的"反离散"论,在马来西亚用中文写作本身就是不正当的,依那样的、和马来西亚国家意识形态合谋的同化论逻辑,我们应该用马来文写作,华文文学根本就不应该存在。对我而言,那如同风凉话的论点是不能忍受的。

"'在地化'的文化政治实践,在**有国籍的马华文学**出现之后,就已经不再可能。"也是误解。应该说,"'在地化'的文化政治实践,在**有国籍的马华文学**出现之后"反而成为常态,马华革命文学就一直沿着那样的道路走下去。即便政治意识没那么强的,土生土长的在地经验也是"**有国籍的马华文学**"写作最原初的参照,因种族歧视渗入日常生活,很容易展现为所谓的"政治抵抗"。

"无国籍的马华文学"可能只是我个人的玄想而已。"旅台马华文学"的其他作者(我们总共也只有几个人)对我的提议一向不置可否,说不定认为那是无聊的话题("练肖话"①),不过是我对自己的定位,"只此一家,别无分店"。

康凌:在你的小说中,文字本身的物质性在场扮演了重要的角色,不论是作为情节设计的一部分还是作为插入的图像,文字的直接显现(甲骨残片、漫漶的手稿)往往刺破了原有的书写体系的运作,增加了小说叙事的不透明性。与此同时,书写语言的现代变革也是你多篇论文的主题,各种中文书写方案的出现,总是与民族国家建构过程中的传统发明(或故鬼重来)相联系。结合你的小说和研究,我想请教两个问题,第一,你小说中的甲骨文常常被人们视为某种古老的"中国性"的符号,你是否认同这样的说法?假如说对马华文学而言,通行的书写文字中存有你所说的"最低限度的中国性",那么甲骨文的中国性应当怎么理解?第二,在你的小说里,甲骨的出现常常和**身体**纠缠在一起(自渎、刺青,或至少是身体劳作),怎么理解这两者的关系?另一个可能与书写文字相关的问题是,在读过简体文本以后,你觉得繁简转换会对阅读你的小说有什么影响吗?

黄锦树:对我们而言,"中国性"像是个幽灵回绕不去。我曾经面对两种极端对立立场的人,他们对"中国性"竟然有着奇怪的"共识":一旦用汉字写作,就和"中国性"脱离不了干系。因此离心论者就主张,为了彻底告别中国性,应该用外语写作。中国人(或华人)还没有把语言视为公共财的观念,中国历史上太喜欢用"汉化"来解释非汉人的汉语写作,也难怪越南、韩国在现代化过程中要把自身语言内的汉字都清除掉。用英语写作就必然带有"英国性"吗?

我当年谈"最低限度的中国性"是针对中国和东南亚各国肇建后华人移民的民族认同,问题最后可能还是会涉及我们是怎么理解"中国性"的。老外着迷于甲骨文的更不知凡几,而近代中国人,出于这样和那样的私人理由,有的着迷希腊(譬如周作人),着迷日本(族繁不及备载),着迷印度……甲骨文,除了是我的"**中国**",还可以说是我的"**希腊**"吧,虽然我对中、希都不着迷。

甲骨文即便不是最早的汉字,也离起源最近。那古老的在场,也许见证了文字

---

① 意瞎扯。——康凌注

的终极神秘。"甲骨的出现常常和**身体**纠缠在一起",也许是为了表达我的困惑?身体也很神秘啊。

书出版后,我其实很少看,繁体字最后一次细看经常是二校时。简体版我相信出版社的编辑,所以即便出版后也没看。虽然在书出版前他们会详细告知,有哪些部分会做一些修改或更动,我都觉得无所谓。

康凌:你曾在不同地方提及方言和方言群认同的意义,有趣的是,在大陆文学场域中,似乎也有越来越多作家开始自觉地开掘方言写作的空间。当然,对大陆文学和马华文学来说,方言与国语具有完全不同的关系。你怎么看对马华文学而言,尤其是对于旅台马华文学而言,方言的运用所带来的可能性和限度?

黄锦树:星马华文文学方言运用得最频繁的应该是30年代迄60年代间的南来文人,部分原因可能是好奇,容易展现地方色彩,和中原的标准语产生区隔。但南方方言写作有它先天的困难,先天的局限性,它只能是辅助性的。同属官话系统的北方方言大概就比较没问题。在大陆应该是大有可为的。

旅台马华作者和南来文人的旅程刚好方向相反,普遍上比较是脱卸方言土语,朝向文学的标准语(我尝称之为"从方言到中文"),从李永平到陈大为,莫不如此。

康凌:在所有马华文学的研究者中,你可能是最为自觉地在建构(重建)马华文学经典的人之一,那么在你看来,在更年轻一代的马华作者中,有哪些值得关注的作品?

黄锦树:大概就那几个名字吧,黎紫书、贺淑芳、梁靖芬、龚万辉、张柏榗,每位都至少出版了两本小说。

康凌:不同时期的小说之间的互文关系,使得你的作品互相交错成为一个网络,具有一种奇特的整体的共时性,由此也几乎很难以单篇为单位来理解。非常期待你的粪土版的《狂人日记》,也让人马上想到《祝福》里的那个粪翁的题署①。在你的作品中,鲁迅算是一个出镜率比较高的人物了(他也是老一辈马华现实主义者们的重要参照),能不能借此机会谈谈鲁迅?

黄锦树:作为小说家,鲁迅的位置很独特。我不只一次看到当代中国作家对他的轻蔑,好像人人都可以超越他(叶兆言:"中国现代小说的起点不高"),都写得比他多,自认比他好,比他能写长。在当代中国,大概不容易找得到写得比鲁迅少的小说家了。但即便写得再多再长,没有一个的重要性可以相提并论。为什么呢?他处在开端的位置,有一种或许可称之为**开端的优势**。他的作者功能与众不同,他

---

① 黄锦树短篇小说《祝福》中提及一块写着"咸亨酒店"的木匾,匾上题署"粪翁"。——康凌注

跨过的是从"没有"到"有"的那个分界线。我们都安稳地在"有"这边写作,好像十分理所当然,有时大概也就忘却了写作本身涉及诸多伦理条件,技术还是其次。

论现代中国作家对东南亚华人的影响,没有人能超过鲁迅,尤其是整个左翼。因此,思考华人问题,不可能绕过鲁迅。相较于失踪于苏门答腊的郁达夫留给我们一个意义未明的"没有",被神化的鲁迅自身的阴暗深刻,似乎更具思辨性、生产性,也是理解中文现代性的关键入口之一。

南洋左翼读者长期以来只能读《阿Q正传》,但郭松棻显然认为《孔乙己》更能概括当代知识分子的处境。很长的一段时间,中国知识分子只能勉强位处于阿Q与孔乙己之间,不是吗?

康凌:与你之前的作品类似,后设与互文依旧是你写小说的常用策略——重写现代中文小说(譬如《山路》)、征用历史/文学史人物与事件、裁剪拼贴当代作品(包括翻译作品)中的文句(譬如陈寅恪、王小波、卡佛),这些做法使得你的马共小说不仅成为关于马共的故事,也成为关于现代华文小说的故事。也正是在后面这个方向上,你在《防风林的外边》里描述的"写作机器"就变得很有趣,它似乎指向了一种文学写作、文学陈规,乃至文学教养的**内爆**状况,其中,被推到极限的互文性成为商品化文学的编码方式。顺着这里引出的话头,我想请教的是你对文学商品化的看法:在当代,如何在消费品之外,为写作确立意义?

黄锦树:有的文学技巧好辨认,有的不好辨认。前者俄国形式主义者称之为程序的裸露,是现代主义及后现代主义惯用的伎俩(以上套用教科书的讲法),像卷标一样。"后设"、剪贴、重写、伪造引文都属前者。很不幸地,我有的作品会用前者,那因此常被注意到(尤其对写论文的人而言),就好像我只(会)用那种技巧,而那些没用上这些技巧的作品,就常常被忽略了。近年更有一种奇怪的论调,怀念纯粹只是讲故事的小说,但那也不过是小说的一种而已。写作的人也不能只写那种小说。简单的,透明的,往往也是极其有限的。要多层次、复杂就得用上所有可能掌握的技巧。读着世界文学长大的我们都知道,艾略特(T. S. Eliot)之后的英语现代诗、晚清同光体(一直到陈寅恪)都是文学用典之极致。严格来说,没有互文的文学是不可想象的,写作就是与那个世界无穷无尽的对话,六经注我。对专业读者而言,这是另一种"背景负担"。

其实我不太明白你说的"商品化文学的编码方式""成为文学文化市场上的高价商品的危险"是什么意思,也不知道这问题从何而来。你是不是有个错觉,认为我的小说卖得"吓吓叫"?

"商品化文学的编码方式"是不是说,那样的写作方式是为了更好地成为商品?我认为,最好还是好好地讲故事,写十万字以上,故事曲折离奇的中长篇,以免阅读的愉悦老是被中断。从出版社的报表可以清楚看出,我的书出版后的一年内,顶多卖个三四百本,接下来每半年卖个几十本,因此一版如果三千本,可以卖上十年还有剩。从我第一本书出版迄今二十多年,这种状态没多大改变。因此这五本小说我分散在五家出版社出版,以减轻出版社的风险。那是因为我"商品化文学的编码方式"的成功还是失败?

偶然"登陆成功"的《雨》作为《鱼》的替换而得奖,在中国大陆卖了两万多本,数量上已超过我在中国台湾出版的所有小说之总和了。但以人口来算,中国台湾人口差不多是马来西亚华裔人口四倍,中国大陆人口将近中国台湾六十倍,60×400也差不多就是那个数字了;比率上也只比马来西亚七百多万华裔人口的100多位读者的基数略多一点。我不知道这样的无聊算术有没有回答你的问题?

"在当代,如何在消费品之外,为写作确立意义?"卡夫卡早就代我们回答了,请参考《饥饿艺术家》。或请读一读马华现实主义作品,那是某种意义上的**饥饿文学**。

康凌:"商品化文学的编码方式"指的其实就是你笔下那台"写作机器",尤其是各种"程式"的运作,其中可以见出互文性乃至各种文学技巧的空转状态。如果要举例的话,或许类似乎你早年所批评的张大春的"文学特技"的表演。你曾指称张大春"放弃了对象语言","否定了它的真理效度"。那么能否请你谈谈,你在写作中如何去把握、平衡"文学的实验场域"和"对象语言的真理效度"之间的关系,尤其当你对你的对象(马共)的自我表述本身非常不满的时候?

黄锦树:我不是很确定你所谓的"空转"是什么意思。天底下其实没啥新鲜事,写作的技巧也就是那些套路,其变化的数目,大概也就在孙悟空和猪八戒之间。

我理解的"空转"是纯粹的文字游戏,但我觉得我并不是。即便卡尔维诺那样的排列组合,王小波的疯狂蔓延、朱岳那种怪怪的小说,也不能叫空转,他们在思考小说自身的可能性。你举的某君,(我讨论的那些作品)是貌似以新颖的小说技艺探讨严肃的议题,末了却告诉你:"我是骗你的,事实上我什么都不相信。"我即便在最文字游戏的时刻,也在思考马华小说的可能性。"在写作中如何去把握、平衡'文学的实验场域'和'对象语言的真理效度'之间的关系?"其实你的提问已部分回答了这问题。文学的臆想,正是为了逼近被迫缺席或扭曲的"对象语言的真理效度"。

康凌:在你的马华文学论述中,马华的现实主义文学始终是一个或隐或显的**对手**。但这里你是否能谈谈你对其他地方的华文左翼现实主义或是革命文学的看法(比如鲁迅、茅盾、胡风、路翎、吕赫若、陈映真、郭松棻之类)?

黄锦树:马华现实主义文学不是我的"对手"啦,没有人会在比自己弱很多的"对手"身上花那么多时间和精力。

除非不写马华文学论文,否则你碰到的材料九成都是"马华现实主义"。我以最大的耐心去理解为什么他们可以持续写得不好——写得不好还能持续写下去。他们都没有论述的能力,只会重复学来的教条、谩骂,及奇怪的"道德"(因为他们认为我冒犯了"神圣性")。

鲁迅的小说和散文诗不是"左翼现实主义或革命文学",对我而言他是个现代主义者。陈映真和郭松棻也是,从这三个现代主义者那里我受惠甚多。"左翼现实主义或革命文学"的陈映真对我没有意义。我从西方马克思主义那里学到的更多;对"左翼现实主义或革命文学"的"史诗"(长篇小说)兴趣不大,我同意一位小说家朋友的看法:现代中文文学最成功的"史诗"可能是金庸的武侠小说。

评论

死守陈旧的英诗格律
——试论古典诗词外译中的一大误区

死守陈旧的英诗格律
——试论古典诗词外译中的一大误区①

■ 王柏华

"诗是不可译的,中国古诗更是不可译的",爱好古诗的中国人,包括不少作家、学者、翻译家常常如是说,往往带着七分自豪三分悲哀的语气。这种本能的民族主义情感是很容易理解的,可是,如果没有翻译,中国古诗如何走出国门,走向世界呢? 换个角度看,中国古诗的出口似乎面临着一个两难境地:一方面它是地道的"国货",是真正"由中国制造"(made by China)而不仅仅是"在中国制造"(made in China)的文化产品,所以似乎更需要保持其"原汁原味";另一方面它本来不是为出口而生产的产品,若不经过这样或那样的包装或改装,能成功地远销国外,进入国际市场吗? 除非全世界人民都学通了古汉语,自己能欣赏并主动进口所谓"原装"或"原汁原味"的中国古诗。

国人总是担心自己的民族文化产品在翻译和外传的过程中遭遇丢失和变形,可是,他们接受和欣赏起外来文化产品时往往轻松自如地"拿来",很少操心它是原装还是改装。莎士比亚已经成为全世界共同的文化遗产,中国人谈起莎士比亚好像谈论老朋友一样,全然不操心那是在中国和汉语中几经变形的莎士比亚。变形即是新生! 是啊,变形有什么关系? 那个出生于英国斯特拉福德埃文河畔的威

---

① 此文的一部分初稿(约三千字),曾以《古典诗词如何走向世界》为题,刊载于《人民日报·文艺评论版》2009年7月7日。在古典诗词外译的观念和实践中存在若干误区,如死守陈旧的英诗格律、汉字思维、唯意象论等,此文集中讨论第一个误区。

廉·莎士比亚,传说中的37部《莎士比亚戏剧》的作者,于1616年在他的家乡离世,他的作品在世界各地投胎转世,生生不息。

哈佛大学中国古典文学教授宇文所安在一次访谈中提到,时常有中国学生学者以不相信的口气问他:一个外国人怎么能理解中国古诗?他总是反问道:那么,你觉得一个中国人能理解托尔斯泰或者莎士比亚吗?得到的回答总是:"当然能啊!"他补充说:"现代中国似乎有这样一种想法,认为西方的文学是讲述普遍人性的东西,所以人人可以理解,中国古代文学则仅仅属于古代,而且仅仅属于中国古代,所以就变成一个很僵化的东西,放在由中国所独家拥有的过去。如果这样想的话,这个文学传统就死了。这其实是一个陷阱,从这个陷阱里出来才能让这个传统活起来。"①

陆机《文赋》曰:"恒患意不称物,文不逮意。盖非知之难,能之难也。"言说不可言说之境是中外文学特别是诗歌的共同理想。德国思想家本雅明在《译者的任务》中提醒我们重新思考译作与原作的关系:

> 原作的生命在译作中获得其最新而常新的、且最旺盛的绽放……译作远远不是两种僵死的语言之间的贫瘠的对等式,在所有的文学形式中,唯独它承担着一种特殊的使命:照看着原作语言的成熟过程和它自身诞生的阵痛……在译作中,原作获得一种更高、更纯净的语言之境。②

本雅明关于翻译与"纯语言"(Pure language)的论述有其复杂的哲学和宗教背景,不可断章取义,不过,他的思想提供了一种宝贵的启示:跟人类理想中的"纯粹的"或"纯净的"语言相比,任何一种语言都是有缺欠的,或许恰能经由翻译而得以补充,走向某种成熟或圆满。另一方面,本雅明也指出了翻译创造新生的价值:一首诗的生

---

① 王寅:《如果美国人懂一点唐诗——专访宇文所安》,载《南方周末》2007年4月5日。在另一次访谈中,他也提到"中国读者往往抱怨说,中国古诗的美在翻译成英文以后就全都丢失了,但人们很少为同样的事也可能发生于翻译成中文的英语和欧洲诗作感到担心"。见《我在思考未来诗歌的一种形态——宇文所安访谈录》,载《书城》2003年第9期。
② 参考英译本。"The life of the originals attains in them to its ever-renewed latest and most abundant flowering... Translation is so far removed from being the sterile equation of two dead languages that of all literary forms it is the one charged with the special mission of watching over the maturing process of the original language and the birth pangs of its own... In translation the original rises into a higher and purer linguistic air, as it were." Walter Benjamin. "The Task of the Translator: An Introduction to the Translation of Baudelaire's Tableaux Parisiens", Translated by Harry Zohn, Lawrence Venuti ed. *Translation Studies Reader*. Rutledge, 2012, p.17-19.

命是一个历史存在,诞生于某时某地,可是借助翻译,它可以超越时空界限,获得来生。

这与美国当代诗人佛洛斯特的说法何其相反:"翻译中丢失了什么,什么就是诗"(Poetry is what is lost in translation),换句话说,诗歌一经翻译就死了。本雅明的思想仅限于少数文人学者,佛洛斯特的话却在民间流传甚广,更比欧洲的那句谚语"翻译即背叛"①深入人心。诗的精神系于形体,其意义不在于说什么而在于怎么说,从一种语言改换为另一种语言,不似换酒瓶或换衣服,全似脱胎换骨,以致差之毫厘,谬以千里。难怪人们更担心诗的妙境经不起翻译的折腾。钱锺书在《林纾的翻译》中把翻译比作一个艰辛的历程,"一路上颠顿风尘,遭遇风险,不免有所损失或受些损伤"。不过他又说,好的翻译能发挥"诱"的作用,让读者主动接近原作,而坏的翻译则有消灭原作的危险。②

诗歌的神韵和精灵诚然精微细致,可它并不脆弱。总有一些好的翻译,让诗的精灵飞翔,挣脱有形之躯,跳出有限之域。其实,每一次吟诵、每一次阅读都意味着一次飞跃,若非如此,一首某人于某时某地创作的诗作怎能跨越古今在千百万读者中传递、共鸣?

翻译活动首先是一种阅读和理解活动,而阅读和理解亦是一种广义上的翻译。俄罗斯语言学家雅各布森把翻译分为三类:语内翻译(Intralingual translation or rewording)、语际翻译(Interlingual translation or translation proper)、符际翻译(Intersemiotic translation or transmutation)。③ "语内翻译"发生在一种民族语言内部,因此这种翻译又可称作"换一种说法";"语际翻译"发生在两种民族语言之间,也就是通常意义上的翻译;"符际翻译"发生在两种符号之间,如语言符号和非语言符合(如图形、动画、音乐等)。

以现代汉语翻译和解释中国古典诗词即属于语内翻译。假如我们说从语际翻译上看,中国古诗是不可译的,那么对于语内翻译,情况何尝不是如此?可是,很少有人留意于此。当家长用现代白话给孩子讲解古诗,当老师在课堂上要求学生用现代汉语翻译和解释古诗,当一个普通中国人高声朗诵和引用古诗的句子或默默欣赏古诗的意境,我们都在以这样或那样的方式理解着古诗,同时也在翻译着古诗。在这个广

---

① 这是一句意大利谚语:"Traduttore, traditore",在英文里通常译作"the translator is a betrayer",钱锺书译作"翻译者即反逆者",见钱锺书:《七缀集》,生活·读书·新知三联书店,2001年,第90—91页。
② 同上。
③ Roman Jakobson, "On Linguistic Aspects of Translation", Lawrence Venuti ed. *Translation Studies Reader*, Routledge, 2012, p. 114.

义的理解和翻译的过程中,古诗始终在遭遇变形,或许有些意义丢失了,但或许也增添了新的意义,让诗意更加丰富而圆满,大家通常并不计较这样的翻译或移动是否改变了诗歌的意境,是否破坏了那神圣而又纯粹的"原汁原味",是否仍是诗人的"原意"或创作之初的所思所想,因为诗歌文本有自己潜在的生命力,只有通过一次又一次的翻译、理解、解释和传递,古老的经典才能获得持续的新生。

在本雅明、德里达等思想家以及一系列翻译理论家的推动下,1970年代之后的翻译理论界早就破除了对"原创"(original)和单一的"忠实"(faithful)观的迷信,而大多数当代译者和读者的翻译观念却严重滞后。① 这虽是一种普遍的世界现象,但在中国大陆的古典诗词翻译界表现得尤为明显,并随着近年来日益高涨的民族主义情感而愈演愈烈。这种落后的翻译观念和本能的情感(加上诗歌鉴赏标准的陈旧)导致国内古典诗词的翻译实践仍滞留在那个保存国粹的旧时代。

"苟日新,日日新","新则久",这是传承和发扬传统文化的必由之路。古诗也不例外。语际翻译承担着中国古诗在世界范围内投胎转世、再造新生的职责。面对这个职责,我们需要更新观念,不能一味以"忠实"为标准,把译作和译者贬低为原作的奴仆。一个好译者正如一个好读者一样,始终是原作者的朋友、知音,为寻求一个新的表达,为一个意境再造新生,一个优秀的译者也常常是一个友好的对手和竞争者。译者很可能借用一种新的语言和形式,让原作尚未圆满的意境以另一种方式趋于圆满。"书不尽言,言不尽意",而诗歌的最高境界恰在于言说与不可言说之间,因此,再伟大的诗人,再伟大的诗作,都需要同样伟大的读者和译者的合作。

翻译是对原作的再创作,如果再创作的时代和环境发生变化了,那么译者不能仅仅对原作者负责,而且也要对当下和未来的读者负责,或者说为了更好地对原作者负责,译者更应当考虑当下读者的期待视野和接受美学。一个成功的译作应当让今天的读者产生这样的幻觉:如果诗人生活在这个时代、这个国度,采用这种语言,他的诗大概就会写成这个样子。也只有做到这一点,才能让今天的读者愿意接纳古代的遗产,愿意以古人为知音,也只有这样,古代的遗产才能存活于当代。

美国诗人雷克斯罗斯(Kenneth Rexroth)译王维《鹿柴》就是一首值得细细品读的佳作(英文后附白话翻译):

《鹿柴》(王维)
空山不见人,但闻人语响。

---

① 参考 Susan Bassnett, *Translation Studies*, Routledge, 2002;特别参考前言和第二章。

返景入深林,复照青苔上。

Deep in the mountain wilderness

(山野深处)

Where nobody ever comes

(不曾有人来此)

Only once in a great while

(只是偶尔传来)

Something like the sound of a far off voice.

(某种声音,如远方的人语声)

The low rays of the sun

(低低的太阳光)

Slip through the dark forest,

(滑过幽暗的森林)

And gleam again on the shadowy moss.

(又一次照在布满阴影的青苔上)

  所谓"空山"之"空",并非指山中空无一物,而是一种空灵自在之境,没有外物或外人干扰。译者以"山野深处/不曾有人来此"翻译首句"空山不见人",隐去了第一人称,同样再现出原诗的言外之意;随后再辅之以一个"comes"(来),刚好巧妙地暗示出一个山中人的视角,这个山中人是潜在的或隐身的叙述者和观察者,不同于一个外来的闯入者,他/她就在山中,却也并未出场,并未干扰"空山"。正因为这是一种山中人的视角,所以才有如下幽微细致的观察:低低的太阳光悄然滑过,在布满阴影的青苔上闪着微光;或者你也可以说,这里并没有观察者或叙述者(哪怕是隐身的),这一切只是如此这般地在山里存在着、发生着,或许这正是"空山"之所谓"空"。

  这首译作采用了自由体,并没有亦步亦趋地忠实于原诗的字句,而是重写了一首英诗,为理想中的"纯诗"意境("空")赋予了另一种趋于圆满的形式,让《鹿柴》获得了一种来生。在《看王维的十九种方式》中,编者温伯格(Eliot Weinberger)对19种《鹿柴》的译本做了一一点评,对王红公的译本尤为欣赏:"他的译作最接近原作之精神而不是字句:如果王维生在20世纪的美国,他的诗应当就写成这样的吧。"[①]王

[①] Eliot Weinberger Exhibit & Commentary, *Nineteen Ways of Looking at Wang Wei: How a Chinese Poem is Translated*, Moyer Bell Limited, 1987, p. 22.

红公的译作固然有若干可取之处,却也丢掉了原作中一系列丰富的禅意(虽然若隐若现):"不见"与"但闻"、动与静、远与近、去与返、光与影的相互应和,有待新的读者和译者以新的方式为《鹿柴》创造出不同的来生。

雷克思罗斯,汉名"王红公",一生酷爱中国和日本诗歌,是一个博览群书的学者型诗人和社会评论家,除诗歌外,还发表过大量散文作品,曾撰文介绍《道德经》、《史记》、杜甫的诗、《红楼梦》等,他先后翻译出版有关中国诗歌译作四部。

保存国粹的翻译观特别强调原汁原味,要求绝对的、单一的忠实原则,结果常常忽视了当代读者的要求。比如,国内有不少译者试图忠实于传统近体诗的格律,常常采用早已过时的英译格律,削足适履,结果适得其反,既丢弃了原诗的精神,也吓跑了新时代的读者。阅读最近几年国内出版的中国古典诗词英译选,这一类令人遗憾的译作几乎随处可见。

早在1920年代,美国新诗运动中就活跃着一批用自由体写诗并自然而然地用自由体翻译中国古诗的诗人,他们虽不懂中文,但热情阅读中国古诗的各种英译本,读到那些老学究的迂腐译作,看到他们如何以生硬、蹩脚的格律体摧毁了中国诗歌的生命,他们时而会忍不住批评甚至叹息。例如,宾纳(Witter Bynner)曾以一句押腹韵的俏皮话"Could verse be worse?"(还有比这诗更糟的诗吗?)①评价威廉·弗莱彻翻译的王维《竹里馆》:

独坐幽篁里,弹琴复长啸。
深林人不知,明月来相照。

In bamboo thicket hid, sitting alone am I.
First my guitar I strum, then stop to whistle awhile.
Amid the grove so think, no mortal can me spy.
But we behold each other, the lucent moon and I. ②

弗莱彻是一位外交官,于20世纪初来到中国,他翻译中国诗歌不过是一种业

---

① James Kraft ed, *The Selected Witter Bynner*, University of New Mexico Press, 1995, p.236.
② *Gems of Chinese Verse*, *Translated into English Verse*, Shanghai Commercial Press Limited, 1919, p.123. 威廉·弗莱彻(William J. Fletcher, 1871—1933),中文名:佛来遮;英国外交官、翻译,1908年起,任福州、琼州、海口等地英国副领事、领事,退休后任广州中山大学英语教授;出版《英译唐诗选》《英译唐诗选续集》等。

余爱好,何况当时英美新诗运动尚未开始,诗坛主流仍受维多利亚诗风左右,他采用当时盛行的格律体翻译中国诗歌,自然在情理之中。可是,自新诗运动以来,新的诗学观念和文体上的解放,为新一代诗人和译者提供了无限生机好活力,老派译者快速退出历史舞台。

正如吕叔湘所说,以格律体翻译中国古诗,"稍一不慎,流弊丛生",他曾在《中诗英译比录》中对这些流弊做过精当的总结:第一、凑韵或趁韵;第二、颠倒词语以求协律;第三、增删及更改字句。① 奇怪的是,尽管流弊丛生,国内的当代译者仍费力不讨好地抓住格律体不放,为了凑韵,不得不选用一些生僻或怪异的词语,有时为了显得古雅,会有意采用各种古语或诗意辞藻、颠倒语序等,迫于无奈而增删字句的情况,更是比比皆是。

这种知难而进的做法很可能来自一种想当然的愿望:为读者制造一种阅读古诗的幻觉,而这种愿望归根结底大概仍出于那种"原汁原味"的执念。这是一个极大的误区!殊不知,这样的译作进入诗歌市场之后,形成了一种奇特的景观:在自由诗早已绚烂多姿、佳作迭出的时代,读者遇到这些老旧的格律诗,充其量把它们当作老古董来瞧上一眼,要么干脆避而远之;而且这些译者驾驭英语格律诗的能力往往并不高明,最后得到的只是一首首蹩脚的、生硬的、匠气十足的诗作,那么读起来就不仅古怪而且显得可笑了。

例如,2004年出版的一种《唐诗三百首》英译本,采用英诗格律体,总体风格繁冗古怪、匠气十足。试读柳宗元绝句《江雪》:

> 千山鸟飞绝,万径人踪灭。
> 孤舟蓑笠翁,独钓寒江雪。

> Where a thousand high mountains meet
> And flying birds have to retreat;
> Where myriads of craggy paths cross
> And human steps have got to pause,
> An old man in a boat alone
> Is, with a straw hat and cape on,
> Fishing singly on the cold river,

---

① 吕叔湘编:《中诗英译比录》,中华书局,2002年,第10页。

Covered with white snow all over. ①

为了凑足4-3-4-3音步和aabbccdd式尾韵,译者添加了一些不必要的修饰语,如"高山"(high mountains)、"崎岖的径"(craggy paths)、"到处盖着白雪"(covered with white snow all over),破坏了原诗简洁含蓄的风格。第5—7行使用了一种蹩脚的跨行句式,把系动词"is"放在第6句的开头,后接冗长的介词短语,直到第7行才出现动词"fishing"。这首译作表面上看起来基本符合英诗格律,但读起来却很拗口,与原作风格相差甚远。

再看2005年出版的另一个《江雪》英译本:

There isn't a single bird
In the multitudes of mountains flying.
There isn't a single man's foot-print
On thousands of mountain paths existing.
There is only a solitary boat with an old man
An alpine rush and a bamboo conical hat he is wearing,
Fishing alone on the cold river
In the snowing. ②

译作连续使用了三个"there be"句式,仅仅传递了那里没有飞鸟、没有人踪,独有垂钓翁的事实,正犯了古人所谓"落入筌蹄"之弊;此外,为了谐韵,译者在结尾处额外添加了几个动名词,如"existing""wearing"等,让原本极简的诗作显得繁冗、笨重。即使这首译作靠几个偶数行的韵脚似乎读起来朗朗上口,也不过是一首费力而蹩脚的打油诗。

两种译作都试图忠实于原诗的格律体,却背离了原诗虚实相映、有无相生的意趣。当然,这两本书都是在国内发行的出版物,其目标读者并非国外英语读者,因此,对它们似乎也不必过于苛求。第一位在前言中称自己晚年退休,翻译古诗纯属"发挥余热,自娱自乐",那么,读者当然愿意以同样悠闲取乐的心度读一读,不必较真。第二位译者是一位英语教授,据本人后记所述,他翻译此书历时八年,意在

---

① 王玉书:《王译唐诗三百首》,五洲传播出版社,2004年,第567页。
② 唐一鹤:《英译唐诗三百首》,天津人民出版社,2005年,第189页。

"弘扬中国传统文化,改进英语教学"且"乐在其中"。① 两位前辈译者年事已高却笔耕不辍的精神确实令人感佩,可是,读他们的译作,我们的心情很是矛盾。出版说明,这一类双语读物意在"以外国留学生朋友"为读者对象,这不免令人担心,倘若真有不懂汉语或初学唐诗的留学生读了这样的译作,会不会反倒就此丧失了对唐诗的兴趣呢?

在宾纳和江亢虎合作翻译的自由体《唐诗三百首》中,有很多简洁生动的佳作,在诗学观念和翻译技巧上皆远在上述译者之上。不妨对比一下他们的《江雪》译诗:

> A hundred mountains and no bird,
> A thousand paths without a footprint;
> A little boat, a bamboo cloak,
> An old man fishing in the cold river-snow. ②

再对比一下1994年出版的另一个英译本,译者托尼·巴恩斯通(Tony Barnstone)与仇平(Chou Ping),见《浮舟:中国禅诗选》:

> A thousand mountains. Flying birds vanish.
> Ten thousand paths. Human traces erased.
> One boat, bamboo hat, bark cape-and old man.
> Alone with his hook. Cold river Snow. ③

后两位译者采用自由体,在选词用字和句法安排上都无甚新奇,看起来毫不费力;前两位国内译者为了格律而动用了各种技巧,煞费苦心。如此说来,这样的对比似乎很不公平,然而,不难看出,后两个译本反而更符合原诗的意境和风格。

还有一些译者,论古诗鉴赏水平和英文造诣皆可谓首屈一指,可是他们的译作

---

① 据张嘉兴为此书所做的序言,这部译著的初稿原本采用无韵体,后来又修改为"有韵的成稿",完成了一件"浩繁而艰巨"的改造工程。
② Witter Bynner, *The Works of Witter Bynner: The Chinese Translations*. Edited by James Kraft. Farrar, Straus, Giroux, 1978, p.141.
③ J. P. Seaton & Dennis Maloney, ed. *A Drifting Boat: An Anthology of Chinese Zen Poetry*, Fredonia, White Pine Press, 1994.

仍然不尽人意。例如德高望重的孙大雨先生,青年时期以格律派诗人活跃于诗坛,晚年对汉诗英译用力甚勤,先后发表《屈原诗选英译》(1996 年)、《古诗文英译集》(1997 年)和《英译唐诗选》(2007 年)等,并获得全国优秀外国文学图书奖。孙大雨将余生之力全部投入古诗文英译工作是因为他对外国译者的译作感到不甚满意,而且怀疑他们"以格律韵文的形式英译中国诗的能力也存在问题"。不过,颇为奇怪的是,他在文章中并没有具体讨论这些译作在格律上究竟存在什么缺欠,更为奇怪的是,他甚至将老派译者翟理斯(Herbert A. Giles)和新诗运动中的自由体译者宾纳混为一谈。①

早期译者(包括翟理斯在内)采用传统英诗格律所造成的种种弊病似乎完全没有引起孙大雨的注意。他在文章中指出翟理斯译李商隐《夜雨寄北》对原诗理解有误,可是,孙译句法之繁冗、音步之拘谨和用词之古怪远甚于翟译:

《夜雨寄北》(李商隐)
君问归期未有期,巴山夜雨涨秋池。
何当共剪西窗烛,却话巴山夜雨时?

Lines Sent to the North Written during Night Rains

Being asked for my home-coming date,
   I tell thee I'm not sure when that'll be,
As night rains on the mounts of Ba fall
   And autumn pools are brimmed from the lea.
Then we shall by the west window sit,
   Clipping the candle wick in some night,
And talk of the night rains on th' Ba mounts,
   When I think of thee with mute delight. ②

---

① 见孙大雨"Some Specific Thoughts on Rendering Ancient Chinese Poetry into English Metrical Verse",这篇文章及其中译本《关于以格律韵文英译中国古诗的几点具体意见》,见孙大雨《古诗文英译集》"附录",上海外语教育出版社,1997 年,第 651—690 页。
② 孙大雨:《古诗文英译集》,上海外语教育出版社,1997 年,第 663—665 页。

为了凑足八行体以及隔行押韵,孙译为原诗增加了一个结尾,字面意思如下:"我以无声的喜悦思念你",可是,原诗之妙恰在于无一字言情,无论分别的思念、孤独、哀伤还是相聚的喜悦,都只字不提,只是暗含在平淡克制的叙事之中。这个画蛇添足之笔让译作顿失原作含蓄蕴藉之旨。

孙大雨先生翻译古诗确实极为看重格律,他在文章中特为所选例诗做了音组划分和轻重音的标记,以下是他为《夜雨寄北》的英译本所做的标记(见图1)[①]:

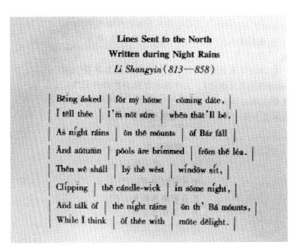

图 1　孙大雨为《夜雨寄北》英译本所做的标记

孙大雨先生曾不懈追求中文新诗格律的发展,因此对英诗格律也颇为用心用力,这一点努力是值得肯定的,可是,他或许并没有充分意识到,历代伟大的英语诗人以格律体作诗,亦不曾如此拘执、生硬,他们的伟大成就既得益于对格律的娴熟驾驭,更得益于对格律规范的大胆突破。死守格律的匠人之作一向是大诗人和文学批评家取笑的对象。以孙大雨早年在诗歌创作上的天赋和成就,若能在诗歌翻译上更为自由、开放一些,而不是死守格律,定会取得更好的效果。

以翻译《文选》著称的美国汉学家康达维(David R. Knechtges)对翻译中国诗使用韵文并无明显偏见,不过,在一次学术会议上他引用了一位国内译者对《诗经·卫风·有狐》的翻译,把它作为最极端的例子,以证明翻译中国古诗采用韵律,一不得当,可能会达到何种糟糕的效果:

---

① 不过,孙大雨并未对这些标注做出进一步说明。

> 有狐绥绥,在彼淇梁。
> 心之忧矣,之子无裳。
>
> Like a lonely fox he goes
> On the bridge over there.
> My heart sad and drear grows:
> He has no underwear. ①

他说,"问题在于,翻译中国诗采用韵律,常常沦落为打油诗"("The problem is that rhymed translations of Chinese often deteriorate into doggerel verse")。② 这一类尖锐的反馈意见还不足以引起国内译者的注意吗?

这些翻译中的问题首先出在翻译观念上。古诗的译者和读者不是古人,他无须为古人翻译,无论是原诗所属的古人,还是译诗所属的古人。事实上,采用英诗传统格律,当代英语读者并不买账。自新诗运动以来,英诗的创作已彻底摆脱了传统格律的束缚,翻译也是如此。美国新诗运动的主帅庞德(Ezra Pound)以自由体译中国古诗,出版《华夏集》(*Cathay*, 1915),大受欢迎,掀起了一个翻译中国诗的热潮,同时也为刚刚起步的新一代诗人输送了外来营养。英国汉学家韦利(Arthur Waley)紧随其后,一反传统汉学家固守英诗格律的观念,采用自由的"弹跳律"翻译汉诗。正因为庞德和韦利的翻译观念符合新的时代诗学,他们的译作才能深入人心,中国诗才开始在英语世界家喻户晓。其中一批译作如庞德译李白《长干行》、韦利译白居易《游悟真寺诗一百三十韵》早已成为英诗经典,进入各种权威的英国和美国文学作品选。这已是英诗发展史和中诗英译史上的常识和定论。

不耐心了解这一段历史,不认真考察这些译作的成败,或者换个角度来说,如果没有经受现代英诗运动的洗礼,不愿意或没有能力接受当代诗学和翻译观念,任何一个译者,哪怕他有再高的英文技能,都无法胜任中诗英译之职,除非他的译作不以现代英语读者为对象,只是为了闭门造车、自娱自乐。可叹的是,译作没有读

---

① Xu Yuanzhong, *An Unexpurgated Translation of Book of Songs*, Chinese Literature Press, 1994, p. 83.
② 见 David R. Knechtges: "Rose or Jade? Problems in Translating Medieval Chinese Literature"。中译本见赵敏俐等主编《中国中古文学研究——中国中古(汉-唐)文学国际学术研讨会论文集》,学苑出版社,2005 年,第 31—32 页。引文为笔者根据康达维会议发言稿所译,与中译本略有出入。

者,就好像原作投了一个死胎,即使强行送出去,亦无新生的机会。

近些年来,随着中国国势的增强,"送去主义"的呼声越来越响:"中华民族有着悠久的历史和灿烂的文化,系统、准确地将中华民族的文化经典翻译成外文,编辑出版,介绍给全世界,是几代中国人的愿望。"①出版者和译者的信心日益高涨,一些资深译者对自己的译作盲目自信,大肆吹捧,国内不少同行和后辈紧随其后大唱赞歌,繁衍复制出大批翻译研究类的学术论文,充斥各种学术出版物,几乎达到泛滥无边的程度!可是,这一类在国内受到极端追捧的译作在国外读者那里却反响寥落,透过一些零星的材料,我们看到的不是认可,而是国外读者和同行的不以为然。

例如发表在美国一家权威中国文学期刊上的一篇书评②以"令人痛心、沮丧"(disheartening)一词评价1994年国内出版的一个《楚辞》英译本,该书评展示了这个译本中的几个段落,例如:

溘吾游此春宫兮,折琼枝以继佩。
及荣华之未落兮,相下女之可诒。
吾令丰隆乘云兮,求宓妃之所在。
解佩纕以结言兮,吾令謇修以为理。

I visit vernal Temple hall, oh!
Adorn my belt with jasper bough.
Before the jasper blossoms falls
I'll send them to my beauty below.
I bid the Lord of Cloud, oh!
To find astream the Nymphean Queen,

---

① 见《大中华文库》总序,第1页。《大中华文库》(汉英对照)工程是我国历史上首次系统地全面地向世界推出外文版中国文化典籍的国家重大出版工程,工程于1994年启动,计划20年出版中华经典著作100种,由国内多家出版社出版。
② 评论者署名:W. H. N,见 *Chinese Literature: Essays, Articles, Reviews (CLEAR)*, Vol. 17, (Dec., 1995), pp. 189-191。这部被评论的译作是"汉英对照中国古典名著丛书"之许渊冲英译、杨逢彬编注《楚辞》,湖南出版社,1994年。正如这位译者的几乎所有译作一样,这个偷工减料的、蹩脚的《楚辞》译本在五洲传播出版社等多家出版社不断再版,并繁衍出数不胜数的学术论文,大量评论者以这位译者本人的"三美论"盲目赞美他的译作。

> I give my belt as pledge of love, oh!
> To Lord of dream as go-between.

其实,无须这位书评作者告诉我们,任何一位熟悉《离骚》并略通英诗的读者都会发现,这样的译文读起来就像小学生为了逗趣而顺手涂鸦的蹩脚的打油诗①,而且,译文对原作的用词和句法做了大量毫无道理的修改和简化,很可能是因为准确按照原诗来翻译,对于译者来说难度太大,或者过于费时费力,不得不做简化处理。

读者不妨对照一下30多年前由霍克斯英译并详注的《楚辞》译本对这8行《离骚》的翻译:

> I thought to amuse myself here, in the House of Spring,
> And Broke off a jasper branch to add to my girdle.
> Before the jasper flowers had shed their bright petals
> I would look for a maiden below to give it to.
> And so I made Feng Lung ride off on a cloud
> To see out the dwelling-place of the lady Fu-fei.
> I took off my belt as a pledge of my suit to her,
> And ordered Chien Hsiu to be the go-between.②

霍克斯的译本保留了诗中出现的"丰隆""宓妃"和"謇修"等神话角色,采用音译,并提供注释,这显然是更为严谨的做法,可以为西方读者提供了解中国传统文化的机会。而1994年的译者却很随意地采用了"Nymphean Queen"(仙女一般的女王)和"Lord of dream"(梦幻君王)。

这一条书评所指出的问题是相当尖锐的,它揭示了国内译者译文质量不佳的一个重要原因正在于他们对国外中国文学翻译的现状缺乏了解,他们的偏见和傲慢往往是没有现实根据的,如果是这样,那么,所谓重译和新译、所谓"系统、准确"又从何谈起呢?由谁来评判呢?如果我们的读者对象是国外读者,难道我们的出

---

① 为了翻译原诗中"兮"字,译者在每一句后面都添加了一个"oh",更增添了打油诗的效果。
② David Hawkes, *Ch'u Tz'u: The Songs of the South, An Ancient Chinese Anthology*, Oxford University Press, 1959, 2rd edition, 1985.

版者和译者不应当首先全面系统考察国外读者曾经看到和已经拥有的各种译本吗？这一分严肃认真的功夫是非下不可的，是一个译者无法逃避的责任，也是无法偷懒的工作。何况这也是对同行（特别是那些严肃的学者和译者）最起码的尊重。可以想见，对于这种随意粗糙、闭门造车式的《楚辞》新译本，霍克斯若是见到，很可能一笑置之。

20世纪30年代在英国留学期间，杨宪益和夫人戴乃迭曾模仿英国诗人密尔顿和德莱顿的诗体翻译《离骚》，后来发现这样的尝试"吃力不讨好"，无法赢得同行和读者的兴趣和认可，他又补充说，"现在许多人还在试图用英文写抑扬格的诗，这是很可惜的"。① 可是，直到21世纪，仍有大量译者抱住过时的格律不放，在国内出版商的助力下，生产出一批批粗制滥造的译本，充斥着国内市场。这些译本若得到国家赞助，被匆忙"送出去"，效果可想而知。

无须"送去"，自1915年庞德出版汉诗英译的小册子《华夏集》（*Cathay*）以来，中国古诗的某些精神早已被欧美诗人"拿去"，并吸纳到英语诗歌之中，成为其民族文学不可分割的一部分。反过来看，借助一代又一代中国译者和诗人如冯至、查良铮、北岛的翻译，外国文学已具有了抹不掉的中国性，现代诗不仅是欧美的，也是中国的。这种双向的翻译已逐渐打破了民族文学的壁垒。早在1827年歌德就说过："我愈来愈深信，诗是人类共有的精神财富……民族文学在现在算不了什么，世界文学的时代就快要来临了。现在每个人都应该发挥自己的作用，促使他早日来临。"

人类进入21世纪，民族文学（本国的或外国的）日益被翻译文学和世界文学所取代。如今，民族文学不在翻译中失去，就在翻译中获得，只有在翻译中获得的才成为世界文学。任何一种古代文学，如果不能借助语内翻译或语际翻译，与当代诗学保持同步，它就无由参与今日世界文学的发展，也无法成为未来全世界共同的文化遗产。让我们期盼有更多的中国古诗走入世界，让李白和杜甫像莎士比亚和托尔斯泰一样，成为全世界共同的文学遗产。

---

① 见杨宪益《略谈我从事翻译工作的经历与体会》（1994年），引文分别见《杨宪益自传·附录》，薛鸿时译，人民日报出版社，2010年，第336、340页。

谈艺录

亨利六世:一位软弱而虔敬的国王!

《亨利六世》：一位软弱而虔敬的国王！

■ 傅光明

一、写作时间和剧作版本

（一）写作时间

《亨利六世》上、中、下"三联剧"的写作时间及编剧顺序始终是未解的谜团。对此，莎学界大体有两种意见：一是，中、下篇编剧早于上篇；二是，上、中、下按时间顺序编剧。前者意见长久占据主流。但逐渐地，人们似乎更倾向于后者。理由十分简单有力，即在《亨利六世》中、下篇的"坏四开本"（Bad Quarto）里提到了对上篇的反响。除此外证，还有一个内证，即上篇在"三联剧"中的戏剧力最弱。另外，有莎学家提出，1591年出版的、可能出自戏剧家乔治·皮尔（George Peele，1556—1596）之手的《骚乱不断的英格兰国王约翰王朝》（*The Troublesome Reign of John, King of England*），其中有些场景取自《亨利六世》（*Henry Ⅵ*，亦可简称"亨六"）上篇。若果真如此，那"亨六"上篇的写作时间可确定为1590年前后。

然而，以20世纪英国著名莎学家多佛·威尔逊（Dover Wilson，1881—1969）为代表的学者认为，在伊丽莎白一世时代伦敦最显耀的剧场主兼经理亨斯洛（Philip Henslowe，1550—1616）留下的那本《亨斯洛日记》提及的"新戏《哈利六世》"（*Harey the Vj*，1592年3月3日，亦可简称"哈六"），指的便是莎剧"亨六"上篇。

他们认定,亨斯洛所记这部《哈利六世》由"大学才子"(University Wits)创作(前曾提及该剧可能出自皮尔之手),莎士比亚做了修改。换言之,即便这部"哈六"并非莎士比亚"原编",他也是改编者。另外,有人认为,莎士比亚最初打算构思以四部连续的历史剧,即"四联剧",全景呈现持续三十年的英格兰"玫瑰战争"(Wars of Roses, 1455—1485)。于是,1592 年,他将原戏"亨六"改成这部"新戏""哈六",并在剧情上与"亨六"中篇相连。

可问题是,虽说作为那个时代最重要戏剧史资料之一的《亨斯洛日记》有其不可争议的可信度,但《亨斯洛日记》只写明这部"哈六"由斯特兰奇勋爵剧团(Lord Strange's Men)在南华克(Southwark)玫瑰剧场(Rose Theatre)连演十五场,却并未能证明两点:

第一,1592 年,莎士比亚曾为该剧团写剧编戏。在此提出一个反证,即可将此驳回:作为莎剧"亨六"上篇中的"塔尔伯特勋爵"(Lord Talbot)的后人,这位斯特兰奇勋爵(Lord Strange)费迪南多(Ferdinando),1593 年才成为莎士比亚的赞助人。换言之,莎士比亚为该剧团写戏,理应在 1593 年。

第二,这部"新戏""哈六"与莎剧"亨六"上篇是同一部戏。持这一看法的学者的依据是,"大学才子"之一的作家、诗人托马斯·纳什(Thomas Nashe, 1567—1601),1592 年 8 月 8 日在伦敦书业公会登记的《身无分文的皮尔斯对魔鬼的哀求》(Pierce Penilesse, his Supplication to the Devil)中有这段话:"法国人畏惧的勇敢的塔尔伯特会多么高兴地想,他在坟墓里躺了 200 年之后又在舞台上凯旋,他的骸骨重新充满了至少一万名观众的香泪。这些观众看到代表他的悲剧演员,想象着他又一次流血!"然而,这段话只能说明纳什亲临玫瑰剧场,观看了由当时斯特兰奇剧团台柱子演员爱德华·阿莱恩(Edward Alleyn)饰演的"法国人畏惧的勇敢的塔尔伯特",却无法证明,这部"新戏"《哈利六世》就是莎士比亚的《亨利六世》上篇。

诚然,若无实证确认"哈六"即"亨六",便只能做出一个推断:亨斯洛在日记中提及的这部"新戏",失传了!

不过,坚持认为莎剧"亨六"中下篇写作在前、上篇在后的观点始终代有后人,如英国当代学者、埃塞克大学教授、有影响力的小册子《图画通识丛书·莎士比亚》(A Graphic Guide, Introducing Shakespeare, 1990 年代出版)一书的作者尼克·格鲁姆(Nick Groom)认为:"三部《亨利六世》一定写于 1592 年之前的某段时间。《亨利六世》源于莎士比亚的一部两联剧:《约克和兰开斯特两王室之争》(The First Part of the Contention betwixt the Two Famous Houses of York and Lancaster,第一部,1594 年出版)和《约克的理查公爵的真实悲剧与高贵的汉弗莱公爵之死》(The True

Tragedy of Richard Duke of York with the Death of the Good Duke Humphrey,1595 年出版)。这两部戏是我们现称之为《亨利六世》的中篇和下篇,加上后来增补的上篇,构成完整的《亨利六世》。"

对于"亨六"中下篇的写作时间,另一位著名的"大学才子",牛津、剑桥两校的艺术硕士,剧作家兼小册子作者罗伯特·格林(Robert Greene,1558—1592)曾在其《小智慧》(*Groats-worth of Witte*,于格林 1592 年死后出版)一书中,未指名道姓地暗指莎士比亚是"一只自命不凡的乌鸦":"……我们的羽毛美化了一只自命不凡的乌鸦,他以'一个戏子的心包起一颗老虎的心',自以为能像你们中的佼佼者一样,浮夸出一行无韵诗。一个在剧场里什么活儿都干的杂役,居然狂妄地把自己当成国内唯一'摇撼舞台的人'。"

什么意思呢?恰如格鲁姆(Nick Groom)一语点破:格林意在嘲讽"莎士比亚是一个恶毒的剽窃者和乡巴佬"("老虎的心"那段话出自《亨利六世》下篇第一幕第四场第 138 行)。

格林这段攻讦莎翁的话,倒为莎剧"亨六"中下篇应写于 1590—1591 年之间,提供了有力佐证。因为,第一,格林这段犀利的挖苦,无疑写于他于 1592 年 9 月 3 日去世之前;第二,他亲临剧场观看"亨六"下篇,必在 6 月 23 日伦敦各剧院关闭之前。

简言之,撇开莎剧"亨六"上中下"三联剧"在写作时间上,哪个先来,哪个后到,它们都应写于 1590—1591 年间。

(二) 剧作版本

先看上篇。

莎剧"亨六"上篇存世最早的唯一版本,是 1623 年印行的"第一对开本"("First Folio")《莎士比亚喜剧、历史剧和悲剧集》中的《亨利六世》第一部("The first part of Henry the Sixt")。

事实上,直到今天,关于莎士比亚是不是"亨六"上篇的唯一编剧或多名编剧之一,仍无定论。简单说,大体有四种意见:一是,莎士比亚一人独立编剧,而从该戏之"拙劣"且幼稚"因袭前人"的明显痕迹可见,它是莎士比亚的早期作品;二是,它可能是莎士比亚与其他诗人、剧作家如克里斯托弗·马洛(Christopher Marlowe,1564—1593)、罗伯特·格林或乔治·皮尔,美其名曰"合作"的产物。更有可能,是莎士比亚初到伦敦以后,受雇帮这三位中的一位或两位把亨利六世的国王生涯编成戏;三是,莎士比亚独自一人,把斯特兰奇勋爵剧团的一部旧戏做了修改,并为讨好此时已是他戏剧赞助人的斯特兰奇勋爵,又补写了"勇敢的塔尔伯特""在舞台上凯旋"的戏;四是,这部"亨六"上篇根本不是莎士比亚的戏。

再看中篇。

"亨六"中篇在"第一对开本"之前,有三个"四开本"(in quarto),前两个在莎士比亚生前印行,分别为重印过两次的1594年3月的"第一四开本"和1600年"第二四开本"。1594年3月"亨六"中篇"第一四开本"的标题页印的是:"约克和兰开斯特两个望族间的纷争与高贵的汉弗莱公爵之死第一部:萨福克公爵的放逐和死亡,骄傲的温切斯特主教的悲剧结局,杰克·凯德高贵的反叛,以及约克公爵第一次要求王位继承权。"

"第三四开本"是由印刷、出版商威廉·贾加德(William Jaggard, 1568—1623)所印"伪对开本"(False Folio)之一部的1619年的"四开本",该本与"亨六"下篇1595年的"八开本"(in octavo)合印,标题为"约克的理查公爵的真实悲剧,高贵的国王亨利六世之死,以及兰开斯特和约克两家族之间的总纷争"。在这部"伪对开本"里,两部戏合成一组,总标题为"兰开斯特和约克两大望族之间的总纷争,高贵的汉弗莱公爵、约克的理查公爵、国王亨利六世的悲剧结局。彭布罗克伯爵剧团多次演出"。

后看下篇。

"亨六"下篇在"第一对开本"之前,有三个版本,一个是前述1595年的"八开本",可称之"第一八开本";一个是1600年的四开本,可称之"第二四开本";一个是1619年的"伪对开本",可称之"第一伪对开本"。

总之,莎剧"亨六"的中和下篇,"四开本""八开本"也好,"伪对开本"也罢,虽各有可取之处,却都存在自身或讹或误的问题,否则,何以背负"坏四开本"的恶名!简单说,从戏文来看,这些本子都应是书商出于营利目的,把演员手里的台词脚本,或演员凭记忆写下来的台词,凑在一起仓促印行。正如诗人、著名莎学家塞缪尔·约翰逊(Samuel Johnson, 1709—1784)在其《威廉·莎士比亚的戏剧》(*The Plays of William Shakespeare*, 1765)中所说:"《亨利六世》中篇、下篇和《亨利五世》这几部戏的旧版本不完整,无法确证它们是不是莎士比亚的初稿。我认为是由某位观众根据记录整理出来交给出版商印行的。"

另外,著名莎学家、《莎士比亚全集》编者埃德蒙·马龙(Edmond Malone, 1741—1812)在对"亨六"三联剧做了精细文本研究之后,得出结论:这三部为原有之作,出自某位"大学才子",或罗伯特·格林,或乔治·皮尔之手,莎士比亚只是参与了后来的校订工作而已。至于"亨六"上篇,绝无可能是莎士比亚的手笔。为此,1787年,他写成一篇专论《论亨利六世三联剧:试证这些戏非莎士比亚原作》("A Dissertation on the Three Parts of King Henry Ⅵ, tending to show that these plays were not written originally by Shakespeare")。不知是否跟读过这篇专论有关,几年之后,浪漫主义诗人、批评家柯勒律治(Samuel Coleridge,1772—1834)在其任教的大学所开设的莎士比亚专题课上,明确表示,这部血腥的三联剧写得不怎么好,他只从开篇头一段诗节便下断言:"假如您觉不到莎士比亚不可能写这段话,那我绝对敢挑明,您可能长了两只耳朵——因为别的动物也都如此——可您哪只耳朵也没有听觉。"柯勒律治认为这段诗节韵律粗糙,水平远在莎士比亚最早的那些戏之下。

遥想当年,估计书商们也因此心里发虚,才会特意在"标题页"大做文章,极力渲染剧情之震撼。而作为莎士比亚所属"国王剧团"的同事、演员,约翰·赫明斯(John Heminges,1566—1630)和亨利·康德尔(Henry Condell,1576—1627)在为莎士比亚搜集、整理、汇编"权威"的"第一对开本"时,只为将莎士比亚戏剧留存于世,毫不故弄玄虚,以标题页为例,"亨六"中篇是"亨利六世第二部,高贵的汉弗莱公爵之死";"亨六"下篇为"亨利六世第三部,约克公爵之死"。

关于"亨六"三部"连续"剧的写作时间和整个戏文情形,当代莎学家乔纳森·贝特(Jonathan Bate)在他为所编的"皇莎版"《莎士比亚全集·亨利六世》导言中,写下一段颇具权威性的综述:"既然它(《亨利六世》上篇)似乎在1592年首演,且颇受好评,它大概写于现在称之为中篇和下篇两部写玫瑰战争的戏之后。或许,用现代电影术语可称之'前篇',目的在于靠一部成功的大片赚钱。它缺乏一致性,因为不同场景利用不同的素材来源,这提示它可能是一部合作的剧作。有人认为,与马洛有过合作的托马斯·纳什是主要撰稿人,但也可能有三位,甚至四位经手了写作。莎士比亚不是塔尔伯特与圣女贞德那场戏的主要作者,这个可能性能解释被视为三联剧的序列为何有些前后不一。其中一个事实是,格罗斯特汉弗莱公爵在中篇里,是个有政治家风范的人物,是一位不逊于其亡兄亨利五世的护国公,反之,在上篇中,他是一个粗糙的形象,而且,剧情上前后有差异,在中篇里,亨利六世和安茹的玛格丽特,凭安茹和缅因的投降这一结婚的条件,备遭怨愤,而在上篇里,婚事谈判并未遇到挑战。"

此外,贝特继而指出:"21世纪计算机对语言风格研究的应用数据表明,几乎可把中篇全部安心地归在莎士比亚名下,对下篇之归属尚有疑问,上篇嘛,莎士比亚可能只写过几个场景。也许对这些结果唯一令人起疑的是,它们生成得太方便,居然将关于这三部戏相对的戏剧性品质这一共识,整齐地反映出来:中篇有辉煌的莎士比亚式活力与变化,剧场几乎总能叫座儿;下篇有一些极其强劲的修辞上的交锋,但多冗长乏味;上篇,除了第二幕摘玫瑰的场景和第四幕战斗中塔尔伯特父子那段动人的对话,鲜有好评,计算机测试把这场戏归到莎士比亚头上。"

二、原型故事

莎士比亚不是一个原创型的剧作家。他是一个天才的编剧。所有莎剧,都至少有一个,经常有多个素材来源(亦可称之"原型故事")。所有这些原型故事,得以在莎剧中留存,似乎也算得上幸运。因为,若非莎士比亚被后人封圣,莎剧成为象牙塔尖上的文学经典,这些原型故事,恐怕除了专业人士,极少有人问津。同时,正因此,若非潜入莎剧对这些原型故事进行考古般挖掘、稽考,一般只读莎剧文本的读者,也恐难知晓。

不过,大体上倒可以这样说,英国历史剧的体裁由莎士比亚独创。从他的第一部历史四联剧《亨利六世》(上、中、下)三部和《理查三世》(约1589—1593),加之随后的《约翰王》(约1595—1596)开始,便发展出一种新的戏剧形式,以此表现持续不断的政治冲突的本性,并昭示其中复杂、交错的因果关系。莎士比亚这些早期历史剧,与同一时期的悲剧和那些写征服者的戏相似,都是运用多重故事脉络,描绘耸人听闻的暴力。莎士比亚这些历史剧,也像那些戏一样,强调阴谋与复仇的策划和结果,在《理查三世》中表现尤甚。但透过一种动机和行为的扩散,此类连贯的剧情模式常常在历史剧中失去其塑造力,而变成更多的偶然事件。在剧情中,冲突、危机可以在任何时候发生,这揭示出剧作者是多么紧密地依赖这些明显并不连贯的历史。

在莎士比亚历史剧呈现出来的这些不连贯的历史,全都来自十六世纪英国史学家爱德华·霍尔(Edward Hall,1496—1547)所著《兰开斯特与约克两大显族的联合》(以下简称《联合》,*The Union of the Two Noble and Illustre Families of Lancaster and York*,1548)和史学家拉斐尔·霍林斯赫德(Raphael Holinshed,1525—1580)所著《英格兰、苏格兰和爱尔兰编年史》(以下简称《编年史》,*Chronicles of England, Scotland and Ireland*,第二版,1587年,第三卷)。这两部史著,是莎士比亚所有十部历史剧的主要素材来源。换言之,霍尔与霍林斯赫德是为莎士比亚编写历史剧提供丰富原型故事的两大债主。其实,霍尔也是霍林斯赫德的债主,因为霍林斯赫德《编年史》里关于玫瑰战争的大段描述,多从霍尔的《联合》中逐字逐句照搬过来。在编剧选材上,莎士比亚对这两本史著各有侧重。

然而,莎学家们似乎老有一种担心,把莎剧中的英国史拿出来与史学家的编年史进行比较总有些冒险,因为注重原始资料会使读者过于在意细节,而莎士比亚早已经有效地潜入、调和或改变了这些细节。另一个担心是,《编年史》所具有的一种更广泛的意义及其激发莎剧想象的力量,将随之失去。

毋庸讳言,从《亨利六世》(亦可简称"亨六")上篇即可看出,莎士比亚编剧的主要素材取自霍尔的《联合》与霍林斯赫德1587年版的《编年史》。莎士比亚使用的素材涵盖面非常广,从1422年亨利五世的葬礼一直到1446年亨利六世订婚,其中还包括七年后(即1453年)塔尔博特之死。在"亨六"中篇,莎士比亚又往回倒一点儿写埃莉诺的忏悔,这一剧情被他强加在1442年。随后剧情又向前推进,从玛格丽特到达英国写到1455年约克家族在第一次圣奥尔本斯之战取胜。"亨六"下篇则把第一次圣奥尔本斯之战压缩进1461年的北安普敦之战,并省掉了1458年双方在威斯特敏斯特缔约,不过这倒也填补上剧情的又一空白,即1471年亨利六世被杀到1475年法兰西国王路易十一付给爱德华四世赎金赎回玛格丽特王后之间的那段时间。

接下来,按"亨六"上、中、下三篇,依次对莎士比亚如何从两位霍师傅那儿借债,列出一个"账目表"。

"亨六"上篇

第一幕第三场,格罗斯特公爵试图接近伦敦塔,伍德维尔告诉他,已得温切斯特主教命令,任何人不准进入。遭拒的格罗斯特反问:"狂妄的温切斯特,那个傲慢的主教,连我们已故的君主亨利都不堪忍受的那位?"这一剧情源自霍尔,但对于亨利五世和温切斯特之间有什么龃龉,霍尔只留下一点迹象,而霍林斯赫德对这对君臣间有什么不和或冲突,则只字未提。再如,霍尔写到托马斯·加格拉夫爵士在奥尔良城中炮身亡,莎士比亚在剧中也让加格拉夫立即毙命,余后的场景焦点在老将索尔斯伯里之死(第一幕第四场)。但在霍林斯赫德笔下,加格拉夫两天后才死;这倒与实情相符。

莎士比亚在第二幕第一场写到一个半喜剧的场景,法军守将衣衫不整逃出奥尔良城,这似乎只能来自霍尔。论及1482年英军夺取勒芒,霍尔写道:"突袭令法国人如此惊慌失措,以至于很多人来不及下床,有的则只穿了衬衫。"再如,第三幕第一场,格罗斯特指控温切斯特试图在伦敦桥上行刺他,霍尔只提到这一刺杀企图,并解释说,为阻止格罗斯特在埃尔特姆宫(Eltham Palace)与亨利五世汇合,原打算在南华克桥头下手。霍林斯赫德对此没留下片言只语。还有,第三幕第二场,莎士比亚写到圣少女琼安(被后世封为圣女贞德)和法军士兵化装成农民、偷偷进入鲁昂城,可能也来自霍尔。虽说无论霍尔还是霍林斯赫德,均未记下这一并非史实的事件,但霍尔记了与此极为类似的一件事,可那发生在1441年,在特威德河畔的康希尔(Cornhill-on-Tweed),康希尔城堡(Cornhill Castle)被英军占领。

另一方面,戏中有些场景单独源自霍林斯赫德。例如,在开场戏里,剧情进展到英格兰在法兰西的叛乱,埃克塞特对追随他的贵族们说:"诸位,记住你们向亨利立下的誓言:要么把王太子彻底击碎,要么给他套上轭叫他听话。"霍林斯赫德描述的情景是,弥留之际的亨利五世引出贝德福德、格罗斯特和埃克塞特等人向他立下誓言:永不向法兰西投降,决不许法国王太子成为国王。再一个单独取自霍林斯赫德的例子见于第一幕第二场,法国的查理王太子将少女琼安比作《圣经》中古希伯来的女先知底波拉。在《旧约·士师记》第四、五章中,底波拉策划巴拉克(Barak)军队出人意料地打败了由西西拉(Sisera)领军的迦南军队,迦南军队压迫以色列人已超过20年。而在霍尔笔下,找不到这一比较的踪影。还有一处在第一幕第四场,奥尔良公国的炮兵队长提到,英军控制了奥尔良郊外一些地方。霍林斯赫德记的是,英军夺取了卢瓦尔河另一侧的几处郊区。

在"亨六"上篇,出于剧情需要,莎士比亚常把真实的历史时间搞乱,如第一幕第一场在威斯敏斯特教堂为亨利五世送葬这场戏,历史时间在1422年11月7日,这时的亨利六世尚在襁褓,不满周岁。但在戏中的护国公格罗斯特公爵眼里,亨利六世变身为少年天子,是"一位软弱的君主,像个学童似的"。第四幕第七场,路西爵士去法军营帐面见查理王太子,要将阵亡的塔尔伯特的遗体运回英格兰。而历史上,塔尔伯特遗体之发现是在1453年7月17日。莎士比亚把相隔二十一年的事凑在一个戏里。另外,像第二幕第三场奥弗涅伯爵夫人打算把塔尔伯特诱进城堡活捉,以及第四场约克和兰开斯特两派在伦敦中殿一花园分别摘下红玫瑰和白玫瑰,这都是莎士比亚在戏说历史。

也许今天来看,"亨六"上篇里最不靠谱的戏说历史,莫过于对法国历史上的民族英雄圣女贞德的糟改。恰如梁实秋在其《亨利六世(上篇)·序》中所说:"不忠于历史的若干情节并不足为病,因为看戏的人并不希望从戏剧里印证历史。近代观众所最感觉不快的当是关于圣女贞德(Joan of Arc)的歪曲描写。在这戏里,这个十八岁的一代英杰被形容为一个荡妇,一个巫婆!虽然这一切诬蔑大部分是取自何林塞(霍林斯赫德),虽然那时代的观众欢迎充满狭隘爱国精神的作品,诬蔑对于戏剧作者之未能超然的冷静的描述史实,是不能不觉得有所遗憾的。"

"亨六"中篇

如前所说,霍林斯赫德对玫瑰战争的处理多得益于霍尔,甚至大段照搬,但从莎剧中,还是能看出莎士比亚对两位前辈各有所用、各取所长。

例如,亨利六世与王后玛格丽特的明显对照,是在戏里反复出现的一个主题,它源于霍尔,霍尔把亨利描绘成一个"圣人一般的"环境的牺牲品,玛格丽特则是一个狡猾、有控制欲的自大狂。莎士比亚利用霍尔的原材料在第二幕第二场,建立起约克公爵拥有继承王位的权利,并把霍林斯赫德在其《编年史》中相应部分额外增补的约克的血统谱系,顺手拿来。但莎士比亚在第五幕第一场所写白金汉公爵与约克在圣奥尔本斯之战前的戏剧性会面,只见于霍林斯赫德。

另外,关于1381年农民起义,只在霍林斯赫德《编年史》里有所描述,莎士比亚利用它写成贯穿第四幕的凯德造反,而且,他连这样的细节也不放过:有的人因为识文断字被杀;凯德承诺要建立一个不用花钱的国家。亨利六世对起义有何反应,霍尔与霍林斯赫德之处理有所不同。在霍尔笔下,亨利王原谅了每一个投降的人,让他们全部返乡,免于处罚。莎士比亚照循如是。相比之下,在霍林斯赫德笔下,亨利王则是召集一个法庭,将几个叛乱首领处死。史实的确如此。另有一个不同的历史对比很有趣,霍林斯赫德笔下的亨利王内心不稳、始终处于疯狂的边缘,而在霍尔笔下,亨利则是一个温和却起不了作用的国王。在这儿,莎士比亚再次仿效了霍尔。

莎士比亚对霍尔和霍林斯赫德最大的背离在于他把凯德的起义、约克从爱尔兰回国,同圣奥尔本斯之战,合并到了一个连续推进的剧情里。而在霍尔和霍林斯赫德二位笔下,对这三件事的描述与史实相符,发生在持续四年的时间里;可莎士比亚写的是戏,为让观者爱看,他必须把它们设计成头一件事对后一件事是直接的、立竿见影的引子。诚然,这样处理也并非没有出处,它源于对1512年去世的罗伯特·费边(Robert Fabyan)《英格兰与法兰西编年新史》(*New Chronicles of England and France*, 1516)里对这些事件的描写。

在此顺便说,莎士比亚历史剧还有一个明确的素材来源,即理查·格拉夫顿(Richard Grafton,1506—1573)所著《一部详尽的编年史》(*A Chronicle at Large*, 1569)。像霍林斯赫德一样,格拉夫顿从霍尔的《联合》取材,不经编辑,再造出大量描述,有些描述属他独有,这自然能从中看出他也被莎士比亚利用了。比如,第二幕第一场中,辛普考克斯编造瞎子看见光明的奇迹这个细节,霍尔和霍林斯赫德都没写,只在格拉夫顿笔下。诚然,约翰·佛克赛(John Foxe,1516—1587)在其《殉道录》(*Book of Martyrs*, 1563)中,对伪造奇迹也略提一二。不用说,莎士比亚熟悉《殉道录》。

"亨六"下篇

像上、中两篇一样,从中可见出莎士比亚对两位霍老前辈的史书在取材上各有侧重。

例如，第一幕第一场，当克利福德、诺森伯兰和威斯特摩兰催促亨利王在议会大厅向约克家族发起攻击时，他很不情愿，争辩说："你们不知道伦敦市民都偏向他们，他们能号令大批军队吗？"而在霍尔和霍林斯赫德两人笔下，记的都是约克家族领兵侵入议会大厦，只是霍尔写明了，亨利并未选择与民众开战，因为绝大多数民众都支持约克享有王位继承权。

第一幕第三场，约克公爵的幼子拉特兰之死，莎士比亚从霍尔那儿取材多于霍林斯赫德。虽说霍尔与霍林斯赫德都把杀拉特兰的账算在克利福德头上，但只有霍尔写明拉特兰的家庭教师当时在场，并把拉特兰和克利福德二人关于是否该先向凶手复仇的争辩，记录在案。第三幕第二场，描写爱德华四世与格雷夫人初次会面，也是取自霍尔多于霍林斯赫德。比如，霍尔单独记载，爱德华提议格雷夫人做他的王后，仅仅出于好色的欲望；霍尔写道：爱德华"进一步断言，如果她肯屈尊跟他睡一觉，她便有幸由他的情人、情妇变成他的妻子，变成与他同床共枕的合法伴侣"。之后，第四幕第一场，乔治（克拉伦斯）和理查（格罗斯特）对爱德华要娶格雷夫人的决定表达不满，以及兄弟二人质问爱德华何以偏爱妻子轻视兄弟，这样的场景并未出现在霍林斯赫德笔下，而只在霍尔笔下。霍尔写了克拉伦斯向格罗斯特宣布："我们要让他知道，我们仨都是同一个男人、同一个女人的儿子，出自同一血脉，理应比他出自陌生血缘的老婆更有优先权，并得到晋升。……他会提拔、晋升他的亲戚、伙伴，丝毫不在乎他自身血统、家系的倾覆或混乱。"一个独属于霍尔的更普遍的方面，是他鲜明的复仇主题在戏里成为许多残忍行为的一个动机。不同的人物多次把复仇引为其行为背后的导向力；诺森伯兰、威斯特摩兰、克利福德、理查、爱德华（国王）和沃里克，都在戏里的某一时刻宣布过，他们之所以行动，是出于向敌人复仇的欲望。然而，复仇在霍林斯赫德那里不起什么作用，对"复仇"这个字眼几乎不提，也从未让它作为战争的一个重要主题。

另一方面，戏里又有些场景独属于霍林斯赫德，而非霍尔。例如，霍尔和霍林斯赫德两人都对韦克菲尔德战役之后玛格丽特和克利福德嘲弄约克有所描述。在戏里的第一幕第四场，玛格丽特叫被俘的约克公爵站在一处鼹鼠丘上，并命人给他戴上一顶纸王冠。可是霍尔对一顶王冠和一处鼹鼠丘只字未提，这两个细节霍林斯赫德虽都有提及，但在他笔下，那顶王冠是莎草做的。霍林斯赫德写道："公爵被活捉，站在一处鼹鼠丘上遭人嘲笑，他们用莎草或芦苇做成一顶花环，戴在他头上当王冠。"第三幕第三场，沃里克在法兰西加入兰开斯特派之后，路易国王派他的海军元帅波旁勋爵帮沃里克组建一支军队，这更可提供莎士比亚借用霍林斯赫德的证据。霍林斯赫德在其《编年史》里提到海军元帅的名字正是"波旁勋爵",这与莎剧和历史都是相符的,而在霍尔的《联合》里,这位海军元帅被误称为"勃艮第勋爵"。

还有一处只来自霍林斯赫德,他在《编年史》里写了爱德华四世在巴尼特战役之前曾向沃里克提出讲和。莎士比亚把它移植到第五幕第一场:"现在,沃里克,你可愿打开城门,说上几句好话,谦恭屈膝?——叫爱德华一声国王,在他手里乞求怜悯,他将宽恕你这些暴行。"这一由爱德华国王发出的和平倡议,在霍尔的《联合》里了无痕迹,霍尔对约克家族试图与沃里克谈判只字未提。至于在整个戏里,把萨福克与玛格丽特弄成情人关系,这自然是莎士比亚为了从看戏的人兜里多挣些钱。

"亨六"下篇专注于约克家族与兰开斯特家族的传承接穗,以及玛格丽特与沃里克之间的政治关系。它略去了很多史实内容,比如由托马斯·福康布里奇的私生子托马斯·内维尔带领的反对爱德华四世的重要的伦敦起义,这次起义发生在图克斯伯里之战和亨利六世被杀之间的1471年。想必这一情节可以给爱德华四世一个暗杀亨利六世的政治动机,但莎士比亚没这样做。同样,巴尼特之战(五幕二场)紧随沃里克和爱德华四世在考文垂对峙(五幕一场)这段剧情之后,这会给人一个印象,好像巴内特在沃里克郡,并不靠近伦敦。

总之,这部戏大体有五个场景(第一幕第一场;第一幕第二场;第一幕第四场;第三幕第二场;可能还要第五幕第一场)更直接受惠于霍林斯赫德,而非霍尔;另有五场(第一幕第三场;第二幕第五场;第四幕第一场;第四幕第七场;第四幕第八场)正好反之,多受惠于霍尔,而非霍林斯赫德。

在此补充一点,戏里玛格丽特王后那一长段关于国家是一艘航船的修辞手法,应是从死于1563年的诗人阿瑟·布鲁克(Arthur Brooke)的叙事长诗《罗梅乌斯与朱丽叶的悲剧史》("The Tragical History of Romeus and Juliet",1562)中衍生出来的。莎士比亚熟悉这首长诗,这首诗为他编《罗密欧与朱丽叶》这部戏提供了重要的原型故事。

从"亨六"下篇不难看出,莎士比亚对霍林斯赫德和霍尔写下的种种对超自然现象的解释,并不趋于赞同。虽说戏中某些情节与中世纪神秘剧中的系列情节有惊人相似之处(比如第一幕第一场中约克家族升入王位与路西法占领上帝之位相似,还有第一幕第四场中约克死前受辱同基督受冲击很像),但莎士比亚有意要将这些原型世俗化。或许为了戏剧效果,莎士比亚甚至刻意在亨利和爱德华之间形成对照,并在同一时期突出后者的投机、好色,这实在有点不同寻常。

亨利六世:一位软弱而虔敬的国王! 149

尽管下篇中的事实性材料主要源自霍尔和霍林斯赫德，但出于主题和结构目的，莎士比亚也顺手把其他文本拿来一用，这也是贯穿他整个写戏生涯的独门绝技。几乎可以肯定，诗人、政治家托马斯·萨克维尔（Thomas Sackville，1536—1608）和剧作家托马斯·诺顿（Thomas Norton，1532—1584）合写的旧戏《高布达克》（Gorboduc，1561）便是这样一个来源。《高布达克》写一个遭废黜的国王给两个儿子划分国土，它还是莎剧《李尔王》的"原型故事"之一。从时间上看，莎士比亚在写"亨六"下篇之前一年的1590年，《高布达克》重印，这使莎士比亚有机会从中挖掘和表现由派系冲突导致公民社会毁灭的典型。说穿了，在一部戏里写到一个儿子无意之中杀了亲生父亲、一个父亲不知不觉杀了亲儿子的剧情，《高布达克》是已知的十七世纪前的唯一一部剧作。莎士比亚当然不会放过把这一惨景移花接木，他在第二幕第五场，让亨利六世亲眼目睹在约克郡陶顿与萨克斯顿之间的战场上，一个儿子无意之中杀了亲生父亲、一个父亲不知不觉杀了亲儿子。何以如此？约克派（白玫瑰）与兰开斯特派（红玫瑰）为打一场新的战争，各自招募军队，而这两对父与子，分别参加了两支敌对"玫瑰"的军队，彼此却不知情。

另外，莎士比亚还从作家威廉·鲍尔温（William Baldwin）所编的《官长的借镜》（The Mirror for Magistrates，1559;1578）那儿借了东西。《官长的借镜》是一首著名的系列长诗，由几个有争议的历史人物述说各自的生与死，并警告当代社会切莫犯下像他们一样的错误。其中三个这样的人物，是安茹的玛格丽特、爱德华四世国王和理查·普列塔热内（三世约克公爵）。"亨六"下篇中，约克公爵的最后一场戏在第一幕第四场，他在临死之前做演说这幕情景，常被认定为适用在一个传统的悲剧英雄身上，这个悲剧英雄败给了自己的野心，而这恰恰是约克在"镜子"（mirror）里的那个自我，他要建立一个王朝的野心使他越走越远，终于导致毁灭。当然，"亨六"下篇剧终之前不久，理查（格罗斯特）在伦敦塔里杀死亨利六世，这也可能是从鲍尔温那儿借来的。

除此之外，剧作家托马斯·基德（Thomas Kyd，1558—1594）流行一时的名作《西班牙的悲剧》（The Spanish Tragedy，1582—1591），可能还对"亨六"下篇起过点儿微不足道的影响，它的特殊重要性在于那块渗透了约克幼子拉特兰鲜血的手绢，被莎士比亚设计在第一幕第四场，玛格丽特拿它来折磨约克。这块手绢似应受到了《西班牙的悲剧》里那块反复出现的血手绢的影响，其实，它充其量只是一块被贯穿全剧的主人公希埃洛尼莫随身携带的浸了儿子霍拉旭鲜血的手绢。

莎士比亚为写戏，到底从多少人那里借过多少"原型故事"的债，没人说得清。也许随着时间推移，会不断有新发现。这不，有人提出，"亨六"下篇可能还从中世纪的几个"神秘剧"(mystery cycles)里取材,因为这些人在第一幕第四场约克公爵受折磨,与《对耶稣的冲击和鞭打》(*The Buffeting and Scourging of Christ*)、《送交比拉多第二次审判》(*Second Trial Before Pilate*)和《审判耶稣》(*Judgement of Jesus*)这三部神秘剧中所描绘的耶稣受折磨之间,找到了相似性。另外,第一幕第三场中拉特兰被杀,也不无《滥杀无辜》(*Slaughter of the Innocents*)的影子。

也许,莎士比亚还从社会哲学家、作家、著名的文艺复兴人文主义者托马斯·莫尔(Thomas More,1478—1535)的《乌托邦》(*Utopia*)和《理查三世的历史》(*History of King Richard Ⅲ*,1518)那里借了东西。至少,"亨六"下篇第五幕第六场,理查(格罗斯特,未来的理查三世)的一些独白,源自莫尔的《理查三世的历史》。

三、剧情梗概

上篇

第一幕

伦敦。亨利五世在威斯敏斯特教堂出殡,朝臣们前来送葬。法兰西摄政王贝德福德公爵感叹英格兰失去了一位英明的君主。护国公格罗斯特公爵深表赞同,认为亨利五世是能征服一切的真正国王。在温切斯特主教眼里,于法国人而言,亨利五世简直比可怕的末日审判更可怕。此时,亨利六世尚在襁褓,国王的叔叔格罗斯特和叔祖温切斯特为操控王权,展开宫廷争斗,两人你一言我一语唇枪舌剑互不相让。贝德福德唯有祈求亨利五世的在天之灵保佑王国免遭内战之乱。

一名信使从法兰西带来不幸的消息,英格兰在法兰西的领地吉耶纳、尚佩涅、鲁昂、兰斯、奥尔良、巴黎、吉索尔、普瓦捷,全部沦陷。不一会儿,又来一名信差,报告整个法兰西都背叛了英格兰。随后第三名信差带来噩耗,英勇的塔尔伯特勋爵在与法国人的鏖战中,陷入重围,成了法国人的俘虏。在这样的时刻,贝德福德表示愿亲率一万精兵赴法作战,温切斯特想的却是趁机劫走国王,自己把持朝政,掌控王国之船。

法兰西。法国王太子查理和阿朗松公爵、安茹公爵雷尼耶率法军行进到奥尔良附近,他们没把饿肚子的英军放在眼里。结果,两军交手,法军战败。这时,奥尔良的私生子带来一位全副武装的圣少女琼安,琼安向查理宣称,圣母玛利亚向她这位牧羊女显圣,答应帮她解救国家的灾难,并保证成功。查理不仅相信琼安,还向这位非凡的少女求爱。琼安表示不接受任何求爱,等完成上天赋予的神圣事业,驱逐敌人之后，再作考虑。琼安鼓励法军士兵，"胆怯的懦夫们，我做你们的护卫，战斗到最后一息！"

伦敦。格罗斯特公爵担心有人耍花招，打算进入伦敦塔巡查。但伦敦塔的守卫已接到温切斯特主教的命令，不论谁，一律不准进塔。不甘示弱的格罗斯特的仆人们，开始冲击伦敦塔大门，与塔门处的温切斯特的仆人们大打出手。在一片喧嚣骚乱中，伦敦市长赶来，命治安官宣读公告："今天凡携带武器聚集于此，扰乱上帝和国王治安者，我们以国王的名义，命令你等各回居所，以后不得佩戴、操持或使用任何刀剑、武器或匕首，违者一律处死。"械斗双方这才停止冲突。

法兰西。通过交换战俘，塔尔伯特又回到驻守奥尔良的英军。法军突然开炮，将奥尔良守将索尔斯伯里炸死。塔尔伯特誓言与法军决一死战。两军再战，英军溃败，琼安率法军进入奥尔良城。她履行了诺言，让法军战旗在奥尔良城头飘扬。查理欣喜若狂，高喊法兰西从没降临过比这更大的祝福，表示愿将法兰西王冠分她一半，要为她树立一座宏伟的金字塔，而且，在她死后，"我们不再欢呼圣丹尼斯，圣少女琼安将是法兰西的圣人"。

第二幕

法兰西。法军胜利之后，心无挂碍，痛饮狂欢一整天。塔尔伯特与从英格兰赶来的贝德福德会师，并同勃艮第公爵合兵一处，架起攻城的云梯，对奥尔良发动夜袭，一举夺回城池。查理怀疑圣少女琼安施了巫术，故意让法军先赢后输。琼安怪法军守备松懈，才遭此横祸。法军四散奔逃。

英军进城。塔尔伯特厚葬阵亡的老索尔斯伯里，他要把奥尔良上一次怎么遭洗劫，老索尔斯伯里如何中计、痛心而死，生前多么令法兰西胆寒，刻在墓碑上。

奥弗涅伯爵夫人派来信差，邀请神勇的塔尔伯特去她住的城堡做客。贝德福德说此举不合礼数，担心有诈。塔尔伯特倒想试一下这位夫人的"待客之道"。

奥弗涅城堡。伯爵夫人一见塔尔伯特，直言相告此番诱他前来，只为活捉他，因为他以残暴的手脚，毁我国家，杀我百姓，掳走我们的儿子、丈夫。塔尔伯特笑伯爵夫人愚蠢之极。原来他早有防备，随着一声号角，招来众士兵。伯爵夫人见阴谋败露，只得假意表示，为能在家里款待塔尔伯特这样伟大的战士深感欢喜、荣耀。

伦敦。中殿一花园内。理查·普列塔热内与萨默赛特发生争执。最后，理查宣称，凡真正显赫、愿保持自身荣耀的贵族，若认可他所陈述的事实，便摘下一朵白玫瑰。萨默赛特针尖对麦芒，称谁若不是懦夫或谄媚之人，并敢于维护真理，就摘下一朵红玫瑰。沃里克随理查摘下一朵白玫瑰，萨福克摘下一朵红玫瑰。此时，弗农提议，双方应先达成共识，哪方摘的玫瑰少算输。理查和萨默赛特虽嘴上说接受提议,却仍唇枪舌剑,萨默赛特侮辱理查的父亲,剑桥的理查伯爵,因叛国罪被亨利五世处决,其财产、尊号被剥夺,连世袭的高贵身份也遭免除,在这些恢复之前,理查顶多算个自耕农。理查辩解,当初父亲虽被捕,财产、权利并未被剥夺,而且,父亲因叛国罪被判死刑,却不是叛徒。沃里克向理查保证,一定要在下次议会时把约克家族身上的污点清除,让他受封约克公爵。沃里克预言,今天这场由争吵生成的对峙,将把红玫瑰和白玫瑰两派共一千颗灵魂,送入死亡和死寂的黑暗。

理查·普列塔热内来到伦敦塔,向在此因禁多年的舅舅埃德蒙·莫蒂默了解父亲之死的真相。莫蒂默告诉理查,他是遭当今国王的祖父亨利·布林布鲁克废黜的理查二世的合法继承人。理查的父亲娶了莫蒂默的妹妹,因密谋拥莫蒂默登上王位,兵败垂成,丢了脑袋。莫蒂默无儿无女,当即宣布理查便是他的合法继承人。理查认定父亲被处死完全是血腥的暴政。莫蒂默警告外甥,兰开斯特家族树大根深,像一座大山,无法根除,说话要管住嘴,做事一定要谨慎。最后,莫蒂默祝理查顺意、吉祥,说完便断了气。

第三幕

伦敦。议会大厦。护国公格罗斯特公爵与温切斯特主教相互指控,格罗斯特指控温切斯特为害自己性命,在伦敦桥和伦敦塔设下圈套,如此下去,恐怕国王也免不了遭其毒手。温切斯特矢口否认,辩称如果自己贪婪、有野心,怎么会那么穷?除非受到挑衅,否则,没人比他更爱和平。年幼的亨利六世深知内部纷争是一条啮食联邦脏腑的毒蛇,他恳求格罗斯特叔叔与温切斯特叔祖二人同心,和睦、友爱。此时,外面传来一阵喧哗嘈杂。原来,主教和公爵的仆人们又在街头打起来了。市长严禁携带武器,两家仆人分成两拨,互相朝对方脑袋扔石头。双方打得头破血流。最后,在国王和沃里克多次劝说下,格罗斯特和温切斯特勉强答应讲和,但心底的怨恨丝毫未消。沃里克上书国王,提出让理查恢复世袭权利,并对理查父亲所受的冤屈做出补偿。国王当即慨允,答应把约克家族的所有世袭权利给予理查。理查·普列塔热内受封为有王室血统的约克公爵,理查表示将尽心效忠国王,要叫对国王心存怨恨之人灭亡。格罗斯特建议国王眼下正适合渡海去法兰西,举行加冕典礼。见此情景,埃克塞特公爵担心亨利五世在位时,连每一个吃奶婴儿都会念叨的可怕预言就要应验:生在蒙茅斯的亨利五世赢得的一切,将被生在温莎的亨利六世输个精光。

法兰西。鲁昂城前。少女琼安和查理王太子夜袭得手,攻占鲁昂城,塔尔伯特败退。但很快,塔尔伯特联手勃艮第,英军再次收复鲁昂,法军溃逃。塔尔伯特认为,鲁昂在一天之内失而复得,这是双重的荣誉。

鲁昂附近平原。少女琼安劝法军不必为丢掉鲁昂灰心、悲痛,只要各位听她的,法军必将把塔尔伯特骄傲的尾巴上的羽毛拔下来。她心生一计,要凭好言相劝,加甜言蜜语,诱使勃艮第公爵脱离塔尔伯特。

英军行进中,勃艮第的部队殿后。见此,琼安深感命运眷顾,立即命人吹响谈判号。琼安称勇敢的勃艮第是法兰西真正的希望,她是以卑微侍女的身份前来劝说:"看看你的国家,看看丰饶的法兰西,再看看那些被残忍之敌毁成废墟的城镇!"琼安慷慨陈词,既动之以情,又晓以利害:"从你国家的胸口刺出一滴血,应比把外国人刺得淌血更叫你痛心!因此,回转身,以泉涌的泪水,洗掉粘在你国家身上的污点。……回头,误入歧途的大人,查理和我们所有人将把你抱入怀中。"琼安这番激烈的言辞像呼啸的炮弹击中了勃艮第,他被征服了,答应背弃塔尔伯特,回到法兰西的怀抱。

巴黎。塔尔伯特觐见亨利六世,愿将征战法兰西攻城夺地取得胜利之荣耀,首先归于上帝,再归于陛下。为奖赏塔尔伯特的卓越战功,亨利六世封塔尔伯特为什鲁斯伯里伯爵,并请他参加自己的加冕典礼。

第四幕

巴黎。宫中大殿。温切斯特主教把王冠戴在亨利六世头上,为他加冕。格罗斯特要巴黎总督跪下,发誓效忠国王。这时,奥尔良之战中的逃兵福斯多夫,带来一封勃艮第公爵写给亨利六世的绝交信。塔尔伯特痛骂福斯多夫无耻、卑贱,把他大腿上的嘉德勋章吊袜绶带扯下来,骂他懦夫,不该戴这个骑士装饰物。勃艮第在信里明确声明:"我放弃与你们破坏性的联盟,与查理,法兰西的合法国王,携手联合。"亨利六世十分气愤,称这是惊天的背叛,命塔尔伯特对这虚伪的欺诈给予惩罚。

约克公爵(理查·普列塔热内)的随从弗农要与萨默赛特的随从巴塞特决斗,约克和萨默赛特也争吵起来。亨利六世极力劝解,恳请他俩不要因为无聊的私事闹得如何分裂对抗:"一旦各国君王获知亨利王身边的同僚和贵族首脑,竟为一点儿微不足道的琐事自相毁灭,丢掉法兰西领地,那将引来怎样的骂名!啊!想一下我父亲当年的征服,想一下我年纪还小,别为一件小事便把咱们用血买来的领地断送!"说完这番肺腑之言,他戴上一朵红玫瑰,并表示他对约克和萨默赛特毫无偏心,希望他们"像忠心的臣民和你们先辈的儿子一样,欢心同往,在敌人头上消化愤怒的胆汁"。亨利六世先返回加莱,等待胜利的消息。

法兰西。波尔多城前。塔尔伯特把守军统帅召上城墙,劝他开城投降,否则将波尔多夷为平地。法军统帅严词拒绝,并直言相告:"你两侧都有部队严阵以待,叫你插翅难逃；你没办法求援，只能眼睁睁面临毁灭，遭逢死一般的毁灭！"远处响起战鼓，塔尔伯特发现自己身陷重围。

法兰西。加斯科涅平原。刚被国王任命为法兰西摄政的约克公爵得知塔尔伯特"被一条铁箍围困，濒临无情的毁灭"。他打算马上派出援兵，可他征召来的骑兵全被萨默赛特扣住。无奈之下，他只有一面希望上帝救助塔尔伯特，一面悲叹塔尔伯特一死，英格兰的荣誉将丧失殆尽，而这一切全怪萨默赛特那个邪恶的叛徒。前来禀报军情的路西爵士，也不由哀叹："当内讧的秃鹫在这些伟大将领的胸膛啄食之际，那些慵懒懈怠之徒，就这样把我们刚死不久的征服者，永活在人们记忆里的亨利五世打下的江山断送了。"

法兰西。加斯科涅平原另一处。路西爵士找到萨默赛特，说被绝境所困的塔尔伯特吁求高贵的约克和萨默赛特，击退攻击他薄弱军队的死神。萨默赛特表示拒绝："约克鼓动他出战，应由约克派兵支援。"路西爵士抱怨："约克也急着怪罪殿下，骂您把他专为这次远征招募的军队扣住不发。"萨默赛特辩称："约克说谎，他可以派人来，把他的骑兵叫走。我不欠他责任，更不欠情分，犯不着自取其辱派兵讨好他。"路西爵士深感绝望："现在，是英格兰的欺诈，而不是法兰西军队，使豪迈的塔尔伯特落入陷阱。"萨默赛特答应救援。

英法两军交战。塔尔伯特之子约翰被围，塔尔伯特上前营救。塔尔伯特劝儿子逃离战场，约翰却以父亲赢得的一切荣耀起誓，身为塔尔伯特之子，理应死在他脚下。父子俩为英格兰的荣耀拼死血战，最后双双殒命。法军大获全胜，查理王太子感到有些后怕："约克和萨默赛特若及时救援，今天必是个血腥之日。"

路西爵士来到法军营帐，表示希望把"战场上伟大的阿尔喀德斯，神勇的塔尔伯特勋爵，什鲁斯伯里伯爵"的尸体运回英国。奥尔良的私生子恨不得把塔尔伯特的尸骨剁碎。查理认为塔尔伯特生前是英格兰的荣耀、高卢的祸根，但不应凌辱他的尸体。他同意路西爵士把塔尔伯特的遗体运走。

第五幕

伦敦。王宫。亨利六世分别收到罗马教皇和神圣罗马帝国皇帝的来信，希望英法两个王国缔结神圣的和平。同时，法兰西一位强权人物、查理的近亲阿马尼亚克伯爵来信提议联姻，要把独生女儿嫁给亨利六世，并陪送一大笔奢华的嫁妆。出于上帝之荣耀和国家之福祉，亨利六世答应结亲，命此时已升任红衣主教的波弗特出使法国，缔结和约。

法兰西。安茹平原。查理王太子和圣少女琼安得到消息，原先分成两派的英军已合兵一处，马上要来进攻。

法兰西。昂热城前。英法两军交战。魔咒、护身符不再显灵,琼安成了约克公爵的俘虏,法军溃败。战斗中,萨福克俘虏了穷得叮当响的那不勒斯国王雷尼耶的女儿玛格丽特。他见玛格丽特貌美如花,本想趁机占有,却又不敢,便打起如意算盘:让她成为亨利六世的王后,叫她听从自己。于是,他来到雷尼耶的城堡,说要替国王操办这桩婚事。雷尼耶欣然同意,把女儿的手交给萨福克,算作订婚的标志。

　　法兰西。约克在安茹的营地。约克公爵把圣少女琼安视为女巫,判处火刑。一位老牧人赶到刑场,坚称自己是琼安的父亲。琼安拒不相认,声称自己有王族血统,神圣又尊贵,骂牧人是乡巴佬,叫他滚。行刑前,为保住性命,琼安称自己有孕在身:"你们这群血腥的杀人犯,只管拖我去暴死,万不可谋杀我胎宫中的果实。"约克公爵痛骂圣少女怀孩子,上天不容!琼安说不清孩子父亲是谁,被约克和沃里克骂为娼妓,一向放荡、淫乱。约克命人把琼安押下,执行火刑。

　　温切斯特把国王的授权书交给约克公爵,说自己代表国王前来与法国和谈。约克十分恼怒,立刻反问:"那么多贵族,那么多将领、绅士、士兵,为国卖命,在这场纷争中倒下,最终却要达成柔弱的和平? 我们伟大祖先征服的所有城镇,难道没因谋反、欺诈,没因背叛,丧失殆尽吗?"他仿佛看到英格兰的所有法兰西领地全部沦陷。经过一番讨价还价,查理最终答应了英方的条件,同意向亨利六世发誓效忠纳贡,并担任英国国王属下法国总督一职,并可享有国王之尊荣。

　　伦敦。王宫。萨福克将玛格丽特的美貌描绘得奇妙罕见,虽令亨利六世惊讶,但玛格丽特的贤德,却连同她天赋的美貌一起,在国王心底扎下爱的情根。萨福克极力赞美玛格丽特还有更多天资,称其不仅神圣,卓尔不凡,无人不欢喜,而且,心地谦恭、温顺,尤其愿"听从美德贞洁的指令,把亨利当主人爱戴、尊崇"。亨利六世当即同意玛格丽特做英格兰的王后。格罗斯特提醒国王,已与阿马尼亚克伯爵之女订婚在先,怎能撤掉婚约,令荣誉丢丑受损? 萨福克反驳:"一个穷伯爵的女儿不般配,所以撕毁婚约不算罪过。"然后,萨福克刻意强调:"谁是陛下婚床伴侣,不由我们所想,全凭陛下所爱。……强迫的婚姻,一辈子不和,争吵不休,不算地狱算什么? 反过来,自主的婚姻带来天赐之福,成为天堂和睦的典范。亨利是国王,除了把玛格丽特,一个国王的女儿,嫁给他,还有谁配?"一番陈辞打动了亨利六世,尽管他感到胸膛里,"冲突如此激烈,希望与恐惧交战如此凶猛,害得我思虑重重,如在病中"。但他终下决心,命萨福克"速去法兰西! 任何条款都同意,确保那玛格丽特小姐肯屈尊前来,渡海到英格兰加冕",做亨利王的忠实王后。

　　格罗斯特内心惆怅。萨福克心中窃喜,他盘算的是,"玛格丽特一当上王后,管住国王,我便能支配她,操控国王,统治王国"。

中篇

第一幕

伦敦。王宫。萨福克替亨利六世将玛格丽特迎娶回英格兰，国王被玛格丽特的美貌和谈吐迷醉，喜极而泣。但格罗斯特公爵看到合约条款写明，英格兰为迎娶玛格丽特，要将安茹公爵领地和缅因伯爵领地让予玛格丽特之父，突然感到一阵恶心。国王却非常满意，当即封萨福克为第一任萨福克公爵，命准备王后的加冕典礼。在格罗斯特眼里，这是一纸可耻的盟约，他慷慨陈词，说这桩致命的联姻将涂掉英格兰贵族留存青史的英名、荣誉，清除他们载入记录的功勋，并把英格兰征服法兰西的史册一切尽毁！索尔斯伯里为失去两块领地深感痛心；沃里克更为此流泪，因为安茹和缅因是他用双臂征服来的；约克公爵觉得该把萨福克闷死，因为"他使我们这勇武的岛国的荣耀变暗"。盛怒之下，格罗斯特撂下一句预言"过不多久，法兰西必丢"，说完拂袖而去。

温切斯特一心想除掉格罗斯特，自己当护国公，趁机提出与萨福克、白金汉公爵和萨默赛特公爵联手把"汉弗莱公爵的位子弄掉"。温切斯特刚一走，萨默赛特马上提醒白金汉，这位骄狂的主教更是傲慢得难以容忍。

约克公爵、索尔斯伯里和沃里克都十分厌恶一副恶棍嘴脸的温切斯特，尤其约克公爵，早在心里把所有法兰西领地归了自己，因为他要从国王"幼小的拳头"里夺取权杖、戴上王冠，"那才是我要击中的黄金标靶"。他打算故意向格罗斯特示好，等他与贵族们陷入冲突，再"把乳白色玫瑰举在空中，让空气弥漫甜美的芳香，在我战旗上绣配约克的盾徽，与兰开斯特家族放手一搏"，用武力逼国王交出王冠。

伦敦。格罗斯特公爵府。公爵夫人埃莉诺怂恿丈夫夺取"国王亨利那镶满世间一切荣耀的王冠"。格罗斯特劝她，如真爱丈夫，便快把这野心的烂疮割除。格罗斯特告诉妻子，他梦见自己的护国公权杖被红衣主教弄断，不知预示何意。埃莉诺告诉丈夫，"梦见自己坐在威斯敏斯特教堂庄严的宝座上，那张历代国王、王后用来加冕的王座。亨利和玛格丽特跪在那儿，把王冠戴在我头上"。格罗斯特骂埃莉诺放肆。

埃莉诺趁丈夫奉王命去圣奥尔本斯陪同国王狩猎，招休姆修士进府。休姆告诉埃莉诺，女巫玛格丽特·乔丹和巫师罗杰·布林布鲁克答应"从地下深处唤出一个幽灵，向殿下显灵，对您的问题逐一解答"。埃莉诺怎么也想不到，红衣主教和萨福克看出她有野心，花钱雇了休姆，特来设计害她。

伦敦。王宫。几位请愿者打算把请愿书交给格罗斯特，请他主持公道，却与萨福克和玛格丽特不期而遇。请愿者甲指控红衣主教的仆人占了他的房子、土地、老

亨利六世：一位软弱而虔敬的国王！

婆和一切,请愿者乙指控萨福克公爵圈占公地。彼得要告自己的师傅托马斯·霍纳把约克公爵说成王位合法继承人。在玛格丽特逼问下,彼得交代,他师傅还说过当今国王是个篡位者。萨福克立刻命人把彼得押进王宫,再派人去传唤霍纳。

玛格丽特瞧不起懦弱的国王丈夫,她向萨福克抱怨,"除了傲慢的护国公,还有那个专横的教士波弗特、萨默赛特、白金汉和牢骚抱怨的约克,在英格兰,这些人里最不顶事儿的那个,都能比国王更有作为"。萨福克告诫,最有能耐的是内维尔父子,索尔斯伯里和沃里克谁都不简单。不过,玛格丽特最恨在宫中招摇穿行,一副女皇架势的埃莉诺。萨福克出主意,务必跟红衣主教和贵族们联手,先让汉弗莱公爵蒙羞受辱,再拿刚才的请愿书做文章扳倒约克,"终将他们一个个铲除,您便能亲手独掌舵柄"。

为约克和萨默赛特谁更胜任法国摄政一职,约克、索尔斯伯里、沃里克与波弗特红衣主教、白金汉、萨默赛特,两派争执不下。玛格丽特表态,让萨默赛特出任是国王的意思。格罗斯特看不惯女人问政,说该让国王自己定夺。玛格丽特大怒,与红衣主教、萨默赛特、白金汉联手向格罗斯特群起攻之,罗列罪名:祸害百姓,把教会的钱袋子敲诈勒索得又皱又瘦;豪华的公爵府和公爵老婆的衣装耗掉大笔公款;对犯人的酷刑已超过法律限度;在法兰西出卖官位和城镇。格罗斯特负气离开。玛格丽特命埃莉诺把掉在地上的扇子捡起来,骂她骚货,并打了她一耳光。亨利六世劝埃莉诺婶婶安静,说王后不是故意的。埃莉诺怒道:"趁早当心,她会束缚住你,像孩子一样逗弄。"

格罗斯特回来,怒火全消。出于对国王和王国义不容辞的责任,他提议,"摄政在法兰西领地,约克是最合适的人选"。萨福克反对。约克不满萨福克,恶语相向,沃里克趁机帮腔。正此时,宫廷侍卫押霍纳师徒进宫,萨福克一下将矛头对准约克,指控他犯下叛国罪。面对萨福克的质问,霍纳矢口否认。约克恳请国王依法严惩诬告他的彼得。国王向格罗斯特叔叔讨主意,格罗斯特认为约克已有嫌疑,应由萨默赛特出任法国摄政。国王认同,另外,要霍纳师徒择日决斗。

伦敦。格罗斯特公爵府。休姆请来女巫乔丹和巫师索斯维尔、布林布鲁克,埃莉诺念咒招魂。雷电交加,幽灵现身。乔丹念了三张字条,让幽灵分别说出国王、萨福克和萨默赛特的结局、命运,幽灵逐一回答:国王的结局是"公爵尚在,亨利废黜;比他长寿,暴毙而亡"(意即亨利将被公爵废黜)。萨福克将"因水而死,了却一生"。萨默赛特要"避开城堡。让他待在沙地平原,那儿比山上高耸的城堡更安全"。幽灵答完退下。突然间,约克和白金汉偕护卫闯入,以反贼的罪名将埃莉诺抓捕。

第二幕

圣奥尔本斯。在亨利六世面前,护国公格罗斯特与玛格丽特、波弗特红衣主教、萨福克发生争吵,几个人轮番攻评格罗斯特阴毒、危险、傲慢、野心勃勃。格罗斯特对波弗特心里的算盘一清二楚,奉劝他藏好自己的恶意。随后,格罗斯特当着众臣和涌进宫的镇民面,戳穿了睁眼儿瞎的瘸子辛普考克斯假造的半小时内能看见东西的神迹。

白金汉带来消息:埃莉诺伙同一帮恶人勾结女巫和巫师谋划危害王权,向从地上唤起的邪魔问询国王之生死,被当场抓获。格罗斯特一面自辩清白,一面表示与埃莉诺断绝夫妻关系,把她交由法律惩处,因为她败坏了格罗斯特家族的清誉。

伦敦。约克公爵的私人花园。约克请索尔斯伯里和沃里克,对他是否拥有英格兰王权的牢靠继承权发表看法。约克从爱德华三世谈起,讲到兰开斯特公爵亨利·布林布鲁克以亨利四世之名,废黜合法国王(理查二世),加冕为王,夺取王国。布林布鲁克是爱德华三世第四个儿子冈特的约翰的长子兼继承人,而约克跟爱德华三世的第三个儿子克拉伦斯公爵莱昂内尔有血缘关系,凭这个,约克认定自己比当今国王拥有优先继承权。索尔斯伯里和沃里克父子俩,当即喊约克为:"我们的理查君王,英格兰的国王,万岁!"沃里克向约克保证,总有一天,定让约克成为国王。约克也马上表示,有朝一日,在英格兰,除了国王,理查必使沃里克伯爵成为最伟大的人。

伦敦。一审判庭。亨利六世宣判,埃莉诺一伙人罪恶巨大,当处死刑,把女巫烧成灰儿,另外三人绞死。埃莉诺出身高贵,剥夺荣誉终身,于三天公开忏悔后,流放马恩岛。格罗斯特心痛欲绝,满眼含泪,却不能为有罪的妻子申辩。格罗斯特先行告退,国王命他交出护国公的权杖。玛格丽特添油加醋:"我看不出有什么理由,一个成年君王要像个孩子似的受监护。——让上帝和亨利王统治英格兰王国!——交出权杖,先生,把王国还给国王。"她为扳倒了格罗斯特,放逐了埃莉诺,深感得意。萨福克眼见格罗斯特"这棵巨松如此倒下",大喜过望。

决斗场。霍纳与彼得师徒俩开始决斗。随着一声号响,俩人交手,彼得将霍纳打倒。霍纳临死前,承认自己犯下叛国罪。国王认定彼得忠诚、清白,叫他领赏。

伦敦。一街道。格罗斯特来看受惩罚的埃莉诺游街示众,他要以一双泪眼目睹她的苦难。赤着脚,身披悔罪者所穿的白色亚麻布片,背贴罪状的埃莉诺,手持点燃的蜡烛走到丈夫面前,她要让这位汉弗莱公爵看看,当他孤苦的公爵夫人被每一个跟在后面的愚蠢贱民,看作一个奇观和一个嘲笑对象时,他却只能站立一旁。她告诫丈夫要当心玛格丽特、萨福克,还有约克和虚伪、淫邪的波弗特联手设计害他。格罗斯特坚信,只要自己不违法,便不能被定叛国罪。

第三幕

贝里圣埃德蒙兹。修道院。国王见格罗斯特没来参加议会,深感诧异。玛格丽特挑拨说,格罗斯特对她失去了往日的温和、友善、谦恭,近来变得傲慢、骄狂、专横,她提醒国王,"汉弗莱在英格兰可不是小人物。先注意他的血统跟你很近,你若倒下,便轮到他上位"。"他靠说恭维话赢得民心,到时候他想造反,恐怕民众都会跟着。"萨福克随声附和,说埃莉诺一定受了格罗斯特的煽动,意图推翻国王。波弗特、约克、白金汉,也分别给格罗斯特罗织罪名。但国王认定格罗斯特对王室绝无叛逆之意,说他"清白得犹如喂奶的羔羊或温柔的鸽子。公爵贤德、温和、一心向善,不会梦想作恶或把我弄垮"。玛格丽特挖苦格罗斯特有鸽子的羽毛,乌鸦的本性,羔羊的外表,贪婪的狼性。这时,萨默赛特带来消息,英国在法兰西所有领地上的权益全部丧失。

格罗斯特刚来到议会,萨福克便宣布以叛国罪逮捕他。格罗斯特自辩对国王忠心可鉴,绝无叛逆。约克向国王揭发,有人说格罗斯特接受法兰西贿赂,扣留兵饷,由此造成英国失去法兰西。格罗斯特否认,说自己从未剥夺士兵军饷,也没收过法兰西一分钱。约克不依不饶,指责格罗斯特在担任护国公期间,为罪轻的犯人想出古怪的酷刑,使英格兰落下暴政的恶名。格罗斯特坚称自己一向心存悲悯,只对重刑犯用过酷刑。萨福克坚决要以国王的名义逮捕格罗斯特,交红衣主教看守,择日审判。见此,国王只希望格罗斯特能洗净一切嫌疑:"良心告诉我,你是清白的。"格罗斯特愤怒至极,他向国王痛骂"波弗特一双闪光的红眼透出心底的歹意;萨福克阴郁的眉头露出狂暴的憎恨;无情的白金汉凭舌头卸下压在心头嫉妒的重负;狗一样的约克,想抓月亮,我把他伸得过长的手臂拽回来,于是他拿诬告瞄准我的性命"。然后,他怒斥玛格丽特"伙同其他人,毫无缘由地把耻辱加我头上,竭尽所能把我最亲爱的君王挑唆成我的敌人"。

国王十分悲伤。他最清楚格罗斯特正直、诚实、忠诚,他不明白:"到底是哪颗扫帚星对你的权位心怀歹意,非要叫这些亲王显贵和我的王后玛格丽特,想法毁灭你无辜的生命?"

国王刚离开议会,玛格丽特便对红衣主教、约克和萨福克说,该尽快除掉格罗斯特。几个人都想让格罗斯特死,却又怕民众为救他而造反。最后,红衣主教答应弄死格罗斯特的事包在他身上。

一飞骑信差送来消息,爱尔兰叛乱。红衣主教提出,希望约克从各郡挑选精兵去爱尔兰平叛。萨福克赞同。这正中约克下怀,他暗自得意:"这计策真妙,拿一支军队打发我走,只怕是温暖了一条僵冷的蛇,把它藏在怀里,它就要刺痛你们的心。"他要趁机在爱尔兰养壮一支强大的军队,然后"在英格兰激起一场黑色的暴风雨,把一万个灵魂吹进天堂或地狱"。直到戴上英格兰的王冠。他打算诱惑肯特郡一个倔小伙儿约翰·凯德,让他借约翰·莫蒂默之名激起叛乱,然后由此观察公众的想法,看他们对约克家族及其权利的要求有何反应。

贝里圣埃德蒙兹。宫中一室。两个刺客奉萨福克之命,杀死了格罗斯特汉弗莱公爵,之后,国王上朝,先恳请各位不要对格罗斯特太过严厉,要拿出真凭实据,证明他确实犯有谋反之罪,然后让萨福克去请格罗斯特。萨福克假意去请,回来告知格罗斯特已死在床上。国王当即晕倒。等国王醒来,觉得萨福克心里有鬼,命他从"眼前滚开!你两只眼球露出谋杀的残暴,冷酷威严的目光,吓死世人"。玛格丽特替萨福克说情,国王为格罗斯特之死感到痛心。随着一阵喧哗,沃里克和索尔斯伯里领着一群愤怒的民众闯进宫,谴责萨福克和红衣主教波弗特用奸计害死了格罗斯特。沃里克引国王查看格罗斯特的尸体,"面色发黑,满脸淤血,眼球外凸,比活着时还厉害,充满惊恐地死盯着,像一个被勒死的人;他头发竖起,鼻孔因挣扎撑大;两手极力外伸,好像一个求生之人死抓活拽着生命,终被强力制服"。而且,床单上粘着头发,梳理匀称的胡子,被弄得凌乱蓬松。由此判断,格罗斯特必被人害死无疑。沃里克与萨福克正要决斗,被国王制止。

又一阵骚乱。索尔斯伯里向国王转告民众的意愿:"若不立刻处死虚伪的萨福克,或将其逐出美丽的英格兰国土,他们就用暴力把他从您宫里弄走,再用酷刑慢慢折磨死他。"国王下令,放逐萨福克,限期三日离境,违令处死。

萨福克向玛格丽特告别。俩人依依不舍。萨福克不断发出诅咒,玛格丽特不时温情安慰。玛格丽特吻着萨福克的手,做今生的生死别离。萨福克只愿王后活得自享其乐,说自己唯一的快乐,是知道王后活在世上:"死在你身边,不过在笑语中死去;离你而死,那比死亡更受罪。"最后,俩人缠缠绵绵亲吻而别。

伦敦。红衣主教寝室。波弗特突发重病,躺在床上,大口喘气,眼神发死,两手抓挠,辱骂上帝,诅咒世人。有时唠叨几句,好像身边有汉弗莱的幽灵;有时呼叫国王,对枕头喃喃低语,仿佛向国王吐露不堪重负的灵魂的秘密。

国王和索尔斯伯里、沃里克父子俩前来探病。国王见波弗特陷入死亡前的惊恐,不由地说:"这是个多邪恶的生命的征兆!"弥留之际的波弗特对国王说着胡话:"随您挑时间,带我去受审。""给我喝点儿什么,叫药师把我从他那儿买的剧毒的药送来。"

波弗特死了。沃里克为此感到解气:"如此糟糕的死法见证一个丑恶的生命。"国王却表示:"切莫裁决,因为我们都是罪人。"

第四幕

肯特海岸。押送萨福克流放的船遭遇海盗,萨福克死于惠特莫尔之手。见此野蛮、血腥的景象,同行的绅士要把萨福克的尸体带给国王,让他生前爱他的玛格丽特王后替他报仇。

布莱克希思。织布匠杰克·凯德自称约翰·莫蒂默,乃莫蒂默家族的后裔,受神灵感召要摺倒国王和诸侯。他鼓动屠户、木匠等乡人起义造反,宣称等自己当了国王,便取消钱币,"所有吃喝都记我账上,我要大家全穿一样的制服,情同手足,奉我为主人"。

义军与斯塔福德爵士和他弟弟率领的国王的军队相遇。为了身份对等,凯德自封骑士。双方交战,义军获胜。凯德把斯塔福德的护甲穿在身上,命人将斯塔福德兄弟俩的尸体拴在他的马蹄子上。他要杀向伦敦。

伦敦。王宫。亨利六世接到杰克·凯德的请愿书,凯德发誓要把出卖了缅因公爵领地的赛伊勋爵的脑袋揪下来。但国王宁愿跟凯德谈判,也不愿让更多人流血。玛格丽特王后对着萨福克的首级,痛断肝肠:"野蛮的恶棍!这张可爱的脸,曾像一颗漫游的星辰支配过我,难道不能强迫那些不配看这张脸的人心肠变软?"她不想哀悼,只求一死。

信差来报,叛军已到南华克。杰克·凯德自称莫蒂默勋爵,克拉伦斯公爵家族之后,公然称亨利六世是篡位者,誓在威斯敏斯特教堂加冕为王。叛军是一群破衣烂衫、粗鲁、凶残的乡巴佬和农民,将所有学者、律师、朝臣、绅士称为虚伪的毛毛虫,要把他们全都弄死。不一会儿,又有信差禀报,杰克·凯德夺取了伦敦桥,市民们弃家出逃,暴民们伺机掠夺,与反贼联合,共同发誓要洗劫伦敦城和王宫。白金汉让国王先退到基林沃林暂避一时,等他召集军队击退叛军。

伦敦。坎农街。叛军杀入伦敦城,凯德成了伦敦的主人。他坐在城中心的伦敦石上,下令"在我统治的头一年,这根撒尿管儿(下层人引水用的公共喷泉)只准流红葡萄酒,花销算在市府头上。从今往后,谁见了我不叫莫蒂默勋爵,一律定叛国罪"。

伦敦。史密斯菲尔德。叛军与市民和马修·高夫所率国王军队组成的联军交战,凯德获胜,马修·高夫被杀。凯德下令捣毁兰开斯特公爵府邸萨沃伊宫,把律师学院也毁掉。叛军抓住了赛伊勋爵,凯德自称陛下,审问赛伊。他认为赛伊"顶顶叛逆,建了一所文法学校,毁了王国的青年"。凯德把叫人用印刷机、建造纸厂、任命治安法官等,都算作赛伊的罪状。赛伊辩解自己没出卖缅因,没弄丢诺曼底,相反,他宁愿豁命去收复它们:"我见无知乃上帝诅咒之物,知识才是我们借以飞向天堂的翅膀,除非邪恶的精灵附体,你们必能断了杀我的念头。"凯德下令将赛伊砍头,并命人用竹竿儿挑着赛伊和他女婿的两颗人头游街示众。

泰晤士河北岸伦敦桥附近。白金汉和克利福德率国王的军队前来平叛,他们向凯德的暴民们宣告:"听好,凯德,我们是国王派来的使臣,在这儿向被你误导的民众宣告,凡弃你而去、和平返家者,一律赦免。"克利福德乘势晓以利害:"你们愿发善心,屈从给你们的仁慈,还是让一个暴民把你们引向死亡?"众人背弃凯德,抛帽高呼:"上帝保佑国王!"凯德不甘失败,痛骂这些下贱的农民:"你们全是胆小鬼和懦夫,乐意在贵族奴役下过日子。让他们用重担压断你们脊背,夺去遮住你们头顶的房子,当你们的面强奸你们妻女。"暴民们再次奔向凯德,高喊:"我们跟着凯德!"克利福德耐心奉劝:"你们这么嚷着要跟凯德走,他是亨利五世的儿子吗?他能领着你们穿过法兰西腹地,把你们中最贫贱的人封为伯爵、公爵?……与其向法国人的怜悯屈尊,不如让一万个出身低贱的凯德毁灭。去法兰西,去法兰西!把你们丢掉的夺回来。饶过英格兰,因为它是你们的本土。亨利有钱,你们有力量,一身汉子气;上帝在我们这边,我们必胜无疑。"众人再一次抛弃凯德,高喊:"我们愿跟随国王和克利福德!"绝望之下,凯德悲叹"可曾有羽毛像这群民众,这么轻轻一吹便来回摇摆"。他不抱怨上天,因恨追随者下贱,无耻叛变,逼得自己拔腿就跑。

肯纳尔沃斯城堡。亨利六世自问世上可有哪位享受王座的国王比他更快乐?出生九个月就当上了国王。可他多么渴望只做一个臣民。白金汉和克利福德禀告,反贼凯德逃了,叛军全部投降,听凭国王判决生死。虔信上帝的国王心怀悲悯,宽恕了所有参与叛乱的人,让他们就地解散,各自回乡。这时,信差来报,约克公爵刚从爱尔兰回来,率领一支由爱尔兰斧头兵和轻步兵组成的精锐部队,正以骄傲的队列向肯纳尔沃斯城堡行进。一路上,约克不断声明,他率军前来只为铲除卖国贼萨默赛特公爵。国王深感自己夹在凯德和约克中间遭罪,好比一艘船,刚逃过一场暴风雨,风暴平息,又眼见一个海盗上了船。为平息事态,他不得不下令将萨默赛特关进伦敦塔。

肯特郡。凯德藏身一片树林,每天靠摘生菜为生,五天没吃到肉。他翻过一道墙,进入乡绅伊登的花园,正与伊登相遇。凯德粗言恶语侮辱伊登,伊登大怒。二人拔剑交手,伊登杀了凯德,他要砍下凯德最缺神之恩典的脑袋,以胜利的姿态把它交给国王。

第五幕

肯特郡。达特福德和布莱克希思之间的田野。约克这次从爱尔兰领兵回来,目的只有一个:把软弱的亨利头上的王冠摘下来。

作为国王的使者,白金汉要约克说清在和平年头动刀兵的理由。否则,擅自召集一支军队,逼近宫廷,便是对国王不忠,意图谋反。约克强压怒火,声称"我之所以率军至此,只为铲除国王身边骄狂的萨默赛特,他对陛下和国家心怀不轨"。白金汉以自己的荣誉起誓,国王已顺从约克的要求,将萨默赛特囚禁伦敦塔。约克就地遣散了军队。

然而,来到国王营帐,约克发现萨默赛特与王后玛格丽特在一起。约克暴怒,指责亨利六世连一个卖国贼都不敢管,这样的国王不配头戴王冠。约克逼国王让位,以上天起誓,不再服从他的统治。萨默赛特骂约克是丑恶的叛徒!要将他逮捕,称其犯下了背叛国王和王权的死罪。约克以为老克利福德会为自己说话,不料克利福德翻脸,要把他送入贝兰德疯人院。正在此时,随着一阵鼓声,索尔斯伯里和沃里克父子率军前来。索尔斯伯里告知国王,他认为最显耀的约克公爵是英格兰王座的合法继承人。国王命人叫白金汉前来应战。约克表示:"把白金汉和你的朋友都叫来,我决心为死亡或荣誉而战。"

圣奥尔本斯。老克利福德率领的国王的军队与约克的军队交战,约克杀了老克利福德。见到父亲的尸体,小克利福德发誓报仇:"约克没饶过我们的老人,我也不放过他们的婴儿。"他要让自己的心肠变硬,以后一遇上约克家族的婴儿,定要切成碎块儿。

两军继续交战。约克之子理查杀了萨默赛特。眼见大势已去,国王和王后逃往伦敦。

收兵号响,约克大获全胜。约克知道国王逃到伦敦,定要立刻召开议会。因此,乘胜追击才是万全之策。沃里克深表赞同,赞许著名的约克赢得了圣奥尔本斯之战,将名垂青史,并下令"击战鼓,吹号角,全军挺进伦敦,愿更多这样胜利的日子降临我们"。

下篇

第一幕

伦敦。约克公爵理查·普朗塔热内带领两个儿子爱德华和理查,以及诺福克、蒙塔古、沃里克及鼓手、士兵,帽子上遍插白玫瑰(约克家族的族徽),追击在圣奥尔本斯之战中溃逃的国王和王后,一路追进威斯敏斯特宫议会大厅。沃里克对约克说:"胜利的约克亲王,我对天发誓,不眼见你坐上现在被兰开斯特家族篡夺的王座,永不瞑目。这是惊恐的国王的宫殿,这是国王的宝座;坐上去,约克,因为它归你,不归亨利王(亨利四世)的后裔。"约克率众走向王座。沃里克誓言,除非约克当国王,亨利退位,否则他要血洗议会。

亨利六世领着克里福德、诺森伯兰、威斯特摩兰、埃克塞特等,帽上均插红玫瑰(兰开斯特家族的族徽)上朝。国王见约克端坐王座之上,十分清楚约克想借沃里克之力夺取王冠。但他不想把议会变成屠宰场,便威胁约克:"你这叛逆搞分裂的约克公爵,从我的王座下来,在我脚下跪求恩典、怜悯。我是你的君王。"约克不认账,回应"我是你的君主"。沃里克欲武力相向,威斯特摩兰不甘示弱,约克和兰开斯特两派僵持不下。约克向亨利六世摆明自己对王权的合法权利,亨利六世强调自己的权利比约克更合法。尽管他嘴上说祖父亨利四世凭征服得到王冠,但他深知自己的权利并不牢靠。他辩解说,理查二世当着众多朝臣将王位让给亨利四世。约克反驳,那是起兵谋反君王。沃里克逼亨利六世让位,说完他一跺脚,众士兵涌入。亨利六世向沃里克恳求:"让我在有生之年当朝为王。"约克做出保证:"确认将王位传给我和我的继承人,你这辈子将安然在位。"约克将军队调走,亨利六世答应立约克为王位继承人:"条件是,你在此发誓停止这次内战,还有,只要我活着,就要尊我为王,敬我为君,不以谋反或敌意寻机废黜我,自立为王。"约克表示愿立此誓,走下王座。

爱德华亲王不满父王把自己的王位继承权,让给约克和他的继承人。王后玛格丽特更是异常愤怒,表示若儿子得不到王位继承权,她将不再与亨利六世同居。她发誓要联合北方贵族,扬起战旗,把约克家族彻底毁灭。

约克公爵的桑德尔城堡。约克禁不住儿子爱德华和理查的轮番劝说,决定打破誓言,夺取王权:"我要做国王,做不成就死。"这时,信差来报,王后亲率两万人马已逼近城堡,而且,北方所有伯爵、勋爵也要来围攻。尽管兵力处于劣势,但约克信心十足:"我在法兰西打过许多胜仗,当时敌军十倍于我。今天凭什么不能照样取胜?"

在临近桑德尔城堡的战场,克利福德抓住了约克的幼子拉特兰伯爵。拉特兰说自己是个无辜的孩子,让他去向那些大人们复仇。而克利福德一见到约克家的人,便好像有位复仇女神在折磨他的灵魂。约克杀了他父亲,他便要向约克的儿子复仇。拉特兰说这样下去,将来还会有人再向克利福德的儿子复仇。克利福德不由分说,一剑刺死拉特兰。

战场另一部分。尽管爱德华和理查奋力冲杀,多次为父亲杀开血路,约克终因寡不敌众,成了玛格丽特王后的俘虏。玛格丽特与诺森伯兰和克利福德一起侮辱、戏弄约克,她先让约克用沾了儿子血迹的手绢擦干面颊,又命人把一顶纸王冠戴他头上。约克痛骂玛格丽特:"法兰西的母狼,比法兰西的群狼更坏,你的舌头比蝰蛇的牙更毒!"他愿泪水化为给心爱的拉特兰的葬礼,"每一滴泪都喊着要为他的死复仇,向你,凶残的克里福德,向你,奸诈的法国女人,复仇"。最后,玛格丽特和克利福德连刺数剑,杀死约克。

第二幕

赫里福德郡莫蒂默十字架附近一平原。哥哥爱德华与弟弟理查率军行进,二人看到空中同时出现了三个耀眼的太阳,每个太阳都完整,不是浮云把太阳一分为三,而是三个太阳分悬晴空。理查见他们连在一起,拥抱,像要亲吻,仿佛立誓要结成什么神圣的联盟。他感觉他们结成了一盏灯,一道光,一个太阳,这一定是上天吉祥的预兆。爱德华表示今后要在家族盾徽上加三个金灿灿的太阳。信差来报,约克公爵遇害。兄弟二人发誓要为父亲的死报仇,夺取王权。

沃里克和蒙太古侯爵率军前来,与爱德华和理查合兵一处。原来,沃里克刚在圣奥尔本斯打了一场败仗,输给了王后的精锐部队。国王投奔王后,他便和乔治勋爵、诺福克一起火速赶来汇合,以图再战。理查调侃怎么连神勇的沃里克也吃败仗,沃里克当即誓言:"哪怕亨利上战场的胆量,像他温顺、和平、喜欢祈祷的名声一样出名,我这只强大的右手,也能从他怯懦的头上摘下王冠,从他拳头里夺过威严的权杖。"他建议向伦敦进军,进军途中,每经过一个村镇,即宣告爱德华是英格兰国王。此时信差来报,王后率一支大军,正向约克城挺进。

约克公爵的头颅高悬在约克城的城门上。克利福德报了杀父之仇,心下甚喜。见此惨景,亨利六世却感到灵魂痛苦不已,希望亲爱的上帝能阻止复仇。克利福德劝国王必须要把这种过分的宽大和有害的同情丢开。信差来报,支持新约克公爵爱德华的沃里克,率三万大军向约克城挺进,每经过一村镇,便宣布约克是国王。

两军对垒,爱德华质问亨利六世:"背弃誓言的亨利,你愿跪求恩典,把王冠放在我头上,还是要经受战场的生死命运?"玛格丽特叫国王训斥爱德华在合法国王面前,如此大放厥词,不成体统。沃里克要国王放弃王冠,玛格丽特讥讽他刚打了败仗。理查要把满腔怒火发泄到杀了拉特兰的克利福德身上。双方大吵,国王想劝和,王后叫他闭嘴,除非挑战。国王抱怨:"请你别限制我的舌头,身为国王,我有权说话。"爱德华骂玛格丽特是不要脸的荡妇,下决心与玛格丽特开战。

约克郡。陶顿与萨克斯顿之间的战场。战斗警号,两军交战,爱德华、沃里克败逃,与理查相遇。理查问沃里克为何逃跑,应奋起神勇,要为死在克利福德长矛下的弟弟报仇。沃里克感到羞愧,发誓不再逃,只要死神不合上他双眼,便奋力复仇。爱德华一同发誓,要与沃里克的灵魂联在一起,然后再把勇气植入士兵们的胸膛,因为眼下还有活命和胜利的希望。两军再战。理查杀退克利福德。

战场另一部分。被玛格丽特和克利福德一顿臭骂赶离战场的亨利六世,目睹交战双方杀得昏天黑地,他先遇到一个杀了父亲的儿子,后又遇到一个杀了儿子的父亲。内战让两对儿父子成为战场上的敌人。身为国王,亨利六世哀叹:"可怜的景象!啊,血腥的岁月!当狮子们为了洞穴打仗争锋,可怜无辜的羔羊只能忍受它们的内战。"他发现死者染血的脸色呈现出红白两朵玫瑰,那正是约克与兰开斯特两大对抗家族的族徽。他深感双方若争斗不休,千条生命势必枯萎。

两军再度交战。这一次,狂怒的沃里克变得像一头被激怒的公牛,爱德华和理查则像一对小猎狗看见一只惊慌逃命的野兔,眼里闪着暴怒的火光。见大势已去,玛格丽特叫国王赶紧逃命。克利福德负伤晕倒,随后在呻吟中死去。沃里克一见克利福德的尸体,便要把他人头砍下来,挂到高悬老约克首级的地方。

沃里克建议爱德华马上向伦敦进军,在那儿加冕为英格兰国王,加冕典礼之后,他亲自去法兰西,恳请法兰西国王路易十一的小姨子波娜小姐做王后。英法联姻,两国结成一体,便不必担心溃散之敌兴兵再起。爱德华深表赞同。然后,他封弟弟理查为格罗斯特公爵,封乔治为克拉伦斯公爵。

第三幕

英格兰北部一猎场。在苏格兰避难的亨利六世偷偷跑回,被猎场看守人抓住,交给新王爱德华(四世)。

伦敦。王宫。爱德华国王看上了在圣奥尔本斯一战中阵亡的理查·格雷爵士的遗孀格雷夫人。格雷夫人恳请收回死去的丈夫的土地,国王非要娶她做王后,否则便得不到土地。夫人越拒绝,国王越坚决。这大大出乎克拉伦斯和格罗斯特的意料。国王得知抓住了前任国王亨利六世,命人押送伦敦塔。格罗斯特梦想着王位。但他深知,即便好色的爱德华国王死去,克拉伦斯、亨利(六世)和他儿子小爱德华,都比他更有资格继承王位。可他一边怪罪命运之神把自己造得丑陋、奇形怪状,一边信誓旦旦,哪怕那顶王冠遥不可及,他也要把它摘下来。

法兰西。王宫。玛格丽特向路易国王诉苦,骄傲、有野心的约克公爵爱德华篡夺了自己丈夫的国王尊号和地位,她恳请路易伸出公正、合法的援手。路易劝她先忍受悲伤的风暴,等他想出办法。

沃里克来向路易国王提亲,希望他同意将贤惠的波娜小姐嫁给英格兰国王,凭这婚礼的纽带巩固两国的盟约。玛格丽特明白告知路易,沃里克提亲并非源于爱德华善意的真诚之爱,而是迫不得已生出的诡计。她提醒路易当心:"别叫这次结盟和联姻把你拖入危险和耻辱。因为篡位者虽能掌权一时,但上天是公正的,时间终会制止罪恶。"沃里克指责玛格丽特恶言诽谤。

路易与沃里克单独商谈之后,同意妻妹波娜嫁给爱德华国王,并嘱咐立刻草拟一份婚姻财产契约,写明给予新娘的财产,而且,财产要与她的嫁妆相当。玛格丽特痛斥沃里克:"这是你的计谋,凭这个联姻使我的恳求落空。你来之前,路易还是亨利的朋友。"

这时,一飞骑信使送来一批信,其中有英王写给法王的信。路易得知爱德华国王已娶了格雷夫人,深感受到侮辱。玛格丽特旁敲侧击:"这足以证明爱德华的爱情和沃里克的诚实。"沃里克也深感受辱,当即表示爱德华不再是他的国王。她向玛格丽特允诺:"我高贵的王后,让以前的怨恨过去,从今往后,我是您忠实的仆人。他冒犯了波娜女士,我要复仇,重新培植亨利,把他移回原位。"转瞬之间,爱德华国王成为波娜、玛格丽特、沃里克和路易国王共同复仇的目标。路易国王让信使火速赶回告知爱德华,法军精锐部队即将渡海向他开战。但路易对沃里克的忠心还稍有疑心。为打消路易和玛格丽特的顾虑,沃里克表示愿将心爱的长女立刻与爱德华亲王"订下神圣的婚姻"。

路易国王命海军大元帅波旁勋爵动用皇家舰队,把部队运过海峡。既然英王拿婚姻戏弄法兰西美女,他要叫爱德华在战争的灾难下覆灭。沃里克为此不由感叹:"当初我主使把他推上王位,如今我再主使把他赶下台。"

第四幕

伦敦。王宫。乔治(克拉伦斯公爵)和理查(格罗斯特公爵)兄弟二人对哥哥爱德华国王娶格雷夫人,既不屑又不满。克拉伦斯很清楚,眼下因波娜的婚事,路易国王已变成爱德华国王的敌人。格罗斯特也明白,奉王命去法兰西招亲的沃里克,如今却被这段新婚弄得名誉受损。爱德华国王一时想不出安抚路易和沃里克的办法,可是,见已成为伊丽莎白王后的格雷夫人极力讨好克拉伦斯和格罗斯特,大为不悦。他没把两个公爵弟弟放在眼里,向自己的新王后保证:"只要爱德华是你坚定的支持者,是他们必须服从的真正的君王,能有什么伤害和悲伤落到你身上?"

飞骑信使进宫,给爱德华国王带来路易、波娜、玛格丽特和沃里克的口信。路易的原话是:"告诉虚伪的爱德华,你那假冒的国王,法兰西的路易将派一批化装舞会的表演者,去和他还有他的新娘,一起狂欢。"波娜女士的原话是:"告诉他,我料定他很快变成鳏夫,到时我为他戴一顶柳条花环。"玛格丽特的原话是:"我已把丧服搁一旁,准备把盔甲穿在身。"沃里克的原话是:"他干的事冒犯了我,因此我很快要把他王冠摘下来。"爱德华大怒,立即下令征召士兵。他要"前去迎战沃里克和他的外国军队"。

英格兰。沃里克郡一平原。沃里克欢迎前来投奔的克拉伦斯和萨默赛特,表示愿将小女儿嫁给克拉伦斯。

沃里克领兵突袭国王营帐,俘虏国王,摘下他的王冠,命人把这位已不是国王的爱德华公爵,交给自己的哥哥约克大主教看管。然后,他要挺进伦敦,把监禁在伦敦塔中的亨利王放出来,亲眼目送他重登国王宝座。

伦敦。王宫。格雷夫人得知自己的国王丈夫成了俘虏,痛苦万分。她有孕在身,为保住肚子里爱德华的王位继承人,她要先躲到一处教堂以求自保。因为教堂作为神圣的场所,即便罪犯躲在里面,也可享有逮捕豁免权。

格罗斯特来到约克郡米德尔城堡附近约克大主教的私人猎场,将哥哥爱德华国王救走。爱德华祈祷能早日收回王冠。

伦敦塔。亨利六世重新成为国王,他感谢伦敦塔卫队长使他的囚禁成为一种乐趣。他表示虽仍会头戴王冠,却要沃里克替他掌管王权。他还让沃里克和克拉伦斯二人同时担任护国公,自己则"要过一种退隐生活,在祈祷中聊度余生,谴责罪恶,赞美我的造物主"。沃里克认为眼下当务之急,是立刻宣布爱德华为叛国者,将其所有土地、财物充公。

从勃艮第得到援军,爱德华国王在雷文斯堡港登陆,一路挺进到约克城。约翰·蒙哥马利爵士率军赶来,要帮爱德华国王重新执掌王权。爱德华却表示此时顾不上王权,只想先得到公爵地位。蒙哥马利立刻翻脸,表明自己前来是为一位国王效劳,不是来伺候一个公爵。他下令部队开拔。在格罗斯特和蒙哥马利劝说下,爱德华同意马上宣布:"爱德华四世,蒙上帝之恩典,就任英格兰与法兰西国王,爱尔兰领主,及其他。"

伦敦。爱德华四世率军进入王宫,俘虏亨利六世,命人将他押送伦敦塔,随即下令火速发兵,进军考文垂。格罗斯特要趁沃里克不备,抓住这个实力强大的反贼。

第五幕

考文垂。爱德华四世率军杀到,向沃里克吹响谈判号。探马不知睡哪儿去了,对爱德华四世兵临城下毫无所知,沃里克深感意外。爱德华问沃里克:"可愿打开城门,说上几句好话,谦恭屈膝?——叫爱德华一声国王,在他手里乞求怜悯,他将宽恕你这些暴行。"沃里克拒绝:"不,我倒要问你,你可愿从这儿撤兵,——承认是谁把你扶上位,又把你拽下台?——叫沃里克一声护国公,做个忏悔,便能接着做你的约克公爵。"

沃里克的援军到了。支持兰开斯特的牛津伯爵、蒙太古、萨默赛特先后领兵进城。但沃里克没想到,刚做了他女婿的克拉伦斯率军猛冲过来,却摘下帽子上的红玫瑰,反叛岳父:"我把我的耻辱丢给你。我不愿毁掉父亲的家族,投身兰开斯特,约克家族是父亲用血涂在石头上粘起来的。"随后,他将羞愧的双颊转向亲哥哥,请求爱德华宽恕,表示赎罪,并要弟弟理查别怒视自己以前的罪过,因为他从此忠诚不变。

巴尼特附近战场。两军激战,沃里克身负重伤。他感到自身的荣耀已被尘土和血玷污,自己的私家猎场、花园小径及名下的庄园,都要把他遗弃:"我所有的土地,除了身子长短这点儿地,一寸也没留下。唉,什么奢华、统治、王权,不过尘与土;无论我们活成什么样儿,迟早躲不过一死。"

沃里克和蒙太古兄弟二人双双阵亡。获胜之后,爱德华四世得知玛格丽特王后已率从法兰西召集的援军在英格兰登陆,正一路杀来。格罗斯特估计王后有三万兵力,而且,萨默赛特和牛津投奔了她。

图克斯伯里附近平原。玛格丽特和儿子爱德华亲王及萨默赛特和牛津伯爵引领的军队一路行进。为鼓舞士气,玛格丽特将本方比为一艘航海的帆船:"爱德华不就是一片无情的大海?克拉伦斯不就是一块骗人的流沙?理查不就是一座锯齿般要命的礁石?这些人全是我们这条可怜航船的敌人。"爱德华亲王以母亲为骄傲:"我想一个女人有如此豪勇之气,哪怕一个懦夫听了她这番话,胸中应灌满伟大的精神,使他手无寸铁,也能在战斗中打败一个武装的敌人。"

两军激战。爱德华亲王及其属下溃逃。玛格丽特王后、牛津伯爵、萨默赛特被俘。收兵号响,爱德华四世大获全胜。

爱德华四世命人把牛津伯爵押往海姆斯城堡,将萨默赛特砍头,同时发公告捉拿爱德华亲王。很快,爱德华亲王被俘。爱德华亲王痛斥"淫乱的爱德华""发假誓的乔治"和"畸形的迪克(即驼背的理查)"是一群叛徒,怒骂爱德华四世篡夺了他父亲和自己的合法权利。爱德华四世、格罗斯特、克拉伦斯大怒,兄弟三人一人一剑,将爱德华亲王刺死。见此惨景,玛格丽特痛不欲生,骂他们屠夫恶棍,是嗜血的食人族!

格罗斯特来不及向国王哥哥辞行,便急着赶往伦敦。他告诉克拉伦斯,他要去伦敦塔"把他们连根拔起"。克拉伦斯猜他势必要在伦敦塔里弄一顿血腥的晚餐。

伦敦。伦敦塔。虔诚读着祈祷书的亨利六世一见格罗斯特,便料定他来向自己下毒手:"要杀我用武器,别用言辞!比起我耳朵听那悲惨的故事,我的心窝更能忍受你的刀尖儿。"他不仅不惊恐,反而讥讽格罗斯特:"你母亲生你受的罪,超过任何一个母亲;可生了你的希望,却比随便哪个母亲都少。……你出生时嘴里已长牙,预示你一落生就能满世界咬人。"格罗斯特一剑刺向亨利六世。奄奄一息的亨利六世向格罗斯特预言:"命定此后你还有更多杀戮。啊,上帝宽恕我的罪,也赦免你!"说完便断了气。格罗斯特计划杀戮的下一个目标,是自己的哥哥克拉伦斯。格罗斯特要成为人上人,否则一文不值。

伦敦。王宫。爱德华四世用敌人的鲜血将英格兰的至尊王座买回,为能像收割秋麦一样割掉勇武的敌人,心下欢喜。他希望国内和平,兄弟友爱。克拉伦斯和格罗斯特亲吻了尚在襁褓中的尊贵侄儿(爱德华四世之子),以此表示效忠国王。

名义上的那不勒斯国王雷尼耶,把耶路撒冷和西西里抵押给法兰西国王,弄到一笔钱,打算赎回自己的女儿玛格丽特。爱德华四世同意把玛格丽特送回法兰西。一切尘埃落定,无事可做,国王要大家在胜利庆典和宫廷娱乐中消磨时间。

四、《亨利六世》:一位软弱而虔敬的国王!

(一)《亨利六世》:莎士比亚的"学艺"之作

法国十八世纪末文学理论家斯达尔夫人(Germaine de Stael,1766—1817)在其名篇《论文学与社会建制的关系》("De la littérature dans ses rapports avec les institutions sociales",1799)中断言:"他(莎士比亚)从英国历史取材的戏剧,如两部关于亨利四世的戏,一部关于亨利五世的戏,三部关于亨利六世的戏,都在英国获得很大成功。但我认为,这些戏大体上比他那些创造性的悲剧《李尔王》《麦克白》《哈姆雷特》《罗密欧与朱丽叶》差得多。"

毋庸讳言,莎士比亚在其戏剧生涯早中期写下的总共十部历史剧,艺术水准参差不齐,其中至少三分之一,在人物、结构、诗性语言、戏剧冲突与艺术审美等各个层面,都难同他成熟的后期,尤其四大悲剧比肩。即便拿十部历史剧自身来谈,从时间上先动笔编写的"第一四联剧"(《亨利六世》上中下三联剧和《理查三世》)明显弱于被称为"四大历史剧"的"第二四联剧"(《理查二世》《亨利四世》上下两联剧和《亨利五世》)。

不过,单从莎士比亚写戏之初衷仅为在舞台上给大众呈现热闹好看的戏这一点来说,他的每一部历史剧均有可圈可点和耐人寻味之处。无论怎样,尽管它们没打算真实反映英国历史,它们却成为英国戏剧史,乃至世界戏剧史鲜活的"历史"见证。诚如欧文·里布纳(Irving Ribner)在其《莎士比亚时代的英国历史剧》(*The English History Play in the Age of Shakespeare*,1957)书中指出的:"《亨利六世》继承了《抹大拉的玛利亚》(Mary Magdalene)、《冈比西斯》(Cambyses, King of Persia)和《帖木儿大帝》(Tamburlaine the Great)这些奇迹剧树立的戏剧传统,将冗长的悲剧系列事件做了片段式处理。《亨利六世》中下两篇,与《帖木儿大帝》联系非常紧密。在马洛的剧中,有帖木儿这样以系列战斗场景的片段平稳发展的人物,《亨利六世》中也有以片段方式刻画的人物,即约克公爵理查。其最重要的一个区别是,约克尚未达到荣耀的巅峰便跌落了,帖木儿笑到了最后。莎士比亚没像马洛(克里斯托弗·马洛)那样,在剧中揭示人文主义的历史哲学。拿理查的命运来说,能力没给他带来什么好处,却反因罪恶遭了报应。《亨利六世》在文体上与《帖木儿大帝》极为相似,尤其对动词排比的大量使用,竟曾使人误以为马洛参与了《亨利六世》的创作。可以肯定,假如莎士比亚要模仿哪位作家,那只有马洛。

"显然,《亨利六世》三联剧的作者拿《帖木儿大帝》当范本。该剧的素体诗、修辞手法以及片段式结构,他都加以模仿。但他并未学习《帖木儿大帝》剧中信奉的政治和哲学信条。对莎士比亚而言,历史绝非华丽庆典的演练,他从中窥探到重要意蕴。他用道德剧的方式把它揭示出来,比编年史揭示得透彻多了。……这部三联剧,加上《理查三世》,蕴涵着一个深远主题,即英国像一个道德剧中的主人公一样,给自己带来了灾难。她在玫瑰战争中衰落,失去了在法国的领地,理查三世的专制统治几乎将其完全毁灭。然而上帝同情英国,降临恩典,让她经由里士满(亨利七世)做出正确选择,统一了分裂的王国。英国得到更大护佑,在都铎王朝发扬壮大。英国得救的主题,是这部四联剧的核心。"

俗话说,无冲突不成戏。所谓戏,就是戏剧性。而戏剧性的实质,在于戏中人物剪不断理还乱的"打架",这便是术语称之的戏剧(人物)冲突。

莎士比亚从五岁起,开始在家乡观看从伦敦来巡演的剧团的戏。身为一个小戏迷,他脑瓜里对戏的好坏之判断,无疑取决于舞台人物之间的"架""打"得是否好看。当他在戏梦中长大成人,终于有一天跑到伦敦,拿起鹅毛笔开始写戏,怎么让人物在历史里"打架",把"架"写得好看,并从中"打"出一个主题来,换言之,如何制造"(人物)冲突"自然表达主题思想,便成为他最需学到的本领。其实,透过全部莎剧便可轻易发现,莎士比亚始终遵循戏之首要特质在于"冲突",这一特质从他第一部戏(历史剧《亨利六世》三联剧)始,到收官之作(传奇剧《暴风雨》)终,可谓始终贯穿,期间虽有生熟、浓淡、成败、高下之分,却从未退隐。这也是许多莎剧在今天依然有戏剧活力,并不断被改编成各种艺术样式的秘钥所在。言以蔽之,一部剧作,有人物、有冲突,便有了戏。

从这个角度说,《亨利六世》作为莎士比亚的起步之作,虽免不了早期学艺亦步亦趋之稚嫩,并曾因此招致"大学才子派"的暗讽挖苦,却无疑显示出凭着设置冲突运行剧情的编剧天赋。尽管像柯勒律治那样的大批评家认为"亨六"上篇第一幕第一场那段诗节韵律粗糙,其水平远在莎士比亚最早剧作之下,并因此否定这个上篇乃莎士比亚手笔,但把原作者之争撇一边,仅看其戏剧冲突,实在是带上了莎士比亚与生俱来的编剧烙印,恰如美国诗人、批评家马克·凡·多伦(Mark Van Doren,1894—1972)在其《莎士比亚》(*Shakespeare*,1941)一书中所言:"剧中的一切都很明晰,每次行动的动机都暴露出来,每个人物都大声告诉观众他私下想干什么,他又要让人领会什么,每个人物的敌意都清楚讲明。冲突也是公开的,把行动的目的都讲明,毫不隐瞒,没有不能解释的行动。莎剧中的十五世纪,是一段充满派系斗争的时期,贵族分裂,纷争、结党、仇恨、厮杀,随处可见,充满了戏剧性:格罗斯特对温切斯特,塔尔伯特对贞德,玛格丽特对格罗斯特公爵夫人,萨福克对格罗斯特,约克对克利福德,萨默赛特对约克,沃里克对爱德华四世,杰克·凯德对贵族,弗农对巴塞特,红玫瑰对白玫瑰,无不如此。"简言之,在多伦眼里,"亨六"上篇的"(人物)冲突"和"(角色)对比"是显而易见、活灵活现的,且不无精彩之笔。

事实上,或许不是出于为尊者莎翁讳的缘由,一般来说,现代莎学家们并不觉得"亨六"上篇有多么糟糕,而且,基本形成这样一个共识:虽说该剧艺术稚嫩,技巧远非成熟,却也展露出不俗的编剧才华。这从两个方面不难看出:第一,莎士比亚在"亨六"写作过程中刻意模仿那些玩熟了素体诗的"大学才子们",向他们学艺,"借"他们的"羽毛""来装饰自己",尽管尚有不如人意的地方,还有些段落显得板滞生涩,不够圆熟,但台词对白大体算得上匀整畅达。第二,莎士比亚从霍尔和霍林斯赫德那里"借"来素材,拿"英国得救的主题"把两位霍姓前辈"编年史"里众多的人物和繁杂的历史事件,按其所需拎出来,串成一条线索,并以此保持结构上的平衡。

由此,乔纳森·贝特在其为所编"皇莎版"《莎士比亚全集·亨利六世》写的导言中指出:"《亨利六世》三联剧显示出莎士比亚学艺迅速。诗歌风格和舞台处理是从大学才子们那里挖过来的,素材则源于散文体的英国编年史。爱德华·霍尔所著《兰开斯特与约克两大显族的联合》(1548)被压缩,以便给出一个历史演变的模式。相对于个体角色,剧情更关心个体在国家命运这部戏里所扮演的角色。为了从属于总的格局,莎士比亚很愿意改动某些人的年龄,甚至秉性,将格罗斯特的理查(即戏中的'驼背理查',未来的理查三世——笔者注)妖魔化便是最显著一例。鉴于我们把成熟的莎士比亚与沉思——哈里国王(亨利五世)或陷入困惑独白中的哈姆雷特王子——联系在一起,这些早期戏的驱动力是情节。上篇在潜在结构之上部属了一组变奏曲,这其中,戏剧性的情节先于说明,而后,一个场景会以警句的再现结束;每个场景皆以这种方式呈现,即一个不同角色的观点得以强调,或一个现有角色的新面目得以发展。例如,塔尔伯特在奥弗涅伯爵夫人城堡这场戏,凸显出原先被视为英雄豪气之楷模的那个男人,还有礼貌和谨慎的一面。这也与后来萨福克和玛格丽特的敌对,形成一个鲜明对比,它可以测量出来:塔尔伯特是亨利五世和英格兰征服法兰西的一件旧日遗物,同时,萨福克是分裂和玫瑰战争的一个先兆。

"莎士比亚在中篇里,运用了一种在后期悲剧如《李尔王》和《雅典的泰蒙》中恢复使用的结构模式:随着歹毒的敌人法律上的阴谋逐渐凸显,剧中男主人公格罗斯特汉弗莱公爵日趋孤立。但既然主题是国家,而非个人英雄,汉弗莱在第三幕被杀,随后剧情转向起义(第四幕杰克·凯德的无产者起义)和谋朝篡政(更具危险性的约克公爵进军伦敦)的主题。下篇在混乱中开场,前两幕每幕都以一场战事收尾(第一幕韦克菲尔德之战,第二幕陶顿之战),随后剧情在一种不安的平衡中展开,这一平衡见证了两位同时在世的国王,他们各自的主张在一系列令人迷惑的遭遇战、谈判及忠诚的改变之后才解决。

"平衡的场景结构与正式的修辞风格并行。这些戏中世界的正式性同样透过戏剧舞台造型之运用清晰可见。玫瑰战争国内冲突的缩影,莫过于下篇第二幕第五场两对父子的登场,在这场戏,一个杀父之子从舞台一侧门出场,不一会儿,一个杀子之父由舞台另一侧现身。他们的登场粗暴打断了亨利王的沉思,他只想过一种平静的生活,宁可做一个牧羊人也不愿当国王。这位软弱却虔敬的国王的愿望,在他于第三幕第一场再出场时,由舞台提示正式呈现出来:'乔装打扮的国王亨利六世手持一祈祷书上。'他只有在退隐和乔装之中才能实现当一个圣洁之人的渴望。即使这样,他的安宁只持续片刻,因为两个猎场看守人偶然听到他自言自语,将他逮捕,并把他交到篡位的爱德华国王手里囚禁。与之相比,当格罗斯特的理查在下一部戏里变身为理查国王时,一本祈祷书不过一种伪装的形式而已。"

(二)"人物冲突":一切戏剧结构的基础

J. P. 布罗克班克(J. P. Brockbank)在其《无序的框架:亨利六世》(*The Frame of Disorder：Henry Ⅵ*,收入1961年在伦敦出版的《早期莎士比亚》)一书中说:"三部《亨利六世》表现出卷入历史大变局的个人的遭际,其责任是社会性和历史性的,而非个人的和现实的。这几部戏揭示出两个重要历史人物冲突的根源,展现出人作为政治动物的最高困境——亨利和理查,一个殉道士,一个马基雅维利主义者。……莎士比亚对世界与舞台、事物形态与戏剧形态、历史进程与个人、剧作家及其塑造的人物等所有这些微妙的关系,都十分敏感。他从一开始便努力探索一种戏剧式样和编年史事件之间的结合体。编年叙事与剧本戏文不相容时,只能采用一种形式。莎士比亚在其根据英国史和罗马史创作的戏剧中,为阐明蕴含在素材里的全部潜在意义,运用了把场景、结构、对话融为一体的手法。"

诚然,戏剧就是这种"把场景、结构、对话融为一体"的艺术,且这一"手法"为所有戏剧家们共有,而在其中,"对话"是"人物冲突"最常见的一种形式,"冲突"也就成了戏剧的一个首要特质。乔纳森·贝特在论及《亨利六世》时说,这部"三联剧有一个首要特质。戏剧的基础是'(人物)冲突'(agon),这个希腊语意即'斗争'或'竞争'。按亚里士多德所说,当一个演员脱离一个合唱队,并开始与他们进入对话,这一时刻便是悲剧的起源。之后来了第二个演员,便有机会进一步对抗——以术语称之,第一个演员叫'第一演员'(protagonist),第二个演员叫'第二演员'(deuteragonist)。在历史悲剧的剧场里,对话常是一种'(人物)冲突'(agon)的形式,迅速升级为强烈的情感(agony),进而是身体暴力。莎士比亚以其超强自省的戏剧艺术,总能敏锐意识到剧场里共存的多种'人物冲突':在演员与其饰演的角色之间(尽力掌控一个角色);在演员与观众之间(尽力吸引注意力,叫一群旁观者动容,为之悲痛、惊叹);在每一个个体角色的内心深处(本场戏里相互冲突的欲望和责任);以及身处对话中的角色与舞台布置之间"。

虽说《亨利六世》是莎士比亚编剧生涯最早的"学艺"之作,但他制造冲突的本领堪称出手不凡。纵观三联剧,所有主要冲突,无论上篇中的护国公格罗斯特公爵与主教温切斯特、约克公爵与萨默赛特、英国远征军统帅塔尔伯特与抵抗英军入侵的法兰西圣少女琼安(圣女贞德)之间的冲突,中篇里的玛格丽特王后与格罗斯特公爵夫人埃莉诺、萨福克与格罗斯特、农民起义首领杰克·凯德与贵族、约克公爵与萨默赛特之间的冲突,下篇中约克公爵与玛格丽特王后、爱德华四世与沃里克伯爵、亨利六世与理查之间的冲突,全都是一方非要置另一方于死地不可的致命冲突。

上篇第一幕第一场便是一场冲突大戏。英国著名莎学家蒂利亚德(E. M. W. Tillyard, 1889—1962)在其名著《莎士比亚的历史剧》(*Shakespeare's History Plays*, 1944)中指出,莎士比亚第一个历史四联剧(《亨利六世》上中下和《理查三世》)与后面第二个历史四联剧(《理查二世》《亨利四世》上下和《亨利五世》)一样,都有力地表现出莎士比亚意识到秩序与等级的重要性,而人世的无常即是更大更永恒的规律的一部分。同时,服从永恒法则的尘间事件被纳入到天人对应关系的复杂系统内。这个问题在《亨利六世》上篇第一幕第一场,由法兰西摄政王贝德福德公爵开场第一句台词便已点明:"挂起黑色天幕(此处或以舞台上的黑幕代指天空——笔者注),白昼给黑夜让路!预示时局变化的彗星,在天上挥舞你们闪光的秀发(即彗星的尾巴——笔者注),鞭打一脸凶相的反叛星辰,它们合谋害死了亨利!亨利五世国王,名声太大命不长(亨利五世死时年仅35岁——笔者注)!英格兰从未失去过如此英明的一位君王。"蒂利亚德由此强调:"此处阴谋害死亨利的'反叛星辰'乃陷入内讧的英国贵族在天上的对应物。实际上,整个宇宙都是和谐一致的,人类的政治形态和人类的政治事件,在天上都会有相对应的反应。"

接下来,由蒂利亚德的"天人感应论"对护国公格罗斯特公爵与温切斯特主教这两颗"反叛星辰"如何在冲突中死命相撞稍作剖析。

开场戏是在威斯敏斯特教堂为亨利五世送葬。贝德福德对已故国王赞美有加,格罗斯特和埃克塞特两位公爵深表赞同,格罗斯特则更进一步颂圣:"在他之前,英格兰没有谁是真正的国王。……他的功绩胜过所有言辞;他无须挥剑便能征服一切敌人。"随后,便是温切斯特与格罗斯特之间针尖对麦芒的唇枪舌剑:

> 温切斯特　他是受"万王之王"[1]保佑的一位国王。对于法国人,他一露面,简直比可怕的末日审判[2]更可怕。他为天主征战[3],教会的祈祷[4]使他如此成功。

---

[1] 对耶稣基督的尊称,参见《新约·启示录》17·14:"他们要跟羔羊作战,但羔羊要击败他们,因为他是万主之主,万王之王。";19·16:"在他的袍子和腿上写着'万王之王,万主之主'这一名号。"《新约·提摩太前书》6·14—15:"直到我们的主耶稣基督显现,……那可受颂赞、独一无二的主宰,万王之王,万主之主。"

[2] 《圣经》中耶稣基督教所说的末日审判。参见《新约·启示录》6·14—17:"天空不见了,像书卷被卷起来,;山岭和海岛从原处移开。地上的君王、统治者、将领、有钱有势者、奴隶和自由人,都去躲在山洞或岩穴里。他们向山岭和岩石呼喊:'倒在我们身上吧!把我们藏起来,好躲避坐在宝座上那位的脸和羔羊的愤怒!因为他们震怒的大日子到了;谁能站得住呢?'";20·12—14:"我又看见死了的人,无论尊卑贵贱,都站在宝座前。案卷都展开了,另有一本生命册也展开了。死了的人都是按照其行为,根据这些案卷的记录,接受审判。"《彼得后书》2·9:"主知道如何拯救虔敬之人脱离试炼,也知道如何留下坏人,尤其那些放纵肉欲、藐视上帝权威的人,好在审判日惩罚他们。"

[3] 亨利五世被视为"大卫",参见《旧约·撒母耳记(上)》25·28:"耶和华必为我主建立坚固的家,因我主为天主征战。"《诗篇》24·10:"我(上帝)要使他(大卫)永远治理我的子民和我的国;他的王朝永远存续。"

[4] 此处或有两层意涵:一是温切斯特主教曾私下祈祷亨利五世垮台;二是"祈祷"(prayed)与"捕食""掠夺"(preyed)谐音双关。

格罗斯特　教会！它在哪儿？若非教士们祈祷，他的生命线①还不至于毁得这么快。你们没谁不喜欢一位软弱的君主，像个学童似的被吓唬住。

温切斯特　格罗斯特，甭管我们喜不喜欢，身为护国公②，你正盼着对太子和王国发号施令。你那傲慢的老婆把你唬住了，你对她比对上帝或虔诚的教士们更敬畏。

格罗斯特　别提什么宗教，因为你只爱世俗享乐③，一年到头，除了祈祷对抗仇敌，你从不进教堂。

贝德福德从两人的言辞对决嗅闻到火药味儿，随即一边劝和，一边发出祈愿："亨利五世！我祈求你在天之灵，保佑这个王国，免遭内战之乱！在天上同那些灾星④作战！你的灵魂将化作一颗星辰，远比尤里乌斯·恺撒⑤更荣耀。"话音刚落，信差便"从法兰西带来不幸的消息，都是失地、屠杀和溃败：吉耶纳、尚佩涅⑥、鲁昂、兰斯、奥尔良、巴黎、吉索尔、普瓦捷，全部沦陷"。

一会儿工夫，又来一信差，带来的"全是不幸的坏消息。除了几个不值一提的小城镇，整个法兰西都背叛了英格兰：王太子查理在兰斯加冕为王⑦；奥尔良的私生子⑧与他联手；安茹公爵雷尼耶支持他；阿朗松公爵也投奔了他"。紧接着，第三

---

① 生命线(thread of life)：指希腊神话中由命运三女神克洛托(Clotho)、拉克西丝(Lachesis)、阿特洛波斯(Atropos)主司的生命线。
② 护国公(Protector)：代理朝政者。亨利五世死时，亨利六世尚在襁褓中。
③ 格罗斯特暗讽温切斯特只追求性享乐。
④ 旧时认为人的命运由星宿主宰。
⑤ 按古罗马传说，恺撒死后，灵魂化为一颗耀眼的星辰。
⑥ 尚佩涅(Champaigne)：应为贡比涅(Compiegne)。亨利五世死于1422年，此处有六个城市在其死后陷落，分别是：贡比涅(1429)、兰斯(1429)、奥尔良(1429)、普瓦捷(似应为"帕泰"Patay,1429)、鲁昂(1449)、吉耶纳(1451)。莎士比亚在此将历史移花接木，把不同年代的历史事件凑在一起。
⑦ 历史上的查理王太子先于1422年在普瓦捷宣布继承法兰西王位，自称查理七世，后于1429年，在"圣女贞德"的支持下，在法国历代国王加冕的兰斯大教堂加冕，正式成为法兰西瓦卢瓦王朝第五任国王查理七世(Charles Ⅶ, 1403—1461)，因其最后打赢了英法百年战争，被称为"胜利者查理"。在此，莎士比亚为剧情所需，将查理王太子1429年在兰斯加冕提前了七年。
⑧ 即让·德·迪努瓦公爵(Jean de Dunois, 1402—1468)，奥尔良公爵路易的私生子，查理六世(Charles Ⅵ, 1368—1422)的侄子，英法百年战争后期骁勇善战的法军将领。

个信差前来禀告,英勇的塔尔伯特勋爵①在与法国人之间进行的一场惨烈鏖战②中,战败被俘。

由此,剧情在贵族冲突的内乱与远征法兰西的外战这两条结构主线之间,双轨并行、交替展开。但或许因为中篇写作在先,格罗斯特在中篇第三幕第二场被萨福克和温切斯特派的刺客暗杀的缘故,上篇并没把重头戏放在格、温冲突上。上篇中的格、温冲突,除了这场,还有另外两场:第一幕第三场,在伦敦塔前,格、温相互羞辱谩骂;第三幕第一场,在议会大厅,格、温当着亨利六世的面互相指控攻讦。在议会冲突之后,剧情的天平完全向塔尔伯特与琼安的冲突倾斜。显然,上篇最大的冲突,便是塔尔伯特所代表的英格兰与少女琼安为象征的法兰西之间的英法战争。

事实上,这场战争的最终结局,埃克塞特公爵在第三幕第一场结尾,对格罗斯特与温切斯特间内讧的深切忧虑,已充分预见出来:"咳,我们可以在英格兰或法兰西行进,却看不清随后可能发生什么。最近贵族间生出的这场纷争,在虚伪的爱的灰烬遮掩下燃烧,终有一天会烧成一股烈焰;犹如化脓的四肢逐步溃烂,直到骨头筋肉全部脱落,这场卑贱、恶毒的争斗必将滋生同样结果。此刻,我担心亨利五世在位之时,连每一个吃奶婴儿都会念叨的那可怕预言就要应验③:生在蒙茅斯的亨利④赢得所有,生在温莎的亨利⑤输掉一切⑥。这预言显而易见,埃克塞特唯愿在那不幸时光降临之前,一命呜呼。"

然而,在描述这场战争,尤其在刻画塔尔伯特和琼安的人物形象上,显露出莎士比亚超前的"大国沙文主义"立场,因为在英法两国在伊丽莎白时代仍处于敌对关系。也因此,莎士比亚极力刻画塔尔伯特在法兰西神勇异常,所向披靡,令法国人心惊胆寒,"当妈的老拿他名字吓唬孩子"(第二幕第三场奥弗涅伯爵夫人语),战功卓著,"赢回五十座堡垒,十二个城市,七处铜墙拱卫的乡镇,还抓了五百名高

---

① 约翰·塔尔伯特勋爵(John Talbot, 1387—1453),当时英军最著名的将领。
② 此处应指历史上的"帕泰之战"(the Battle of Patay),此战法军大获全胜,一举扭转了百年战争中对法国不利的战局。但在剧中,这场英法鏖战发生在接下来两场所描述的奥尔良突围之后。莎士比亚总在剧中随意改写历史。
③ 参见《新约·马太福音》21·16:(耶稣回答)"……圣经上所说'你使婴儿和儿童发出完美的颂赞'这句话,你们没见念过吗?"
④ 即亨利五世,因生在蒙茅斯(Monmouth),故被称为"蒙茅斯的亨利"。
⑤ 即亨利六世,因生在温莎(Windsor),故被称为"温莎的亨利"。
⑥ 据霍林斯赫德《编年史》载,亨利五世听说儿子在温莎城堡出生,感谢上帝眷顾之后,对大臣菲茨·休(Fitz Hugh)说:"大人,我亨利生在蒙茅斯,治国恐不能太久,但所得甚多;而生在温莎的这个亨利,将在位很长,却要丧失一切。但上帝的意志,如之奈何。"

级战俘"(第三幕第四场),最后是因约克与萨默赛特两人间的冲突导致的援军未到,才陷入孤军奋战,在波尔多附近战场与儿子小塔尔伯特先后阵亡。换言之,在莎士比亚眼里,塔尔伯特之死并非由于法军强大,而是败给了自己人,甚至可以说,败给了篡夺理查二世王位的布林布鲁克(亨利四世)。

又因此,莎士比亚似乎更有理由把后世尊为圣女贞德的少女琼安塑造成一个女巫,一个娼妓。塔尔伯特每与琼安交战,总是"一个女巫,凭恐怖,不凭武力""那巫婆,那该下地狱的女巫""法兰西的魔王,浑身歹意的女巫,你周围是一群淫荡的奸夫"之类侮辱谩骂不离嘴。即便从法兰西视角描绘琼安,莎士比亚的笔也充满反讽,如奥尔朗的私生子在第一幕第二场向查理王太子引荐琼安时说:"上天向她显示异象,她受上帝之命解除这悲惨的围攻,并将英国人逐出法兰西边界。她有精深的预言能力,比古罗马九位女先知①还灵验,过去如何,未来怎样,她能洞见一切。"哪怕琼安自己,也是饱含傲慢的自恋:"瞧!那天我正服侍小羊,灼热的太阳烤着我的面颊,圣母屈尊向我显圣,在一种充满威严的幻象中,她要我放弃卑微的活计,去解救国家的灾难。她答应帮我,保证成功。"

最后,在昂热城前的战斗中,琼安被约克公爵生擒活捉,死于火刑。正如爱尔兰作家弗兰克·哈里斯(Frank Harris, 1855—1931)在其《莎士比亚的女人们》(*The Women of Shakespeare*, 1912)一书中所说:"对贞德的刻画,莎士比亚遵循了霍林斯赫德的传统。一开始,像写玛格丽特那样写贞德,后来,随着塔尔伯特理想化,开始诋毁贞德。人们对此只能说作者年轻,不懂事儿。在戏里,贞德靠阴谋夺取鲁昂城,塔尔伯特凭勇敢再夺回鲁昂。贞德的胜利全得益于巫术,这是莎士比亚继承了霍林斯赫德《编年史》的看法。贞德被俘后,为能活命,谎称有孕在身,却说不出孩子的父亲是谁。莎士比亚从第一幕起,就让贞德给人留下坏印象。我对莎士比亚这样做,并不觉得奇怪。它完全符合莎士比亚,这只能说明他作风势利。"

随着塔尔伯特之死和英属法兰西领地逐步沦丧,英国国内贵族之间的冲突愈发剑拔弩张,开始刺刀见红。

中篇像上篇的设计一样,第一幕第一场开场就是冲突大戏:萨福克为亨利六世将安茹公爵之女玛格丽特从法兰西迎娶回国。但当格罗斯特念到婚姻条款——"第一条②:法兰西国王查理,与英格兰国王亨利的特使萨福克侯爵威廉·德·

---

① 九位女先知(nine sibyls):莎士比亚在此采用了古典时代的通常说法。其实,"九位女先知"并非古罗马独有,也有"十位女先知"之说。

② 第一条(Imprimis):原文为拉丁文,意即英文"in the first place"。

拉·波尔,双方同意,亨利按所说迎娶那不勒斯、西西里和耶路撒冷国王雷尼耶之女玛格丽特小姐,并于本年5月30日之前加冕其为英格兰王后。此外①:安茹的公爵领地和缅因的伯爵领地,理应让予,交其父王。"——突然感到"一阵恶心击打心头"。但国王对此深表满意,下令"全速准备她的加冕典礼"。面对这一切,忠诚的格罗斯特向贵族们大声疾呼:"英格兰的贵族!这一纸可耻的盟约,这一桩致命的联姻,撤销了你们的荣誉,涂掉了你们留存青史的英名,清除了你们载入记录的功勋,损毁了征服法兰西的史册②,一切尽毁,仿佛一切从未有过!"这一疾呼起了效果,约克公爵和沃里克相继表示,与法兰西这一纸盟约太过分了。红衣主教站在萨福克一边,说这是国王的旨意。格罗斯特不想再与他争吵,拂袖而去。这时,主教使出挑拨离间的杀手锏,提醒贵族们要小心格罗斯特,因为他是"英国王权的法定继承人""一个危险的护国公"。然而,索尔斯伯里十分厌恶"不似一个教士""恶棍似的满嘴脏话"的傲慢主教,他提出与约克联手:"为了公众利益,我们携手共进,尽所能,勒住萨福克和红衣主教的骄狂,扼制萨默赛特和白金汉的野心;对于汉弗莱的行动,只要有益国家,不妨鼓励。"而约克心里盘算的是:"我要站在内维尔父子③一边,向骄傲的汉弗莱公爵故意示好,等瞅准时机,便索要王位,因为那才是我要击中的黄金标靶。……等亨利和他的新娘,英格兰高价买回的王后,耽溺云雨之欢,汉弗莱与贵族们陷入冲突,到那时,我便把乳白色玫瑰举在空中,让空气弥漫甜美的芳香,在我战旗上绣配约克的盾徽,与兰开斯特家族放手一搏。"

莎士比亚把这场冲突写得着实精彩,它既是中篇里最重的一场冲突大戏,也为后面的剧情发展打下基调。接下来,埃莉诺想当王后的野心令她落入萨福克和玛格丽特为她布下的圈套,事情败露,不仅自己被以叛国罪判处先公开悔罪而后流放,还很快使丈夫格罗斯特失去权力。不过,对于莎士比亚来说,重要的只有两点,一是如何抻长剧情,二是定要写得热闹好看。因此,不论在戏的前半部写埃莉诺把女巫、术士招到府邸"从地下唤起邪魔,问询亨利王之生死及陛下您枢密院其他各位的结局",写铠甲匠霍纳和他徒弟彼得师徒反目,最后竟至在决斗中徒弟杀了师傅,还是后半部写流放中的萨福克被海盗所杀,写杰克·凯德杀入伦敦城洗劫,誓言要把"所有学者、律师、朝臣、绅士"都杀光的暴民起义,都亦喜亦闹。

由此观之,中篇的冲突大戏其实只有两场,除了开头这一场,第二场决定剧情

---

① 此外(Item):原为为拉丁文,意即英文"likewise"。
② 史册(monuments):此处解作"记录"(records, memorials)。有的解作"纪念碑"(memorial)。
③ 内维尔父子(Nevilles):即索尔斯伯里与沃里克这对父子。

走势的大戏出现在第三幕第一场,萨福克与玛格丽特、红衣主教、白金汉,还有趁势落井下石的约克一起,联手做局,利用无能的国王软弱可欺,将格罗斯特以叛国罪逮捕。虽说中篇前半部的冲突,在第三幕第二场以格罗斯特被萨福克和温切斯特派的两名刺客暗杀,以及萨福克被判流放结束,但后半部的冲突,在第三幕第一场后半场已拉开大幕。起因是"粗野的爱尔兰轻装步兵挑起战火,拿英国人的血浸润土壤"。这给了约克获得率一支精兵去爱尔兰平乱的天赐良机:"等我在爱尔兰养壮一支强大的军队,必将在英格兰激起一场黑色的暴风雨①,把一万个②灵魂吹进天堂或地狱。这凶猛的暴风雨不停发怒,直到那金箍儿③落我头上,好似辉煌透明的阳光,把这场由疯狂催生的疾风暴雨平息。为找个执行我意图的人,我诱惑了肯特郡一个倔小伙儿,阿什福德④的约翰·凯德,让他借约翰·莫蒂默⑤之名,竭尽所能激起叛乱。"凯德是约克通往国王宝座的一枚棋子。

诚然,不论从结构还是剧情上看,下半部的凯德起义都是约克夺取王冠路上的铺路石。起义的剧情持续了很久,直到第四幕第十场,起义失败、落荒而逃的凯德在绅士伊登的花园被伊登所杀才结束。随后,下半部的冲突,在篇幅很短的第五幕,以萨默赛特在两军交战中被约克之子理查所杀,"著名的约克赢得了圣奥尔本斯之战"结束。

下篇的剧情和结构设计,与上篇、中篇如出一辙,一开场便把冲突双方的底牌亮了出来:在威斯敏斯特宫议会大厅,以约克公爵为首的、帽子上均插白玫瑰的约克派(贵族集团),同以亨利六世为首的、帽子上均插红玫瑰的兰开斯特派(贵族集团),为现任国王亨利和约克谁更具有合法的王位继承权,吵翻了天。双方结下的这个梁子,在于亨利六世的爷爷亨利四世到底是否篡夺了理查二世的王位!吵到最后,若非亨利在沃里克武力逼迫下委曲求全,同意自己死后由约克公爵继承王位,议会险些变成血腥的屠场。

但这一"城下之盟"随即掀起更大的冲突——战争:一方面,强势的王后玛格丽特为保证儿子爱德华亲王的王位继承权,与丈夫亨利六世断绝夫妻关系,发誓联合北方的贵族,向约克家族开战;另一方面,约克的三个儿子爱德华、乔治、理查,极

---

① 黑色的(black):即"邪恶的""可怕的""凶险的"。
② 一万个(ten thousand):在此为泛指,不计其数之意。
③ 金箍儿(golden circuit):即金王冠。
④ 阿什福德(Ashford):肯特郡一镇,位于坎特伯雷(Canterbury)以南。
⑤ 约翰·莫蒂默(John Mortimer):与约克一样,源出莫蒂默家族,为爱德华三世第三子克拉伦斯公爵莱昂内尔(Lionel, Duke of Clarence)之后,亦享有王位继承权。

力怂恿父亲眼下就该打破誓言、夺取王位。理查干脆挑明:"我们干嘛这么拖延? 不拿亨利冷淡的心头血染①红我佩戴的白玫瑰,我不得安生。"

出乎约克意料的是,还没等到他进军伦敦,王后的大军已杀到他驻守的桑德尔城堡。结果,先是他无辜的幼子拉特兰被向他报杀父之仇的克里福德所杀,而后,他本人被俘,站在一处鼹鼠丘上被玛格丽特极端羞辱,让他用沾了拉特兰血迹的手绢擦脸,并强行给他戴上一顶纸王冠。最后,克里福德两剑、玛格丽特一剑,将他刺死。为了解恨,玛格丽特命人砍下他的人头,"挂在约克城的城门上,让约克这样俯瞰约克城"。

至此,约克公爵与玛格丽特王后之间由来已久的冲突,终在下篇第一幕结尾以约克人头落地收场。玛格丽特成了大赢家!

然而,从这个时候开始,双方的冲突不再是打嘴仗。也正是从这个时候起,格罗斯特公爵"驼背理查"正式踏上问鼎王冠的血腥之路。剧情由此展开,玫瑰战争的大幕正式拉开:沃里克痛恨"傲慢无礼的王后,伙同克里福德和骄狂的诺森伯兰及其众多傲慢的党羽,把容易融化的国王像蜡一样玩弄"。他表示愿支持爱德华,拥立他成为新的国王。随后,第二幕第三、四、五、六场,都在戏剧性地再现发生在约克郡陶顿与萨克斯顿之间的"陶顿之战"。战斗中,克利福德阵亡,王后大败。获胜之后,沃里克建议爱德华砍下克里福德的脑袋,"把它挂在高悬你父亲首级的地方。现在向伦敦胜利进军,你在那儿加冕英格兰国王。沃里克②再从那儿渡海去法兰西,恳请波娜小姐③做你的王后"。紧接着,第三幕第一场,从苏格兰偷跑回国的亨利六世在英格兰北部一猎场,被忠于新王爱德华的猎场看守人捉获,关进伦敦塔。

至此,新王爱德华四世手里满握一副好牌。可惜,贪淫好色的他,把答应娶法兰西波娜小姐做王后的婚约抛到脑后,并置乔治、理查兄弟俩的意见于不顾,非要娶寡妇格雷夫人为王后,亲手燃起新一轮战争。从第三幕第三场开始,直到第五幕第二、三场的巴尼特之战,第四、五场的图克斯伯里之战,玛格丽特、萨默赛特被俘,描绘的都是玫瑰战争的进程。为使舞台上大的战争进程好看,莎士比亚煞费苦心,把一连串小的戏剧冲突穿插其间,这样,既把玫瑰战争零散的历史片段串了起来,

---

① 染(dyed):与"死"(died)谐音双关。
② 沃里克指自己。
③ 波娜小姐(Lady Bona):萨沃伊公爵(Duke of Savoy)路易之女,法兰西国王路易十一的小姨子。

同时,又把戏中人物各自的性格特征凸显出来:出使法兰西的沃里克因爱德华四世背弃婚约,转瞬之间与玛格丽特结盟,随后率军登陆回到英格兰,偷袭国王营帐得手,活捉国王;沃里克从伦敦塔救出亨利六世,恢复其王位;克拉伦斯公爵乔治与沃里克一起受封护国公,宣布哥哥爱德华是叛国者;格罗斯特公爵理查救走国王哥哥,重组军队进攻伦敦,活捉亨利六世,将他再度关进伦敦塔;"惯于发假誓"的乔治临阵背叛岳父沃里克,沃里克败逃巴尼特;亨利六世和玛格丽特之子爱德华亲王被俘,国王、乔治、理查兄弟三人每人一剑,将痛斥他们的小爱德华刺死。

第五幕第七场,全剧最后一场戏,以爱德华四世坐稳江山剧终收场。但在收场前,莎士比亚为他将要写的《理查三世》预设了伏笔:

爱德华四世　克拉伦斯和格罗斯特,爱我的可爱王后。两位弟弟,吻你们尊贵的侄儿。
克拉伦斯　　我把对陛下的忠心,印在这可爱婴儿的双唇上。(吻婴儿。)
伊丽莎白　　多谢,高贵的克拉伦斯。可敬的弟弟,多谢。
格罗斯特　　出于爱你从中所生的那棵树①,瞧我给这果实忠诚的一吻。——(旁白。)说实话,当初犹大也这么吻他师傅②,嘴上喊"请安",满心却盘算着害人。

由此,即可判断,莎士比亚在写《亨利六世》的时候,已盘算好要把理查三世的统治写成一段黑暗血腥的"糟糕的历史"!

从下篇总体而论,虽说人物冲突或不如中篇精彩,但从个体角色的塑造来看,显然,亨利与理查这两个形象最鲜活、最丰满。由此,也可以说,让理查以对王冠充满野心的血腥面孔亮相,与最后被他杀死在伦敦塔里的亨利六世构成鲜明的角色对比,本就是这部戏的主题之一。

(三) 角色对比:所有莎剧好看的法门

如同舞台对话是表现人物冲突最常见的一种形式,角色对比同样是凸显戏剧

---

① 指生出了爱德华四世、克拉伦斯和格罗斯特本人在内的约克家族这棵大树。
② 此为对《圣经》中"犹大之吻"的化用,参见《新约·马太福音》26·49:"那出卖耶稣的人先给他们一个暗号,说:'我去吻谁,谁就是你们所要的人,你们就抓他。'犹大一到,立刻走到耶稣跟前,说:'老师,你好。'然后吻了他。"

冲突最惯用的一种手法。随机制造"人物冲突",巧妙设计"角色对比",始终是莎士比亚万灵的艺术法器,是莎剧吸引观众的不二法门。在任何一部莎戏里,这两样东西又常互为表里,两相衬托,于"冲突"中见"对比",于"对比"中现"冲突",而有时两者难分彼此,甚至合二为一,"冲突"即"对比","对比"亦"冲突"。在《亨利六世》三联剧中,便有以下由三大"(人物)冲突"而来的三大"(角色)对比"如此交融在一起,形成一股内在、强劲的戏剧张力。

1. 愚忠的护国公格罗斯特公爵与各怀鬼胎的诸位王公贵族

从剧情和结构来看,这部三联剧在许多方面都有中篇与上篇、下篇与中篇之对比,其中,角色对比尤为鲜明。换言之,莎士比亚用对比保证了冲突的精彩。

尽管上篇一开场便写了护国公格罗斯特与温切斯特主教两人互不相容,见面开撕,随后冲突不断,相互指控,但似乎,格、温冲突尚不如理查·普列塔热内与萨默赛特的冲突激烈,因为毕竟是理查与萨默赛特在伦敦中殿一花园发生争执时,宣称凡真正显赫、愿保持自身荣耀的贵族,若认可他所陈述的事实,便摘下一朵白玫瑰,萨默赛特针锋相对,称谁若不是懦夫或谄媚之人,并敢于维护真理,就摘下一朵红玫瑰,二人可谓于此时便吹响了玫瑰战争的前奏曲。而且,当塔尔伯特所率英军在波尔多附近的加斯科涅平原与法军激战之际,恰恰由于萨默赛特扣住此时已受封约克公爵理查的援军不发,最终导致塔尔伯特兵败、父子双双阵亡。

也就是说,上篇的主题是塔尔伯特之死,故而,蒂利亚德认为上篇该叫"塔尔伯特的悲剧"。因此,剧中所有的冲突、对比皆需顺应于此。更重要的是,随着塔尔伯特的死,以及萨福克把玛格丽特从法兰西接回国成为英格兰王后,剧情进入中篇以后,格罗斯特突然变成包括玛格丽特、萨福克、萨默赛特、白金汉、红衣主教和约克公爵理查在内的王后、贵族、主教的公敌。到第三幕第一场,在贝里圣埃德蒙兹的修道院,面对这些人群起围攻的多项指控,格罗斯特第一次感到自证清白是那么无助无力。

其实,在此之前不久的第二幕第四场,他对自己的忠诚和清白还那么充满自信。当他在伦敦街头目睹妻子埃莉诺公开悔罪之时,夫人奚落他:"有时我会说,我是汉弗莱公爵之妻,他是一个亲王,王国统治者。但尽管他能统治王国,又是这样一个亲王,眼见他孤苦的公爵夫人被每一个跟在后面的愚蠢贱民,看作一个奇观和一个嘲笑对象时,却只能站立一旁。"并同时提醒道:"萨福克,——跟那个恨你也恨我们大家的她①联手,什么事都干得出来,——还有约克和那个虚伪的教士、淫

---

① 她(her):即玛格丽特王后。

邪的波弗特,都在灌木丛抹了鸟胶,等着诱捕你的翅膀;甭管你怎么飞,他们都能缠住你。但在双脚落套之前,你不用怕,千万别设法防护你的敌人。"他立刻阻止夫人说下去:"啊,内尔,打住,你想错了! 我必违法在先,才能定叛国罪。哪怕我的敌人再多二十倍,每个敌人的力量再强二十倍,只要我忠诚、正直、无罪,他们谁都甭想伤害我。"

开句玩笑,不听老婆言,吃亏在眼前。埃莉诺之所以生出当王后的野心,并为此把女巫、术士招到府中从地上唤出幽灵旦撒测算国王的命数,最重要莫过于两点:他看穿了国王的软弱无能;看透了那些人各有图谋的野心。可惜,她的护国公丈夫毫无野心,竟至冤死于刺客之手。

事实上,格罗斯特何尝不清楚那些人的险恶用心! 因此,他才在被萨福克逮捕之前的最后一次长篇独白里,一面向懦弱的国王自证清白:"啊,仁慈的陛下,时下世道凶险:美德被邪恶的野心窒息,仁爱遭仇恨之手追逐;煽动作恶大行其道,公平被放逐到陛下的国土之外。他们阴谋夺我性命;若我的死能使这岛国吉祥,能结束他们一时的暴虐,我情愿豁出一死。但我的死只给他们的戏做了开场白,因为再搭上数千条对危险浑然不觉之人的性命,也无法结束他们密谋的悲剧。"一面将那些人的魔鬼嘴脸揭开:"波弗特一双闪光的红眼透出心底的歹意;萨福克阴郁的眉头露出狂暴的憎恨;无情的白金汉凭舌头卸下压在心头嫉妒的重负;狗一样①的约克,想抓月亮,我把他伸得过长的手臂拽回来,于是他拿诬告瞄准我的性命。——(向玛格丽特。)而你,我君王的夫人,伙同其他人,毫无缘由地把耻辱加我头上,竭尽所能把我最亲爱的君王挑唆成我的敌人。——啊,你们把头挤在一起——我不止一次见你们开会密谋——只图夺走我无辜的生命。你们不缺给我定罪的伪证,也不缺加重我叛国罪的充裕材料。"在此,格罗斯特一人与群魔的冲突、对比达到高潮,地位显赫、无比愚忠的护国公格罗斯特终败下阵来,被以叛国的罪名惨遭逮捕。

不过,从塑造舞台形象来说,格罗斯特在上、中篇里也形成了自身的角色冲突和对比,即上篇和中篇里的他,仿佛是两个角色。在上篇,他似乎只会因个人宿怨跟温切斯特一见面,便像孩子似的打嘴仗,而在中篇,他全然是一个仁慈、崇高、心底无私的护国忠臣。上篇里的他算莎士比亚的败笔吗? 中篇里的他是莎士比亚理想中的朝臣吗? 一时难以解释。或许,正如德国文学家、政治历史学家乔治·格维努斯(George Gervinus,1805—1871)在其皇皇四卷本的《莎士比亚》(*Shakespeare*,1849)书中所说:"格罗斯特公爵在上篇和中篇里完全不同。作者把温和、仁慈的性

---

① 狗一样(dogged):含双关意,指残忍、暴躁。

格与所罗门般的睿智赋予他,他没有野心,对每个人都保持布鲁托式的耿直无私,对妻子也不例外。他自我约束的伟大精神同妻子放任不拘的情感形成对照。莎士比亚突出了格罗斯特这方面的美德。中篇第一幕第三场,他遭到萨福克等人围攻,愤而离开,却又毫无缘由地回来。莎士比亚有意如此设计,忠心的格罗斯特试图以这种方式息怒。他的性格太过崇高,我们不能不为他的不幸悲伤。他的悲剧完全是羊和狼的寓言的实例,狼以羊搅浑泉水为理吃掉了羊。莎士比亚意在表明他被自己美德的花环缠绕,竟愚蠢地以为只要自身清白便无所畏惧。对他而言,正是清白导致毁灭。他只知自己无辜,却不想政敌会蓄意加害他,等遭到不幸时才切身感到自己和国王末日临近。"

2. 格罗斯特公爵夫人埃莉诺与王后玛格丽特

实际上,拿整个三联剧来说,格罗斯特公爵夫人埃莉诺与王后玛格丽特的冲突、对比,仅在中篇第一幕迅疾开场,随后转瞬结束,只能算一幕过场戏。两相比较,埃莉诺也只是一个过场人物。但埃莉诺过场之不可或缺,在于她是以玛格丽特和萨福克再加上温切斯特主教结盟的王后集团,要用来扳倒她护国公丈夫格罗斯特公爵的一枚棋子。而王后集团在上篇结尾的第五幕第三场,从萨福克在法兰西昂热城前的战斗中俘获玛格丽特那一刻,便已在萨福克对玛格丽特的情欲中形成。

当时,萨福克凝视着这个拥有"绝色之美"的战俘,柔声说:"别怕,不要逃,因我只会用虔敬的手碰你。我为永久和平吻你的手指,再轻轻松开,让它们垂在你柔嫩的身边。你是谁? 说吧,好让我恭敬待你。""我叫玛格丽特,一位国王之女,那不勒斯的国王。"身份亮明,萨福克已被征服:"别生气,大自然的奇迹,你命中注定要被我抓获。天鹅便这样保护一身绒毛的小天鹅,把它们囚禁在羽翼下。"他不甘心为"榆木疙瘩"①的国王赢得玛格丽特,他已打算自己占有,随即向玛格丽特开出价码:"我保你成为亨利的王后,将一根金权杖交你手里,把一顶珍贵的王冠戴你头上,只要你肯屈尊做我的——"

  玛格丽特 什么?
  萨福克 他的情人。
  玛格丽特 我不配做亨利的妻子。
  萨福克 不,温柔的小姐,是我不配求这么美丽的一位小姐做他妻子,

---

① "榆木疙瘩"(wooden thing),此处或有三层意涵:一是笨主意;二是不为情所动之人(国王);三是(萨福克)勃起的阳具。

　　　　　　那嫁妆也没我的份儿。怎么样,小姐,——满意吗?
玛格丽特　若我父亲愿意,我就满意。
萨福克　　那召唤我们的将领和军旗手!——小姐,我们要到你父亲的城堡外面,恳请谈判,同他商议。

对于安茹公爵雷尼耶,答应把女儿嫁到英格兰当王后,可与英国结亲,避战火,保昂热,何乐不为!对于萨福克,可趁此与玛格丽特结成死党,天作之合!同时,萨福克料定,回到英格兰便"把对她奇妙品质的赞美说给亨利,叫他动心。回想她卓尔不凡的美德和远胜雕饰的天姿神韵;在海上细想她的形貌,等跪到亨利脚下时,你便能凭奇妙之语叫他忘乎所以①"。

果然,仅凭萨福克一番天花乱坠的赞美,亨利六世便不顾"已和另一位尊贵的女士②订婚"有约在先,不顾格罗斯特提出这会使国王的"荣誉受损丢丑"的异议,命萨福克出使法兰西迎娶玛格丽特。上篇在萨福克洋洋得意、踌躇满志的独白中落幕:"这么一来,萨福克占了上风。他③此番前往,犹如年轻的帕里斯④当年去希腊,希望获得同样爱的结果,但日后要比那特洛伊人更成功。玛格丽特一当上王后,管住国王,我便能支配她,操控国王,统治王国。"

确如萨福克所说,"这么一来",他在与格罗斯特的冲突中,在宫廷内部的权力争斗中,都"占了上风"。紧接着,剧情到了中篇开场,虽说玛格丽特如愿成为英格兰王后,但在她加冕之前,又是格罗斯特站出来,对国王签下的婚约表示反对,认为这是"一纸可耻的盟约""一桩致命的联姻"。至此,格罗斯特与王后集团形成公开对立。

第二场,在自家公爵府邸,埃莉诺以头天夜里做梦,梦到"亨利和玛格丽特跪在那儿,把王冠戴在我头上",向丈夫释放野心,力图说服丈夫"伸手"去抓"国王亨利那镶满世间一切荣耀的王冠",不想招来丈夫一番责骂:"这叫我非骂你一顿不可。放肆的女人⑤!无礼的埃莉诺!你不是王国第二夫人,护国公心爱的妻子吗?你

---

① "叫他忘乎所以"(bereave him of wits):直译为"叫他失去理智"。
② 尊贵的女士:即第五幕第一场阿马尼亚克伯爵之女。
③ "他"(he):萨福克在此以"他"自指。
④ "帕里斯"(Paris):希腊神话中,特洛伊王子帕里斯"当年去希腊",拐跑了希腊南部城邦斯巴达国王墨涅俄斯(Menelaus)绝世美貌的妻子海伦(Helen),从而诱发了希腊联军与特洛伊之间长达10年的特洛伊战争。
⑤ 女人(dame):对女人的蔑称。

享有的世间欢愉,不已达到,甚或超乎想象吗? 难道还要执意背叛,让你丈夫和你自己,从荣誉之巅跌落耻辱的脚下?"

显然,埃莉诺的野心在萨福克和玛格丽特看来活像苍蝇眼里那颗有缝儿的蛋,通过她搞掉格罗斯特的计划涌上萨福克的心头。他建议玛格丽特"尽管红衣主教不招我们待见,但我们非跟他和那些贵族联手不可,直到汉弗莱公爵蒙羞受辱"。而在玛格丽特看来,"除了傲慢的护国公,还有那个专横的教士波弗特、萨默赛特、白金汉和牢骚抱怨的约克;在英格兰,这些人里最不顶事儿的那个,都能比国王更有作为"。但"把这些贵族全加上,他们叫我生气,还不及护国公老婆,那个傲慢女人的一半"。王后痛恨公爵夫人的根由源于女人的嫉妒,她看不惯"她带着成群侍女在宫中招摇穿行,不像汉弗莱公爵之妻,倒更像一个女皇。对她陌生的宫里人还真以为她是王后,她把一个公爵的财富全驮在背上①,却在心里嘲笑我的寒酸。我能不在有生之年报复她吗?凭这么一个出身下贱的卑劣荡妇,那天居然在她宠爱的侍从面前夸耀,在萨福克拿两块公爵领地给我父亲换女儿之前,连她最过时的长礼服的那条拖尾,都比我父亲的全部领地值钱"。

其实,中篇只在第一幕第三场王宫这场戏的后半场,用不多的笔墨,唯一一次写到这两个女人的公开斗法:面对贵族们围攻发难,格罗斯特拂袖而去。玛格丽特故意把扇子掉地上,叫埃莉诺捡起来,嘴里骂着"骚货",并顺手打了她一耳光,然后佯装不知地问:"请您原谅②,夫人,是您吗?"

埃莉诺　　是我吗? 没错,是我,骄傲的法国女人,别让我挨近你的漂亮脸蛋儿,我会用指甲在你脸上抓出十条戒律③。

亨利六世　亲爱的婶婶,安静,她不是故意的。

埃莉诺　　不是故意的,好意的国王? 趁早当心,她会束缚住你,像孩子一样逗弄。虽说这地方最主事儿的不穿马裤④,可她打了埃莉诺夫人甭想不挨报复。

---

① 指全身衣着华丽富贵。
② 请您原谅(I cry you mercy):此句带有挖苦的口吻。
③ 指在脸上抓出十道深深的指甲印。历史上,格罗斯特公爵夫人不曾与玛格丽特王后相遇,此为莎士比亚戏中杜撰。此处是对《旧约·出埃及记》和《申命记》中记载的"摩西十诫"的借喻。
④ 指穿裙子的玛格丽特在宫廷里是"最大的主人"(most master, i. e. the greatest master)。当时,宫廷里的男人们时兴穿(裤脚束紧长及膝部的)马裤。

如何报复？埃莉诺只能求助魔法巫术。她叫人把女巫乔丹和几名术士招到家里，从地下召唤魔鬼旦撒，预测国王、萨福克和萨默赛特的最终命运。但她绝没想到，这是萨福克和温切斯特合谋设下的圈套。结果，约克和白金汉带人突然闯入，将她当场抓捕。经国王亲审，她因"犯下依据上帝之书当处死刑的罪过"，被判"剥夺荣誉终身，于三天公开忏悔之后"流放马恩岛。

埃莉诺怎是玛格丽特的对手，一个小小的回合，自己先败下阵来，随后不久，还搭上了丈夫的命。从对比的角度说，莎士比亚只赋予埃莉诺两个角色作用：一，被王后集团利用，让格罗斯特毁于一旦，这也是埃莉诺和玛格丽特的共同之处，即都亲手毁了自己的丈夫；二，从一个侧面凸显玛格丽特狡诈的权谋和巨大的野心。对于后者，中篇、下篇多有挖掘，如下篇第一幕第四场，成了玛格丽特俘虏，并遭受她羞辱的约克公爵，对她有一番酣畅的痛骂："法兰西的母狼，比法兰西的群狼更坏，你的舌头比蝰蛇的牙更毒①！身为女人，像个亚马逊娼妓②似的，对不幸陷入苦难的人幸灾乐祸，这多不相称！……啊，裹了一层女人皮的老虎心③！……女人天性柔软、温和、悲悯、顺从，可你却严厉、顽固、死硬、粗暴、冷酷。"

然而，或许，此处暗藏着莎士比亚的一句潜台词：曾几何时，你约克公爵图谋王位的巨大野心，一点不比玛格丽特的小。只是，莎士比亚从不在戏里表露自己的立场。恰如乔纳森·贝特指出的："无论这部三联剧起源情形如何，统一的主题投入相互争斗的两个世界的画面。对立双方无法和谐共存，混乱由此接踵而来。在上篇里，这一对立形式表现为法兰西对英格兰、琼安对塔尔伯特、巫术思维对理性行动、女性对男性，以及暗含的天主教徒对新教徒。历史上的塔尔伯特是个天主教徒，但在1590年代早期一位观众眼里，他说话直爽的英国作风及其在欧洲大陆的英雄业绩，难免激起人们对骑士般勇士的想象，比如在1580年代西属尼德兰的宗教战争中，与莱斯特伯爵罗伯特·达德利（Robert Dudley, Earl of Leicester）并肩作战的菲利普·西德尼爵士（Sir Philip Sidney）。同时，在反天主教宣传中，琼安是一个为人熟知的形象：一个烙下妓女名号的处女（"pucelle"指少女，但"puzzel"暗含

---

① 参见《旧约·诗篇》140·3："他们的舌头尖利如蛇；/双唇下有蝰蛇的毒液"。
② 亚马逊（Amazonian）：指神话传说中的亚马逊女战士族。
③ 正是这句台词曾引起罗伯特·格林（1558—1592）在其《小智慧》（*Groatsworth of Wit*，于1592年格林死后出版）一书中，歪曲莎士比亚："……我们的羽毛美化了一只自命不凡的乌鸦，他以'一个戏子的心包起一颗老虎的心'，自以为能像你们中的佼佼者一样，浮夸出一行无韵诗；一个剧场里什么活儿都干的杂役，居然狂妄地把自己当成国内唯一'摇撼舞台之人'。"

妓女之意），一个被转化成魔法师的圣徒和殉教者，一个靠暗示神奇受孕的方式与天主教的圣母玛利亚崇拜联系起来的人物。

"中篇的辩证关系在于让忠诚的老格罗斯特汉弗莱公爵和虔敬的年轻国王亨利六世，与惯耍阴谋的普列塔热内（金雀花）家族相斗。约克公爵理查的脑子，'比劳作的蜘蛛还忙'，'艰辛织罗网'（第三幕第一场），诱捕敌人；他儿子理查，未来的格罗斯特公爵和最终的理查三世，将把这种语言和他父亲的权谋并行发展到惊人惊悚的效果。当不同角色在约克和兰开斯特两大家族间变换阵营之时，观众的同情也随着剧情的快速展开发生改变：中篇里渴求权力的约克公爵，当他在下篇被刺身亡之前的最后时刻，被迫戴上一顶纸王冠，则变成了一个令人感伤的形象。"

"莎士比亚未透露自己归哪个阵营，但他清楚历史运行的方向。在这方面，一个关键事件是中篇里辛普考克斯伪造神迹：亨利王受了骗，这是一个天真信仰的标志，反之，格罗斯特汉弗莱采用的则是一个驱魔者怀疑、质问的表达。——同时代与驱魔者对等之人，理应是秘密天主教徒的搜捕者。据悉，这一场景并非源自爱德华·霍尔亲都铎王朝的编年史（即《兰开斯特与约克两大显族的联合》），而是取自约翰·佛克赛反天主教的殉教史。其他一些'中世纪'，也就是暗含的天主教元素，同样受到颠覆：格罗斯特公爵夫人的仰仗巫术和让铠甲匠霍纳和他徒弟彼得决斗的判决，两者皆适得其反。"

3. "旧王"亨利六世与未来的"新王"理查

从整个三联剧来看，虽说亨利六世第一次出场是在上篇第三幕第一场议会大厦，最后一次露面在下篇第五幕第六场被理查连刺数剑杀死在伦敦塔，离剧终还剩第七场最后一场戏，但毫无疑问，亨利六世是唯一一个贯穿三联剧始终的重要角色。从这点来说，该剧叫"亨利六世"名副其实。诚然，莎士比亚赋予他的角色作用就是要以其国王身份，串起这由上、中、下三篇组成的"连续"剧，串起他在舞台上"戏说"的这段玫瑰战争的历史。

其实，这里要做的"旧"的亨利王与未来"新"的理查王之间的对比，只发生在下篇。因为首先，不要说在上篇剧作人物表里找不见理查的名字，连他父亲理查·普列塔热内也是直到第三幕第一场，才由亨利王下令得以恢复约克家族的所有世袭权利，受封为约克公爵，并由此从心底重燃问鼎王位的野心；其次，尽管身为约克公爵的第三个儿子，理查在中篇第五幕第二场随父亲所率爱尔兰大军一路杀回国，在圣奥尔本斯之战中冲锋陷阵，手刃父亲长久以来的政敌萨默赛特，立下战功，但实际上，他从下篇第二幕第六场被哥哥爱德华四世封为格罗斯特公爵那一刻起，才真正成为堪与亨利王一比的理查。

的确,在这之前,理查丝毫不具备像在世时的父亲约克公爵、父亲死后继任约克公爵的哥哥爱德华那样,具有角逐王位的可能性。但凡论及微乎其微的可能性,若按正规的继承权顺位排序,他二哥克拉伦斯公爵乔治都比他优先。他在第三幕第二场那段言由心生的独白,对这个暗淡的前景做了令人沮丧的深切描绘:"是的,爱德华对女人会好生相待①。——愿他榨干身子②,连骨头带骨髓全部耗尽,从他腰间再萌生不出希望的树枝,阻止我所渴望的金色时光③!可是,在我灵魂的欲望和我之间——好色的爱德华一旦死去——还有克拉伦斯、亨利和他儿子小爱德华及所有他们的身体无意间种下的骨血,会在我占位之前,跟我抢位子,对于我的目标,这是多令人沮丧的前景!"

这其实也是亨利与理查最为可比之处:亨利尚在襁褓便继承王位,亲政之后,虔敬上帝,无心治国,加之怯懦昏聩,夫人干政,逐步将王国引入内战的分裂;后者先天残疾,遭人奚落为"驼背理查",却心怀野心,意志坚定,为夺取王冠不择手段,血腥残暴,终在杀掉亨利王不久的日后,登上权力巅峰,成为一代新王。

因此,莎士比亚是在拿父子两代四个人的约克家族,与兰开斯特王朝的亨利六世形成一个大对比,这个对比细分为四个层次:父亲约克公爵与亨利王;长子爱德华(继任的约克公爵、后来的爱德华四世)与亨利王;次子乔治(后来的克拉伦斯公爵)与亨利王;三子理查(后来的格罗斯特公爵、未来的理查三世)。

1. 约克与亨利王

这个对比相对简单。第二幕第五场,理查·普列塔热内探望囚禁在伦敦塔的舅舅马奇伯爵埃德蒙·莫蒂默,莫蒂默向理查历数家族血脉,证明莫蒂默家族有合法的王位继承权:"亨利五世继承其父布林布鲁克④掌权。你父亲,那时的剑桥伯爵,乃赫赫有名的约克公爵埃德蒙·兰利⑤之后,他娶了我姐姐,你的生母同情我的惨痛悲苦,召集一支军队,再次起兵,意图救我出去,拥我登上王位。可这位高贵的伯爵,像其他人一样,兵败垂成,丢了脑袋。就这样,留在莫蒂默家族的王位继承权,被剥夺了。"说完,无儿无女的莫蒂默指定理查为自己的继承人。随后叮嘱他

---

① 此处含性意味,暗指:爱德华一定会在性事上好好对待。
② 榨干身子(wasted):指染上侵蚀骨头的梅毒。骨髓(marrow):亦指精液。
③ 腰间(loins):暗指生殖器官。希望的树枝(hopeful branch):暗指生养的后代。金色时光(golden time):暗指王权、王冠。此处透出,格罗斯特(即未来的理查三世)已开始觊觎王位。
④ "布林布鲁克"(Bullingbrook):亨利四世加冕之前的名字。在莫蒂默眼里,亨利四世乃篡位之君,故不以"亨利四世"尊称,而是直呼其成为国王之前的名字。
⑤ "埃德蒙·兰利"(Edmund Langley):爱德华三世之第五子。

"兰开斯特家族树大根深,像一座大山,无法根除①"。务必出言谨慎、小心行事。说完便咽了气。理查的国王梦由此被激活。随后不久,经沃里克提议,亨利王慨允把"出自约克家族嫡亲血统的所有世袭权利"全给了理查,封他为"有王室血统的约克公爵"。变身为约克公爵的理查貌似感恩戴德,向亨利王誓言:"理查一兴旺,您的仇敌要倒下!我尽心效忠,管叫对陛下心存怨恨之人灭亡!"

很快,约克获得了把野心付诸实施的天赐良机。爱尔兰发生兵变,贵族们派他率一支精兵前去迎战。手里有了兵权,约克开始行动:"我就缺军队,你们把军队送上门;我乐意笑纳。但请放宽心,你们把锋利的兵器放在一个疯子手里。等我在爱尔兰养壮一支强大的军队,必将在英格兰激起一场黑色的暴风雨②。"为实现目的,他要先找个"执行我意图的人,我诱惑了肯特郡一个倔小伙儿,阿什福德③的约翰·凯德,让他借约翰·莫蒂默④之名,竭尽所能激起叛乱"。然而,"凭这一招儿,我要察觉公众的想法,看他们对约克家族及其权利要求作何反应"。

于是,便有了中篇后半部约翰·凯德领导的洗劫伦敦城的暴民起义。尽管白金汉公爵最后平息了凯德起义,却使约克终于摊牌,向亨利王索要王位:"约克此番从爱尔兰回来讨要权利,要把软弱的亨利头上的王冠摘下来。"于是,便有了索尔斯伯里和沃里克父子支持的约克的军队,与玛格丽特、萨默赛特、克利福德所率国王的军队在圣奥尔本斯激战。于是,便有了大获全胜的约克在下篇一开场,率兵闯入威斯敏斯特宫议会大厅,先逼亨利王退位,后又立下誓言,只要亨利王活着,便尊他为王,敬他为君,不以谋反或敌意寻机废黜,自立为王。于是,便有了玛格丽特联合北方的贵族,进攻桑德尔城堡,击败约克,把他的人头挂到约克城的城头。

显然,这一切的因与果,皆因约克僭越的野心咎由自取!

2. 爱德华与亨利王

约克死后,他的三个儿子自然要向国王和王后复仇,并夺取王位。其实,约克的儿子们对父亲立下只要亨利王在世便不自立为王的誓言颇为不满。长子爱德华劝父亲:"但为夺取一个王国,可以打破任何誓言。让我当朝一年,我愿打破一千个誓言。"这是爱德华的真实心声,因为一旦父亲做了国王,身为长子,他便是第一顺位继承人。三子理查更是力劝父亲:"一句誓言,不在统治立誓人的、真正合法的统

---

① 参见《旧约·诗篇》125·1:"信靠上主之人像锡安山,/永远屹立,坚定不拔。"
② 黑色的(black):即"邪恶的""可怕的""凶险的"。
③ 阿什福德(Ashford):肯特郡一镇,位于坎特伯雷(Canterbury)以南。
④ 约翰·莫蒂默(John Mortimer):与约克一样,源出莫蒂默家族,为爱德华三世第三子克拉伦斯公爵莱昂内尔(Lionel, Duke of Clarence)之后,亦享有王位继承权。

治者面前立下,毫无意义。亨利屁都不是,他只是篡了那个位置。因此,既然是他要您立的誓,那您的誓言,父亲,便毫无价值,毫不足取。所以,拿起武器!还有,父亲,但凭一想,头戴王冠是件何等美妙的事,那圆圈儿里便是伊利西姆①,是诗人们用魔咒唤来②的一切幸福欢乐。我们干嘛这么拖延?不拿亨利冷淡的心头血染③红我佩戴的白玫瑰,我不得安生。"这是理查的真实心迹,因为,他已有了"拿亨利冷淡的心头血染红我佩戴的白玫瑰"的血腥的周密计划,即杀掉所有"跟我抢位子"的人,最终把那"美妙"的"圆圈儿"戴在头上。

爱德华虽没亨利那么幸运,生下来九个月便顺顺当当地继承了兰开斯特王朝英雄的亨利五世的王位,但毕竟,在父亲向亨利王索要王位继承权之时,身为长子,他心底升起了有朝一日能当上约克王朝国王的期盼。

下篇第二幕第一场,爱德华与理查率军行进在赫里福德郡莫蒂默十字架附近的平原上,兄弟俩尚"弄不清我们勇敢父亲的下落"。恰在此时,他们看到空中出现了三个太阳:

爱德华　莫非眼花了,我怎么看见三个太阳④?

理查　三个耀眼的太阳,每个太阳都完整;不是浮云把一个太阳分成三个,而是仨太阳分悬莹白的晴空。看,看,他们连在一起,拥抱,像要亲吻,仿佛立誓要结成什么神圣的联盟。现在他们结成一盏灯,一道光,一个太阳。这一定是上天预兆要发生什么事。

爱德华　真是怪极了,从未听过这样的怪事。我想,弟弟,它在召唤我们上战场,——我们,勇敢的普朗塔热内的儿子,虽说每人都立过闪耀的战功,却该把我们的光辉联成一体,像这光照世界的太阳一样,照亮大地。甭管它预示什么,往后我都要在盾徽上加三个金灿灿的太阳。

理查　不,生仨女儿⑤吧。——请恕我直言,比起男人,你更爱女人。

---

① 伊利西姆(Elysium):希腊神话中贤人死后的居住地,即极乐世界,乐园。
② 用魔咒唤来(feign):也可解作"想象"(imagine),与"高兴""欣喜"(fain)谐音双关。
③ 染(dyed):与"死"(died)谐音双关。
④ 太阳(suns):爱德华三世和理查二世的纹章装饰是冲出云层的太阳。
⑤ 女儿(daughters):因"太阳"(sun)和"儿子"(son)发音一样,理查在此玩文字游戏,故意将上句"太阳"(suns)曲解成"儿子"(sons)。

莎士比亚为爱德华和理查精心设计的这段饱含激情诗意的对话十分出彩,意蕴深远,把兄弟二人幽微的心思活脱脱折射出来。因为太阳本身是约克家族的族徽,所以,爱德华和理查都自然把三个太阳理解为兄弟三人结成"神圣的联盟"的象征,并期盼这"仨太阳"(约克家族)"联成一体""照亮大地"。但理查最后对大哥貌似不经意的"比起男人,你更爱女人"的调侃,却表明自己另有心思,同时一语点破了这位未来的爱德华四世皆因"更爱女人"才招致两度为王的命运。而爱德华四世的两度为王,又正与亨利六世同样因"爱女人"再度为王的遭际,形成命运沉浮的生死对照。像这样一山二虎,某一时期两个国王同时在位的情形,在英国历史上绝无仅有。作为戏说历史的好手,莎士比亚怎会轻易放过。

于是,便有了爱德华继任约克公爵,并在沃里克拥戴下替他父亲"自立为王",成为爱德华四世;于是,便有了"更爱女人"的这位国王,前脚派沃里克出使法兰西为他与路易国王的小姨子波娜女士订婚,后脚不顾两个弟弟的不满,执意娶寡妇格雷夫人为英格兰王后。于是,便有了沃里克反叛爱德华国王,反手与玛格丽特结盟,并在法兰西支持下率军回国,活捉爱德华国王,从伦敦塔释放亨利王,恢复亨利的王位。于是,便有了理查为实现自己将来称王的野心,救出被赶下王位的大哥爱德华,领兵杀回伦敦,将亨利王再次囚禁伦敦塔,让爱德华四世再度执掌王权。

显然,这一切的因与果,皆因爱德华贪淫好色所致!

3. 乔治与亨利王

乔治在这一约克家族与亨利王的大对比中,戏份最少,分量最轻。不能说,作为老约克公爵的次子,他毫无夺取王冠的野心。首先,第二幕第六场,取得陶顿战役胜利之后,在沃里克拥戴下即将成为爱德华四世的新约克公爵,封乔治为克拉伦斯公爵,这使乔治自然先于三弟理查,进入了将来可能的顺位继承人之列。其次,第四幕第一场,乔治对好色的国王哥哥与寡妇格雷夫人的婚事极为不满,担心此举会激怒为哥哥与波娜女士的婚约出使法兰西的沃里克。因而,哥哥问他的想法,他明确告知:"因路易国王把波娜女士的婚事当成你对他的嘲弄,他已变成你的敌人。"另外,他早在心里打上了沃里克小女儿的主意,正好可趁机去投奔沃里克,他旁白道:"国王哥哥,再见,坐紧您的王位,因为我要去娶沃里克的另一个女儿。虽说我缺一个王国,但在婚姻上我可以证明不比你差。你们,谁爱我和沃里克,谁跟我走。"

于是,便有了他跟从法兰西杀回国的沃里克一起,偷袭哥哥的国王营帐,将哥哥赶下王位。于是,便有了亨利六世恢复王位,他又与沃里克一起双双出任护国公。此时,他极力赞美沃里克"你配得上权力,你一落生,上天便把橄榄枝和月桂花冠授予你①,使你可能在战争与和平中得到保佑"。于是,便有了他同意"立刻宣布爱德华为叛国者,将其所有土地、财物充公",并要沃里克把"继位人问题也要决定",直到沃里克保证"这里少不了克拉伦斯那份儿"②,他才心满意足。于是,便有了他成为沃里克的乘龙快婿。于是,便有了当三弟理查救走大哥,哥俩率大军来到考文垂城下,欲与沃里克决战之时,他又背叛岳父,转身投奔自己的国王哥哥。他对沃里克绝情地说:"也许你会用我神圣的誓言,骂我比拿亲生女儿做牺牲的耶弗他③更邪恶。我对曾犯下的过错痛心不已,因而,为求得哥哥的充分信任,在此宣布,我是你的死敌。"于是,便有了沃里克最后兵败,死于非命。于是,便有了他在《理查三世》第一幕第一场即身陷伦敦塔,并在第四场,作为理查眼里通向王冠之路的绊脚石,被理查派的刺客杀死在伦敦塔里。

显然,这一切的因与果,皆因他首鼠两端、善发假誓所决定!

4. 理查与亨利王

老约克公爵死后,如果说继任了新约克公爵的长子爱德华第一次称王,成为约克王朝的首位国王爱德华四世,全仰赖"造王者"沃里克伯爵之力,那他在被沃里克赶下台、遭看管之际得以恢复王位,再度称王,则全赖三弟理查之功。尽管理查对大哥执意娶寡妇格雷夫人为王后,像二哥乔治一样,心存不满。但他城府极深,不会像乔治那样轻易背叛,转身投奔沃里克。其实,他内心的算盘很简单,只有保住大哥的王位,才有实现个人野心的可能性。

无疑,在莎士比亚笔下,理查是一个权谋十足、血腥残暴的野心家。理查从下篇一开场,便启动了有朝一日夺取王冠的血腥计划。他当然不会预见王朝历史的发展运势,但他深知要实现自己的野心,首先势必与大哥爱德华一起,先劝动父亲约克打破在亨利王面前立下的誓言,立刻"自立为我"。结果,理查丝毫没料到,父亲兵马未动,为让儿子小爱德华继承王位的玛格丽特王后,率由北方贵族组成的大军杀到桑德尔城堡。韦克菲尔德一场血战,父亲兵败,丢了脑袋。

事实上,第二幕第一场,既是剧情的一个高潮点,也是一个转折点。得知父亲

---

① 橄榄枝(an olive branch)和月桂花冠(laurel crown)分别是和平和胜利的象征。
② 倘若兰开斯特家族(Lancastrian)的王位继承权遭驳回,爱德华被处叛国罪,其尚未出生的孩子忽略不计,那克拉伦斯便有了相当权重要求继承王位。
③ 耶弗他(Jephthah):《圣经》中的人物,是古代以色列的士师,据《旧约·士师记》第11章,耶弗他向耶和华发誓,只要以色列人(Israelites)打败亚扪人(Ammonites),在得胜归来的路上,他将把见到的头一件东西做牺牲献给耶和华。结果他第一眼看到了自己的女儿,为践行誓言,他亲手杀了女儿。

死讯之前,爱德华、理查兄弟二人,心里共有一个约克家族夺取王位的大计划,即父亲称王之后,兄弟三人必须像天上出现的三个太阳那样,"结成一盏灯,一道光,一个太阳"。所不同的是,两人各有自己的小计划:理查的小计划必须深藏不露,即天下迟早只剩下"一盏灯,一道光,一个太阳",那就是"理查的王国",这才是他从心底期盼的"上天预兆要发生什么事"。爱德华的计划则是公开的:"甭管它预示什么,往后我都要在盾徽上加三个金灿灿的太阳。"理由很简单,父亲一旦死去,作为长子,他是第一顺位继承人。

毋庸讳言,莎士比亚已在此处高妙地暗示出了爱德华与理查隐性的冲突与对比。换言之,爱德华或许并未意识到与三弟的冲突从何而来,但这个冲突对于理查早已天然形成,因为作为老约克的第三个儿子,继承权离他几乎遥不可及。因此,由隐性冲突下的角色对比凸显出来的兄弟二人不同的性格特征,才更富有意味。

得知父亲的死讯,爱德华的第一反应是:"亲爱的约克公爵,我们的支柱,如今你这一死,我们便没了支撑、没了依靠!"理查首先想到的是复仇:"哭泣用来减缓悲痛的深度,那就让婴儿去流泪,我要打击和复仇!——理查,我享有你的名字,我要为你的死复仇,或因奋力复仇光荣丧生。"然后,爱德华想的是自己可以世袭的"领地和权位":"勇敢的公爵,他把名字传给你,把公爵的领地和权位①留给我。"尽管理查并未以鄙夷的口吻说这段话:"不,你若是高贵的老鹰之子,就盯着太阳凝视②,表明自己的血统。别扯什么公爵的权位、领地,要说王座和王国,那王权是你的,不然,你不配当他儿子。"但显然,理查对这位贪心的大哥心存不屑。继而,理查还必须给刚在战场上败给王后大军的沃里克鼓劲儿:"该丢弃刚硬的护甲,裹上一身黑色丧服,数着念珠,念诵'万福玛利亚'③?还是该以复仇的双臂敲击敌人的头盔,记着数儿宣告虔诚④?"最后终于使沃里克下定决心:"一路向前⑤,我们要进军伦敦,再次跨上唾沫四溅的战马⑥,再次向敌人高喊'冲锋!'但这次绝不掉头飞逃。"同时,沃里克向爱德华庄重承诺:"你不再是马奇伯爵,而是约克公爵,下一步便是英格兰皇室王座。因为行军经过每个村镇,我们都会宣告你是英格兰国王。"

---

① 此处的权位包括王位继承权。
② 相传雏鹰目光锐利,可盯着太阳凝视不眨眼,并以此表明自身血统纯正。
③ 万福玛利亚(Hail Mary):即《圣母经》或《圣母颂》。
④ 意即拿敌人的头盔当诵经的念珠做祷告。
⑤ 一路向前(via, i.e. onward):原为拉丁文。
⑥ 形容战马发怒的样子。马在发怒时唾沫四溅。

可以说,这一步、这一切,都是隐忍、坚毅的理查促成的。何况,在通向王冠的路上,理查更要向杀死小弟拉特兰,并与玛格丽特一道侮辱、杀死父亲的克利福德复仇:"克利福德,哪怕你心硬如钢——你的行为已表明你心如铁石——我也要刺穿它,否则,我的心给你刺。"

于是,便有了第三幕第二场,已被大哥封为格罗斯特公爵的理查以长篇独白立下誓夺王位的血腥宣言:

>……唉,若说这世上没有给理查的王国,我还能有什么别的快乐?……唉,我在娘胎里便被爱神丢弃。为使我无法染指她脆弱的法律①,她凭着什么贿赂买通易受诱惑的大自然,把我的胳膊缩得像一颗枯萎的灌木;在我背上鼓起一座怀恨的山峦,畸形端坐,在那儿嘲笑我的身体;……只要我活着,便只把这人间当地狱,直到撑着我这颗脑袋的畸形身体,箍上一顶荣耀的王冠。……我要比海妖②淹死更多水手;要比蛇怪③杀死更多对视之人;我要扮演涅斯托④那样的演说家;骗人比尤利西斯⑤更狡猾;而且,要像西农⑥一样,夺取另一个特洛伊⑦。我比变色龙更会变色,变形比普罗透斯⑧更占上风,还能给凶残的马基雅维利⑨教点儿东西。
>
>这些我都能,还弄不到一顶王冠?
>
>啧!哪怕它再远,我也要摘下来。(下。)

可以说,下篇从这个地方开始直到剧终,已是莎士比亚在为他后来的历史剧《理查

---

① 脆弱的法律(soft laws):此处含性意味,暗指为使我不能干风月场里的事儿。
② 海妖(mermaid):即希腊神话中的海上女妖塞壬(Siren),以美妙歌声引诱水手驾船触礁。
③ 蛇怪(basilisk):传说中能以目光杀人的怪蛇。
④ 涅斯托(Nestor):特洛伊战争中希腊联军中最年长的英雄,口才出众,富于智慧。
⑤ 尤利西斯(Ulysses):荷马史诗《奥德赛》(*Odyssey*)中伊萨卡(Ithaca)的国王,以狡猾著称。
⑥ 西农(Sinon):在维吉尔(Virgil)的《埃涅阿斯纪》(*Aeneid*)中,西农假装背弃希腊联军,劝特洛伊国王普里阿摩斯接受木马,最终导致特洛伊陷落,遭焚毁。由此,后人常以西农的名字代称奸诈之人。
⑦ 另一个特洛伊(another Troy):指英国王冠。
⑧ 普罗透斯(Proteus):希腊神话中海神波塞冬(Poseidon)的长子,《荷马史诗》中的"海中老人"之一,为避免被捉,身体能随意变形。
⑨ 马基雅维利:马基雅维利(Machevil, 1469—1527),因在其名著《君主论》(*The Prince*)中倡导政治权谋,被后人视为权谋家。

三世》里的理查王撰写前传,也正是在这个地方,莎士比亚笔下那个"驼背理查"的形象胚胎成形了。于是,便有了爱德华四世背弃与波娜女士的婚约娶了格雷夫人之后,他依然会留在国王大哥身边。于是,便有了沃里克与玛格丽特从法兰西领兵回国,成功偷袭国王营帐,将国王赶下台之后,他与海斯汀带着人马前往米德尔城堡附近沃里克的哥哥约克大主教的私人猎场,把国王从"囚禁中救出"。于是,便有了他与爱德华国王的军队一起冲入伦敦王宫,把刚恢复王位不久的亨利王再次囚禁伦敦塔。于是,便有了沃里克在巴尼特之战中负伤阵亡,有了玛格丽特、萨默赛特、小爱德华在图克斯伯里之战中先后被俘,有了爱德华、乔治和他三兄弟,一人一剑刺死小爱德华。于是,便有了第五幕第二场,伦敦塔,他与亨利王在整个三联剧里第一次,也是最后一次正式的"对话"。

在此,这个"对话"既是冲突,更是对比。旧国王亨利,身陷伦敦塔,正读一本祈祷书,见到理查,料定他是来夺命的"迫害者",一个"刽子手"。他虔敬上帝,渴望天堂,不惧死亡。这时,他没了高居王位时的怯懦无力,反倒有了预言家的冥思。他冷峻地讥讽理查:"你出生时嘴里已长牙①,预示你一落生就能满世界咬人。"身中一剑,他仍呻吟着吐出最后一句预言:"命定此后你还有更多杀戮。啊,上帝宽恕我的罪,也赦免你!"随后,又是一大段莎士比亚为理查专门打造的、不可谓不精彩的血腥宣言:

> 格罗斯特　怎么?兰开斯特上升的②血也会沉到土里?我以为它会往上爬呢。瞧我的剑为这可怜的国王之死怎样淌泪③!啊,希望我家族衰落的那些人,愿他们永远流出这样猩红的泪水。你若还残存一星生命的火花,向下,下到地狱,就说是我打发你去那儿的,我,既无悲悯、情爱,也毫不畏惧。(再刺。)没错,刚亨利说我的话是真的,因我常听母亲说,我是先伸双腿来到人世④。你们想,我没理由赶快⑤找出篡夺我们合法权利之人,毁灭他们吗?接生婆吃了一惊,女人们喊叫:"啊,耶稣保佑我们,他生下来就有牙!"我是这样,那分明表示,我生来就该嚎叫、咬人,像狗一样。那好,既然上天把我的身体弄成这个形状,就让地狱扭曲我的心灵与它对应。我没兄弟,跟哪个兄弟都

---

① 中世纪英格兰民间认为初生婴儿嘴里长牙是反常的不祥之兆。
② 上升的(aspiring):意即有志气的。
③ 指亨利六世的血顺着剑身滴落。
④ 婴儿出生时先露出双足,乃民间所说的"横生倒养",即"痦生"。
⑤ 格罗斯特暗指自己出生时因脚先呱呱坠地,故而行动迅速。

不像。"爱"这个字眼儿,胡子花白的老者称其神圣,存于彼此相像的人中,与我无关。我自己独来独往。——克拉伦斯,要当心,你遮住了我的光明①,但我要给你安排一个黑漆漆的日子,因为我要散布这样的预兆,叫爱德华为生命担忧,然后,为清洗他的恐惧,我会弄死你。亨利王和他的亲王儿子都死了。克拉伦斯,下一个轮到你,然后其他人,成不了人上人②,我便一文不值。我要把这尸体弄到另一间屋子,狂喜吧,亨利,在你的审判日③。(拖尸体下。)

时至今日,现代史学家们越来越肯定,理查富有卓越的军事指挥才能和非凡的政治才华,在他统治英格兰王国的两年时间(1483—1485)里,建立起了一套完善的法律援助体系和保释制度。同时,作为国王,他援建大学、教堂,尤其在其曾建立北方议会的英格兰北部地区,广受爱戴。而且,最重要的,历史上真实的理查是一个身强体健的正常人,他在戏里由先天身体残疾扭曲而成的邪恶人性,是莎士比亚一手编造出来的。

诚然,善于从他人他处借素材编戏的莎士比亚,才不是这个驼背、邪恶、血腥、残暴的理查的始作俑者,他笔下的"驼背理查"是从托马斯·莫尔的《理查三世的历史》和亨利七世(Henry Ⅶ,1457—1509)的史官们那里借来的。试想,在博斯沃思战役击败理查、继任国王的亨利·都铎(Henry Tudor)是英格兰都铎王朝(Tudor Dynasty)的首位国王,他手下的史官能不为胜利者修史颂圣吗?试想,亨利七世是莎士比亚时代的女王伊丽莎白一世的祖父,作为女王治下的一名臣民、一个编剧,莎士比亚能不惦记,要讨得女王笑,只有马屁拍得妙吗?因此,他只管把理查戏说成残废,完全不在乎历史是否会变得畸形。

在国王与国王、国王与王后、国王与贵族、王后与贵族、贵族与贵族、王子与王子等一系列"红""白"玫瑰之间的冲突、对比之外,莎士比亚还在《亨利六世》中写了另一层自有其内在逻辑的冲突与对比:受老约克公爵唆使,借约翰·莫蒂默之名挑起叛乱的暴民首领约翰·凯德与王公贵族。

莎士比亚如此写法,此中深意恰如乔纳森·贝特所言:"新教,反对圣徒和主教等级制度,以民众的语言信奉《圣经》,与一种宗教信仰的民主化有关。三联剧只有中篇分享了大众声音这一元素(因此散文体的戏文部分占主要比例,这在上篇和

---

① 意即:你妨碍我登上王位。因约克家族的族徽是太阳,故有此说。
② 成不了人上人(till I be best):直译为"直到我成为最好的人"。
③ 在你的审判日(in thy day of doom)意即"今天是你的死期"。

下篇完全缺席,但不能说它认同一种现代民主观念)。杰克·凯德是舞台上一个颇具吸引力的人物,因为他与观众席里的平民百姓说着同样的语言,他的插科打诨在贵族的堂皇修辞和卑劣狡诈中提供了难得的喘息之机,比如,像'我们要做的头一件事,杀死所有律师'(第四幕第二场)这句台词,在每一个时代都会引起一阵赞许的笑声。但莎士比亚凭他父亲所缺的读写能力谋生,很难说,他会认同这个下令绞死犯有识文断字罪的乡村教士的角色,何况凯德脑子里英格兰幻影的核心问题自相矛盾:

> 凯德　那要勇敢,因为你们首领勇敢,并誓言改革。以后在英格兰卖七个半便士的大面包①只卖一便士,三道箍的酒杯②改成十道箍,喝淡啤酒的我要判他重罪。整个王国的土地都是公共用地,我的坐骑要牵到齐普赛街③去吃草。等我当了国王,——我一定能当国王,——
>
> 众人　上帝保佑陛下!【中篇·第四幕第二场】

这一'改革'是把双刃剑:廉价面包、不掺水的啤酒和土地公有听着像乌托邦,但凯德并不真想要一个代议制政府。他想自立为王。莎士比亚在20年后的戏《暴风雨》(The Tempest)中,对朝臣贡萨洛的'联邦'理想主义玩了同样把戏:'没有君主——/可他想当国王。'倘若莎士比亚有一座伊甸园,它不是老歌谣'亚当耕来夏娃织,/那时何曾有绅士?'唱的、尚未有阶级界限的那么一个地方,而是一座英国绅士的乡间庄园,一处遭凯德侵入的和平、隐居之所——肯特郡亚历山大·伊登的花园。

五、亨利六世:"国王戏"里的第一配角

莎士比亚的历史剧常被称为"国王戏"。他以内中涉及十几位国王的十部国

---

① 大面包(loaves):常指长方形的大面包。
② 凯德要把有三道箍、容量两品脱的木酒杯的容量增大,按十道箍计量,酒杯容量超过六品脱。换言之,凯德的改革,要使人们花同样钱买更多酒。
③ 齐普赛街(Cheapside):伊丽莎白时代伦敦的主要市场街,西起圣保罗教堂墓地,东至家禽饲养场。该街俗称"买卖街"(buying and selling),源于古英文"ceap",意即"市场",后演变为现代英文"便宜"(cheap)。

王戏,串起从约翰王1199年继位金雀花王朝第三位国王到1547年都铎王朝的亨利八世死去近三个半世纪的英国历史。当然,莎剧中的历史不等于英国史,莎士比亚旨在拿每部均以国王尊号命名的"国王戏",在舞台上"戏"说历史。以《亨利六世》三联剧为例,上篇写的是玫瑰战争前内战风雨欲来的政局;中篇揭示因国王无能导致的内忧外患:内则"红白玫瑰"公开对抗,并激起农民起义,教会亦有染指王权之野心,外则失掉法兰西所有英属领地;下篇以一系列戏剧性的场景,凸显约克与兰开斯特两大家族你来我往、此消彼长的王权争夺战愈演愈烈,使英格兰陷入分裂。显然,在历史上,身为国王,亨利六世是造成王国分裂残局的唯一主角,而在戏里,这位软弱却虔敬的国王仅仅是地位至尊的一个配角,最后被理查(未来的理查三世)杀死在伦敦塔,以惨剧收场。

历史实在有其难以言说的内在诡异之处。这个出自兰开斯特家族的亨利六世的王位继承权源自他的祖父亨利四世,正如在下篇第一幕一场,亨利六世面对闯进议会大厅逼宫的约克公爵辩称的那样:"因为理查(二世),当着众多朝臣的面,将王位让给亨利四世,先父是他的继承人,我又是先父的继承人。"但在出自普列塔热内血脉(即"金雀花王朝")的约克家族人的眼里,亨利四世是篡位之君,恰似公然向亨利六世讨要合法王位继承权的约克公爵所言:"他起兵谋反君王,以武力逼他让位。"诚然,这段历史莎士比亚在其《理查二世》中"戏说"得一清二楚。换言之,亨利四世篡理查二世王位之时,即已将玫瑰战争的序幕撕开一条缝。或者说,斗转星移,天地玄黄,理查二世遭篡位的命运,又活生生落在了亨利六世的头上。前一个"理查(二世)"死在前一个"亨利(四世)"之手,后一个"亨利(六世)"死在后一个"理查(三世)"剑下。

由此,英国著名批评家威廉·哈兹里特(William Hazlitt,1778—1830)在其《莎士比亚戏剧人物论》(*Characters of Shakespeare's Plays*,1817)中指出:"理查二世与亨利六世这两个人物如此相似,以至于一个平庸的诗人会把他俩写得难分你我,但在莎剧中却刻画得彼此鲜明。两人都是国王,都有不幸命运,皆因软弱无能不善当朝理政失去王位。可他们又都是既无头脑又滥用王权之人,其中一个还对王权毫无兴趣。二人忍受不幸的方式和导致不幸的原因紧密相关,一个为失去权力而悲伤,却无力夺回权力;一个悔不该当初成为国王,反倒为失去权力而高兴。面对困境,两人都没了男子气概:一个表现得穷奢极欲、傲慢自大,一心想复仇,但遇到矛盾便内心烦乱,一遭不幸便十分沮丧;一个则表现得慵懒懈怠、心存仁慈,讨厌由野心带来的烦扰和随显赫地位而来的忧虑,只惦记能在悠闲和思考中度过一生。理查哀叹王权之丧失,因为有了它,他的骄奢、傲慢便有保证;亨利只把它视为仁慈的工具,并不真心想得到它从中获益,反而怕使用不当。"

又由此,爱尔兰诗人、批评家爱德华·道登(Edward Dowden,1843—1913)在其第一部重要著作《莎士比亚:他的思想与艺术批评研究》(Shakespeare: A Critical Study of His Mind and Art, 1875)中这样认为:"他(亨利六世)本该珍视继承来的荣耀和权力,并加以弘扬,可他却对至尊的特权、责任毫无兴趣。他最在乎洁身自好,既无贪心,也没野心,只受自我主义控制。其自我主义表现为一种怯懦无力的圣洁。又因并不具备圣洁和崇高赖以发展的刚强品格,他的美德则是消极被动的。由于害怕恶事物,他不敢追求善行。即便忠贞的信徒也不应如此,而当以正直之心做出判断,为正义事业发动战争在所不惜。可是亨利,面对恶势力,一味消极,只知哭鼻子抹泪。他只图自珍自爱,怕弄脏衣服,但上帝的圣兵从不因弄脏衣服在战斗中退缩,相反,那身脏衣服更光华纯净。"

可以说,在《亨利六世》整个三联剧里,戏的主角是由红(兰开斯特)白(约克)两支玫瑰所代表的两大家族的贵族,与各自支持他们、手里有军队的领主们及染指朝政的玛格丽特王后和试图操控王权的温切斯特主教(后来升任红衣主教)等。然而,若没有贵为国王的亨利六世这位配角无力治国却虔敬向神的,既软弱又昏聩的"配合",玫瑰战争这场历史大戏无法上演。不是吗?国王的每一次配合,都不仅没能化解矛盾,反而更进一步加深两大家族的宿仇怨恨,并使不断演化一场又一场新的冲突、新的战争。换言之,配戏的国王才是战争的主角。

接下来,透过上、中、下篇三部戏的剧情,揭开亨利六世贵为国王的配角作用。

在上篇,亨利六世共出场六次,戏份不多,台词很少,十足的配角。这位一开场在位高权重的护国公格罗斯特嘴里"像学童似的""软弱的君主",直到第三幕第一场,才第一次在议会大厦正式亮相。他开口说的第一段话,是劝他的护国公格罗斯特叔叔和司职主教的温切斯特叔祖以和为贵,不要内斗:"你们都是我英王国的特殊护卫;假如我的恳求管用,我愿恳求你们二人同心,和睦、友爱。啊!如此尊崇的两位贵族相互冲突,对我的王冠是何等羞辱!相信我,两位大人,我年纪尚轻①,却深知内部纷争是一条啃食联邦脏腑的毒蛇。"他的劝架,虽让格罗斯特和温切斯特这对宿敌暂时表面讲和,但他同时下令,恢复理查·普列塔热内被剥夺的世袭权利,封他为"有王室血统的约克公爵",却开始埋下日后王国分裂的隐患。

国王第二次出场在同一幕第四场,剧情十分简单,召见塔尔伯特,凭其忠勇异常、战功卓著,封塔尔伯特为什鲁斯伯里伯爵,并邀请他参加将在巴黎举行的加冕

---

① 历史上,亨利六世之父亨利五世去世时还是个襁褓中的婴儿,发生这场纷争时只有5岁。

典礼。

之后,第四幕第一场是国王第三次露面。他刚在加冕典礼上戴上王冠,便不得不给约克公爵和萨默赛特这对冤家劝架,"仁慈的主啊!愚蠢之人发什么疯,竟为这么件轻微无聊的事,闹得如此分裂对抗!——约克和萨默赛特,两位亲戚,请你们平心静气,以和为贵":

> 过来,你们两个想决斗的人。我命令你们,若想得到我的恩惠,从今往后,就把这场纷争连同起因忘干净。——还有你们,二位大人,记住我们身在哪里;在法兰西,一个善变、易摇摆的国家。他们若透过外表察觉我们有纷争,内部意见不和,岂不激得他们病态肠胃①存心抗命、公然反叛!此外,一旦各国君王获知亨利王身边的同僚和贵族首脑,竟为一点儿微不足道的琐事自相毁灭,丢掉法兰西领地,那将引来怎样的骂名!啊!想一下我父亲当年的征服,想一下我年纪还小,别为一件小事便把咱们用血买来的领地断送!我来做这场危险纷争的公断人:我若戴上这朵玫瑰,(戴上一朵红玫瑰。)我看毫无理由,会有什么人因此猜疑我在萨默赛特和约克之间更偏心谁。两位都是我亲戚,俩人我都爱。

不幸的是,身为一国之君,亨利六世对内斗的双方采取了莎士比亚在这部戏里对红白玫瑰的立场:观众从戏里看不出莎士比亚支持哪一方。

国王第四次出场在第五幕第一场,伦敦王宫,他命温切斯特主教赴法兰西替他订婚,迎娶阿马尼亚克伯爵的女儿为英格兰王后。

在随后的第五场,也是上篇最后一场戏,当他听了萨福克一番对安茹公爵、那不勒斯国王雷尼耶之女玛格丽特贤德及天赋美貌的盛赞之后,瞬间"在心底扎下爱的情根",立刻毁掉之前的婚约,又命萨福克出使法兰西,迎娶玛格丽特为英格兰王后。但他无法料到,这一婚姻改写了英格兰历史,并最终将他毁灭。

在中篇,国王的出场次数达到十一次,戏份也增加不少,可他仍不是主角。

国王第一次出场在第一幕第一场,伦敦王宫大殿,亨利六世欢迎萨福克从法兰西接回的玛格丽特。他满心欢喜,命人准备王后的加冕典礼。同时,下令封萨福克为公爵,并免去约克法兰西摄政一职。话不多,说完即退场,却为此后的约克反叛埋了雷。

---

① 病态肠胃(grudging stomachs):指心里的怨恨情绪。

国王第二次露面,在同一幕第三场,在格罗斯特和萨默赛特之间充当和事佬,而且,在王后当众侮辱格罗斯特公爵夫人埃莉诺,扇她耳光后,替王后辩解并非故意。接下来,面对铠甲匠霍纳的徒弟彼得揭发约克公爵有叛国之嫌,竟一时愣住,向格罗斯特讨主意。

国王第三次出场,在第二幕第一场,温切斯特与萨福克联手向格罗斯特发难,指责他有野心,"双眼和心思死盯着一顶王冠",玛格丽特趁机帮腔,推波助澜。面对这一切,国王只是恳请王后"别出声了,高贵的王后,别再撺掇这两位狂怒的贵族,因为那受祝福的是使尘间和平之人"。① 随后,他十分自然地钻进了玛格丽特、白金汉和萨福克为埃莉诺设计的圈套,同意彻查埃莉诺命女巫和术士替她召唤幽灵试图谋反一案。

国王第四次露头,在同一幕第三场,亨利六世亲审埃莉诺,判埃莉诺示众三天,"公开忏悔",而后流放马恩岛,随即命格罗斯特交出护国公权杖。

国王第五次登场,在第三幕第一场,贝里圣埃德蒙兹一座修道院。这场戏,堪称中篇里的一场精彩大戏。面对玛格丽特、萨福克、已升任红衣主教的波弗特(温切斯特)、白金汉、约克等人合伙儿构陷格罗斯特,亨利六世先表示难以置信:"我的亲戚格罗斯特对王室绝无叛逆之意,他清白得犹如喂奶的羔羊或温柔的鸽子②。公爵贤德、温和、一心向善,不会梦想作恶或把我弄垮。"继而又向格罗斯特坦承无奈:"格罗斯特大人,我特别希望你能洗净一切嫌疑,良心告诉我,你是清白的。"最后,又默许以叛国罪将格罗斯特囚禁。

实际上,这位无能的软弱国王一点不傻,他对那伙人的忠奸善恶心如明镜,否则,怎么会发出如此无奈的独白:"到底是哪颗扫帚星对你的权位心怀叵意,非要叫这些亲王显贵和我的王后玛格丽特,想法毁灭你无辜的生命? 你从未冒犯过他们,没冒犯过任何人;可他们竟如此绝情地把他带走了,活像屠夫带走一头小牛,要捆住这可怜的东西,一挣巴就打,直到送进血腥的屠宰场。老母牛哞哞叫着跑来跑去,无可奈何,只能冲着无辜小牛被带走的方向,哀号痛失自己的至亲所爱。对高贵的格罗斯特一案,我何尝不这样,除了以悲伤无助的泪水悲悼,以模糊的双眼相送,什么也指望不上。——他这些死敌太强势了。我要为他的命运哭泣;而且,在

---

① 此处原文为"For blessed are the peacemakers on earth",参见《新约·马太福音》5·9:"使人和平之人受祝福,因为他们被称作上帝的儿女。"(Blessed are the peacemaker, for they will be called children of God)。
② 参见《旧约·撒母耳记上》7·9:"撒母耳宰了一只吃奶的羊羔做全牲的烧化献给上主。"《新约·马太福音》10·16:"你们要像蛇一样机警,像鸽子一样温柔。"

每次哽咽间隙,我都要说'谁是卖国贼?反正格罗斯特不是'"。这是中篇里最出彩的一段国王独白。

国王第六次出场,在同一幕第二场,在他查明萨福克与温切斯特合谋,派刺客杀了蒙冤的格罗斯特之后,终于稍微硬气了一回。当然,这是被逼无奈的硬气。因为有权有兵的沃里克和索尔斯伯里领着愤怒的民众冲进宫,强烈要求"立刻处死虚伪的萨福克"。国王就坡下驴,命将萨福克流放。这似乎也是整个三联剧里亨利六世唯一一次精明,因为这个判决一举三得:一,顺应民心;二,他从心底讨厌这个跟自己的王后老婆成天暧昧的奸佞小人;三,也算替忠诚的格罗斯特讨回一点儿公道。

国王第七次出场,在同一幕第三场戏,戏很短,只是国王前往波弗特府邸,探望这位一病不起的红衣主教,他来给这位魔鬼一般阴险狡诈的主教送终。主教若不在病榻上一命呜呼,便要因参与谋害格罗斯特受审。

国王第八次出场,在第四幕第四场,戏短词少,闻听杰克·凯德率领的暴民起义军已逼近伦敦桥,赶紧逃往基林沃斯。

国王第九次出场,在同一幕第九场,肯纳尔沃斯城堡。亨利六世自忖:"世上可有哪位享受王座的国王,不比我更快乐?我爬出摇篮没多久,刚落生九个月就成了国王。从没哪个臣民想当国王,像我想做一个臣民那么渴望。"这真道出了国王个人悲剧之所在,更透露出英格兰王国悲剧的根由。他的确是一个心存仁慈的国王,当他面对被俘的起义者,他赦免了所有人;但他又确实是一个阿斗式的国王,当他听闻约克公爵从爱尔兰率大军前来,以"清君侧"的名义逼宫,要除掉卖国贼萨默赛特,便马上下令把萨默赛特关进伦敦塔。因为他十分清楚自己的险境:"这就是我的处境①,夹在凯德和约克中间遭罪,好比一艘船,刚逃过一场暴风雨,风暴平息,又眼见一个海盗上了船。刚击退凯德,把人遣散,现在约克又起兵增援他。——白金汉,我请你前去会他,问他这次兴兵理由何在。告诉他,我要把埃德蒙公爵②送往伦敦塔,——萨默赛特,我要把你关在那儿,等他撤兵再说。"这哪里是一个像样儿的国王!

国王第十次出场,在第五幕第一场,肯特郡达特福德和布莱克希思之间的田野,他像傀儡一般夹在玛格丽特、白金汉、老少克利福德父子一派,与约克、理查父子和索尔斯伯里、沃里克父子另一派之间,唯唯诺诺,亲手点燃了圣奥尔本斯之战的引信。

---

① 处境(state):在此有"国家"(country)、"王权"(kingship)之意涵。
② 埃德蒙公爵(Duke of Edmund):即萨默赛特。

国王第十一次出场,在同一幕第二场,中篇剧终前倒数第二场,双方在圣奥尔本斯激战。理查杀了萨默赛特,约克大获全胜。玛格丽特见大势已去,叫国王快逃,此时,国王说了在本场戏里的唯一一句台词"咱们能跑得过上天①?好心的玛格丽特,停下"。

由上观之,亨利六世第四、七、八和第十次亮相这四场戏,对整个结构而言,虽都不可或缺,却均带有过场戏的性质。

从中篇整体来看,或正如英国诗人、著名莎学家塞缪尔·约翰逊(Samuel Johnson,1709—1784)在其所著《威廉·莎士比亚的戏剧》(The Plays of William Shakespeare,1765)中所说:"三部戏中我认为中篇最好,该篇人物刻画最鲜明,对亨利国王、玛格丽特王后、爱德华国王、格罗斯特公爵以及沃里克伯爵这些人物的刻画都很充分、明晰。"但显然,约翰逊这里提到的其他几个人物,在戏里比起亨利国王来,要更出彩一些。

在下篇,与在中篇里相比,亨利六世的出场次数有所减少,共七次,仅比在上篇里的出场次数多一次。

亨利六世第一次出场,在第一幕第一场,威斯敏斯特宫议会大厅。此时,夺取圣奥尔本斯之战胜利的约克公爵,高居王座之上。从这场戏来看,亨利六世并非一个没脑子的低能儿,他看出约克欲借沃里克之力夺取王冠,便先怂恿诺森伯兰伯爵和克利福德勋爵(阵亡的克利福德之子)向约克报杀父之仇,随即担心议会变成屠宰场。其实,他对能否打赢沃里克心里没底。因此,他选择了其特有的"以言语相威胁"的"战法",走上前,拧着眉,貌似充满硬气地对约克说:"你这叛逆搞分裂的约克公爵,从我的王座下来,在我脚下跪求恩典、怜悯。我是你的君王。"由此,兰开斯特和约克两方,围绕现任亨利国王和欲夺王冠的约克公爵谁真正拥有王位的合法继承权,剑拔弩张,各不相让。争论双方像小孩子打架,颇具喜感。这当然是为演给台下观众看的:

  约克公爵 你想让我②摆明我对王权的合法权利吗?若不许,我们的剑将在战场上替它找个理由。
  亨利六世 叛徒,你对王位有什么合法权利?你父亲,像你一样,是约克

---

① 参见《旧约·诗篇》139·7—8:"我往哪儿跑才能躲开你呢?/我去哪儿才能逃避你呢?/我上了天,你一定在那里;/我若下到阴间,你也在那里。"
② 我(we):约克公爵在此以君王之"我"(we)而非臣属之"我"(I)自称。

	公爵①;你外祖父,罗杰·莫蒂默,是马奇伯爵;我是亨利五世之子,他使王太子②和法国人屈服,夺走他们许多城镇和省份。
沃里克	别提法兰西,你把它都丢了。
亨利六世	护国公大人③弄丢的,不是我;我加冕的时候,才九个月大④。
理查	你现在够大了⑤,不过,依我看,是你丢的。——父亲,把王冠从篡位者的头上揪下来。

亨利六世据理力争,祖父亨利四世"凭征服得到王冠"。约克反驳,那是因为他造了反。最后,约克逼迫"兰开斯特的亨利,放弃王权"。沃里克更以武力相威胁:"快把合法权力给这位尊贵的约克公爵,不然,我让这间大厅布满军人,并在他安坐的王座之上,用篡位者的血⑥补写他的要求。"话音刚落,沃里克的士兵涌入大厅。

见此情形,亨利六世脑子转得很快,马上恳求沃里克:"只听我说一句话。——让我在有生之年当朝为王。"约克倒爽快,满口答应:"确认将王位传给我和我的继承人,你这辈子将安然在位。"亨利六世一点不傻,让沃里克把军队调走,他就答应。军队一离开议会,他又让约克立誓保证:"在此,我把王冠永远遗赠⑦给你和你的继承人,条件是,你在此发誓停止这次内战,还有,只要我活着,就要尊我为王,敬我为君,不以谋反或敌意寻机废黜我,自立为王。"约克发誓"一定履行"。然后,走下王座。至此,一场迫在眉睫的流血冲突暂时化解。可是,亨利只顾自己活着的时候当国王,将儿子爱德华王子的王位继承权拱手让给约克,导致王后玛格丽特怒不可遏,宣布与他断绝夫妻关系,她要联合北方的贵族,扬起战旗,"把约克家族彻底毁灭"。见王后愤而离开,亨利又吐露心声:"愿她向那个可恨的公爵复仇,他心性骄狂,欲望插了翅膀,要剥夺我的王冠,并像一只饥饿的鹰要把我和我儿子的肉吞咽!"

他到底还是个低能儿!

---

① 历史上,约克继承了伯父爱德华的公爵封号。
② 王太子(dauphin):此即有权继承王位的法国国王长子的专属封号。
③ 护国公大人(Lord Protector):即《亨利六世》(中)被谋害的格罗斯特公爵,国王年幼时,担任护国公代理朝政。
④ 历史上,亨利六世(1421—1471)于1431年11月将满10岁时在巴黎加冕。此处所言,指以九个月大的襁褓之身继承王位,并非在巴黎加冕。莎士比亚在此将两者合并。
⑤ 此时,亨利六世39岁。
⑥ 沃里克威胁,如不满足约克公爵的权力要求,就杀死亨利六世。
⑦ 遗赠(entail):指死后赠予。

亨利六世第二次出场,在第二幕第二场,约克城外。欲夺取王冠的约克公爵战败,人头被挂到约克城的城头上。见此情形,亨利连忙祷告:"亲爱的上帝,阻止复仇!这并非我的错,我也没存心违背誓言。"言下之意,是约克违背誓言,人头落地,咎由自取。的确,约克在儿子乔治和理查的撺掇下,违背了只要亨利六世活在世上,绝不谋求王冠的誓言。从这儿可以看出亨利六世自有其内心的狡黠。然而此时,支持约克的强大的沃里克,继续支持约克之子爱德华,拥立他当国王(爱德华四世),并已率大军杀到约克城下。

不难发现,亨利六世每次出场,都是玫瑰战争进行到了一个重要节点或拐点。这种意味深长的剧情设计,自然是莎士比亚的编剧策略。在这场呈现"新国王"(爱德华)与"旧王后"(玛格丽特)的两只军队即将交战的大戏里,亨利六世只有少得可怜的两句台词,一句是他请求争吵双方"别吵了,诸位大人,听我说",一句是对让他"向他们挑战,否则,闭上双唇"的玛格丽特说:"请你别限制我的舌头,身为国王,我有权说话。"简言之,在此处,当新旧两位国王第一次公开对峙之时,"旧王"连话语权,都被王后夺走了。

亨利六世第三次出场,在同一幕第五场。这时,红白两军发生在约克郡陶顿与萨克斯顿之间的战斗已基本结束。在此,亨利六世说出了他在整部三联剧里最长的一段独白:

> 这一仗活像黎明时的战争,垂死的阴云正与初露的晨曦交战,牧童往指尖儿哈着热气,分不清那会儿是大白天还是夜晚。它时而倒向一边,像浩荡的大海在潮汐的威力下向风开战;时而又倒向另一边,像同一个大海被狂风逼退。忽而大海占上风,忽而狂风抢先机。一时这边看好,一时那边占优。双方扭打争胜,胸口对胸口,却分不出到底谁征服了谁。这场激战正是这样势均力敌。这场激战正是这样势均力敌。我不妨坐在这儿的鼹鼠丘上。上帝让谁赢,谁就是胜利者。因为我的王后玛格丽特,还有克里福德,一顿臭骂把我赶离战场,两人都发誓说,从那时起,只要我不露面,他们便旗开得胜。但愿我已死,假如上帝有此善意!因为世上除了悲苦还有什么?啊,上帝!依我看,幸福生活莫过于做一个简朴的牧羊人,坐在一处小山上,像我现在这样,精细雕刻日晷①,一度一度地刻,从而看光阴如何一分一分地流逝——多少分钟凑整一小时,多少小时归为一天,多少天凑足一年,一个肉体凡胎可以活多少年。等弄

---

① 从这时起,亨利六世一边说话,一边用手或树枝之类在地上精细雕刻日晷,且边刻边说。

清这个,再来划分时间——这么多小时我得照管我的羊群;这么多小时我得休息;这么多小时我得沉思;这么多小时我得自我消遣;这么多天我的母羊怀了胎;这么多礼拜之后可怜的傻瓜们产仔;这么多年后我将要剪羊毛。于是,分、时、日、月、年,消磨到上帝创造的末日,将满头白发送入一处僻静的坟墓。啊,这才叫生活! 多甜美! 多可爱! 牧羊人照看着天真的羊群,那给予他的山楂树丛的树荫,不比生怕臣民造反的国王头顶那富丽的刺绣华盖更甜美? 啊,是的,真甜美,甜美一千倍! 总之,——牧人家的普通凝乳,从他皮囊里倒出来的清凉淡酒,他习惯在一片新鲜的树荫下安眠,他安然、甜美享受的这一切,都远胜过一个君王的奢华,亮眼的食物盛在一个金盘子里,身子卧在一张华美的床榻,而焦虑、猜忌、谋逆随时等着他。

亨利国王袒露出"幸福生活莫过于当一个简朴的牧羊人"的生活信条。在他眼里,给这个牧羊人遮阳的山楂树的树荫,"比生怕臣民造反的国王头顶那富丽的刺绣华盖"要"甜美一千倍"。这场戏,或许是莎士比亚在三联剧里最用心、用力之地,也是最让后人提升《亨利六世》主题的关键之处,即莎士比亚在为亨利打造出这一番含诗性、蕴哲理的感慨之后,又让他亲眼目睹到内战导致的活生生的人间惨剧:一个人拖着一具尸体,待他发现自己亲手杀了父亲,痛不欲生。亨利六世慨叹:

啊,可怜的景象! 啊,血腥的岁月! 当狮子们为了洞穴打仗争锋,可怜无辜的羔羊只能忍受它们的内战①。——哭吧,可怜的人,我一滴一滴陪你落泪,让我们的两颗心和两双眼,像内战一样,用泪水哭瞎,用过度的悲伤弄碎。

不一会儿,另一个人拖着另一具尸体,待他发现自己亲手杀了儿子,心痛欲碎。亨利又发出悲号:

灾祸之上是灾祸! 悲苦超过常见的悲苦! 啊,但愿我的死能阻止这些可悲之事! ——啊,怜悯,怜悯,仁慈的上天,怜悯! ——他的脸色呈现红白两朵玫瑰,这是我们对抗的两大家族致命的族徽:一朵恰似他猩红的血,另一朵,我

---

① 参见《旧约·以赛亚书》11:6—9:"豺狼和绵羊和平相处;/豹子与小羊一起躺卧。/小牛和幼狮一起吃奶;/小孩子将看管它们。/母牛和母熊一起吃喝;/小牛和小熊一起躺卧。/狮子要像牛一样吃草。/婴儿跟毒蛇玩耍/也不至于受伤害。在锡安——上帝的圣山上,/没有伤害,也没有邪恶。;/正如海洋充满了水。"

想,分明是他惨白的面颊。让一朵玫瑰枯萎,另一朵盛开!你们若争斗不休,千条生命势必枯萎。

这是怎样的一个国王呢?格维努斯在其《莎士比亚》专著中,一语点破:"莎士比亚透过刻画国王性格揭示出的意义是,软弱即犯罪,这也是几部《亨利六世》深入探讨的问题之一。格林(指罗伯特·格林——笔者注)仅仅把国王作为人物,放在背景中,莎士比亚却把他置于前台,来揭示他微不足道的存在。他是一位圣徒,他懦弱的统治毁了美好的英格兰。他更适合当教皇,而非当国王,更适合活在天国,而非人间。莎士比亚笔下的亨利六世是一位向往当臣民的国王,并非臣民们所期盼的国王。他的无能是搅乱王国所有恶行的祸根。"

亨利六世第四次出场,在第三幕第一场,英格兰北部一猎场。此时,英格兰已是新王爱德华四世的天下,旧王的"王后和儿子去向法兰西求援"。旧王乔装打扮从苏格兰偷偷跑回国,手拿一本祈祷书,被忠于新王的猎场看守人认出,抓去见官。

此后,直到第四幕第六场,亨利六世才第五次露面。这时,被囚禁在伦敦塔里的他,竟不期然地等来了内战的转机。原来,爱德华四世撕毁事先订好的与法兰西路易国王的小姨子波娜女士的婚约,执意娶了格雷夫人做王后,由这一自作孽引起一连串后果:叫刚向沃里克表态支持他的法兰西路易国王蒙羞;令满心期盼成为英格兰王后的波娜女士受辱;使刚遭路易国王婉拒助战的玛格丽特喜迎转机;对他来说最要命的是,把前来法兰西替他迎亲的沃里克逼反。结果,沃里克把女儿许给玛格丽特的儿子爱德华王子,从法国率军返回英国,偷袭爱德华国王营帐得手,将其俘虏,交自己的哥哥约克大主教看管。沃里克要恢复亨利的王位。

不料,亨利对重新成为国王毫无兴趣,虽表示会头戴王冠,却委托沃里克和克拉伦斯二人替他执掌王权,他"自己要过一种退隐生活,在祈祷中聊度余生,谴责罪恶,赞美我的造物主"。在这场戏落幕之前,莎士比亚做出耐人寻味的剧情设计,他让亨利六世把手放在"小亨利"里士满(即亨利·都铎,未来结束玫瑰战争、使英格兰重新统一的亨利七世,也是莎士比亚时代伊丽莎白女王的祖先)头上,预言"小亨利"是未来"英格兰的希望"。

亨利六世第六次露面,在同一幕第八场,伦敦王宫。到这时,剧情发展到爱德华国王由理查(即未来的理查三世)接应逃走,重新组织军队,又杀回伦敦。转瞬之间,亨利六世再次沦为俘虏,重被关入伦敦塔。

亨利六世第七次、也是最后一次出场,在第五幕第六场,即剧终前倒数第二场,伦敦塔。此时,爱德华国王已连续取得巴尼特之战、图克斯伯里之战的胜利,他最强的军事劲敌沃里克阵亡,对他王权威胁最大的政敌玛格丽特被俘。但令他绝想不到的是,救他逃离监禁、力保他收回王冠的理查,来到伦敦塔,迈出了夺取王冠的第一步——杀掉亨利王。

亨利,这位虔敬上帝的国王,见理查前来,知道他要扮演刽子手的角色,不仅毫无惊恐之色,反而平心静气地发出预言:

> 亨利六世　——虽说万千国人眼下丝毫不信我所担心的事,但将有许多老人、许多寡妇叹息,许多孤儿满眼泪水——老人哭儿子,妻子哭丈夫,孤儿哭父母过早死去——他们都将悔恨你落生的那个时刻。生你时夜猫子①尖叫——一个邪恶的征兆——夜鸟②呱呱叫,预示不幸的时代;群狗狂吠,可怕的暴风雨摇倒大片树木;乌鸦缩在烟囱顶上,唠叨的喜鹊③唱出凄惨的喧闹。你母亲生你受的罪,超过任何一个母亲;可生了你的希望,却比随便哪个母亲都少——也就是说④,一个丑陋、不成形的肉团,不像那么好的一棵树的果实⑤。你出生时嘴里长牙⑥,预示你一落生就能满世界咬人。我还听到其他说法,如果属实,那你来——
>
> 格罗斯特　我听不下去了。预言家,嘴里说着话去死吧,因为这是我命定要做的事情中的一件。(刺他。)
>
> 亨利六世　对,命定此后你还有更多杀戮。啊,上帝宽恕我的罪,也赦免你!(死。)

这预言当然是意在妖魔化驼背理查的莎士比亚替亨利六世从心底发出的。按史书记载,亨利最后的确死在伦敦塔,但理查闯进伦敦塔亲手杀死亨利,这只是民间的八卦传说,并无史实根据。

---

① 夜猫子(owl):即猫头鹰。猫头鹰尖叫被视为不祥之兆。
② 夜鸟(night-crow):多半指乌鸦。民间把乌鸦的夜间聒噪视为凶兆。
③ 中世纪英格兰民间也把喜鹊的叫声视为厄运临头的征兆。
④ 也就是说(to wit, i.e. that is to say):在"牛津版"中没有"也就是说"这句。
⑤ 参见《新约·马太福音》7:17—18:"好树结好果子;坏树结坏果子。好树不结坏果子;坏树也不结好果子。不结好果子的树都要砍下,扔在火里。"
⑥ 中世纪英格兰民间认为初生婴儿嘴里长牙是反常的不祥之兆。

言而总之,在《亨利六世》三联剧里,下篇的戏剧力似应在中篇之上。上篇最弱,则不言自明。正如乔纳森·贝特所说:"战争是一个敌对世界合乎逻辑的高潮:《亨利六世》三联剧以战争开篇,以战争结束。随着战争进程的升级,下篇特别描绘了社会的彻底崩溃。该剧有希腊悲剧撕心裂肺、冷酷无情的特质,剧中人们的生与死依照一种复仇准则,父辈有罪、子辈受罚,语言在修辞性的、愤怒的原型歌剧咏叹调、痛苦、谩骂和急速的、一行一句的争吵之间移动,在其中,兰开斯特家族和约克家族,男与女、老与少、为一己私利者与寻求正义者、成功者与失败者之间的残忍冲突,每个人的本质都裸露无遗。在这个世界里,言辞即武器,却也在不经意间成为希望的先兆,正如国王亨利六世把手放在年少的亨利·里士满头上时所说:

> 亨利六世　到这儿来,英格兰的希望。——假如神秘的力量(把手放在小亨利头上。)
> 显示我的预见之想能成真,这个漂亮小伙子必将证明我们国家的天赐之福。他的神情温和中满带威严,他的头天生来的要戴一顶王冠,他的手天生来的要执掌一柄王杖,他可能迟早要祝福一个国王的宝座①。要特别重视他,诸位,因为必定是他,对你们的帮助将胜过我对你们的伤害。【下篇·第四幕第六场】

这一受膏期待着都铎王朝的建立,到那时,伊丽莎白女王的祖父里士满成为亨利七世。然而,活像在这些戏里剧情似乎总在明显停滞之时发生一样,一个信差此时冲上来送信儿,爱德华,那个对手国王逃跑了。暴力随即而来。里士满在取得博斯沃思原野(Bosworth Field)战役最后胜利之前,英格兰必须忍受'驼背理查'黑暗、血腥的统治,莎士比亚将在下一部悲剧把注意力转到这来。"

---

① 祝福一个国王的宝座(bless a regal throne):意即"他可能迟早登上国王宝座"。

著述

金克木香港佚文

金克木香港佚文

■ 金克木

去年温习金克木的部分文章,看到《改文旧话》,想起金克木在香港报刊上的一篇佚文,便起意要找。幸得祝淳翔先生相助,并因香港文学网上数据库的健全,不但找到了金克木提到的文章,还有对他文章的回应,以及他对回应的回应,三篇文章分别是《周作人的思想》(署名燕石),《"还不够汉奸思想么?"》(署名黄绳),《旧恨?》(署名燕石)。意外的收获是,线索牵连着线索,居然又找出了金克木这一时期的其他几篇文章(除标明外,均署名金克木)——《围棋战术》《忠奸之别》(署名燕石)、《读〈鲁迅全集〉初记》《归鸿》(署名燕石)、《读史涉笔》《秘书——地狱变相之一》。这六篇文章,除《秘书——地狱变相之一》发表于1948年8月30日的《星岛日报·文艺》,其余均刊于1938年至1939年间由戴望舒创办并主持的《星岛日报·星座》。关于这批文章的发现过程及基本情况,请参祝淳翔《金克木香港佚文发现记》(刊2019年6月13日《澎湃·上海书评》)。

六篇文章中最重要的,当属《读〈鲁迅全集〉初记》,饱含深情又独具识见。文共八节,一、二、三节总论鲁迅及全集的价值。第一节跳出单纯的文学角度,确认《鲁迅全集》"包揽了清末民初以来的思想以及'五四'、'五卅'、'九一八'时期的史实,我们可以把它看做当代的历史的丰碑"。第二节赞赏《全集》体例一致,呈现出的"是讲坛上的鲁迅,是出现于群众之前的鲁迅","这是一个完整的活人,没有残废,也没有化装,他不亲切,只因为他并不是在内室而是在讲坛",因而"说他冷酷,说他疯狂,说他刻薄,说他褊狭,都是忘记了这一点,妄以演说家战斗者的行为来武断他的私人品性"。第三节说明鲁迅行为一贯,"敢把自己整个显现在人前","有站在街头喊:'谁能向我投石?'的资格与勇气……因为他敢于剜出自己的恶疮,有正视丑恶的胆量"。第四节先肯定蔡元培所说,鲁迅"为中国新文学的开山",随后宕开一笔,言"新文学是新文化运动的支流,新文化是以思想改造为主,他却正好是在思想上贯通中外承先启后,秉承中国的学术风气,又接受了西洋的思想潮流",检讨鲁迅思想的内外根源。第五节从鲁迅出生的地理环境,辨认出他具有"挟仇怀恨茹苦含辛至死不屈的反抗"的"越人的遗民气质",进而指出"鲁迅却不是一个民族或国家的遗民,而是一个失败了的理想与革命的遗民",言其"突过了绝望自然又近于希望然而还是一条路线并没有如无识之徒所谓'转向',不足为朝秦暮楚缺乏羞耻的人的借口而正可表现一贯到底誓不变节的遗民的伟大"。第六节回应鲁迅多作杂感而没有留下不朽大作的遗憾,认为如此认识"未为卓见,因为他的杂感的历史的价值,实在还超过其文学的价值。杂感文章的准确锋利固空前绝后,而当时中国的社会尤其是文坛上的种种相,借鲁迅而传留下来,更是历史的伟业",正与第一节所谓留下史实照应。第七节谈鲁迅的文学技术,推测"思想的深邃,内容的隐讳,典故的繁多,受西洋影响的句法的复杂周密,使鲁迅的文章未必能不加注疏而为将来的青年看懂"。第八节是结语,并述作者与鲁迅作品的因缘。

《周作人的思想》补充此前金克木《为载道辩》的未尽之意,清晰地写出了对周作人的整体认识。文中强调"循环史观是他的思想重心之一……具着这样历史眼光的人,对眼前一切皆不满,对眼前一切皆忍受,想会着'古已有之'以自慰,存着'反正好不了'的心以自安,这就是'自甘没落'的原因,也是'乌鸦派''败北主义'的一个动机。对人类的观察,过重生物学方面,忽视社会学方面,再爱好民俗学的对退化及残存的现象的纪录,都使这种历史观蒙上极黑暗的悲观厌世的外衣。厌世而不死,就必然会无所不至的。"与此同时,文章考察周作人"自其不变者而观之"的思想来源,并以此为重心,勾勒了周作人的知识构成,即"对人类的观察,过重生物学方面,忽视社会学方面,再爱好民俗学的对退化及残存的现象的纪录",并由此推测其行为的必然方式,"对眼前一切皆不满,对眼前一切皆忍受",因而难免"无所不至"。与此相关,周作人另一个"很可注意而常被忽略的重要见解",是民族平等:"爱乡土的热情与爱国并不完全是一回事,周作人是不爱国的,他不能爱一个国家,他甚至不能爱一个民族,尤其不能夸耀宝贵本国和本族。……周作人所经历的辛亥革命中,种族国家主义曾占重要地位。有经验的反对意见是矫正不过来的,正像革命者反革命时就特别凶恶一样……这一点发展起来,便有了严重的结果。既不歧视他族又加上痛感本族的劣点,还不够'汉奸思想'么?"何况,"周作人被人认做'亲日派'是很久的事了。他曾经公开答复过一次说他不配做,够不上,可见他并不以'亲日派'为耻"。此外,金克木特别指出,周作人"'亲'的是'古日'而非'今日'",而"这也是辛亥前志士的一般倾向"。

《读史涉笔》共五节,每节集中谈论一个问题。第一节类似总论,谈论史料和史才。第二、第三节承接前面的思路,谈中国、日本、西方和世界史的编撰。第四节谈佛教史和道教史,第五节谈历史人物。文章虽针对当时的历史写作,而文中屡有洞见,或许对现在的历史写作也会有所启发。尤其关于"文学史与社会史的边界上"一部分,属"从有文的文化考察无文的文化",开此后金克木关注"无文的文化"先河。

《围棋战术》开金克木写围棋并借围棋谈时事之先河;《忠奸之别》分析汉奸心态,鼓舞人们敢作敢为;《归鸿》写两位爱好文学和钻研古籍的朋友,本来文弱多感,却义无反顾地投入抗日战场;《秘书——地狱变相之一》大概可以称为小说,或许因为写于抗战胜利之后,对性格浮夸、经历战争而毫无变化者投以讽刺,是金克木此后诸多半真半假的叙事作品的开端。

或许可以说,金克木这批文章,既回应了当时的现实问题,又构成了当时思想认识史的一部分,并显现了他早年写作的关注和思考点,对阅读他后来的文章也富有启发,非常值得重视。

全部佚文由祝淳翔先生录入并校订。"×""□"处是当时被删的内容,加"【 】"的文字是识读困难而录入者根据字形和文意推定的,加"[ ]"的文字是录入者根据文意做的补充。

——黄德海,2020年9月30日

围棋战术

我们的×人确不愧为爱好围棋的民族。照过去的战事情形看来,×人是一贯的运用着围棋战术,而我们的应付战略也可以用下围棋的眼光来考察。

下围棋的最高原则是以最少数的棋子围取最广大的地盘。以点的安排与线的进展,攫得面的战果。利于外线的包抄,不利于内线的迎击。着重以奇袭制胜,忌讳步步为营随×死守。

×人西取包头,南下杭州,企图从铁路公路进展,不战而获各路间圈出的土地与人民。由平绥同蒲平汉正太四线截取山西河北,再由京沪、京杭、沪杭三线切去长江下游最富饶的区域,切断胶济路,打通津浦路,唾手而夺山东,由淮南路北上。由京汴国道及陇海线西来,显然又想借陇海平汉两路以及京陕国道,轻易圈取中原沃土。此外,在华南闽粤沿岸安排下许多根据地,自然是依照大规模征服中国的计划,欲以浙赣南浔粤汉三路及长江,作进展的路线,以沿海各要隘作策应的据点,巧夺东南沿海省份,同时由南北合力直达中国经济政治军事的心脏,汉口,及其卫护地的湖南。倘若这个大计划得以推行,×人的幻梦得以实现,便在这中国大棋盘上把中国政府逼到西南及西北两个角上去,而自己在各路打成一片以后,封锁关隘,剔除死子,独占全局。

这正是下围棋的每局都相同的基本战略。

围棋布置以眼为单位,有两眼可以不死,死中求活则借眼打劫或佯死阴援,一旦局势造成,死子皆活。着子务须分布均匀,最忌局促,却又必须彼此照应,暗有脉络贯通,不在眼前一处争死活,但看是否为人封锁截断。近在咫尺,隔绝则死;相距虽远而呼应可通,则全盘局势皆在掌握。

×人在上海,以罗店被围残敌,作攻陷大上海埋伏;×人在山西,以忻口被围精锐,呼应正太路西进×军,夹取太原。×人在河南,以开封被困之土肥原部,作攻陷开封之前锋与后盾。一贯地袭用围棋上的基本战术:置之死地而后生。

除了韩复榘等不战而退,黄河大灾不召自来,给×军意外的顺利或挫折以外,×人的战略与战术表面上仿佛是成功了的。

因此给败北主义者一个兴起的动力。

不过以同样的标尺来测量×我军略,自然是彼伸则我绌;若专从我们这一面看,我们是否也采用了一种基本战略呢?我们再问:既因"抗"战之故,使×人先机而动,先发制我,我们应该用什么策略来应付呢?

我们退出首都显然是一个大转折点,从此以后,我们除在台儿庄予×以不意的大打击外,表面上没有主动进攻作战,不用说我们是运用着与×军所采殊途同归的策略。这策略在善下让子棋的高手看来是非常明白而且自然的。人占了先,我们迎×时处处限于被动;被动便尽他被动,却在×人所不着眼或不能致力的地方,广布势力,一旦主动便一鼓而歼×人。在这样情形下才可以说×愈深入,对我愈有利,战线愈长,罅隙愈多,胜利愈有把握。这样,我们才可以说,×人不能打到重庆昆明,而我们却可以一举而收复沈阳长春。不管我们现在简直几乎一天失一县,我们将来却一定可以一天收复十县甚至百县。——这决不是故意夸大,只要想土地人民都是我们的,而且有许多地方都只有少数的×人,或不过是一些无能的汉奸;消灭他们仅仅需要少数英勇战士的若干小时的努力,何况我们还有广大的民众?

×人在占领南京后,本应即刻推行大规模征服中国计划,或则改用不占地盘而以歼灭×人主力为目标的战略,却因种种困难原因办不到,以致徐州支持了四个月以上,而我们的实力得以重整,同时新的战略便使×人真有了陷入泥潭的苦痛。

随着武器的改变,战术由运动战而阵地战,再由阵地战而运动战。我军现在的方略显然是避免阵地消耗战,准备起用运动歼灭战,这正好与整个原则相反相成。因为我们同时以经济力韧厚,欲长期消耗×人,又因武器力不如,便须防被×人歼灭;可是在实际应战上却没有应持着这一个教条。

最后,我们的作战有两点不能应用围棋战术,这两点的基点却又只是一个,这使精于围棋战术的×人也断不能不彻底失败。

第一点是:我们作战,不是一刀一枪对面相拼,而是自下而上地陷之以泥淖,喷之以火山。这种上下的战争是革命战争,经济战争,政治战争,社会战争,致命的战争,×××主义不能消灭其根本内在矛盾,便必然崩溃。

第二点是:我们作战,不仅是一军的战争,而且是政略的战争。×军及伪组织加速中国农村经济的崩溃,而不能解决中国的土地问题,这样虽欲运用以城市统制乡村的进步的×国主义侵略的策略,也必然要遭遇到不可克服的困难,土地问题不能一力解决,工业建设不能一日完成,仅用窘竭的金融资本,企图通过畸形的城市,控制破碎的乡村,其困难断非我们的×人所能超越。如果让他放手去做,或则借中国农民的和善坚忍可以维持下去;若有人有计划地发动大规模的经济及政治的改造斗争,便可以不但制×人死命,而且便实现了"以建国抗战""从抗战建国"的原则。如果是这样,退一万步说,即使×军表面上占领了全中国,暂时把中国的国【族】逼上喜马拉雅山,也无非是吞了一个炸弹;因为抗战的是一个民族,而×人目的既在敲吸中国人民骨髓,手段便决不能消灭中国民众——就是说,消灭他的死×。

×人虽精于围棋战术,其奈中国究竟不是棋盘,民众究竟不是棋子何?

(香港《星岛日报·星座》第4期,1938年8月4日出版,署名:金克木)

周作人的思想

声讨周作人的通电一发出,就有人表示先见,说"像周作人那样的思想早就决定了他要做汉奸",但"那样的思想"究竟是哪样的思想,却又未曾道及。

我不想学做事后的预言,因为我记得西安事变后各位命相"哲学家"的广告;也不打算在不还手的公共箭垛上添一枝没镞箭,因为我不觉得那是必要;我只要趁此时机,把三年[前]批评周作人及晚明言志风气的论文中所没有说的意思,补说出来。

如果"周作人当汉奸"的意思便是指他留在×人爪牙下,不肯南下参加抗×工作,而又未能洁身自爱"不食周粟",甚至不废交往,不耻应召,把名字供人利用;这类事实确是可以在他的思想中找到解释的。

周作人有两个很可注意而常被忽略的重要见解:一是民族平等,二是历史循环。这可以使他成为"汉奸"。

爱乡土的热情与爱国并不完全是一回事,周作人是不爱国的,他不能爱一个国家,他甚至不能爱一个民族,尤其不能夸耀宝贵本国和本族。这是很简单的道理,用"术语"来说,可算是已经"批判地克服了莎凡主义的倾向"。周作人所经历的辛亥革命中,种族国家主义曾占重要地位。有经验的反对意见是矫正不过来的,正像革命者反革命时就特别凶恶一样。和周作人思想行动同源异流的鲁迅也是如此。在他们的全集中,"黄帝子孙""四千年文明"等等找得到么?说这一类话时,他们用的什么口气?这一点发展起来,便有了严重的结果。既不歧视他族又加上痛感本族的劣点,还不够"汉奸思想"么?至于不能爱国一点不必多说,因为对国家本质作正确批判的书虽不见得被人爱读,无国家的主义却一直是前进者的标榜,所以应当有许多人能了解,或至少不苛责周作人的这一点。

周作人被人认做"亲日派"是很久的事了。他曾经公开答复过一次说他不配做,够不上,可见他并不以"亲日派"为耻。这不是"幽默",这是实话,不过他应当说他"亲"的是"古日"而非"今日"(其实他也提到过这一点),而"古日"之好则因为它像唐朝——中国历史上的光辉时代。这也是辛亥前志士的一般倾向。

在《与友人论国民文学书》中,在论秦桧的文中,周作人的这种"汉奸思想"尤为显明。

因此,十八作家致周作人的公开信中,告诉他我们民族自抗战以来已经表现得伟大而且光荣了,这是了解他的思想根据的话,但他是不能被一封信说服的。

其次,循环史观是他的思想重心之一。从传道书到尼采,都供给他这一方面的资源,因此他屡次声称自己思想黑暗,避不肯谈。具着这样历史眼光的人,对眼前一切皆不满,对眼前一切皆忍受,想会着"古已有之"以自慰,存着"反正好不了"的心以自安,这就是"自甘没落"的原因,也是"乌鸦派""败北主义"的一个动机。对人类的观察,过重生物学方面,忽视社会学方面,再爱好民俗学的对退化及残存的现象的纪录,都使这种历史观蒙上极黑暗的悲观厌世的外衣。厌世而不死,就必然会无所不至的。

周作人可以做钱牧斋,因为他正把别人当做阮马之流,而且也可以留下两部书来,但依照一做英雄,放屁亦香,一做汉奸,全集俱臭的公例,周作人著作的将来,也就要看他会不会"思想转向"了。

（香港《星岛日报·星座》第11期,1938年8月11日出版,署名:燕石）

忠奸之别

汉奸的手段之一便在找寻民众的不满现状心理,趁虚而入,挑拨离间,使民众不拥护抗战领导机关。

于是有许多话大家都不敢说,有许多事实大家都不敢暴露,为的是怕说了近似汉奸的话,分化减弱自己的力量,动摇民众的信心,客观上作了×人的工具。

然而汉奸是无所顾忌的,他们反而尽量去说出对现状的种种不满,做了不满现状的传声筒。正人君子想说而不敢说、不能说的话,却让汉奸去大肆鼓舞煽惑群众,这是何等重大的危机,多么客观上减弱了抗战的实力?

为了这一点,于是批评现状的话就更不敢出现;因为大家都认为这些话不该说,于是一说便成为嫌疑汉奸。除了海外出版的刊物外,国内指摘现状的文字有几篇?

有人便说过这是阿Q精神。其实"阿Q时代"远在十年以前就已被判决"死去"了。所以这话也就在还可以说说的地方,像流星一样一眨眼就逝去了。

有许多人公开并正式说过:抗战以来暴露了我们政治上的许多弱点。这些弱点在何处呢? 于是有一套"机构"之类的术语,但究竟是人不好得换还是制度不对得改,又说不清,而终于归结到地方当局不听话,或抗战建国纲领一实施,就所有弊端一扫而空之类的定论。

其实这只是因噎废食。从前有句名言是:"共产党也吃饭,我们也吃饭;不能因为共产党抗日,我们就不抗日。"那么,汉奸指摘现状,我们便不可以指摘现状么?

指摘了一通之后便说,这只是部分的无关大局,或这只是时间问题终必改善,以求自别于汉奸。这是不行的。等于说了一番话后自己即否认所说的话有价值。

我以为忠奸之分别,在这一方面,只看有无具体的事实与积极的明确的意见。若指摘弊端后即提出具体的改造意见(不是诿之名词的空话),这是有利抗战的。若说了一通坏话后便不声不响,大有等"皇军"来超度的气味,便是货真价实的汉奸了。

忠奸言论界限一判明,言论便更得自由了。否则,"争取""哀求""退让"都无济于事了。

（香港《星岛日报·星座》第15期,1938年8月15日出版,署名:燕石）

读《鲁迅全集》初记

曾经秋肃临天下,敢遣春温上笔端。

一

《鲁迅全集》的出版,正当这样一个艰难的时期,在意义上因为它包揽了清末民初以来的思想以及"五四"、"五卅"、"九一八"时期的史实,我们可以把它看做当代的历史的丰碑;在形式上,因为二十巨册的编订校印等技术方面工作都不见苟且的痕迹(虽版式装订纸墨等或尚不能满足藏书家之欲),我们必须感谢且尊重负责者的劳绩。

二十巨册中包括鲁迅全部的创作翻译以及已成书的编校辑录的旧著。在全集样本和许多刊物上发表的"缘起"中,对于各卷的内容,有详细而真切的介绍,足使尚未获有全集的人知其大概,而且全集中大部分也都是已发表的脍炙人口的书,因此,我不在此重抄全集的目录,也不能征引篇章分析佐证,只希望能就其全体略贡一二愚见。

二

《鲁迅全集》中的鲁迅是讲坛上的鲁迅,是出现于群众之前的鲁迅,不论这讲坛是在学校或在街头,不论这群众是为他所嘲弄鄙视的正人君子、学者文人,或是为他所奖掖信赖宠爱怜悯的知识青年、劳苦民众。

鲁迅所癖好的北平信笺,西洋木刻及汉碑画像,鲁迅所遗留的信札及日记,都未曾收入全集,即已印行的《笺谱》与《书简》也未收入,除了《两地书》外,全集的体例是极一致的——将生活在文化历史中的,群众面前的鲁迅合盘献了出来。这是一个完整的活人,没有残废,也没有化装,他不亲切,只因为他并不是在内室,而是在讲坛。

我并不是认为鲁迅为可怕的两重人格,想故意暗示他在外与在家有什么不同。我绝没有这种意思。我相信鲁迅在书札日记中断不会改变了相貌;不过一定更坦白,更亲切,更明显的露出一颗复杂而又单纯的心,一个伟大而又素朴的人格。

在书札和日记还没有能随着我们的渴望影印出现时,我们认识的我们的鲁迅,是严师,不是腻友。

说他冷酷,说他疯狂,说他刻薄,说他褊狭,都是忘记了这一点,妄以演说家战斗者的行为来武断他的私人品性。

三

鲁迅曾屡次表示过对于选本选集的憎恨,以及对于自悔少作粉饰删节以传万世的用心的鄙视。这次全集的完全足使他在地下瞑目。

鲁迅是能够表现其全的。他毫无惭愧的站在我们面前,把所有匿名发表的文章都自己揭破,结果却使我们不但不见其矛盾,反而惊异其一致,不但不笑其弱点,反而害怕被他指摘。鲁迅有站在街头喊"谁能向我投石?"的资格与勇气。这并不是因为他的完善无疵,却是因为他敢于剜出自己的恶疮,有正视丑恶的胆量。

民国以来的文化界名人中,只有蔡孑民先生有一部"言行录",别人虽然敢自己写传,却未必敢出版自己的真正的全集,大多数的名人只愿群众认识他的矗立大建筑前的巍峨的铜像,却未见得欢迎人家同他这个生存的活人来往。鲁迅先生是活人,"生着人的头,努力讲人话"(最后一篇文的结语),敢把自己整个显现在人前,这就使一切幺魔虮蜉望风远避切齿深恨而不能损伤其一丝一毫。

四

蔡孑民先生在《鲁迅全集》序中称鲁迅为中国新文学的开山。鲁迅能做开山者,并不仅因为在时间上他是第一个创作新小说的人,并不仅因为他是新文学中有建树,最能担当起世界声名,最能认识我们民族的灵魂的人。鲁迅的文学技术是新文学史中最先而且最完全成熟的,但是他有极大的影响却没有接受衣钵的门徒。鲁迅并不是新文学的技术的祖师。他所以能做新文学的开山,最重大的原因是,新文学是新文化运动的支流,新文化是以思想改造为主,他却正好是在思想上贯通中外承先启后,秉承中国的学术风气,又接受了西洋的思想潮流。

中国现代思想史自非短文所能及,但有一二点似可指出,借以明白鲁迅的思想。

清末民初的潮流,一自外铄,一自内启。外铄者虽似起于戊戌后之《新民丛报》,实伸张于五四时之《新青年》。康梁固未若陈胡之新,但直到现在,究竟中国接受了多少西洋的"精神文明",还很成问题。其自内启者则不然。中国的思想史蒙儒家之假面,孕道家之内容,释氏初兴,乃有大革命,其时在中古魏晋六朝之际。

"中原文物"失统治之权,朔漠西陲来异族之祸。同时西行求法,东来翻经,代有作者。经一番搅和,遂开空前绝后之唐代奇葩。清末文士,以汉族陵夷,颇欲征文献于明季。然而明人承元之敝,乍自拔于外族之奴,生活颇恭而思想空疏,略有一二可观,不足以偿大欲,而迹其继往开来者,则以在清代。远溯汉族盛时,自必追踪唐世(其实唐代也非汉族独占,近日学者有争论)。尤有进者,清季避世者多去扶桑,而东洋生活习惯犹存唐代流风余韵。于是目击心伤,欲【自我光荣】,则遥希汉唐,欲声斥末世,则心仪魏晋,以今例古,风气遂成。就学术而言,重公谷而抑左氏,主今文而斥"新"学,尊八代而卑唐宋(文章),伸释氏而薄时文;而地理音韵之学亦一跃而登宝座,盖欲求中古文化交流之迹,不得不究西北边藩舆地(这一方面似少成就),而音韵之成为学,亦正苗生于六朝译经之时。此种学术潮流,前半固已为陈迹,后半则随西方汉学家历史家之努力,至今尚为中国学术主流(虽则中古文化之探讨,今为一片荒原,佛道【藏】读者仍为足音在空谷)。凡此种种胥埋其种子于道咸之间,而发其芽于畸人龚定庵。定庵染段茂堂之小学,濡魏默深之地理,鄙科名,好释氏,贬礼俗,具雄心,正为清季文人具小影,所以当时志士人手一编定庵文集。而且试翻龚集,当见送钦差大臣林公则徐南去之文,岂不正是中国现代史的开端处?

鲁迅生于浙,学于日。深深承受了这一支思想主流,这在全集中是极容易发现的。然而这还不够。只靠这个,是要没落成为古董的。鲁迅之为思想界重镇,还在他承继了西方的另一支思想潮流。

西洋近代史可自法国大革命数起。1789年正是两个时代交替的起点,由埋伏已久的理论与行动会合而生的果实。19世纪前半,虽有拿破仑在政治舞台上扮演名剧,思想方面却未见可惊的变动。1848年蔓延全欧的革命,巩固了布尔乔亚的统治,苗生了强化的近代国家;资本主义正式开花期,又借海外贸易的急激进展而达到空前的茂盛;同时社会主义的种子,经济恐慌与大规模社会不安的根苗,也开始发荣滋长。19世纪后半初期,达尔文与马克思,使人类对于自身起了有意识的批判作用。前者是缓慢而广大地侵占了全部思想领域,后者在1871年的巴黎公社与第一国际中显出了绝大的然而短促的势力。随着早熟的新革命的夭亡,世纪末的气氛便侵入一般人的心。同时,前有凭借佛理的叔本华,后有他的反面继承者尼采,以诗人的气质抒哲人的沉思,反映而且领导着悲观与绝望的人生战斗的思想主流。

由西欧的进步国家的社会与思想的变革,影响到后进国家的追踪,并不是一个剧本的复演。来得越迟,变得越快,旧的残余也越多。第一个例子是俄国,第二个是日本,第三个是中国。俄国跨过前辈的急步,使它的各方面难相配合。1905年的革命的失败,便把许多时代渣滓抛出了前进的主流,但这些渣滓却是浮在面上的,而且是前进太快以致落伍的。在寒冷而忧郁的北方国土迟钝而强韧的斯拉夫民族当时便发出沉重的叹息。当北欧的几个文学思想巨人因望得太远而感觉迟暮的时候,日本还正处在一往无前尊重维新的阶段。这种由发展的不平衡性而生的罅隙,对于更为后进更为老大的中国的青年,更有绝大的力量来把他们的感觉修削得更为锐敏。鲁迅正当这个时候在日本接受他的青年期的教育。他所受的科学与文学的洗礼,便是汲取了这时代的流水来施行的。

这一时期的思想又是在新旧交替的阶段,矛盾又鲜明地显露着。一方面是信奉科学至上,却又恐惧着机械毁灭了人性以及美知爱,另一方面是坚持个人独立自由,却又意识到社会的羁绊与集体的未来。这种矛盾若伏在心中,表示出来的便是沉默的反抗与绝望的战斗,为已经失败和不会实现的理想而努力。

中外两股思想潮流的汇集处,出生了鲁迅。

当一个过渡时期的思想家,有两副面孔:一是表白将来的理想,作先驱者,画乌托邦;二是批判现在的事实,当吊客,撞丧钟。法国大革命前,卢梭演前一类的生角,伏尔泰扮后一类的丑角。鲁迅似伏尔泰。照前面所说的中外两派思想主流在中国汇合时所挟带的东西说,中国思想界不能有卢梭。虽然只是正反两面,但事实上中国思想界还缺乏,具积极建设性的,《社会契约》与《爱弥儿》的作者。鲁迅往矣!来者如何?

还有一点在这儿顺便提及。鲁迅所接受并发扬的这种思想,也有向下的危险的成分。它可以使人偏激奋发,也可以使人感慨玩世。明显的例证是:鲁迅与周作人先生的家教、学历等等都一样,而晚节却那么不同。假如从北面南的是周作人先生而非鲁迅,鲁迅会不会在北平当教授玩碑帖而让他的介弟在上海领导左翼青年?两人都提到过陶渊明,而鲁迅却特别强调陶的"精卫衔微木"一点,注意他的"猛志固常在"。这种正反两面的融合与发展,在两人的气质方面还可有所申明,因两人同为遗民,一则顾亭林,一则吴梅村。下一节将略述这一点。

五

蔡子民先生在序文中分论鲁迅的编著、翻译、创作,而以地理环境引端。这见地异常正确,却易遭人误解;因为提到鲁迅的家乡,往往会使人联想到"绍兴师爷"的讥嘲。

我却想在蔡先生所论的文学传统及某些人所谓的师爷笔法之外,试指出一点:

越人的遗民气质。这一点地理人文环境的影响也和思想文学的传授一样,使鲁迅周作人先生等成为异流而同源。

乍到杭州在浙江图书馆中翻检旧籍的时候,我极惊异于浙人的遗民气质。从越王勾践以降,累代多有反抗暴主的遗民。越人似乎总带着一些挟仇怀恨、茹苦含辛、至死不屈的反抗的亡国遗民气质。一般人的江浙人文弱的判语是不准确的。文风盛体力弱或者有之,但气质与意志,尤其是在文人方面表现得极刚强。粤人湘人能创业,鲁人秦人宜结交,越人大概是最不会【用】奴才的。这种精神在清末时尤为显著,而其代表之一便是鲁迅晚年所常称道的章太炎。

章太炎晚节虽可訾议,而他的民族主义也只是模糊的轮廓,然而怀乡守土、爱邻亲友的热情,排斥异族、痛恶压制的决心,临危受命宁死不辱的气节,在革命的章太炎的言行中是具有的。若要这种气质的最进步的代表,我的私见欲推鲁迅。鲁迅却不是一个民族或国家的遗民,而是一个失败了的理想与革命的遗民;因此,在他的全部著译(并不是几篇晚年的征引晚明的杂感)中,深深渗透着这种精神。编著始于《会稽郡故旧杂集》,散文始于埋葬过去的《坟》,小说始于寂寞中的《呐喊》,翻译始于1905年俄国革命失败之际的,阴暗的作家安特列夫与阿尔志跋绥夫。

这儿当然不能多涉我所久想钻研稽考而仍未着手的"遗民气质",所以只再指出一点:鲁迅后来似乎由悲观的"遗民"转为乐观的"先驱",实由于他悟出了"绝望之为虚妄,正与希望相同"。突过了绝望,自然又近于希望,然而还是一条路线并没有如无识之徒所谓"转向",不足为朝秦暮楚缺乏羞耻的人的借口,而正可表现一贯到底誓不变节的遗民的伟大。全集既出,当可大白。

六

仿佛有不少人惋惜鲁迅晚年多作文坛杂感,没有给中国新文学留下什么可以不朽的大著作,尤其是没有发挥他的文学史家的才能,完成中国文学史。

鲁迅的确是当代即非唯一也极稀有的文学史家。由于朴学的根底深,故有史家的眼光与技能不致模糊影响、不辨真伪、忘却时地;由于思想的坚决进步,故亦不致无识见、乱取舍、胡判断。《中国小说史略》及《中国新文学大系小说二集序》,还有那目光如炬、断事如神的《魏晋风度及文章与药及酒之关系》,便是确切的证明。但由此便说他牺牲精力作杂感可惜,却未为卓见,因为他的杂感的历史的价值,实在还超过其文学的价值。杂感文章的准确锋利固空前绝后,而当时中国的社会尤其是文坛上的种种相,借鲁迅而传留下来,更是历史的伟业。

《鲁迅全集》的价值在它的上面重重涂染着的血痕中。

"我们活在这样的地方,我们活在这样的时代。"(《且介亭杂文后记》)这是《鲁迅全集》,特别是全部杂感,所给人的警告。这就是史家鲁迅的劳绩。

重读全集中的全部杂感文,我感到一点并非毫无因由的恐怖。那么多不利于统治者的话,那么多揭发自己民族丑恶的话,那么多牵涉到活人的话,那么多加黑点、杠的触犯忌讳的话,在无治者时代尚未到来,而自由还不过是理想与口号的时期和地域,是不是可以无违碍的流传下去呢?

然而这当然是我的过虑,文人以作品被人读而出名,后来又因出名转而只被谈论不被诵读。这个公例,大概是不会被鲁迅所推翻的。看的人不懂,懂的人不看,【黑】时间与死亡加以助力,"不念旧恶"与"死人崇拜"又是美德,鲁迅也许倒借他所憎恶的现象而博得永久性的吧?当然鲁迅有知,大概是以为这样流传还远不如被摧毁的。

七

关于鲁迅的文学技术,似乎是毁誉多歧却一致称赞他的杂感。在原则上,他自己很明显地拥护着"为人生而艺术"与写实主义,在文字上,他也自认未能摆脱尽旧的镣铐,并不希望人家奉为楷模。思想的深邃,内容的隐讳,典故的繁多,受西洋影响的句法的复杂周密,使鲁迅的文章未必能不加注疏而为将来的青年看懂。若不详细讨论而想举一二语以赅括,我想借陆士衡《文赋》中的两句来,大概可得普遍的承认:

"谢朝华于已披,启夕秀于未振。"

八

仍照本文开篇时一样,抄两句鲁迅的诗作结:
"悚听荒鸡偏阒寂,起看星斗正阑干。"
再请读者恕我赘说几句我个人对于鲁迅作品的因缘。

当我还在小学校中背《赤壁赋》《老残游记大明湖》《洪水与猛兽》时,我的老师给我两本《小说月报》看。老师要我看的是爱罗先珂的《爱字的创》,然而出乎他的意外,我竟不懂,不喜欢。爱与恨在那时我的心中都是无意义的字,还没有十五年的经历来给他加上沉重的力量。我所喜欢的却是鲁迅的《社戏》,这篇小说给我极大的喜悦,心中记下了一个姓鲁的大孩子迅哥儿。后来在初中图书馆中又得到了不少的《小说月报》,我喜欢看"非战文学专号",但愿意重读沈雁冰先生的论文,却不能全懂鲁迅译的《一个青年的梦》的涵义。鲁迅的翻译我第一次读的是《工人绥惠略夫》也是似懂非懂。直到又过了几年,我看《在酒楼上》而莫名其妙的深深激动的时候,才明白鲁迅的作译都不是我们孩子们所能完全看懂的,而且也知道这姓鲁的迅哥儿实在是姓周的老人,那时"阿Q时代"也已被人判定"死去"了。不过儿时的记忆仍旧倔强,《社戏》在此刻还能给我喜悦,还比《朝花夕拾》《桃色的云》更让我想着鲁迅是大孩子迅哥儿。但当我自以为更多了解鲁迅一点时,我也就更多失去一点读他的作品的勇气。因此,我虽然在讲堂上教人念过《野草》中的名篇,却只肯买巴金先生的小说给小妹妹们看。

鲁迅的思想未必有承继者,鲁迅的文章一定无传人,鲁迅的著作将有许多孩子们看不懂,只成为历史的文献,然而鲁迅的精神愿能亘古常新,直到阿尔志跋绥夫与安特列夫的世界消灭,武者小路实笃与爱罗先珂的世界到来时,永远给未老先衰的青年以警惕,给老而不死的朽骨以羞惭。

再转抄鲁迅第一散文集末尾的几句诗:

"既睎古以遗累,信简礼而薄葬。彼裘绂于何有,贻尘谤于后王。嗟大恋之所存,故虽哲而不忘。览遗籍以慷慨,献兹文而凄伤。"

附记:《鲁迅全集》尚有八册未出,本文好在只就大体略抒管见,算做"初记",以后续有所得,当为"再记""三记"。八月一日

(香港《星岛日报·星座》第17—19期,1938年8月17日—19日出版,署名:金克木)

"旧恨"?

照例,我读了一张报,却意外地发现了自己从来未在镜中见过的"嘴脸"。原来我的《周作人的思想》的小文,竟被人揭出了它的作者也还不自知的"目标"。

那篇文章大意说,我的文章是"要向一位已故的人物放一下枪",我的"指摘原是针对着鲁迅先生一人","想把对于鲁迅先生的攻击,来洗刷周作人的罪恶;借'周作人事件'来发泄他对于鲁迅先生的旧恨"。结论是我这"小丑的一枪是不会有作用的,就如家里的小鼠",并且表示我的意见是"还不够'汉奸思想'么"?

这文章真使我吃了一惊,因为我的警觉性实在还不够使我自己在批评周作人的文中看出攻击鲁迅来,而那文的作者何以会这样想,也使我莫名其妙;但毕竟从他所说的"旧恨"上想出了一个原因,于是以为他猜错了作者;不过后来又知道他并未猜错,因此我才想到有作个声明的必要。

我可以郑重地声明,我对于鲁迅先生(我是常把鲁迅与李白杜甫一样不加先生

的,幸勿误会)向来持尊敬态度,无论口头笔下,我从来不曾对鲁迅先生有过不敬的话。除了鲁迅先生曾以文字启发我的思想,致我到如今还自觉未能自外于他的影响,而且对他常感到肃然以外,我和他老人家毫无任何关系可言。其间绝没有"恨",尤其没有"旧恨"。

至于我那篇文章被指摘征引的地方,我可以声辩如下:

(一)我说"和周作人思想行动同源异流的鲁迅",请注意"异流"二字,既然异流,便是说约自大革命后他们思想行动便截然不同。怎么还能说我指摘周作人便是骂鲁迅?

(二)我说"他们的全集"中"全集"并无引号,不是书名,只是指全部著作而言。周作人没有叫做"全集"的书,然而还是有全集可言。

(三)我说"不苛责周作人的这一点",是说不应为周作人做了汉奸而并攻击其"反莎凡主义"的这一点思想。我不懂为什么"不苛责周作人的这一点"便是"对于周作人并不欲加以指摘",为什么这就是"要苛责的是鲁迅先生和'许多人'"。为什么这就是说"周作人算不得汉奸,汉奸正是鲁迅先生和'许多人'"。我实在不能懂得这种高深的逻辑。

(四)他说周作人"其实并没有'痛感本族的劣点'",这是驳我立论的根据。但我想请这位先生再看看《谈虎集》以及我在那文中提到的《与友人论国民文学书》等等。

(五)我说的"还不够'汉奸思想'么?""汉奸思想"有引号,意指该文开头所说某君所谓"汉奸思想",而我对之尚有疑问的意思。根据这来反证我是"汉奸思想",岂特不能使我心服,而且反要使我说"正合吾意"的。因为我那文的用意,实在想说反莎凡主义的思想"发展起来",可以有严重的结果,会"够"某人所谓"汉奸思想",但我却并不能加以确认,其原因是正如那位先生所说,过分反这种"汉奸思想",便有陷入阿Q精神(即那位先生的那一大段发挥的意思)的危险。而那一点思想与"乌鸦派"有可相通,我却喜欢"乌鸦为记"的文章思想,所以才那样质问。

我承认我的文章写得不好。会使人看出我所没有的意思;但我想还是那"旧恨"在作怪。那位先生断定我与鲁迅先生有"旧恨",便是我对鲁迅先生说话无往而不怀恶意。这使我不安,因为我有过批评周作人的文【字】,也有了叙述我对鲁迅先生的了解的文字;在他带着"旧恨"的眼镜看起来,岂不是要把批评解作辩护而称赞当作讥讽么?因此我才想到该声明一下。我只想请那位先生再读一读《鲁迅全集》,其中有《致〈戏〉的编者书》。鲁迅先生曾告诉他,一个作者与发表他的文章的刊物上的其他作者甚至编辑,并无联成一气的必然性。而且我还想说,我的三年前批评周作人的"大文",就登在周作人的同事及学生办的刊物上,那刊物上就常有周作人的文章。

因为这位先生提到了"旧恨",却使我想到说我的一点新愁。我写文向来草率,而且贪懒,所以总是容易隐晦,而且常常无意中触到别人误解。我的言语文字对至亲好友尚且不断引起误解与轻视,何况带了颜色眼镜的不相识者?

(香港《星岛日报·星座》第21期,1938年8月21日出版,署名:燕石)

归鸿

两年来留滞南方,行迹印遍了西南几省,在几个战时才特别繁荣起来的城市里,用好几种不同的生活方式,排遣去了不少的时日,消磨掉了一部分的生命,照说我应该对西方的山地与南国的海滨多少生一些眷恋之情了,然而我始终怀想着北方,渴望回到那风沙蔽日,冰天雪地的大平原上去。

在南国,我结识了汪洋的大海,每天有机会看到时喜时怒的波涛和时隐时现的岛屿。在西南山地上,我与亘古不变的大大小小的峰间作了居住和旅行的伴侣,我曾在黎明时随汽车盘旋于高峰之顶,俯瞰众山合抱中的,云雾积成的白茫茫的湖海,也曾当夕阳西下时【踯躅】于【山麓】江边,【间或看见有的】,横江而过的【塔】一样的【"翻虹"】,同听到【老田夫难】民学子的种种不同的谈话。然而这些都不能使我忘去北国的古老的【舆】地与一望无际的晴空景色。

有时在大的地方县城中听到了空袭警报,看到了飞机的疯狂而失却人性的轰炸的"成绩",在山窟中,在野原上,在无数【妇】人孺子的呼叫哭泣声里,我更想到那些或正当火线上与×人【鏖战】,或隐藏在×人后方作艰苦奋斗,或直接受到惨酷不在炸弹以下而并不那么显明的【敌机?】的酷刑的,我们的同胞,我的已识与未识的朋友。这些我所衷心怀念着的人们却大都是远迢迢地留在广大无垠的北国。

是的,我是因为这些人的原故,我永远不能在南方生下根,不能不时时想回到北方去。尽管南方有可爱的景物,有新交与旧识的可敬的友人,却总不能使我忘却我埋葬青春的华北名城,以及跟我一同领略少年时酸甜苦辣的同伴。我一向没有对故乡的留恋,我的生地与长地就分散在几个省与城,唯独对于我的青春所在的地方,却有不可言说的依依之意。这并不是对地方有所偏嗜,却只是不能忘记在那地方和我共同生活的一些人。

当户外结着坚冰飘着雪片的时候,会有一个极熟的人来到我的没有生火炉的小房间里来。他照例下面穿着一条白帆布长裤,上面穿着不打领结的西服,外面罩上一件黑色呢大衣，不戴帽子，头发被雪点缀成斑白色，故意留下不剃的小胡须上，有晶莹闪烁的冰片和水珠。他臂下照例夹几本书，也许是什么西洋名著，也许是一卷字贴。一进屋来，就说笑话，发牢骚，讲一些对路上缺德的人的打抱不平式的报复，讲新看到的什么书，最后，讲到了女人，我对他的永不会缺少的恋爱事件，再不厌重复的发表他的"人生是严肃的游戏"的伟论。这样滔滔不绝地谈下去，饿着肚子谈过一上午，才发觉已经十二点了，于是一同去小饭铺里吃面，也许还打几两酒。酒醉饭饱之后，或从东城闲步到西城去访问不一定在家的同样健谈的朋友，或从西城走到东城去市场翻阅新旧书籍。这样说不定会延续到晚间，于是又一同到山西老板的小酒店里去，在酒缸充的桌子上吃花生米，喝酒，一面各自翻阅新买到手的旧书。最后，大概是，从"酒缸"中出来，时光已不早了，又一同慢慢踱回去回到我房里去，同挤在一个床铺上。这样，没有火炉是不冷了，但至少又得谈到十二点灭灯后，才能睡觉，第二天红日满窗，屋檐垂下五六寸长的冰柱时，才会有另一位熟朋友来叫醒我们，谈他的新遭遇或新发现。

这样一个爱说笑话却最爱谈严肃的胖胖的老哥，在屡次失恋之余，终于和一位同样胖的女人结了婚，婚后一年，就独自飘然给朋友们留下一张字，由平汉路去陕西，转赴他所往然而也明知不可过于期望的高原上某古城去了。这却正是"七七"与"八一三"之间，得从门头沟绕道往长辛店才搭得上平汉路车的时候。这一去，除了在太原有一封不长不短的信外，就杳然失掉了消息。

有一年夏天，我忽然接到了一个人的信。这个人是一位不十分熟的朋友的弟弟，而那位朋友刚刚去了巴黎。信很简单，说希望我们什么时候谈谈。于是我便去他家里。原来他刚从外县教书回来，希望在这古城中生活下去，打算翻译两本书，想跟我合作。那时他还想弄文学而我也不过刚开始[看]天上的星星，因此大家想译《金枝》，译这既有文学趣味又有学术价值的大书。可是谈了一晚，我们做成了很好的朋友，却并未决定什么可执行的计划。后来这位九百多度近视眼的，异常诚恳直爽的北方人，再到学校里去研习语言文字，我们几乎每晚必畅谈心曲，而合作的翻译事业始终没有执行。到了"七七"前半年，才因了另一位朋友的加入，我们毕竟译起这部大书来了。译出了四分之一，人名地名卡片写了一抽屉，×人的炮火毁了我们的工作。我匆匆忙忙绕道逃出故都的时候，竟不能带片纸只字，而这一大包原稿与我的随身不离的许多书籍放到邮局去，至今也没有寄到。抗战后，我在长沙碰到了这位老弟，他却已买票上车，又奔向辽远的西北方，去寻觅他的妹妹和光明的希望去了。这一去，除了后来忽然接到他从他的故乡寄了一封讲沦陷区游击组织情形的信外，也杳然失去了消息。

一位爱好文学的胖"诗人",一位钻研古籍的近视眼"学者"却都成了×人后方支持游击的军政人员了。我还何必数那些本来就是学政治经济的热情而富于正义感的人呢?我在武汉接到的那封信,至今还新鲜的保存在我的记忆里:"你能来也好,我当然希望你来,咱们大家在一起干;可是我不劝你来,因为怕你的身体受不了。我是发誓不过黄河了。也许三月五月,也许三年五年,咱们黄河北岸间。倘若见不到我的人,那么,别忘记临风凭吊我一次。我是死也不会忘记我们在'九一八'后的故乡所共同经历的那些生活的。不过,我相信我不会看见你。那时,我一定向你报告我是怎样从死中活过来的,可是你也得准备对我说,你在南方怎样活着。"

不错,我得随时准备告诉他们,我是怎样活过来的。我怕的是他们说的是怎样活过来而我却是要说怎样死过去的,这就是我何以在美丽的景色与热闹的环境中会突然沉默的原因了。

(香港《星岛日报·星座》第382期,1939年8月25日出版,署名:燕石)

读史涉笔

一

我们向来以有四千年以上的悠久历史(此指史实本身)自豪,因此,对于历史(此指史实之纪录与研究)大家似乎很看重。尤其是近来,说什么都喜欢谈及"史的发展",以为其当前结论的证明。本来,就一个讨论对象在时间上的演变加以探究,的确较把它当作固定不变的东西来解剖是一个进步,(但后者也还不失为方法之一),不过单以基于目前需要而先定的结论为立场,向史实中去找证明的材料,却对于史实的了解不特不甚可靠,而且往往有害。然而,史学初期只是好奇的文学的叙述,这一风气差不多已完全过去,尤其是在讲"资治"重"褒贬"的我们先人。新史学专以客观研究构拟过去(reconstruction)为主,又正在初兴,而且19世纪以来的严格考证之学是否流入史料的琐屑的考订,真正客观的如实构拟往古的可能到什么程度,人类是否能够撇弃自己的当时的成见,都还是问题。所以,戴了一副眼镜看历史,仍然是最流行、最普遍的态度,而且,因为这样最有用、最"现实",也就自然最为一般人所容易容受。其实,怀成见去读史,也并不见得绝对有害:往往因为所见之狭,反而看得深而且精。这却要以基本史学训练的有无与好坏来测量的。有的人不加鉴别的东抄西撮堆砌古董以充文学史,有的人便拼命夸张新发见,以荒谬浅薄的见解对传统大肆讥弹,信口雌黄,自命心得,有的人则处处看见水火刀兵,有的人则不惜吹求细故以单文孤证自矜创获,尤有甚者,以洋公式套中国史,而对旧书毫无根据,不知抉择史料,以砖瓦充炮弹,互相攻击,而旁边的大火药库竟看不见,以致公式未明,史迹已混,终于是所谓"搅乱一天星斗",还有的假托考证之名,抄撮一方面的材料以为政争工具。这一类中最特出的例子便是我们目前的日人,那些对于中国古人尤其是中国民族性的一些荒谬绝伦的说法,直接给他们的教科书供材料,间接就为兵工厂制造炮手与炮灰。如果我们也如法炮制来讲历史,那些作"支那人之全貌"的诸政客该抚掌叹"吾道不孤"了。

较鉴别史料(分析)鸠集史料(综合)更进一步,而又不到轶出史学范围的"历史哲学"的程度,对一代一国或一桩史实有概括全般的了解与叙述,这就不能单由训练而成,而我国向来所谓"才学识"中之"才"就占首要地位了。这"才"有两点较具体而可以养成的必要条件:其一是"科学的想象"(H. Maspero),其二是"了解的同情"(陈寅恪)。有如下棋,有如用兵,以不充分的已获得条件判断全局,舍想象无由,以自己代人着想,设身处地以求敌人的判断与决心,非同情不可。总之,以主观观客以求达"知己知彼"之"知"。这里面容不得意气,却也决非凭空揣测,蒋百里论日本人,劈头一句便说同情日本人,怜其演悲剧,这样才能钻入日本人心中而得深刻的了解,对古人亦复如此。打仗必须料敌,侦探必须揣摩贼情,这些又都必须依据实况才不致落空,读史作史正是如此,如出一辙。

二

今日中国史家有二可耻事,一是我们未能有一部群力合成的标准中国通史,甚至也没有一部个人撰述的有见地□史法史识的本国通史。二是我们一部像样的东洋史,日本史都没有。我们自己的几千年史料没有爬剔整理出来,甚至大家都懒于去做这种缓不济急的工夫,彼此互抄,有的还要溯祖到日本人编的东洋史去。而对于我们这位紧邻,□□□□□□□□□□,则竟连抄也没有抄出一部来。这样如何说得上知己知彼的工夫?近年来关于中日近世外交史实,略有三数人选择专题稍具成绩,而一部综括日人全部史实作不偏不倚的中国人的了解的叙述的,仍付缺如。一般大学中连日本史或东洋史的讲座都设不成或不肯设。而报纸刊物上却往往看到从历史上观察日人的这样那样,这些人的历史是藏在肚里或书架上么?大半都是盲人扪象,人云亦云,就大概而大概言之而已。至于数年前,久在大学教书的某"学者"抄袭白鸟库吉,公然敢发表于素有地位的一本学报,致引起责难,无以下台,只好将错就错,改作为译,大贻学界之羞者,就更加不足齿数了。

为今之计,通史体大难成,目前应有人编一本《通史问题》,不以敷陈事实为主,以各时代之大问题提纲挈领,于研究大纲下胪列事实。这可以作大学一年教本,可以作一般人略具通史知识者进修用书,可以作职业的教历史、编历史者的南针,使知问题所在,不致信口开河。尤其是大学新生,于小学、初中、高中三次读史之后,再来第四次,再听一遍故事,而仍然毫无所得。这样叠床架屋而无效,全在找不到纲领重心之故。过分表示学者工力,看得处处都是问题,固不必,而略告人以史中纲领与尚成问题处,以免随口乱说,却是不可少的。其次,日本史应有人致力,即是转贩也无妨,为了填塞空白,给自己遮羞,在东京西京喝过水而并不专去咖啡馆跟下女学会话的,都应一试。有人倾十年精力专攻甲午之战著成专书为日人所称,而我们自己人却大半不知道,岂不可惜?而专门学者之与世隔绝,又岂应该?

东方学的重心在欧洲,辽东却在河内,这是我国学人之耻。前年七七之前,讲佛学的华北的河内的建议,大唱"由马上到文治"的论调。我们要在军事上胜过日人,也得在文化上胜过他。既然不能个个执笔或投笔直接参战,至少也不该放弃自己本分,一年一年背讲义尚不如东抄西袭作小册子也。难道一定要"支那学"也系"埃及学""印度学"一样么?就近年来中国学术界的顶儿尖儿上看,不致如此,然而,门户之见不除,派系之风犹烈,学术云乎哉!

三

本国史,东洋史,固然不令人满意,但本国史究竟还有不少专家,而且近年来也确有成绩,足征已走上新史学的大道。至于西洋史、世界史就又不免令人叹息了。到外国学西史的人虽然有一些,有的大学也还有西洋史一科,似乎较东洋史稍胜一筹,但成绩却又只是半斤八两。学西史的,有人回国感觉材料难得即改行学中史,以致两无所成,有的抱着美国大学念过的几部课本一年年背得滚瓜烂熟,便自谓精通。还有人认为中国人学西洋史决无超过西洋人的希望,而且直接原始的史料无法可得,所以无法研究。这一说,看起来也似乎言之成理,而其实是弄错了前提。目前研究西史,还不在跟高鼻子们较量高低,而只在填塞我们自己的需要,转贩工作还百端待理,如何可比本国史的研究?而且,大学中设置西洋文学的研究与创作上超过□□□么?而且就中外关系而论,许多国史问题非西史参证不能决,而许多西洋史料中与东方有关的问题,也最好由我们来研究,何谓不可超过人家?不过,学国史不难在入手,而难在能研究出结果而不被通人及内行所笑。学西史在目前还处在需要转贩工作的阶段倒不难弄出像样的成绩(但看市上几本译出的西史之大半不行,即可放心大胆做去),却难在入手。想弄学术而参与世界潮流,英法德三国文是基本的学术世界语,若及上古,应学希腊拉丁,中古则须学阿拉伯,近代则意大利、西班牙以至俄罗斯文中皆有重要原料。因此,没有五种以上的外国语知识,便只能做商人转贩了,纵获大名,难成专家,其费力不讨好的程度竟高过胡抄旧书乱发怪论了。这才真是少人学的原因。既少专精之人,遂无完善之书,于是苦了中学教西史的人了。

四

佛教史、道教史多半是佛学史,道家史,只可称之为"释子学案""道人学案",入于哲学史一流,其实我国之佛道二教于政治、社会、经济、文化各方面俱有深切关系,其兴衰并非仅系其本教,而向为儒家所不屑道或讳言,以致淹没不彰。现在应爬梳整理使其本身史迹备而与各方面之关系显。这自然不是一人一时所能办到,可是目前连单篇论文也很少见。只有陈寅恪先生的《天师道与滨海地域之关系》以及《武曌与佛教》二文,钩稽两教与当时政治及社会之关系,独具只眼而又确凿有据,与其论四声之起源同为抉千载未发之隐秘。纵有细节或未为空论,但大体应有人由此道以推求,然后佛教史与道教史乃得完成而不限于哲学史之边界上。

道教思想虽属杂凑,而其中自有物,我国数千年来蒙儒家外表的人物史迹,往往赋有道教内容。以道与佛耶回相比较,其间大不同者,乃在其含有儒家淑世思想而加以宗教的扩大。最主要的:一在其承认现世生命为美好,因此力求长生不老,用种种方法以求永寿,而尤其要紧的,即其永生而不舍人世快乐,且正因为人世快乐而羡求永生,道家之清净修炼乃是一种手段,并非专为求佛家的极乐世界的莲花式的生活(此在佛家则为一种目的)。二是为求自己长生,于是不惜利用自己身外之一切以为手段,自炼丹服药以至于房中术"还精补脑"皆充分表现利己心理。耶回佛的共同点,乃在借利他以利己,牺牲现在以求将来,耶回之天国,虽未如佛家之详细描写,但亦不外香花供养拼命吃而他无所欲而已。道家之神仙则不如此,其尸解、羽化、辟谷皆不过一种手段,其目的乃在游戏人间、遍享人间快乐,质言之,即贯彻一切人欲也。因此,佛耶回教徒之苦行,道教徒则无之。又道家之神仙又与佛耶回不同,佛虽云人人皆有佛性,实则非人人能成佛,另一方面佛菩萨之等级,亦绝非人间之阶级。耶回则更简单化。唯道教则人人皆为仙人,同时又有种种流品正如人间官爵,此为其人间欲永恒化之又一证明。同时,道家神仙虽极似希腊罗马所信之众神,但希腊神自己有一血统,俨如另外一民族,非由常人修炼而成,且对凡人如邻舍并不司赏罚加以干涉。不过,希腊神之生活确如道家所想象之神仙生活。倘若将希腊神话早传入中国,他教斥为外道,道教必将欢迎而奉为标准。另一方面,

《伊利亚特》(*Iliad*)读起来岂不极像《封神演义》么？不可附会，只可比较，但比较之余，岂不更见各教之异同，而道教本质更显么？

道家与道教却并非一物，故以上所论仅就其共同者言之，实则两者初合而终分。道家思想迄今未歇，溯源大古。道教则兴衰不定，出现晚而今已衰熄。昔以道家思想为道教前身，在二者中寻找演化关系，恐必陷错误。至二者关系尚待详究。但一者潜伏而流长，一者显明而气短。至于道教之引附旧有道家思想，究竟是本有思想，因外来宗教影响而成形为教呢？抑是受外来宗教压迫必须自成宗教，因而附会旧有思想借以自重呢？这一点似尚难得定论。此外，所谓道家及"黄老之言"起于汉初，先秦竟杳无所闻。老子年代迄今尚成问题，其书之成时恐须依许多人之推测算是在战国而非先于孔子。至于"黄"是何人就更成疑问。汉兴功臣张良陈平之俦信黄老者一时极为众多，这一派在先汉一定已为"显学"，他们的师承由何而来？这中间转变的枢纽当在有秦一代，而文献湮没无闻。秦新两代实为历史上重要转捩期，以始皇王莽为儒家丑诋之故，竟致史迹泯没，但道家溯源，如不明秦代史迹，恐在春秋战国中兜圈子，未必能得定论。

道家经典托始于《老子》，而《老子》一书中即杂有阴阳术数成分。（胡适之先生《说儒》同时释老，以为老子的退让的柔道，乃亡国大夫的处世之术，承殷之旧为儒之先，说虽新颖可喜，究尚未为定论）黄老信徒的汉初衮衮诸公，莫非擅长诈欺权术，而阴阳谶纬尚无所闻。权术一道，一直蒙儒家之外表（依胡说则系儒之承道统），自董仲舒以至曾国藩，代有传人。谶纬一道，盛于王莽而衰于东汉，魏晋以后遂为服食求仙之道教所替。再以后，遂分道教为正一全真南北二宗，一则注重修炼养性命，一则不废作法术，有如喇嘛教之分黄教红教。

五

历史人物与传说人物本非一事，但历史人物变化为传说人物则数见不鲜而殊可注意。历史本身与人心目中之历史本不相符，历史人物亦然。在后代看来此种人物之由历史的真实的化为传说的想象的过程就正足反映一段史实。Lord Raglan 在他的 *The Hero* 一书中，对神话史诗之起源与历史及传说之分合，颇有新见。他认为这些人物并非历史人物而只是由一种宗教的表演化为传说。这一说虽不大适用于我国，却恰好就做了我们无史诗神话的原因的又一种解释。由真实人物变为传说人物，他并未详细讨论，在中国这种情形却很多，关岳孔明杨家将之类即为最著者。由这些人物之转化，也可测知当时社会人心之所向。这种变化，与其说是文人影响社会，不如说是民众生产作者。所谓俗文学中的这一方面材料也很可加以整理,将凡非凭空想象的人物及史迹一一追溯其来源而加以区分,则俗文学本身以及其对一时代之社会人心交互影响之关系均将大为明显。冯承钧先生在《郑和下西洋考》序文中曾谓:郑和有二,一为历史的,二为传说的,应有人以此人为中心,搜集双方史料,排比爬梳以见明代社会。这种工作却似乎还未有人做。又如以中外关系为题材之俗文学似亦可以就某一时代加以查考。征东征西和番,番僧助战之类确为英雄的汉才子佳人以外第三大材料来源。足见民众对番邦甚感兴趣。才子佳人故事多半为识字之不第秀才所喜好,民间下层人士所喜欢听说的倒还是英雄居多。其知识有的是由说书,有的是由演戏而来。(说书与唱戏之相互关系亦可注意)这一方面工作恰好又在文学史与社会史的边界上,做得好是一石打双鸟,不好,却怕会两面不讨好的。

(香港《星岛日报·星座》第443—444期,
1939年11月21日、23日出版,署名:金克木)

秘书——地狱变相之一

"这是张先生,或则照一般人说法,张小姐,密斯张,是我的秘书。"

我被让进一所四合院的偏房中,听着主人的介绍,望着被介绍的从门里一闪而出现的一个少女的面影。

"这是丁先生,我的老朋友,诗人,新诗人,分别了几年刚才在街上碰见的。老朋友不用客气,请坐请坐。"

主人继续着介绍着,我略一客气便在满堆着书和稿纸的桌子旁边坐了下来。

少女递过一杯白水,更清晰地对我现出她的轮廓。微黑的圆脸,大眼,细眉,长头发披拂到肩上,一件蓝布旗袍。

"这是我们朋友中最杰出的诗人,我对你谈到过的。"主人依旧指着我对她介绍。"你要作诗可以跟他学。诗,我是只能作读者了。诗人要另外一种气质。诗要崇高,小说要伟大;诗要热烈的感情,小说要冷静的理智;诗人要感受,小说家要观察;二者不可兼得的。鱼与熊掌皆我所欲也,我还是做小说家吧。小说家只要写别人的恋爱,诗人却要自己失恋才写情诗的。对了,丁先生会写情诗,你可以跟他学,不过小说家不会让你失恋的,恐怕你的情诗要写不出色了。托尔斯泰离家出走是晚年临死的时候,屠格涅夫根本没有结婚,陀斯陀也夫斯基也对他的秘书太太很好。不过诗人就没有这样幸运了。真的,诗人,你又第几次失恋了?"

我恍然大悟,忙把话题岔开:

"别说闲话,不是听说你结婚了么?"

"是呀!这不是我的手抄《战争与和平》,记录《卡拉玛佐夫兄弟》的秘书么?世俗的说法是太太,革命的称呼是伴侣,但在一个小说家看来,首先是个秘书。随便你怎么叫都可以,可是如果没有找到秘书,我的《战争与和平》就写不出了。哈哈。"

主人的得意的神情照耀着四壁,不由地大家都陪了他笑。

笑声中,我瞥见了桌上的几本书的题签:露和字典、露细亚语四周间、日语一月通,还有几本很厚的俄文书。

"你在用功学俄文么?"我问。

"我是一箭双雕。从日文学俄文。日文可以很快学会,可是日文书究竟是翻译,翻译究竟不如原著,所以还是得学俄文,不得不两样一起来。日文工具书多,连字典也非用八杉贞利的不可,中文的就没有。可是日文也只是工具。日本有什么伟大的小说?《源氏物语》早过时了,现代作家如白桦派之类,庸俗的自然主义,浅薄的人道主义!《蟹工船》之流也不过是左翼的习作而已。日本人只会模仿,日本哪能有托尔斯泰?学日文不过是想利用他们的翻译和字典而已。而已而已。不过我的这部小说稿写完卖出,倒想法去日本住住。日本的地方是不错的,也许对诗人比对小说家还要合宜。你为什么不去?北平有北平的好处,然而日本有海。大海也许不像诗,但像小说,尤其是伟大的俄国小说。说来说去,我还是说到小说,毕竟不是诗人。可是诗人如果在北平失了恋,就可以到日本去,换换环境,这叫做转地疗养。病好了,再遥望北平,怀念,幻想,又可以写出许多诗来。在北平憧憬日本的海滨,到日本的沙滩上又回忆北平的黄琉璃瓦,把爱人得罪了以后再流泪忏悔,这大概就是诗的灵感吧。小说家就不行,要面对现实,要包罗万象,要反映人生,要记录时代,还要透露光明的远景,指示人类进步的途程。这样的小说只有伟大的俄国19世纪中才有。依我看,俄国小说就是文学全部。连新俄都还赶不上旧俄,《铁流》《毁灭》,连《静静的顿河》都算上,哪有《战争与和平》的伟大?反正是有翻译,还不如学日文容易,而且到日本去又容易。英文不过是商业的语言而已。英国有莎士比亚、拜伦,不过我不懂诗,英国的小说总是不行,美国更不必提了。除了做生意,学英文有什么用?"

主人的滔滔不绝如泻江河的口才使我想到我们初相识的九一八时代。时间过去了五六年,人的性格语调还一点没有变。他的"秘书"的沉默又恰好是个对照。

"你的这套俄国小说至上论俨然是文艺批评家的口吻,小说家兼批评家,难得难得。"我笑着插进一句。

"批评家我是不做的,我的比方:小说譬如是大百货公司,无美不备,诗只是公司中买奢侈品的一个角落,批评家不过是走来走去挑选一番而又买不起的穷顾客而已。我只要做大公司的老板、经理,决不当枯守一角的小店员,更不肯去做可怜的穷顾客的。"

"那是自然,不是经理,就能用一位秘书在身边了么?"我连忙报复。

秘书首先失笑,大经理与小店员也笑了。

又一个女孩子在房门口出现,走了进来。

"这是我妹妹。这是丁先生,我的老朋友,诗人。"

妹妹微微鞠躬。是一个留着童发的典型的中学生,还没有到做"秘书"的年纪。

"巧极了!我妹妹正要找人给她补习英文。高中快毕业了,英文不行怎么考大学?老朋友义不容辞,牺牲你的一点写诗的时间来给我妹妹补英文吧。其实并不妨碍你写诗,我知道你一天总有好几个钟头在马路上溜掉的,少跑两段无味的马路,时间就有了。妹妹的英文程度也并不坏,比我自然还是逊多了。不过她一定要进北大清华的外国语文系,既怕考不取,又怕取了以后跟不上功课。那些教授老爷大半不讲中国话,又整天催逼读书报告,弄得不好就要驱逐出系,于是学工不成学理,学理不成学文,学文不成学法,最下学法极矣,就像我这样,只好当作家了。当作家又要有天才,妹妹的天才还没有爆出火花,还是让她去进大学外文系吧。她想先有大学一年级的程度再进大学,那时功课不愁,也就有时间精神去办大学生课外必修的人生大事去了。总之,你不答应不行,什么时间合适,你要去跟妹妹商量去。我已经任务终了,找到了义务教员,又是专攻西洋文学的诗人,如何拜师我就不管了。"

妹妹瞪了哥哥一眼,便很客气的向我请教。

秘书却在这时走进了里屋。

十年过去。

□□□□□,□□□□路。

我正在路上徘徊,研究路名以外的变化。忽然一辆汽车迎面开来,猛然停住。

中国现在是靠右边走了。我吃了一惊,懊悔忘记了这个大变化,依旧靠左边走,几乎做了屈死冤魂。

但更使我吃惊的是汽车门开了,伸出一个披着卷曲头发的女性的脸,在我的记忆中没有备案在查的脸,薄施脂粉的秀丽的脸。

鲜红的嘴唇张开了:

"丁先生!"

这比迎面撞上汽车还使我吃惊,我无言可对。

"忘掉在石驸马大街跟你补习英文的学生了么?"

秀丽的面庞带着窈窕的身躯从汽车门钻了出来,站在面前。微现酒窝的笑容一阵风似的扑了过来,使我突然惊醒。

于是在简单的寒暄后,我也上了汽车。

"正好同我一起去见我哥哥去。我们昨天才在报上看到你回国的消息,正愁无处寻找,不料你还是一个人在马路上摇晃,很容易就碰见了。"

接着又是嫣然一笑。

汽车在一所高大建筑前面停下。我随着这位久违的高足进了门,上了电梯,上楼,又转了一个圈,在一个小门前停下。门上玻璃映着三个大字:

"经理室。"

纤弱的手指轻轻敲了两下。

"Come in。"

推门进去,见到我的老朋友。

热烈的欢笑声充满了全室。尤其是这位没有忘记老师的高足更显出异常得意。

"不是今天碰见,又不知要到那一天了。我正在办出国手续,也许下月就要到美国去了。"

一点没有掩饰的笑,真诚的笑。只是我不知道这欢喜是由于碰见我,还是由于要去美国,还是因为有机会向我说这消息。

一会又过来一位女性。较朴素然而有丰姿,烫发,戴着无边的眼镜,暗红旗袍,半高跟鞋,手捧着一叠密密打着洋字的卷宗,进门便对我望了一眼,略为踌躇。

"不要紧,这是我的老朋友丁先生,刚刚回国的。这是密斯张——"

我突然惊起。

"——我的秘书。"她微一点头,我却自己也不知是惊,是笑,是悲哀了。

(香港《星岛日报·文艺》第40期,1948年8月30日出版,署名:金克木)

书评与回应

群心、群言与群众再现：想象群众的方法
——评《革命之涛：现代中国的群众话语》

将"群众"问题化
——评《革命之涛：现代中国的群众话语》

从叶圣陶笔下的"催眠家"谈起
——对书评的回应

"满肚子的不合时宜"：评《蜗牛在荆棘上：路翎及其作品研究》

新文学精神与思想的前史：
评《重溯新文学精神之源：中国新文学建构中的晚清思想学术因素》

宋玉雯:《蜗牛在荆棘上:路翎及其作品研究》,台湾交通大学出版社,2020年。

肖铁:《革命之涛:现代中国的群众话语》(Revolutionary Waves: The Crowd in Modern China),哈佛大学出版社亚洲中心,2017年。

群心、群言与群众再现：想象群众的方法
——评《革命之涛：现代中国的群众话语》

■ 陈昉昊

肖铁教授《革命之涛：现代中国的群众话语》是一本追溯与重构"群众"这一概念从晚清民国不断演进与发展的概念史、文化史与思想史的知识谱系学研究专著。《革命之涛》跨越心理学、历史学、文学等多学科领域，探讨了不同领域知识分子（作家、哲学家、心理学家、政治理论家）在小说、诗歌、哲学以及心理学著作中对于"群众"概念的认知、解读与再现。学科从业者作为概念译介、转运与重新组装生产者，作家作为社会现象的创作、再现者，革命家作为将理论联系实践的行动者，均提供了不同版本"调查"与"理解"群众的路径。如今我们对于政治化的"群众"概念并不陌生。在填写个人履历中政治面貌一栏可以填写"群众"作为定义自己政治身份归属的标志。而在"群众路线""群众话语""从群众中来，到群众中去""不拿群众的一针一线"这些耳熟能详的革命政治口号作为革命以及后革命年代流通话语深入人心之前，"群众"这一概念在晚清民初之际成为心理学研究的对象、文学写作的关注主体、革命理论家的认知目标、社会热议的核心问题，等等。虽然作者试图摆脱概念的两极化，但是往往在分析过程中必须要触及多个对立概念：感性与理性、正常与病态、英雄与凡人、个人与集体、自我与他者、小爱之私人感情与大爱之爱国热忱，等等。然而，这并不代表作者拘泥于对立概念的纠结；相反，作者论证了"群众"这一概念在历史光谱不同阶段的复杂性。本书讨论了几个非常重要的问题：如何处理个人与群众的关系？怎样在保有个人性的前提下融入集体但是不被集体所消解？知识分子在为群众代言的过程中扮演了怎样的角色？对于作者

来说,本书讨论的是知识分子是如何"既保持一定距离又尝试建立关系的前提下,把群众作为知识的对象并且通过接近他们作为渴望的对象"①。

西方学界许多研究现代中国的学者早已开始在概念史的角度研究现代中国文化与文学。诸如关于爱与情感理论谱系【李海燕(Haiyan Lee):《心灵革命:现代中国的爱情谱系》,斯坦福大学出版社,2006年】、进化论思想在现代中国的演进【安德鲁·琼斯(Andrew Jones):《发展的童话:进化论思想与现代中国文化》,哈佛大学出版社,2011年】、笑与幽默文化【雷勤风(Christopher Rea):《大不敬的年代:近代中国新笑史》,加州大学出版社,2015年】,等等。与上述研究者相类似,本书作者从"群众"这一概念出发,分析了不同知识分子对于群众认知上的两极化差异:有的时候对群众内部迸发力量的过分期待甚至极度自信,但是有的时候也对群众的非理性所造成的对于社会秩序的破坏能力持担忧态度。群众可能成为了既想并且需要联合,又害怕联合的对象。他们富含的潜在变革能量如易燃能源一般随时可能以及可以被点燃,而这一易燃本质又成为了一种造成社会失序与道德失范的危险与不安的源头。

第一章《心理学化"群众"概念的政治》,作者提出了群众概念在中国的形成和发展可以作为全球知识在东亚流转的例证。通过讨论"群众心理学"在民国时期的翻译、流通与体制化②,作者试图解释心理学的学科建制在现代中国的发展以及随之而来的对于大众政治的关注。研究群众思维与心理的学潮自1910年代开始,一直贯穿至1940年代。中国群众理论家绝大多数并不关心群众的构成,他们关心的是群众的动机和行为。就作者看来,民国心理学家通过"心理学化群众"③来探讨个人的构成、政治社群的形成以及激进改变的可能性④。1919年五四运动之前,早期民国心理学家通过介绍勒庞的群众心理学理论,强调个体融入群众的过程中产生一个共同的集体身份。而五四之后,知识分子对于群众产生了两极化的认知。对于胡汉民(1879—1936)来说,群众运动是无意识的行为。而陈独秀(1879—1942)也认为,五四运动从根本上来说是一场无理性的运动。瞿秋白也持有类似的看法,认为个体的理性被狂热的群众心理所取代并且迷失方向。至于张铸和傅斯年(1896—1950),同样也将社会与群众两个概念区分开来。就他们看来,只有把非

---

① 肖铁:《革命之涛:现代中国的群众话语》,哈佛大学出版社亚洲中心,2017年,第2页。
② 同上书,第22页。
③ 同上书,第27页。
④ 同上。

理性的群众转化成为理性的社会,20世纪的变革和革命才有可能获得胜利。而鲁迅也在小说作品中常常批判群众的混沌与愚昧,沉默的大多数、看客以及铁屋子的比喻都显示了鲁迅对于现代中国群众群体的失望。而五四之后,随着心理学建制完备成为学术学科,许多学者,比如高觉敷(1896—1993),便开始讨论群众的"集体精神状态"。就高看来,每个个体在群体中均独立但互相影响,并不由一个"群众思维"所主导。通过引入心理病理学的分析,高解释了应该如何理解革命个体的行为并且对左翼激进运动保持一种精英主义的蔑视。值得一提的是,高的理论材料并不来源于他的个人经验或者田野调查,而纯粹是从他人撰写的关于世界其他地区的群众行为来分析。另外,张九如(1895—1979)也通过研究证明,规训群众是必要的,并且群总必须要有领导人来理性化行为。心理学界的学者对于群众大多不太相信,他们急切呼唤通过理性引导与理智教导来领导群众。

第二章《非理性的诱惑》以学界较少关注的无政府虚无主义哲学家朱谦之(1899—1972)作为个案。与第一章所探讨的众多民国早期心理学家贬抑个人,突出个人的非理性的缺陷不同的是,朱谦之重新定义了非理性与本能,强调冲动感情和极端情感的勃发可以作为革命的原动力和基础。朱的理论,强调了个人角色的自主性、无意识性以及在政治运动中的情感反应。自从弗洛伊德、拉康等心理分析学者的著作介绍到中国之后,大众对于心理分析、研究、治疗等存在持之以恒的热衷。而对本土的心理学家和心理学学者似乎并不关注。本书作者试图从史料还原的角度来分析,中国本土心理学者是如何转译国外心理学科研成就并且对于群众这个概念从心理学的角度来学理化。作为被学界忽视的心理学家,朱谦之完全抛弃了个人/自我与群众分离的左翼知识分子式的精英主义立场。朱的革命哲学划入到无政府主义虚无主义的范畴,专注于个人内心之情感,从个体原初出发理解个人行为。他甚至认为认知与自愿行为来自情感本能机制。他既用非理性角度修正了勒庞群众理论,也对马克思主义的经济决定论全盘否定。他以浪漫化与理想化群众视角,将群众作为革命主体,并且坚信群众可以通过自我认知、自主形成革命意识。

第三章《形成的虚构》涉及的20世纪20年代至30年代几部小说同样反映了个人在与群众相遇过程中,个人性与集体性的边界是如何被消解的。许多作家都在作品中表达了对于个人性丧失的担忧。从叶绍钧、茅盾、杨沫到穆时英,本书作者分析了左翼作家、社会主义写实主义作家和现代主义作家在虚构小说中是如何构建个人与群众/他者之间的关系的。对于左翼作家来说,个人主义的危机潜藏在将个人消解为集体事务之中。在叶绍钧的《倪焕之》中,主人公倪焕之虽然渴望融入群众,但是也发现以自我消解的方式去加入群众成为了一项不可能的任务。而茅盾的《虹》则从身体的角度,强调个人身体经验加入到群体的体验。然而不管是叶绍钧还是茅盾,都将个体在公共空间加入群体的过程以政治戏剧的方式呈现。这种以戏剧化景观的方式来展示个人与群众的关系成为了左翼作家的特色之一。对于左翼作家来说,个人加入到集体的过程是政治激情和个人欲望融合的过程。至于"新感觉派圣手"穆时英(1912—1940)创作的短篇小说《Pierrot》(1934),作者触及到了现代都市人在处理个人与群众关系上的失败与疑惑。

第四章《孤独的问题》,从早期现代主义转变为左翼革命作家的胡也频(1903—1931)创作的小说出发,通过他早期的情爱小说与之后发表的革命小说做对比,探讨个人欲望的势能如何转化成为参与政治运动的激情,甚至是联合他人共同开展变革甚至革命的动力。就本书作者看来,现代中国知识分子对集体的认同,并不在于个人性的消解或者规训,也不在于从政治紧迫性、意识灌输以及历史需求出发。① 本书作者讨论的是在集体意识心态的框架下,个人的内部性(individual interiorities)的生成机制。革命加情爱的小说结构模式在民国时期并不鲜见。也早有学者指出革命加恋爱的小说模式在个人与事业之间达到了一种相对平衡(刘剑梅:《革命与情爱:20 世纪中国小说史中的女性身体与主题重述》,夏威夷大学,2003 年)。而作者提出,胡也频的短篇小说《僵骸》(1927)则表达了他的早期写作中展现的自我危机:对于真正自我的追寻的失败导致了自我的最终毁灭。然而,胡也频后期创作的小说《光明在我们的前面》(1930)从亲密性的角度出发,调和了个人与群众之间的关系。胡也频对于个人与群众的关系认知根本上是个人与自我的认知。胡也频的写作生涯证明了从自我变态到大众兴起的过程,正好与个人主体建构的过程是相契合的。革命群众的形成,与个人对于自己的认知与评判是离不开的。

第五章《声音的激流》讨论关于现代作家对于群众的声音美学的想象,这可以作为目前学术热点——声音研究的先导。声音作为一种异质于视觉的感官来源,其本身的技术性本质(音调、音频、音量、声音情感、性别化声音等)与仰赖的技术载体(录音机、广播、半导体、扩音器等)均成为声音研究领域关注焦点。了解声音政治和声音技术的政治可以帮助我们更好的理解"声音"这一媒介在日常生活中的角色和作用。本章探讨了现代中国叙事美学中对于声音的迷恋,同时挑战了固有现代作家无法如实再现叙事对象的观点。在现代中国作家的写作中存在这样一

---

① 肖铁:《革命之涛:现代中国的群众话语》,哈佛大学出版社亚洲中心,2017 年,第 128 页。

个悖论:如何在噤声作者(作者角色隐退)的前提下让群众发声。作家如何通过主观上的建构、翻译,在不把自我意识强加在群众上的前提下,让沉默的群众声音不光被听见、也能够让大家听懂。左翼作家郭沫若对于留声机的迷恋,强调群众声音可以像留声机一样通过写作记录与存储。对于郭沫若来说,留声机与喇叭、扩音机对于声音的放大而制造语言奇观不同,留声机可以作为一个客观介质抓取以及变换音频数据。[1] 郭沫若认为,作家就应该承担这样的中介功能。而诗人任钧(1909—2003)同样在作品中认为,其第一人称的作者声音实际上是人民声音的听觉效果。对于郭沫若和任钧来说,知识分子充当的是倾听者与中间人的角色。而对于艾青来说,群众声音可以篡夺作者自我声音。强大的大众声音通过"占领"诗人之口来表达。因此,艾青的诗歌是集体的"攻城略地"的产物、是个人失去对自我的控制的时代到来的信号。

第六章《尾声》以前述知识分子在建国后的种种转变作为结尾。叶绍钧在创作《倪焕之》的时候,认为政治介入群众是一种污染,担忧群众情感的不稳定性。这种观点在1949之后显得完全不合时宜。而朱谦之也抛弃了他的无政府主义思想,为当年贬视马克思与恩格斯思想而感到后悔。本书作者最终总结:在上述各个章节中提到的是,知识分子渴望不同的个体能够结合,成为围绕在一个领导人身边的一个思想主体。

作为游荡在各个章节中的重要理论对象,本书作者不断促使各个研究案例与《乌合之众:大众心理研究》(1895)的作者,法国社会心理学家古斯塔夫·勒庞(Gustave Le Bon, 1841—1931),群众心理学理论最成功的普及者相对话,讨论中国知识分子对勒庞的全盘或者有条件接受、改良甚至反叛,进而超越影响研究框架的比较讨论。然而本书中不是所有的研究对象都能与勒庞产生对话。而作者有意识的选取部分与勒庞对话造成了一定程度上的重复。勒庞作为心理学界的"幽灵"不断出现在各个章节的讨论之中。在这里我们需要提出一个问题:为什么在对有的知识分子关于群众概念的分析中,需要引入勒庞对话(不管这位知识分子有否受到勒庞的实质性影响),而有的作家可以完全不把勒庞拿来背书,或者换句话说,避而不谈?

当然由于篇幅的原因,以及在卷帙浩瀚的材料中遴选出具有代表性并且能够互相关联成章,确实具有一定的困难性,以下几点在《革命之涛》中涉及甚少,而没有开展更多讨论——

---

[1] 肖铁:《革命之涛:现代中国的群众话语》,哈佛大学出版社亚洲中心,2017年,第160页。

第一,当我们在讨论群众(the crowd)、大众(the mass)、人民(the people)、国民(citizenship)、阶级(class)这些看似相关却蕴含不同政治、历史、经济、文化因素的词汇的时候,我们确实需要小心谨慎地分析。而在本书讨论群众概念在现代中国被不断阐发与理解中,以上诸多概念常常有的时候点到为止或者合并在一起探讨。有的时候这些概念成为了可互换(interchangeable)的概念并且常常取互相之间的最大公约数。如果本书开篇能够对这些概念做一大致的厘清,可能会让读者们在阅读过程中对术语概念有更清楚的分界感。群众概念从晚清到民国到社会主义中国时期的不断演进与流变,是否是一种政治化调用"群众"作为一个概念、一个区分类别、一种认识世界方法的过程?比如,阶级与群众的区别。虽然阶级、阶层等概念可能需要有更多篇幅去界定。但是群众与以上这些政治定义与类别划分有什么关系?比如,当民国知识分子在讨论"群众"这一概念的时候,阶级与阶层的定义已经进入中国。在关于阶级局限以及关于创作谈中,鲁迅曾经与后来成长为左翼作家的艾芜有过一段非常有意思的笔谈书信。鉴于鲁迅对于青年作家常常提点与推介,在上海合租的四川老乡沙汀和艾芜联名写了一封求教信。信中表达了一些创作思考的疑惑。两名急于进入上海文坛的文学青年,一直在为自己的阶级身份而感到困扰。他们一方面认为由于出身背景的原因,自身无法深入了解底层阶级的生活并产生共情,另一方面也不想追逐当时的写作风潮,书写激进主义作品来迎合时代趣味与热点。而鲁迅的回答直截了当:写你所见所闻所经历,而不要去纠结是否要摆脱自己的阶级局限或者单纯为了追逐文学思潮与创作热点去写自己并不擅长的内容。而后来成为小说家艾芜的成名作《南行记》,确实描述的是他在西南边境流浪与底层人物的交往经历。他也最终成为了左翼作家的典范。以艾芜为例,他的写作路径成功突破了他的"阶级局限"。而许多现代作家,在描写群众以及群众生活的时候,有的显然囿于阶级局限,而有的可能不经意绕过了障碍。

第二,我们知道严复早在1897年就翻译了斯宾塞的《社会学研究》,取名为《群学肄言》。社会学被界定为群学(而本书恰好提到了张铸和傅斯年区分定义了"群众"与"社会"两大概念)。对于群众的学理性探讨和译介是否可以更早地推至晚清?如何理解社会学意义上的"群众"和心理学意义上的"群众"之间的异同?当然,如果要厘清"群众"这一概念在不同学科中的挪用甚至误用,一本书的篇幅肯定无法容纳。不过在社会科学领域,社会学与心理学领域对于"群众"概念理解的不同,可以帮助我们更好理解这一概念在中国的理论演进。

第三,如何界定古代关于群众的思想对晚清民国知识分子的影响,如何考量中国古代"群"的概念的历史基础与理论遗产?当西方思想理论通过译介和二次转手进入中国思想界的时候,在新旧交替之际曾经接受旧式教育并且对古籍典范熟谙的晚清民国知识分子,是怎样调和国故与新/西知的冲突与矛盾之处,同时找寻中西概念的相交点? 或者他们有的从来没有意识到中西之间的交汇点与对话时刻? 正如作者在第二章指出,朱谦之借鉴与接受了王阳明与谭嗣同的思想遗产。不过就整部著作的篇幅而言,对于中国历史理论资源的讨论远远少于对于西方理论的译介、接受、消化与转化。作者提到朱的理论创新与发展应该被纳入"全球范围内对于实证主义与理性主义的反叛之中"①,这就可能很好解释了为什么作者侧重于朱对于西方理论的消化和接受以及与他同时代的西方学者产生了相似的共鸣与共振。可以肯定的是,晚清民国知识分子对于西方理论的创造性阐释不光有翻译现代性,也与中国古典思想理论相连接,生发出新的、被现代中国人所接受、并且更易理解的知识体系。

第四,个人与群众产生了一种奇妙的张力关系。个人是否是成为群众前的原初模式,也就是说个人与群众是否有一种形态定型关系。而另一个令人感到疑惑的问题是,群众作为一个群体,是否有边界,这样的边界划分的标准与范围到底是怎样的? 甚至将时间作为度量衡,所谓的群体在不同时期和阶段也有所不同。将群众作为变量,去研究某一个时刻的群众,可以视作便捷的研究方法。当我们考量群体、个体之间的最大公约数的时候,我们就会发现群体建立的基础。而当我们以历时性的角度看待群体的时候,也可以发现群体的不稳定性。个体往往可以作为不同群体的一份子,同时也可以在群体中入场和退场。虽然各章节的组织有一定的时序性,但是"群众"这一概念的历时性发展大概绝没有各章所涉及的几个文本那么简单。

第五,本书的侧重点转向了主体性的文本再现的讨论。抛开知识分子是否能够作为群众的代言人和代表人不谈,这里所谈的"主体性"其实是一种知识分子的主体性,或者是知识分子将自我投射到其他人身上的主体性。知识分子是不是群众的一部分? 知识分子如何既游离于群众之外,又包括在内? 另外,本书讨论的所谓群众所居的地理范畴,是否仅仅指的是居住在城市的人? 而对于广大农村的所谓"群众",不管是现当代小说文本中还是在革命政治动员话语中,农村人口也成为作为文本想象与历史叙事的主要对象。如何看待农村群众与城市群众的相同与不同? 在第三、四章所涉及的个体生活以及对于群众主体性的挖掘往往仅仅局限在城市人的生活与心理状态,特别是情感纠葛、革命挣扎以及"新移民"式的生活

---

① 肖铁:《革命之涛:现代中国的群众话语》,哈佛大学出版社亚洲中心,2017 年,第 85 页。

体验(除了提及了钱杏邨对丁玲小说《水》中的农民群众的解读)。我们在讨论群众的时候,无法避免去讨论占绝大多数的农村人口的生存问题与生活困境。

第六,有一个老生常谈的问题依然萦绕在我们耳边:什么才是"群众的声音"?群众是否可以发声?怎样发声?群众是否可以简化为一种人为的建构和再现的类别与复数合集?如果没有知识分子的理论化、虚构性/叙事性书写、政治理论家的枚举,群众是否成为了一种不可捉摸的、等待被集合的不同人的名义上的类别?而这些知识分子笔下的抽象概念的群众和具体的小说个体,能否作为我们认识现代中国"群众"的代表?目前微观史、日常生活史、个人史、私人史等领域尝试从普通个体出发来探寻历史。那么如果不以知识分子的创作出发,普通人,或者可以说作为群众的一员,是否可以为自己"发声"?或者我们怎样可以调用普通人的材料来让"群众"本人自己"发声"?如何从技术层面来书写群众,还原群众日常生活经验与心理状态?

另外,本书中也有几处无伤大雅的缺失或者疏漏:

比如第44页缺失了"群众现象"的中文;第74页"情感的直觉"拼音应为 qing gan de zhi jue,第225页注释中"土改中的诉苦:一种民众动员技术的微观分析"只提供了前半部分的翻译(Speaking Bitterness in the Land Form),而"一种民众动员技术的微观分析"的英文(A Micro-analysis of Technology for Mass Mobilization)缺漏。

正如本书的书名所指示/暗示的,"革命之涛"意味着上下颠簸与起伏,那就意味着革命与变革并不是一帆风顺;而群众内部所蕴含的巨大的能量,也在一定程度上如巨浪一般,推动着历史进程的发展。如何认识并且动员群众,如何将不同文化背景、社会阶层、生活地域、年龄层次、性别差异、种族身份等群众凝结在一起,成为任何政府必须需要考虑的问题。当代中国对群众的浪漫化想象弥漫在本书的"尾声"部分。作者对于群众力量的希冀所表达出来的理想化群众意象,值得再次推敲。在点到为止的几次社会主义和后社会主义时期的事件和运动之后,必须重估群众在这些情境中的角色与地位。如果要对后社会主义时期的中国群众的地位与角色另作分析的话,那么可能就要再花一本书的体量来具体展开了。

将"群众"问题化
——评《革命之涛:现代中国的群众话语》

■ 张耀宗

群众的发现是20世纪中国历史上最为重要的话题之一。哈佛大学2017年出版的肖铁《革命之涛:现代中国的群众话语》(*Revolutionary Waves: The Crowd in Modern China*)一书,突破了一般将现代中国群众文化的讨论囿于文学文本内的局限,在哲学、心理学等跨学科的视野中呈现了立体的对于群众概念的探索。

群众、人民和民众等这些类似的词语在不同的语境中运用起来有不同的内涵。在左翼革命思想的脉络中,"群众"这个词跳出了晚清以来的制度主义话语,获得了一种超越制度和主义的政治哲学意涵。另一方面,以苏区和延安的一系列的制度实践来看,似乎又可以认为这是居于晚清以来的以制度而论群众(人民)的延长线上。也有研究者强调,在这个意义上,群众或者革命的主体是要被塑造的,而塑造的手段则是革命的一系列实践活动。正如汪晖所说:"在'短促的20世纪',中国革命政党的第一个任务便是通过农民运动和土地改革为中国的无产阶级革命创造出阶级主体。"①

在书中,肖铁明确地论述到群众产生的文化政治语境,他说:

> 自20世纪初开始,群众成为了现代中国政治修辞中不可或缺的成分。群众不再被看作只是一个受动的表面或媒介,而被认为具有可被动员或占有的

---

① 汪晖:《去政治化的政治,霸权的多重构成与六十年代的消逝》,《开放时代》2007年第2期。

内在渴望,可被释放或压制的粗蛮力量,可被赞美或畏惧的原始本能。而这一切都与"群众"作为一个社会心理学类别(a sociopsychological category)的发明密不可分,那么,集体身份的出现究竟导致了个体意识的丧失,还是向个体许诺了一条超越自身界线、臻于更伟大境界的道路?通过造反,群众是否能获得形、体及内涵,还是依旧作为不稳定的集合、亟待他人的规训和辖制?组成群众的人能否在理性意识的指引下成为自觉自愿的社会政治行动者?还是说,他们不过是受非理性冲动和情感摆布的不负责任的躯体?在整个20世纪之中,无论位于政治谱系的哪一个位置,中国的知识分子和艺术家们都迫切地要为群众命名、赋予它声音、唤醒它的身心。同时,他们也觉得,有必要先破解谜一样的群众。(中译文引自罗国青、姚云帆的译文,下同)

从另一个方面来看,在晚清思想中,对于"群"的构建同样为群众的形成奠定了思想的基础,在"群"与"个"的概念上,破除了儒家伦理的结构。王汎森在《"群"与伦理结构的破坏》一文中就认为:"清末中国面临的西方挑战达到空前未曾有的高度,爱国志士们纷倡'群'学——也就是动员全国力量以应付西方的挑战。按照常理:若讲群学就应该尽全力团结全国现有的大小及性质不同的社群。但是因为清末志士所希望的是急速而彻底的动员,故要求全国所有力量急速向最高主体凝聚,并将最高主体的政治主张急速渗透到国民全体。为了有效地完成凝聚与渗透两种过程,则必须将阻隔于国民与国民之间的势力或机构加以排除。"[1]然而,历史的发展永远不可能是单线或者单面的,如果我们打开地方革命史,就会发现宗法制度、人伦关系等传统儒家的伦理联系对于"群众"在革命过程中的形成和动员起到了不同的作用。

肖铁这本书讨论群众形成的方式,在史料运用上比较独特。他似乎有意地避开一些早期共产党人的著述和报刊中的资料,而是挑选了相对"边缘化"一点的材料。例如,他对朱谦之的注意,对于群众的心理学的跨国旅行的重视,还有他对左翼文学的独特讨论。这让对于一个比较艰深理论话题的解读更加具有可读性,所带来的甚至是一种史料的魔方不断变化的新鲜感。但是,从另一个方面来看,或许有一个遗憾,这就是我们仍然很有必要将群众话语作为马克思主义中国化理论的一个部分,考虑其在党的理论意识形态的形成中的意义。这可能就需要注意到共产党在与国民党进行意识形态斗争时,是如何将"群众"变成一个理论性的意识

---

[1] 王汎森:《章太炎的思想》,上海人民出版社,2012年。

形态概念的。这个话题不仅仅是在革命的早期存在,也在1949以后诸如人民史观等史学论争中存在。而这些正说明了群众话语在整个二十世纪中国的活力。

对朱谦之思想中的跨国性问题,近年来在王远义《宇宙革命论:试论章太炎、毛泽东、朱谦之和马克思四人的历史与政治思想》、张历君《唯情论与新孔教:论朱谦之五四时期的孔教革命论》和彭小妍《唯情与理性的辩证》等著述中都有讨论。肖铁的讨论与其他一般地聚焦情感方面的讨论不一样,他更加注重从群众的角度来看待问题。在这个问题上,肖铁的分析是很精到的:

> 朱谦之的集体理论触及了如下根本问题:怎样的心理机制才能最有效地让个人融入集体。他强调:本真的情感过程是形成集体的优先要件。在政治生活中,情感过程先于有意识的自觉而发生,比理智和理性更为根本。但是,斯特凡·琼森(Stefan Jonsson)在对赛日·莫斯科维奇(Serge Moscovici)的批判中(后者将社会关系看作"激情运动"的产物,这恰恰与朱谦之的理论产生了共鸣)尖锐地指出:"如果一个反抗的集体不是建立在共同利益和共同文化的基础上,而是建立在'流转于我们生命中的激情'所凝结而成的社会现实,那么如何定义这个社会现实?这些热情如何转化为政治形体或声音?"年轻的朱谦之(他刚从监狱释放出来,在狱中曾试图自杀)较少关注这些问题,他更关心他预言的不受约束的"真情"所推动的虚无革命。朱谦之在他的论文中将革命化约为某种自足的、近乎神秘本能力量的运行,他的理论只停留在抽象的、形而上的层面,没有对革命行动的实际形式/内容提供战术层面的具体讨论。需要注意的是,这种缺失恰是朱谦之激进思想内在逻辑的结果:如果行动的根源在于本能,革命仅仅是一些神秘的内心情感的爆发,那么改变社会关系和经济结构就不是朱谦之宣扬的核心。

肖铁特别抓住了勒庞这个至今仍是大众畅销书作者在中国的反响作为起点,讨论在革命情感的主题上朱谦之如何形成其对于集体理论的研究。当然,在现在的学术语境中,我们不会简单化地认为肖铁没有一个唯物主义的政治立场、并进而对于群众形成的情感本体主义之外的、一系列的反帝和阶级斗争等因素缺乏讨论。或许后来的研究者更可以在这个基础上重新梳理晚清革命中的一系列有关革命情感的讨论与朱谦之思想之间的关系。在这里面,我们也许能看到很多思想资源都被调动起来了,这包括了新康德主义、阳明学,也许还有唯识学等。这些错综复杂的理论资源的调动,不仅仅为一系列革命实践进行理论化提供了可以自我言说、论证的方法,而且从哲学史的角度来看,让中国近现代哲学有了一个特别的革命底色。此外,如果从心理情感的角度去阐释群众的形成问题,是不是某种意义上弱化了群众概念的理论深度,肖铁也强调:"朱谦之并不关注政党作为新兴的大众政治团体的出现"。

肖铁注意到最近一系列革命史的情感转向,他说:

> 最近一系列研究,比如大卫·阿普特(David Apter)和托尼·赛西(Tony Saich)1994年的著作以及裴宜理(Elizabeth Perry)近期的研究,都试图阐释共产党政权力量的"情感根源"。[David Apter and Tony Saich, Revolutionary Discourse in Mao's Republic, Harvard University Press, 1994, p.5;裴宜理,《重访中国革命:以情感的模式》,载《中国学术》(第八辑),商务印书馆,2001年,97—121。]例如,面对群众宣泄伤痛情绪,即所谓的"诉苦",成为了"情感工作"的核心环节,在这一刻,听众能看到自己在阶级对抗结构中所处的具体位置,并被共同情感"召唤"成为阶级意识的主体。安·安娜格诺斯特(Ann Anagnost)认为,这种经过精心排演、公开表达、集体呼应的情绪是一种"被批准的情感结构"(an authorized structure of feeling),它成为"让个人经验社会化的手段",以便生成被定义为阶级的革命主体。(Ann Anagnost, National Past-Times: Narrative, Representation, and Power in Modern China, Duke University Press, 1997, pp. 32 - 33.)正如一位河北工作队队长所总结的那样,土改工作的关键在于"感动"农民。另一位参加40年代山东土改的干部表达地更为生动:"光讲理不哭"做不成土改工作,因为"穷人边讲理边哭"(转引自李理峰,《土改中的诉苦:一种民众动员技术的微观分析》,载《南京大学学报》第5期,2007年,第104页。)近二十年后,毛泽东告诉安德烈·马尔罗(André Malraux):"革命是一场激情戏;我们不是靠说理赢得人民的"。[转引自 Jean Robinson, "Institutionalizing Charisma: Leadership, Faith and Rationality in Three Societies", Polity 18.2, p.188.]提出这种政治动员的"情感范式"的不是像瞿秋白这样的早期共产主义理论家,而是像朱谦之这样的无政府主义-虚无主义哲学家。朱谦之坚持认为,不能通过说理使群众成为革命者,而必须通过共同情感"感动"他们。

或许是篇幅的原因,肖铁没有能够对情感的运转机制进行细致的分析。他注意到了朱谦之在政治动员理论中的历史位置。然而,其实瞿秋白这样的左翼理论家更加注重革命的行动性。朱谦之百科全书式的知识特色,使得他提出这方面的问题并不奇怪。这里,我不是要去否定朱谦之的作用,而是觉得在梳理革命史中的一系列现实动员史料时,应该关注在根据地和苏区等不同革命时期对于革命动员的运用和实践。这样做可以从研究的角度来有益地补充中国革命情感面向的另一面。前面说过,群众的形成不仅仅是思想概念上的,也涉及土改等一系列的现实利益重新分配问题和阶级身份的重新划分认同问题。通过关注革命实践,我们就会将人文视阈中有关群众形成的研究拉进一个革命史的视野,或者说就会构建起对群众问题的一个总体性阐释。

最后,想以最近阅读到的相关论文做一点补充。黄道炫在《群众组织有什么用——1944年的一场争论》中所阐述的观点似乎正好可以补充肖铁书中缺失的另一面,即现实革命情境中群众概念的实践问题。黄道炫关注的是:"在当年的历史实际运行中,党和群众的关系并不可能像后来逻辑表述中显示的那样清楚,理顺党、群包括党组织与群众组织的关系也不是一蹴而就。"毛泽东在给博古的一封信中表明了一种群众话语的复杂性,他在信中写道:

> 这种群众运动,有当地的不脱离家庭的群众运动——变工队及合作社,自卫军及民兵,乡议会,小学、识字组及秧歌队,以及各种群众的临时集会;有脱离家庭、远离农村的群众运动——进军队(才有革命军),进工厂(才有劳动力市场),进学校(才有知识分子)以及其他出外做事等。民主革命的中心目的就是从侵略者、地主、买办手下解放农民,建立近代工业社会。"巩固家庭"的口号,只有和上述种种革命运动联系起来,才是革命的口号。农民的家庭是必然要破坏的,进军队、进工厂就是一个大破坏,就是纷纷"走出家庭"。实际上,我们是提倡"走出家庭"与"巩固家庭"的两重政策。扩军、归队、招工人、招学生(这后二项将来必多)、移民、出外做革命工作、找其他职业等等,都是提倡走出家庭,这个数目,在现在敌后战场是很大的,在战后也将是很大的。剩下的男女老幼,才是提倡巩固其家庭。在内战时的兴国县,有些家庭,剩下来待我们巩固的,竟至占人口的少数。只要有一个大的时局变动,例如打下北平之类,我们居住的这个现在很少变动的边区农村家庭人口,也将有许多人走出家庭。实际上,不断地走出,不断地巩固,这就是我们的需要。所以,根本否定"五四"口号,根本反对走出家庭,是不应该也不可能的。
>
> 没有社会活动(战争、工厂、减租、变工队等),家庭是不可能改造的。襄垣李来成家的改造,正是在社会群众运动的大浪潮中才获得。农村家庭从封

建到民主的改造,不能由孤立的家庭成员从什么书上或报上看了好意见而获得,只能经过群众运动。

  此外,新民主主义社会的基础是工厂(社会生产,公营的与私营的)与合作社(变工队在内),不是分散的个体经济。分散的个体经济——家庭农业与家庭手工业是封建社会的基础,不是民主社会(旧日民主、新民主、社会主义,一概在内)的基础,这是马克思主义区别于民粹主义的地方。简单言之,新民主主义社会的基础是机器,不是手工。我们现在还没有获得机器,所以我们还没有胜利。如果我们永远不能获得机器,我们就永远不能胜利,我们就要灭亡。现在的农村是暂时的根据地,不是也不能是整个中国民主社会的主要基础。由农业基础到工业基础,正是我们革命的任务。

这封信里面体现了毛泽东对于群众组织的深刻思考。比较遗憾的是,像这样的史料并没有进入作者的讨论视野。以上意见一定有求全责备之处。任何一位人文学科的研究者都很难完全在一本书的篇幅中容纳进这么丰富且学科差异很大的材料和视野。在这个意义上,作为首次从群众的角度重新审视现代革命理论资源的努力,肖铁的这本书是难能可贵的,具有一定的学术价值。

从叶圣陶笔下的"催眠家"谈起
——对书评的回应

■ 肖铁

康凌先生主持的"CCSA 学术通讯"公众号与《文学》丛刊合作,为拙著《革命之涛:现代中国的群众话语》(*Revolutionary Waves: The Crowd in Modern China*, 2018)征集到了三篇书评:《将"群众"问题化》(以下简称《问题化》)、《群心、群言与群众再现:想象群众的方法》(简称《想象》)、《群众时代的到来》(简称《时代》,已刊发于《史学理论研究》2020 年第 6 期)。每一篇都体现了评论者严谨的思维、开阔的学养、宽容的批评态度,作为作者,除感激外,唯有坦白自己研究的初衷并通过诚恳的书评反思自己研究的限制,来回报几位评论者的厚爱和时间。

正如三篇书评从不同角度所展示的,这本书主要想讨论中国的 20 世纪上半叶,"群众"如何作为一个核心概念,成为了现代知识分子思考自我和国家,探寻启蒙与革命的想象载体。我通过对小说、哲学、诗歌和心理学论著的细读,分析现代中国文化与政治想象中群众的核心性和历史性,更把中国群众话语放在当时全球知识和美学想象流通的语境下,来挖掘那些被忽视的跨国间的互动和差异。

书中很多话题的种子是我在本科期间阅读安敏成的名著《现实主义的限制:革命时期的中国小说》时埋下的——常觉得自己花了很长的时间走了很短的路,很惭愧——那时,《现实主义的限制》刚刚译成中文,安敏成用文学来反思理论(而非仅仅让理论来照亮文学)的尝试让当时的我大开眼界,而他对文本细致入微的"慢读"更是让我钦佩不已。书的最后一章《超越现实主义:大众的崛起》,对各种文学中的群众描写的解读——它是我写作时的楷模,其中涉及的很多文本也成了拙著分析的对象——尤其让我拍案叫绝,但有时也让我觉得意犹未尽。比如书中详述的叶圣陶先生的长篇小说《倪焕之》。这是部关于小学教员倪焕之从辛亥革命到1927年大革命失败期间的追求与幻灭的名著,接近结尾处有一段很特别的描述:一次群众集会中,一个叫蒋老虎的冒牌革命家煽动蛊惑了满腔激情的群众,使他们对他言听计从。叶圣陶把在这个操纵群众为自己利益服务的蒋老虎说成是个有神奇魔力的"催眠家",而仿佛被他催了眠的革命群众则像很多催眠手册里描写的那样,精神和身体都不由自主地被施术者控制,嘴里只能发出含混的"啊啊啊"的声音。如何解释、评论这段描述?我隐约地感觉到,仅仅从中国现代文学史的传统中找答案是不够的,现实主义的兴起和超越也不足以解释叶圣陶这段关于群众集会的叙述中所用的特殊词汇和描述方式。这种模糊的不满足,或者说是关于在何种语境下来研究中国文学的疑问,成了我后来研究的原动力。

某种程度上来说,我的博士论文和后来在此基础上改写而成的《革命之涛》都是从想要理解叶圣陶把那次群众集会描述为集体催眠的尝试发展而来的。在研究和写作的过程中,我逐渐意识到,想要解析这样的描述,我们首先需要考虑的是"群众"(这里首先指虽然特定时空内的人体的群集,而非某种抽象的身份,当然这种身体的集合有各种被抽象化的可能)在何种历史、思想史的条件变成了思考和再现的对象,而这恐怕不能仅从文学内部找答案。类似的描述其实在文学中不多,反倒是在同时期的另一种书写中反复出现,也就是心理学研究,特别是社会心理学和变态心理学对群众行为和特征的研究。也就是说,叶圣陶这段关于群众集会的描写需要放到一个当时知识分子(不仅仅是作家,也不仅是中国的知识分子)对"群众"的发现这样一个背景下来思考。所谓群众的发现是指在二十世纪上半叶群众所受到的强烈的关注、情感投入和被赋予的新的意义。用当时人的话说,也就是"群之为物"的问题:群众不仅是政治宣传和动员的对象,而且成为了理论研究和美学想象的客体。

"群众",即人群在空间内身体的聚集——或张铸所谓的"肉体的集合"①——当然一直都存在,但在20世纪上半叶,各种各样的知识分子仿佛像看到一个"怪物"[借用张九如在《群众心理与群众领导》(1934)里的词语]一样,或激动地、或焦虑地、或不动声色地,寻求新的语言、新的词汇、新的视角,来描述它、解释它。中国知识分子像第一次看到它一样,充满好奇、激动、有时也恐惧地想要分析它、了解它,寻求新的语言、新的词汇、新的视角,来描述它、解释它,很多人更想要融入它,

---

① 张铸:《什么是社会?》,《少年社会》,1919年,第1—2页。

变成它的一部分。他们说,群众"触目惊心"地来了,群众成了"现象",群众有自己的精神、心意、特征。这样的词语,"群众现象""群众精神""群众心意""群众行为""群众特征"等,都在20世纪初作为"群之为物"的一部分出现,而且流行起来。

拙著试图分析这个"群众"变成"现象"的过程。在有限的阅读中,我发现这一过程是和现代心理学作为一种特殊的思考和处理人类行为的方式在全球的流行分不开的。20世纪上半叶,特别是20、30年代,心理学以勒庞(Gustave Le Bon)的群众心理学为首,但也包括 F. H. 奥尔波特(Floyd Henry Allport)的行为主义心理学、冯特(Wilhelm Wundt)的实验心理学等,为中国知识分子提供了一套思考、描绘、阐释并规训群众的语言。北大的李溶、南京金陵大学的章颐年、南开的包寿眉、国立四川大学的高觉敷都在自己的学校里或研究或教授群众心理学,清华大学、国立中央大学也有群众心理学的课程,国民党的军校和党务训练所也开始讲授群众心理学,编了教材,比较有名的学者包括陈东原、国民党高级军官和理论家张九如、吴兆棠、萧孝嵘。追踪关于群众的心理学话语在现代中国的出现和影响(比如对朱谦之的革命哲学),不是想要列一个包罗万象的清单(当然也无力为之),而是想要一方面点明这种将"群众"心理学化的过程和现代大众政治在中国的兴起之间的关系,一方面厘清这类话语常常分享的某种"说理的风格"(比如理性与非理性、催眠与清醒、"离群独立"与"群众集合"等等的二元对立的模式)不仅激活更限制了分析和想象群众的方式。所以,我同意《问题化》谈及朱谦之时的质疑:"如果从心理情感的角度去阐释群众的形成问题,是不是某种意义上也弱化了群众概念的理论深度。"我在书中详述了朱谦之对冯特和勒庞的解读(包括误读)既为他非理性主义的激进哲学提供了跳板,也从根本上限制了他反权威主义的革命思想。而朱谦之从二十年代初的"平沉大地,粉碎虚空"的叛逆者到三十年代末成为蒋介石"厉行哲学"的拥护者的转变,也提醒了我们对革命自发性无限浪漫的态度所包含的内在危险。

拙著的前两章主要以群众心理学为线索来观察群众被问题化的过程及其被言说的具体形式,这既是上半本书的焦点,也在一定程度上决定了它的边界。正如《问题化》敏锐地指出,我的研究没有涉及"现实革命情境中群众概念的实践问题",所用材料也往往挑选了相对"边缘化"的材料。我是文学史出身,所受训练以文本细读为中心,虽然尽力做跨学科的阅读以求在丰富而差异的文本间建立联系,但讨论限于话语层面,对诸如革命组织、动员机制、政党斗争这些重要的、与群众概念直接相关的实践问题,的确没有、也无力深入。至于材料的选用,不仅在前两章,也在以讨论文学为主的后三章,我往往在有意无意中偏心于一些"边缘"的人物和文本。比如刚才提到很多社会心理学家、虚无主义时期的朱谦之、新感觉派作家穆时英的短篇小说《Pierrot》，还有杨骚和胡也频，谈及著名诗人艾青时，也偏重他的一首讨论不太多的诗《群众》。这样的选择既和我所关注的研究问题相关——比如朱谦之，选择他作为第二章的主角是为了探讨勒庞保守主义的群众心理学如何在某些中国知识分子的"逆读"中创造性地或吊诡地成为了激进主义的原料——也是希望能通过对不太受重视的材料的细读来反衬一些问题的普遍性。当然，勒庞就是拙著中一位核心的"边缘"人物，尤其在英语学界，勒庞在中国，或扩而言之，在东亚思想界和政界的影响还远远没有得到应有的重视，他"幽灵"般（《想象》）在各章出现，大部分情况是因为所讨论的文本与他的群众理论有过直接的对话，但有时更是为了强调不同知识分子在试图描述群众时所面对的一些共同问题。更扩而言之，现代心理学本身也常常是在我们的思想史或文化史写作中偏居相对边缘的地位，它作为一种新生的解释和规训人类精神和社会行为的话语在19世纪后半叶和20世纪中跨国流动，其在中国现代文化中的位置，我以为还有很多工作可做。五四前后，著名的社会学家陶孟和先生曾旁征博引——从勒庞、李普曼（Walter Lippmann）、华拉斯（Graham Wallas），到克里斯登森（Arthur Christensen），福来德（M. P. Follett），兰普列西（Karl Gotthard Lamprecht）——论说伦理、经济、政治、历史都"要心理的解释"："心理学近来的进步就是所研究的对象不限于意识、研究的方法不限于内省。心理学要包括精神活动的各方面、大部分要应用客观的方法。这就是现代的'动的心理学'或'机能的心理学'……我们要借动的心理学所研究的结果考察人类精神在社会生活上的表现。"[1]这种对"心理的解释"的渴望（甚至执迷）渗透进了不同学科和文化场域，这也影响了我在思考和写作的过程中没有（正如几位评论者都注意到的）从国民性的讨论、革命集体主义的出现，或晚清群学到现代社会学的衍变等角度出发来展开这项研究。这些方面已有像陈建华的《百年醒狮之梦的历史揶揄：群众话语与中国现代小说》（1993）、王汎森的"Evolving Prescriptions for Social Life in the Late Qing and Early Republic: From Qunxue to Society"（1997）、Michael Tsin 的 "Imagining 'Society' in Early Twentieth-Century China"（1997）、王奇生的《个人、社会、群众、党：五四前后的关系与演进》（2009）等重要论述。正如《问题化》和《想象》所指出，群众话语在马克思主义中国化和国共两党意识形态斗争中的意义，"群众"在社会学和心理学以及其他学科中的异同，以及古代关于"群"的思想与现代群众话语的衔接等方面，都还有很开阔

---

[1] 陶孟和：《社会心理学（续）》，《北京大学日刊》，1920年10月14日。

的空间做更细致的工作。

如果说拙著的前两章聚焦于"群众"变成"现象"的过程,后三章或可看作对诗人天蓝四十年代短诗《无题》中的一句诗的注脚和延伸:"不用太息,/我将远去:/我随历史的战斗行进;/我,从单个人/走向人群。"①群众的崛起是20世纪的核心叙述之一,群众主体性的形成是现代中国政治文化话语中出现的最核心的变化之一:在普遍的政治、文化叙述中,群众不再是帝王或社会精英实施仁政的被动的对象,而成为行动的主体、历史的主角,有自己的愿望、自己的声音。从政客、学者到小说家、诗人,各种各样的人都说现代是群众的时代,现代的人是群众的人,群众是历史真正的动力。从个人到群众,则成为现代中国文艺里反复出现(当然也被不断质询甚至颠覆)的叙述。天蓝这句诗可算是我找到的这种叙述最精炼的表达,它正体现了一种我所谓的"集合的律令"。孤独的人是可耻的,而分散的"单个人"像鱼潜入大海一样融入群众则成就了现代革命中国的诞生。朱谦之说现代理性个体所拥有的不过是"皮相的个性",需要群众的情感和冲动的洗涤才能获得真正的革命自觉;而远在德国读书的宗白华,则说"我爱光,我爱海,我爱人间的温爱,我爱群众里千万心灵一致紧张而有力的热情"(《我和诗》,1923)。用茅盾在1929年的小说《虹》里的词,集合在广场上的人声鼎沸的"黑丛丛的群众"成了对一盘散沙的"无声的中国"的救赎。这样的叙述不胜枚举。群众的形象与一种关于集合的道德话语密不可分地联系在了一起,几乎成为了现代身体政治最重要、也最持久的想象载体,如何融入它,对很多知识分子来说成了必须直面的试题。

正如《时代》所指出,拙著的后半部分试图从身体、欲望和声音三个角度分析这种融入群众的叙述和想象中,知识分子个人与革命群众之间"悬而未决的紧张感"。这三章焦点不同,但共同关注的仍然是中国文学的现代性的这个问题。现代文学研究往往把这两者"个人"的发现和视线的"内转"(inward turn)视为现代性的标志。这样的解读把对内在真实自我的发现与一些文类(比如日记、自传、成长小说)和叙述方式(比如意识流、超现实主义)的流行联系在一起,并把现代心理学的发展视为这种"内转"的理论动因和表现之一。这种理解往往把现代性的主体定义为内向的、孤独的、压抑的、甚至变态的个体自我,并把这个自我与社会/大众、与政治革命对立起来。大都市人群中孤独、自恋、神经质的漫游者成了现代文学里的典型形象,而远离人群更成了现代文学的一个重要主题。孤独的表演,成了现代文学的一个重要主题。卢梭的《一个孤独的散步者的遐想》启发了很多现代中国文

---

① 天蓝:《预言》,希望社,1942年,第6页。

学里的独行客。比如郁达夫的名篇《春风沉醉的晚上》(1923)这样写到:"我这几天来到了晚上,等马路上人静之后,也常常走出去散步去。一个人在马路上从狭隘的深蓝天空里看看群星,慢慢的向前行走,一边作些漫无涯涘的空想,倒是于我的身体很有利益。当这样的无可奈何,春风沉醉的晚上,我每要在各处乱走,走到天将明的时候才回家里。"这样的段落让人想起郁达夫自己翻译过的卢梭的话:"我的余生只想清清静静一个人孤独地来过,因为我只在我自身之内才寻得到慰安希望与和平,我不该再,也不愿意再和别的相周旋了,除了我自己自身之外。"沿着这样的思路,"从个人走向群众"的叙述就常常被解读成一种反动,是群众对个人的淹没和吞噬。

这种思路(大致可追溯到卢卡奇)往往把现实主义与现代派、革命与现代性、集体主义与个人主义对立起来,将内省、超脱和对社会现实的冷漠视为后者的标志。与之不同,我对《倪焕之》《虹》,或胡也频的小说和艾青的诗歌的解读,虽各有侧重,是想从不同面向上分析对"群众"的发现和对"我"的歌颂是如何被一种共时而辩证的关系紧密地缠绕在一起。关注自我与群众间的纠结也是拙著前后两部分连结在一起的线索。再举五四时期的朱谦之为例:在他的激进哲学中,反知复情、回归个性自存的实体恰恰为了超越个体,对自我英雄式的高歌正和对革命中爆发的群众的赞美一脉相承;推动他唯情主义哲学观的不是自我剖析的内省或纳西瑟斯式的自我陶醉,而是对乌托邦式荡涤一切的群众运动的幻想。这里,詹姆逊对现代性的反思影响了我的思路。他在《单一的现代性》(2002)一书中,质疑把"内转"作为现代性的阐释线索、把局外人和孤傲的叛逆者作为现代艺术家的典型的传统观点。与之相反,他强调现代性的核心不是孤独的内省,而是一种"去个人化的渴望"(longing for depersonalization)。这是一种"对超越自我的新存在的渴望",这种渴望背后是"一种在自我中无法满足的动力,这种动力必须通过对现实世界本身的乌托邦式的革命转变才能得以完成。"[1]这样的欲望在现代中国作家身上当然并不陌生。拙著想展示的是,很多现代中国知识分子关于群众的书写在响应现代性的内转、发现自我的同时,恰恰受到一种强烈的超越个体限制、突破孤寂的欲望所推导。阅读现代中国知识分子关于群众(特别是革命群众)的书写给予我们机会,重新观察这种欲望展开的形式,并可以重新反思20世纪中国的文化现代性,反思革命与现代性的关系。

---

[1] Fredric Jameson, *A Singular Modernity*: *Essay on the Ontology of the Present*, London: Verso, 2002, p. 136.

毫无疑问,对于处理这些问题,阶级和农民都是十分重要的话题。我在拙著的第一章提到对于一些理论家,群众心理学挑战了阶级斗争理论,为社会抗争和不满的宣泄提供了另类解读,在第二章谈及本雅明和朱谦之理论中阶级意识与群众心理之间的关系,在第五章分析了延安时期土改叙事中群众声音对农民获得阶级意识、成为"翻身大爷"的作用。但正如《想象》所指出的,对于"阶级"(还有"人民""国民"等概念)与"群众"的关系,对于作家在叙述群众时如何超越自身的阶级局限,还有对于民国时期文学中的农民群众形象之衍变等问题,我在这本书中大多点到为止,没有深入、展开。我也完全同意《时代》的观察:拙著对三十年文学领域外的群众话语涉及很少,在讨论文学作品时,文学圈以外的论证对作家的影响也没有充分交代。这里有些是受限于写作时间的压力,但大多是力所不逮、技所不及的缘故。虽然评论者宽容地提到这些话题之重要之丰富"一本书的篇幅肯定无法容纳",但我知道这只能是我作为作者的自我安慰。至于《时代》中把拙著视为近年来美国中国学界有关现代中国革命政治文化的跨学科研究之代表,则是评论者慷慨的过誉,实不敢当。

就关于现代群众话语的研究来说,这十多来年欧美出现了一批重要著作。比如 Stefan Jonsson 和斯坦福大学的群众研究小组就产生了很多精彩的研究。这些研究都强调群众和现代性的关系,都强调群众话语的国际性,但都以欧美为中心为立足点,欧美之外关于群众的理论和文艺作品少有人涉及,更鲜有人把它们放在一个全球性的知识文化流动的语境下来考察。这本书是我在这方面的一点努力,不仅希望在关于现代群众的故事里填上中国的一页,而且更希望以此反射出欧美案例的特殊性,而非普遍性。正如三篇书评令人信服地表明,这是一个开放的研究领域:如何"从技术层面来书写群众,还原群众日常生活经验与心理状态"(《想象》),如何"回到革命和群众动员的现场……更加历史地呈现革命知识分子认识、组织和动员大众的这一过程,特别是其中复杂而多层次的思想、文化乃至社会的样态,这一样态又如何塑造组织和动员的形式与内容乃至结果,这样的历史经历如何形成一种机制乃至革命政治文化"(《时代》),如何"通过关注革命实践……将人文视阈中有关群众形成的研究拉进一个革命史的视野……对群众问题[提供]一个总体性阐释"(《问题化》),这些都是理解现代中国革命政治文化的重要而且令人兴奋的话题,解答它们需要不同学科学者的共同努力。拙著能引起这样的思考和讨论,对我来说,是再高兴不过的事了,所以想再次感谢三位评论者和康凌先生对我的厚爱。

2020 年 8 月 3 日

"满肚子的不合时宜":评《蜗牛在荆棘上:路翎及其作品研究》

■ 廖伟杰

　　1940年代以来,路翎小说常被左翼正统批评家在真实论意义上否定。路翎自己及其支持者自可为其作品的到底真实与否作事实经验层面的辩护。但揆诸中国现当代文学批评史即知,具有官方背景的批评家及其发动的文学批判运动对每部被否定的文艺作品给出的理由都是"不真实""歪曲现实"诸如此类的表述。如果仅从究竟真实与否为路翎辩护,恐忽视了一切文学都是作家"想象中国的方法"。受列宁、斯大林、日丹诺夫、毛泽东等人的文艺观影响的周扬等人则直接从强调文学功用的角度入手,希望作家作品向社会敞开,成为直接介入并推动改造社会现实的手段,从形象学角度,他们认为,在作家的笔下,共和国的"人民"及其后的社会主义新人应符合国家政权的预期设定,应大体上是予人直接教育功用的形象,能成为读者的示范榜样和理想形态。在朱羽看来,这是"中国当代文学"基本的"政教"特征,它"要为自己的美学承担一种政教——伦理责任"。① 随着1962年毛泽东提出"千万不要忘记阶级斗争"后,日常生活领域开始成为"后革命的焦虑"。没经历过战争年代、成长于红旗下的"年青的一代"被认为有"解域"风险,于是青年被重新要求将自身嵌入革命话语。在对青年读者的询唤意义上,逐渐成形的"文革文学"的"高大全"形象的出炉就能被理解了。所以从这样一个逻辑链条回溯路翎1955年前的创作,正统批评家当然不接受"人民"被作了所谓事实或自然主义意

---

① 朱羽:《成长、革命与常态》,《中国现代文学研究丛刊》2018年第7期。

上的"真实"或想象描写。在他们看来,即使是满带着旧社会的"铁链""荆棘"的痕迹成长起来的"人民"也不宜被读者从中读取出负面意涵。于是,他们认为路翎笔下的"攀住历史底车轮的葛藤"般的"人民"形象显得过于"歇斯底里""情绪突转""矛盾挣扎",显然不利于成长中的民族国家打造主体形象。路翎们的被批判就显得能被理解了。请注意,我这样说并非为路翎的被批判正名。我是想历史化地理解路翎身处的文学场域。在这样的文学场域的路翎确如荆棘上的蜗牛。

　　这里首先就要说到,宋玉雯在《蜗牛在荆棘上:路翎及其作品研究》用路翎的中篇小说名概括路翎及其作品,显然是精准抓取了一个好的核心意象以打开路翎的精神世界。正如黄子平在序中所说,从"蜗牛在荆棘上"这个意象入手,我们既可说"蜗牛"是路翎自己,也可说是他创造的人物形象。据目前对路翎前期生命历程把握较全面的朱珩青提供的研究成果,我们知道,路翎的父亲自杀后,路翎随母生活在继父张济东家。张济东是个终日郁郁不得志的小公务员,喝醉后动辄发怒。在这种压抑的家庭环境中,路翎养成敏感多思的心性。到被高中开除后,他开始一边自谋生计,一边从事写作,近于陈思和所说的流浪型知识分子,这时他结识了他的恩师和朋友胡风。胡风鼓励他在底层积累自己的"实生活",将这种实感经验对象化为自己的创作。这种流浪漂泊的生活经历凝结为路翎笔下带有流浪汉气质的人物生活及某种程度上类似于流浪汉体小说的《财主底儿女们》。1948年后,尤其是进入新政权后,路翎被要求"整改"自己的写作方式,他开始向政权所需要的写作不断靠拢,持续写工人的成长、搏斗。这种搏斗一方面承续着对胡风主观战斗精神理论的体现,另一方面从人民内心灵魂的搏斗外化为工人对资本家的反抗。路翎相应减弱自己具有风格化的语言特征,努力对自己的写作进行改造,后来接受安排,往朝鲜战争前线深入生活,交出不少受读者欢迎的作品。而路翎作品越受欢迎,对其作品的批评就越激烈。胡风、路翎和其他朋友终在1955年被打成"反革命集团"。之于路翎,于是有冀汸所谓"一生两世"的说法。纵观路翎一生,他如一只蜗牛在一片荆棘中"向野地里跄跄地闯进去"。其笔下的人物莫不如此。那些在"旷野"中艰难求生的小人物如秀姑、郭素娥者自不待言,就连那些大人物亦概莫能外。蒋家尽管富甲苏州,金素痕朝夕间即令之分崩离析。哪怕是路翎写过的真实历史人物如汪兆铭、陈独秀者,前者出现在山雨欲来风满楼的全面战争爆发前夕和出走越南、发表艳电前夕,后者出现的时候自身早已失势,无不是在荆棘上的蜗牛。

　　我曾在别处提及,对曾不见容于正统的这部分左翼文学青年,即中日战争时活跃在大后方首都武汉和重庆(尤其在内迁到重庆西北郊北碚的复旦大学)、国共内战时散落在南京、上海、成都、北平等地但始终团聚在胡风等人时刻冒着被国民党书报检查委员会查封之虞而主编的文学期刊《七月》《希望》《蚂蚁小集》《呼吸》《泥土》《荒鸡小集》《诗垦地》周围的七月派这批文学青年,大陆学界长期缺少既与其文学思想成就匹配,亦与1940年代文学研究既有学术著作颉颃的研究成果。就我目力所及范围内,过去专论路翎的博士论文大致有邓腾克《中国现代文学中的自我问题:胡风和路翎》(1988)、刘康《浪漫主义和现实主义:路翎和现代欧洲小说》(1989)、刘挺生《一个神秘的文学天才路翎》(1994)、谢慧英《强力的"挣扎"与主体性"突围"——路翎创作研究》(2006)、周荣《超拔与悲怆——路翎小说研究》(2012)。更多非专精于路翎周边的研究者仅在单篇论文或专著的几个章节讨论路翎,虽数十年积累不少学术成果,但由于仅据自己的整体研究思路注目于路翎个别作品、时期和侧面,既难以站在全面占有一手材料的前提下发论,也难以全面吸取路翎研究史成果,持论偶尔会让熟悉路翎的读者感到捉襟见肘。宋玉雯的《蜗牛在荆棘上》作为洪子诚和刘人鹏指导的博士论文,在我看来既充分吸收两位前辈学者的学术优长,同时是充分吸收路翎作品接受、评论和研究史成果后,又与既有成果保持一定距离的一大创获。

好的文学史研究往往建基于对一手材料的全面掌握。就路翎研究而言,自2014年6月为研讨需要,印刷了数量有限的《路翎全集》上编六卷预印本以来,全集仍在不断校对中。上编六卷除收录路翎生前单行本外,还收录集外小说、书信、文论。由于目前全集尚未面市,仅少量研究者能接触到这部全集,利用全集进行研究的学者就更少。宋玉雯即是其中之一,但她不像一般研究者那样满足于现有的全集,她把全集失收的部分也纳入自己的视野,在一定程度上能帮助作为编者、校对者的我们根据她提供的线索对全集进行完善。这对我们是莫大的提醒。就宋玉雯的著作而言,宋玉雯对路翎的分析是在充分掌握史料的基础上得出的。这一点充分体现在长达46页的详尽章节注释。所以她的分析在路翎研究著作中显得格外特出。就连她提及的不少路翎的冷门作品恐怕之前罕有路翎研究者提及。这是提请我们研究者不要把目光局限在路翎的几部热门作品。考虑到作者是在台湾清华大学获得博士学位,台湾的中国现当代文学(尤其是左翼)研究虽有不少学者赖以维系,但总体而言,台湾中文系循民国大陆时期旧制,向来偏袒古代文学研究,在课程设置的专精程度上,大陆中文系甚至可能都难以望其项背。近现当代文学领域,由于戒严时期左翼文学基本成为禁书,很长一段时间成为研究禁区,时至今日,呈现出与大陆学界迥异的研究特色。大陆学者甚少触碰的华语语系文学研究即是一例。更不用说去中国化运动这样的本土化思潮兴起后,对台湾文学的关注开始令大陆近现当代文学研究逐渐被边缘化。在这样的情况下,如宋玉雯在文献综述部分提到的,台湾学界关于路翎的论文可资借鉴者仅施淑写于1976年的论文和苏敏逸写于2006年的论文。鉴于与大陆同行相比,在获得原始材料上相对更不便的情况下,宋玉雯贡献给我们学界的这部著作显得难能可贵。

在我的理解里,宋玉雯为她的著作设计了这样的结构:路翎在何种时代精神及对文学作品的阅读的情况下打造自己的"受难/激情的感觉结构"(第一章),带着这样的感觉结构,路翎在1940年代如何塑造知识分子(第二章)和"人民"(第三章),而进入1950年代,路翎对想象人民的方法又作出了何种调整(第四章),最后,路翎在晚年是如何恢复创作的,我们该如何从路翎的"一生两世"中把握到他始终没有改变的特质及他为文学史提供的独特性(第五章)。

第一章题为"PASSION:受难/激情的感觉结构"。"PASSION"是作者从胡风为《财主底儿女们》所作序中提取的概念。"感觉结构"显然带着雷蒙德·威廉斯的影响痕迹。讨论路翎的这种感觉结构,在我看来,近于精神史研究的方法。事实上,从精神史、阅读史视角讨论路翎,是我最近关注的方向。路翎的感觉结构或路翎的个人精神史究竟呈现怎样的脉络?路翎笔下的人物的精神呈现怎样的脉络?这是我最近关注的话题。带着这样的期待视野,我看到宋玉雯在第一节把路翎的写作历程放回时代语境。作者说:

> 青年知识分子在大时代的追寻与困踬,蕴含着路翎自身和周遭友朋的生命经验,带有反身关照的意义,也寓有路翎对于智识阶级种种弱点的批评与自我批评。①

拿《财主底儿女们》来说,正如邓腾克指出过叙事者对蒋纯祖持有保留态度,尽管路翎把自己在三民主义青年团和参加陶行知在育才学校发起的小先生运动的经历投注在蒋纯祖身上,但我们须看到叙事者对蒋纯祖们的弱点的批判。路翎的批判不仅指向外部世界,同时指向自身。这是胡风和路翎等人对鲁迅传统的自觉继承的证明。

从阅读史视角关注路翎,我们须尽量掌握路翎阅读的作品版本为何?路翎所处的时代如何阅读路翎阅读的那些作品?路翎的读法是否内在于这个时代的主流读法?有无自身特点?路翎的读法有无对他的创作构成何种影响?这种影响有何

---

① 宋玉雯:《蜗牛在荆棘上:路翎及其作品研究》,台湾交通大学出版社,2020年,第26页。

意义? 研究者可能会提出这样的疑问。本书则会给读者诸多启发,如第一章第二节以纪德和罗曼·罗兰的个案告诉我们,两位作家如何被路翎此前和当时那个时代阅读? 尤其是罗曼·罗兰,正如宋玉雯提到的,约翰·克利斯朵夫曾被国内读者认为是个人英雄主义者。联系到蒋纯祖形象激起的类似阅读反应,我们仿佛能找到把握蒋纯祖形象的钥匙。宋玉雯梳理鲁迅周围的文学青年(从黄源至胡风)及胡风周围的青年舒芜和茅盾、邵荃麟各自不同的读法,在为我们呈示了文学史有太多人的观点歧异因一方得势,最后发展成人事纠纷。他们看待罗曼·罗兰及其笔下的约翰·克利斯朵夫的方式在某种程度上似可对应到他们将如何看待路翎及其笔下的蒋纯祖。

第一章第三节讨论到路翎对两位短篇小说家莫泊桑和契诃夫的比较。这让我想起胡风和路翎对作家在创作中的位置的看法。这跟鲁迅的观点有相似处。鲁迅认为中国古代小说家对他们描写的人物有种隔岸观火的态度。在他心目中,作家要跳进人物生活的火坑烧一烧。因此在这样的脉络下,胡风和路翎才把茅盾等人的写作方式称之为客观主义而予以反对。在胡风和路翎心中,作家应发挥自己的主观战斗精神。有了这样的认识,我们大概能理解路翎为何倾心于契诃夫,而非在他看来更冷静的莫泊桑了。我们看到作者努力对路翎采取同情之理解的态度,在今天批评路翎太容易。太多人对路翎有各式各样的批评,如果向研究对象充分敞开,也许会得出不一样的结论。

第二章讨论《财主底儿女们》,宋玉雯注意到蒋少祖对青年的复杂心态:蒋少祖一方面需要青年,一方面对激进青年的学生运动持保留态度。小说叙事者在揭示蒋少祖内心后有大段评论。宋玉雯接下去说:

> 拥戴青年和"微贱者",易于搏得道德光环,有助于撷取政治资源;青年的乐观和微贱者的沉默,成为可供操弄的仕进利器,滋润而慰安心灵。——这些错落在故事情节之间探针式的观察与析论,显示出路翎对于知识分子游离性的深省,移时异地历久弥新,面对今日的现实,仍具有现时性的批判力度。①

在这里,我们似可看到宋玉雯作为台湾学者,以文学史研究的方式介入对台湾街头政治现实的讨论的努力,过去我们受新批评思想影响,把文学研究局限在文本细读的范畴,斩断文学研究与社会现实的关联。文学史研究不是不要文本细读。

---

① 宋玉雯:《蜗牛在荆棘上:路翎及其作品研究》,台湾交通大学出版社,2020年,第98页。

相反,一位好的研究者应透过自己的独特的文本细读建立一种与周遭社会现实的对话。大陆学者也许容易轻易否定蒋少祖这个人物形象。在台湾语境下理解蒋少祖这个人物形象,可能会读出别样意味。作者在第二章第三节比较《财主底儿女们》和作为《财主底儿女们》试笔之作的《谷》《青春的祝福》,借路翎在书信中对作品中个人英雄主义和人民的态度,勾勒了精神史意义上的路翎的成长。

第三章讨论路翎1940年代的"穷人文学"。路翎当时笔下人物形象多是为数众多却不为上层社会关注者。联系今天中国现实,这不免成为理解今天中国现实的一面镜子。今天的中国充满布尔乔亚气息。如果借用布尔迪厄的区隔理论分析,大多数人民往往不为今日中国精致的利己主义者看见。路翎的这些穷人文学让我们看见一位1940年代的左翼作家如何关怀当时中国的穷人。这会让今天的某些中国人羞赧。从路翎对当时底层的观察及宋玉雯对路翎的分析出发,我们今天的作家和读者应以何种姿态面对我们今天社会的大部分底层人民?这是值得我们深思的问题。宋玉雯在路翎的作品中选择底层的复仇进行讨论。路翎对底层复仇的叙述易让人想到鲁迅的复仇哲学。这显示出路翎的左翼底色。宋玉雯一再强调,路翎的特色在于他关注的始终是蜗牛一般、落后于前进队伍的分子。这是路翎被批判的原因。

作者引用赵园的观点,指出路翎几乎是现代文学在二十世纪三十年唯一一位以如此浪漫笔调写工人、工业、矿山的作家。在路翎之前,《子夜》中吴荪甫对机器大工业的赞美大概都难以望其项背。如果换一位作家来写可能会写出《包身工》式的作品。如果不用今天生态主义的眼光观之,路翎笔下从烟囱喷出的愉快的废气等种种描写理应寄托一位第三世界作家对"现代性"的某种希望。但在路翎的"落后书写"中,这样的希望并未落实在他笔下的郭素娥们的生活实际。而用浪漫笔调写工人这样的底层人民,很大程度上指的是作家赋予工人太多思想或主体性。用柄谷行人的话说,有主体性的人能发现风景。所以正如宋玉雯把握到的,路翎作品有大量值得关注的风景描写。而正是出于对小说人物主体性的重视,路翎才着力深挖小说人物的"精神奴役创伤"。在这里,宋玉雯通过引入姚一苇话剧《孙飞虎抢亲》对情感的阶级性的质疑来回望路翎对此问题的质疑。

同时,在路翎看来,写人生比写故事情节本身重要。易言之,他的文学是为人生的。这显然与鲁迅的小说观若合符节。我们由此应会想到文学研究会的著名宣言:"将文艺当作高兴时的游戏或失意时的消遣的时候,现在已经过去了。我们相信文学是一种工作,而且又是于人生很切要的一种工作。"而这份宣言据说是得到鲁迅认可的。大概很少有人是为消遣而来读路翎小说的。路翎小说那些大段繁复的心理描写大概难给一般读者带来愉悦感。这当然也与路翎作品"殊乏'快乐结局'"①有关。路翎在回应《大众文艺丛刊》对自己的批判的《对于大众化的理解》中仍坚持反对鲁迅反对过的大团圆式旧美学。要知道,《大众文艺丛刊》的作者背后站立的延安文艺当时正将一种政治伦理的"新酒"倒入这种大团圆美学形式的"旧瓶"。在《讲话》看来,这是争取广大农民的方式。路翎的孤绝和"不合时宜"在于,当延安方面有自己的一套对大众化的理解时,自己要坚持自己的理解。这当然有其价值。在这时的路翎看来,大众需要在大众化中被改造("化大众")。这显然与当时延安对知识分子与人民的关系的理解有天壤之别。在路翎对人民的叙述中,宋玉雯注意到,路翎有时会把这些"后街人物"写成老鼠一般的形象。如果借用张旭东的说法,这些后街人物是非人一般的存在。如果结合晚近数十年欧陆哲学对动物研究的关注,我们当能从路翎的动物叙事读出更多新意。

第四章讨论到路翎"解放后创作的工人作品色调明亮,可谓是'车间文学'的先声"。② 在我看来,这部分分析可补足既有文学史叙述。过去叙述中国当代文学史,在讲述前三十年工业题材小说一节时往往从草明、艾芜,周而复讲到下个时期的蒋子龙,对40、50年代曾生活在煤矿并在多个工厂体验生活而一直描写矿工和车间工人的路翎的相关题材小说和话剧鲜少关注。即便具体到路翎部分的文学史叙述,既有的主流现当代文学史叙述也很少关注这一面。宋玉雯首先关注到路翎笔下的工人形象从1940年代到1950年代经历"从'个人'到'集体'的叙事模式"③的变化。熟悉丁玲的读者可能记得,丁玲在1930年代向左转的时期,其笔下的人物形象也经历了类似的叙事模式的转变。丁玲和路翎都因作品对个人和集体关系的处理方式付出惨痛代价,他们在个人试图融入一个政党或由这个政党缔造的新社会时,在自己的创作做出相应调整。显然在解放区参与过革命实践、经受思想改造的丁玲在"追随者毛泽东底光辉的旗帜而前进"这一点上没有路翎"追随得那么痛苦"。因此才会发生丁玲在1954年《文艺报》上对路翎作出不点名批评的富有意味的一幕。具体到宋玉雯对路翎1950年代写作的分析上,我们感到,事实上路翎虽开始把笔下人物做某些类型化处理,他笔下的很多符号甚至可被纳入前三十年文学的高度象征化的秩序中,质言之,他开始努力加入到打造共和国新人主体性的灵魂改造工程,但我们也看到,路翎有他作为一位作家的坚持,就是说,他始

---

① 宋玉雯:《蜗牛在荆棘上:路翎及其作品研究》,台湾交通大学出版社,2020年,第184页。
② 同上书,第15页。
③ 同上书,第208页。

终认为小说写的是人。小说家首先不是"讲故事的人"。既然要写人,那么通过写人的内在的转变,也就是写人物心理活动的转变,在他看来是始终坚持的。尽管路翎开始逐步调整他的写作姿态,但"落后书写"依然是1950年代的路翎继续坚持的写作方向。路翎在新社会念兹在兹的依然是掉队的落伍者、"解放了的大地上的烂渣渣"。在批评者看来,路翎仍没有写典型环境的典型人物。所以他们认为路翎在歪曲工人形象。丁玲就认为路翎因为没有深入真实生活,所以凭空幻想人物的心理活动。考察路翎二十世纪四五十年代作品对人物内心活动的关注,如果衡以王德威的"抒情传统"论述,我们发现,在路翎的写作中,抒情与革命、启蒙有时未必是相互对立的。

在讨论路翎晚年作品的第五章,宋玉雯以文类分三节。我们看到,路翎终于为他历来对人物内心情绪的关注找到一个适合的抒发管道——诗歌,在第一节对诗歌的分析中,我们看到路翎在他晚年初期的诗歌创作中延续了他对工业风景的关注,放在当时,把它理解为是对现代化的想象大概不为过。路翎在八九十年代的诗歌写作由此再被认为是"落后书写",这大概不是事出无因。就中国当代新诗史来说,前三十年主流诗歌中,个人情感经验的表达一直是危险的,且逐步让位于对集体、阶级经验的表达。随着食指、白洋淀诗群、"朦胧诗"、第三代诗的出现,对个人情感经验的关注重新成为诗歌表达的核心要素,构成时至今日新诗写作的主流政治。而路翎此时诗歌中对公共空间、事务的大量关注显得似乎有点溢出时代潮流,以至文学史始终不知如何叙述路翎的晚年创作,乃至于将其"强制遗忘"(虽然"文学史"这套叙述机制不具有包办一切的义务)。此时的路翎得以平反,他重拾诗笔,希望抚摸伤痕(他没有如伤痕、反思文学作者那样乐于将伤痕示人),重返文学岗位,在建设时代,他对社会公共空间及事务的关注、对建设者激情的赞颂显然是希望青年重新把自己嵌入到超越性意义话语的举措。但路翎的诗并非没有个人生命经验。与其他几位"归来的诗人"类似,路翎喜欢在诗中以意象自喻。这体现了路翎试图有距离地组织自己的生命经验的一种努力。此外,宋玉雯揭示了路翎诗作与小说的某种互文关系,把《失败者》解读为元诗式写作。凡此种种,为我们解读路翎晚年作品提供了进一步打开阐释空间的抓手。而在这节最后,宋玉雯注意到路翎诗歌对"装载着生活气息的物件"的"珍视"。① 这相当于给我们后来的研究者提出一个新的课题。从物质文化生活史角度分析中国现当代文学作品在今天是个方兴未艾的话题。从这角度分析路翎作品的物质叙事,会打开怎样的阐释空间?

---

① 宋玉雯:《蜗牛在荆棘上:路翎及其作品研究》,台湾交通大学出版社,2020年,第264页。

在整个中国现当代文学研究中这都是相对薄弱的环节,正是需要我辈努力之处。

赅括言之,宋玉雯在这本书中通过分析路翎及其作品,为我们呈现了一个"在荆棘上"的"蜗牛"形象。路翎无论在哪个时代都转得不快,他总溢出时代主潮,时代前进时,他总显得有些落后。他的作品写的是"落后"的人物,所以被认为是"落后"的,在作品需要齐整化以配合规范的年代,他的作品显得有些不节制。在伤痕文学和反思文学成为主流的时代,路翎的苦难叙述又显得有些过于节制了。从四十年代的"荆棘"一直"爬"到八十年代的"蜗牛"们由衷对来之不易的新生活抱持正面态度。这在追赶现代的"后浪"看来同样显得落后了。于是,路翎因为他的"满肚子的不合时宜"显露出他为文学史贡献出的独特价值。套用宋玉雯为我们打的比方,路翎不是足球场上的前锋,他是后卫。

新文学精神与思想的前史：评《重溯新文学精神之源：中国新文学建构中的晚清思想学术因素》

■ 王玮旭

借用吴晓东教授的看法，一部学术著作的价值大小，大体上总是可以从这样两个基本的层面去衡量：其一是作者在其著作中是否体现出了深厚的学术素养和丰富的识见，其二是这部著作是否为学术史提供了崭新的理论视野，是否具有一种"原创性"。[①] 从这两个层面上看，李振声教授的新著《重溯新文学精神之源》无疑是中国现代文学研究领域中值得珍视的著作。这部著作不仅旁征博引，对大量晚清思想学术材料的运用驳杂而精准，而且以宏大的文学史视野勾连起了晚清思想学术同五四新文学乃至当代文学的内在关联，形成了一种行之有效的研究范式，这在相关领域既有的研究成果中是相当罕见的。

正如书名所言，这部著作的目的是进行一种"溯源"的工作。这种溯源，表面上看，似乎与当下许多研究在朝着相同的目标迈进，这种目标概括地说，就是王德威教授所说的，并非界定某种新的源头，而是将"起源"解构为一种"播散"[②]。然而除了对晚清思想学术及其去脉进行阐释和梳理之外，李振声教授的这部著作还有一层更为深刻的考虑。按照阿甘本的说法，起源"就像胚胎在成熟机体的组织中不断活动，或者孩童在成人的精神生活中那样"，时刻在历史与现实中运作。而阿甘本所说的"同时代人"，正是通过不断试图接近这一实际上永远无法触及的起源，

---

① 吴晓东：《文化视野中的小说类型学》，《文学遗产》1993年第6期，第110页。
② 王德威：《被压抑的现代性》，宋伟杰译，北京大学出版社，2005年，第29页。

来感知和把握当下的晦暗。① 从这个意义上说，溯源的真正目的并非还原或重述，而是站在一个"不合时宜"的位置上，去洞察"当下"这束"世纪之光"所未曾照见的可能性。正如李振声教授在绪论与后记中指出的那样，致力于从晚清文学中发掘"现代性"的研究思潮，的确已经取得了相当可观的成就，在很大程度上还原了新文学本身的丰富和复杂层面。然而这类间接上肯定了文学之世俗、欲望、消费特征的研究，尽管并非有意为之，客观上仍然同二十世纪九十年代以来中国文学乃至社会的整体风潮形成了一种逻辑上的同构。在李振声教授看来，新文学那"异常开阔丰富的精神视野和异常紧张尖锐的危机意识"②背后显然别有来源，这就需要研究者将文学放置在"一个时代的总体的精神空间"中去考量，着重探讨文学思想演变或突变的"内在理路"。这也正是本书得以成立的理论基石。

从整体架构来看，本书的各章节分别以几位重要的晚清学人为中心，将他们的文学思想、观念还原到他们各自置身的语境中去（而很大程度上，五四一代人也同他们分享着共同或近似的语境），对这些思想、实践的内容和性质进行理解和阐释，并着重观察这样一些思想与实践同后来者之间的互动，描画后来者身上所显露出的前者的印记。如，本书第二章的上篇虽然以康有为为中心，却并不是孤立地谈论康有为的思想学术，而是直接从"几个新文学家的态度"谈起，梳理康有为的《新学伪经考》《孔子改制考》《大同书》等著作如何在宏观与微观层面上构成了新文学的思想背景。论述过程中，对康有为"疑古的倾向""世界主义的视野""忧国忧民的情怀""对'原理'的热衷"等重要思想的分析和阐释，在篇幅和力度上都并不占据绝对主要的位置，与此对等的，是对钱穆、顾颉刚、钱玄同、陈独秀、周作人、施蛰存、钱锺书等新文学家或同新文学联系紧密的学人之思想乃至诸多中国当代文学思想的论述和实证，以一种"复杂的错综"的形式探讨了康有为思想学术作为一种基因是如何在新文学中或潜或显地得到表达的。第三章《作为新文学思想资源的章太炎》的论述则更加富有典范意义，这一章以章太炎为中心，而论述自如出入各类史料之间，除糅杂章太炎的生活实践与学术思想之外（暗合着章氏学术的"生命承当"的性质），上至诸子、佛理、黄宗羲、顾炎武，下及梁启超、胡适、蔡元培、周氏兄弟、吴虞、黄侃、顾颉刚、废名乃至胡风，在分析和归纳章太炎"语言及物性""不齐而齐""依自不依他""钟情魏晋"的同时，也周详地梳理其思想学术的来龙去脉。

---

① 阿甘本：《论友爱》，刘耀辉、尉光吉译，北京大学出版社，2017年，第61—79页。
② 李振声：《重溯新文学精神之源》，上海人民出版社，2020年，第7页。本文系为此书所作的书评，有多处引文均引自此书，此后不再逐一标明。

可贵的是,在著者严谨的梳理中,章太炎思想学术对新文学的影响不仅体现为精神层面的"家族相似性",还得到了众多史料的确证,如胡适白话文主张与章太炎"古今一体言文一致之说"的关系,更不用说本就是章门弟子的周氏兄弟同章太炎之间千丝万缕的关联。这使得既往研究中章太炎对于"五四"及整个新文学的"隐性"影响(按我的理解,本书也隐含着章太炎思想学术因其"隐"而影响更为深远的判断)得以逐渐显形,亦为当下的研究开辟了一方新的空间,抛出了一个极具分量的话题。

从各章节论述思路来看,李振声教授的研究往往从史料中那些鲜有人提及、却暗藏乾坤的个别问题、现象入手,在探索和分析中逐步切入文学思想史的复杂性之中。本书的第一章即是主要聚焦两个小问题,一是吴汝纶在《天演论》序文中对于"文"而不是新思想的重视,二是严复与梁启超就译笔问题的争论。就前一个问题而言,以往,学界对吴汝纶为《天演论》写序一事的看法多聚焦于史料、科学思想上,对序言中所体现的吴汝纶的"文"的观念的探讨相对比较简单。李振声教授则敏锐地看到了序言中吴汝纶有关"文"的思想的"突破时代习气和成见的超前性",这种超前性一方面体现在以"撰著"来为西著新学定位,更体现在吴对他的时代"体用二分"思想风气的弥足珍贵的反思。进而,李振声教授对后一种观念进行了更深层次的阐释,即此中所表露出的一种"文化整体观"。就第二个问题而言,同样的,严复与梁启超的争论也不甚引人注目,在一般的认识中,往往分析到不同的读者受众群体为止,而对二者语言观的认识,也难以摆脱对文言-白话成王败寇式的习见。李振声教授则客观地分析二者的观念,首先从严复对梁启超的回应出发,理解严复采取古雅译笔的内在原因,揭示了二者事实上并非根本地对立,而是一定程度上的殊途同归。而在这样两个问题之外,则是对晚期桐城文从曾国藩到吴、严的文学思想脉络通透的理解,以及对新文学精神向度与其自身历史策略精到的把握。本书的第五章,亦从钱玄同对刘师培《中国民约精义》的看法入手,细究其看法中微妙的"反差现象",即《中国民约精义》的两个构成来源中,实际上占主导地位的显然是卢梭《社会契约论》的那部分,然而在钱玄同对刘著的叙述中,钱玄同更注重的反而是其中包含本土资源的那部分,而对外来资源的作用却视而不见。此中细微之处,在目前已有的相关研究中几乎从未被论者所注意。而被这样的反差现象牵连出的,不仅是1930年代后期中国思想学术风潮,还是"以外来思想重新发现并激活中土思想资源"这一后来得到广泛实践的思想学术传统。

而从整部著作的内在脉络来看,这部著作表面上的"个案研究"形态或许只是权宜之计,在我看来,本书的深层结构事实上呈现为一种问题导向的研究形态,其关节其实在于几种鲜明、重要的文学思想命题,概括地说,就是语言的"及物性"、"泛文学观"、文学的政治性、文学的艺术性等。这几种命题不仅在所讨论几位晚清思想学术中心人物之间交错呼应,而且同样被五四一代乃至当代文学思想所反复探讨。正是在这些重叠的问题与其背后重叠的语境之上,新文学同晚清思想学术之间的关联成为了可能。

首先是关于语言"及物性"的问题。所谓及物性,就是语言同"实际人生和现实生活世界"之间的实质性关联。语言在其发展过程中或多或少会出现在封闭体系中"空转"的现象,太平盛世或许可以容忍,但巨变时代语言的这种堕落则极其危险。本书第一章第四节即把新文学诞生的源动力归于对语言及物性的追寻,这一判断是十分精到的。本书所论及的人物或多或少都意识到并尝试解决这一问题。吴汝纶"文"的思想中所包含的对"异质"之物的开放性、严复翻译语言思想中以古雅语言对应西学原典的辩证观念、章太炎以声韵推求"语言之本",强调文字原本的实用性、民间性,这些都和语言及物性问题紧密相关。尤其是论及严复时,李振声教授运用木山英雄对章太炎"复古"文学观的阐释来对严复思想进行诠释,十分精彩,也为此类问题的探讨打开了一个复杂、思辨的维度。

其二是"泛文学观"问题(这个问题同及物性问题也有所牵涉)。这类观念意在打破诸如"应用文"与"美文"之间的藩篱,小到文学体裁,大到文学、语言资源,在这一观念下都应当相互敞开、相互借鉴。这种泛文学观亦为新文学家们所提倡,本书第三章第二节即提到,"作为初期新文学载体的白话文运动,其效法西欧诸国民族文学与拉丁语文学分道扬镳的历史经验,大胆起用明清小说和官吏商人层面自然发生流传的通俗用语,以用作建构白话文体的基本资源"。这样一种泛文学的观念,在章太炎的思想学术中可以看得特别清楚,其《文学总略》就认为"有文字著于竹帛,故谓之文;论其法式,谓之文学"。王国维在他的《宋元戏曲史》中认为通俗文学蕴含着创造性和生机的判断,亦是这种"泛文学观"的体现。

其三是文学的政治性问题。这类问题最为后来者所熟悉,其衍生的话题诸如新民、写实、现实关怀/批判、意识形态等,构成了新文学史的一条干流。这类思想非常明显地集中体现在康有为《大同书》以及梁启超《论小说与群治之关系》等著作中。康有为《大同书》糅杂了儒、佛、乌托邦共产主义等因素,除了宏大的"大同"世界图景,其具体的议题如妇女解放、取消国界和阶级、政府议会化、取消政治首领等,都十分超前,且不断在后来的历史中产生回音,其影响远远超出了文学的范畴;梁启超对小说体裁的推重,可以说直接扭转了中国文学在其历史背景中的命运。康、梁流传深广的学说,为日后新文学有关政治性、现实性的理论提供了辽阔的土壤和适宜的气候。

其四是文学的艺术性问题。此问题之下同样端绪繁多,如唯美、审美、文艺自立,乃至个体性、生命体验等,此类问题往往同前一类问题针锋相对,构成新文学史的潜流。本书的第四章谈王国维的"非功利文艺观",第五节就专门说到这种不仅承自叔本华、尼采,亦接续顾炎武的非功利文艺观对新文学产生的隐性影响。值得注意的是,不似前三个问题较为清晰、直接的影响,晚清思想学术中文学的艺术性、审美性观念对后世的影响似乎略显微弱,第二章末尾也提到,梁启超晚年的文学观亦有对美、情感的侧重,不过很少为人所讨论。而即便是王国维,除了他援引叔本华哲学分析《红楼梦》一事对鲁迅产生过很鲜明的影响之外,像在前三者那里可以辨认出的直接而又规模宏大的影响似乎很难见到。这里面显然还大有文章,值得有心的学者去探讨。

此外,还有诸如外来思想的本土转换、"原理"倾向等问题,它们共同揭示着晚清思想学术的前瞻性和丰富性,也雄辩地证明在诸多文学基本问题的发现和解答上,新文学自有其"精神之源",新文学的本质和它的若干核心命题都已或多或少地孕育在晚清思想学术之中。从这一内在脉络来看这部著作,我们会看到李振声教授对这几位特定的晚清学人的选择并非偶然,而恰恰具有必然性。

值得一提的是,在深发晚清思想学术的创造性的同时,这部著作也丝毫没有避讳这些思想的局限性,这使得这部浸润着思想温度的著作亦不失之于客观、严谨。比如,谈论严复对文界革命的回应时,除了指明严复"奥妙精神之理想""情感之高妙"重于文辞、文体这一认识的正面意义之外,同时也指出严复的这一看法在史实和对文体与思想、情感之关系的理解上都存在着一定的谬误。又如,言及康有为对"原理"的热衷,在分析此一倾向的体现和由来时,一方面承认其"是中国思想对近代西方文化强势冲击所作出的某种回应",另一方面也指明它容易产生抽象的逻辑、规律代替现实、经验的问题,后者恰恰正是新文学亦需要作出反思的。第五章在总结刘师培《中国民约精义》作为一种思想学术实践所可能为后来者提供的启发的同时,也引梁启超、严复等人有关民权、民政等观点,直言刘的《中国民约精义》至少冒了错置时代与语境的风险。

本书的另一大特色,是第六章最后一节所道明的"另一种学术史观"。这一观念事实上也相合于全书带给人的感受,在其他篇章许多具体的论述中也多有所牵涉。本章中对"另一种学术史观"的思考,是受了钱玄同的启发。在对钱玄同参与《刘申叔先生遗书》编纂一事的探究过程中,不难发现这个颇令人费解的现象,即钱玄同最认同的是刘师培早年的学术工作,而对刘师培后来的成就兴趣不大。这说明钱玄同对学术的理解有别于一般的学术观念。李振声教授在这稍详细地借用本雅明《历史哲学论纲》中有关危机时刻的思想阐释了他对钱玄同一事的理解。在李振声教授看来,本雅明所说的"危机时刻"是进入历史的最佳契机,"不是置身在危机的时刻……表明你的心灵还处在怠惰状态,也就意味着在历史的真实形象闪回的瞬间,你将不可能对之予以理解和捉摸"。对钱玄同来说,"只有诞生在这种足以使人站到自身生存中罕见高度的危机时代的思想和学术,才是其一生中最具高度的思想和学术"。本书第二章谈钱玄同对康有为《新学伪经考》的格外看重同样是这个道理,钱玄同看重的不是单纯的理论价值,而是学术"是否参与了时代重大精神思想的建构,是否给时代带来了思想与精神的巨大解放"。不光是钱玄同,鲁迅亦是如此。正像钱玄同只对刘师培"展开在特定历史危机时刻的学术著述怀有特殊的敬意",鲁迅"终其一生所推重和认同的章氏思想学术,正是章氏个人在遭遇其一生中最重大的挫折之际,同时也是现代中国遭遇重大危机的历史时刻,所展开的思想和学术苦旅"。

在我看来,李振声教授提出的"另一种学术史观"至少包含着两层含义。这一学术史观指向的首先是一种"学术观":不仅在书斋中,亦在生活与实践中得以贯彻的学术,即"生命证验"的学术。这一层含义,在本书的第三章已讲得很详尽,章太炎无疑是一位典范,"在章看来,真正的思想和学术,总是与个人生命精神之间有着一层切肤之痛的关联……思想、学术最终须得演变成为你对自身精神生命形态的一种重新设计方才算得上功德圆满。"宋儒张载的"德性之知"以及"儒侠"传统,都为这一层含义提供了来源。至于第二层含义,便是源自本雅明《历史哲学论纲》中的"史学辩证法"。在本雅明看来,历史绝不会在编年史家那里诞生,而只能为史学辩证法所把握。本雅明对史学辩证法做出了如此要求:"他要把一个特定的时代从历史的同质的行程里炸出来,他要把一个特定的人生从那个时代里炸出来,他要把一件特定的事情从那一生所做的事情里炸出来。他这个做法的结果是,一生所做的事情保存并且扬弃在那件事情里,一个时代保存并且扬弃在那个人生里,整个历史行程保存并且扬弃在那个时代里。"[①]而本雅明所说的那最终保存并扬弃了历史的"事件",就是"危机时刻"里一个人的所作所为。

如此看来,《重溯新文学精神之源》一书结尾对本雅明的援引是意味深长的。从小处说,它有效地更新了我们对晚清社会及思想学术的理解,本雅明的"危机时刻"为那场空前的"巨变"引入了一种可贵的主动性;更重要的是,这种以小容大的

---

① 本雅明:《历史哲学论纲》,杨俊杰译,《文化与诗学》2015年第2期,第299—318页。

思想,不也正是潜在地支撑着本书写作的方法论吗？而在本书的阅读过程中,读者也的确可以发现,那些发生在几位晚清学人身上的思想学术与生活实践,不仅携带着传统、容纳了他们所处时代的精神境况,也塑造了我们的时代,他们身上闪烁着的正是历史的全息影像。

作者简介

张怡微	复旦大学
陈芳洲	复旦大学
周　燊	鲁东大学
张　凡	重庆钓鱼城科幻中心
王侃瑜	微像文化
伍德摩	浙江文艺出版社
余静如	《收获》杂志社
黄守昙	广东财经大学
薛超伟	青年作家
张心怡	上海教育出版社
郭冰鑫	复旦大学
张祖乐	青年作家
严孜铭	复旦大学
哈　金	波士顿大学（Boston University）
燕　舞	《中国青年报》
黄锦树	台湾暨南国际大学
康　凌	复旦大学
王柏华	复旦大学
傅光明	中国现代文学馆
金克木	学者
陈昉昊	上海师范大学
张耀宗	南京晓庄学院
肖　铁	印第安纳大学（Indiana University）
廖伟杰	复旦大学
王玮旭	复旦大学

《文学》稿约启事

陈思和、王德威两位先生主编《文学》系列文丛,每年推出"春夏""秋冬"两卷,每卷三十万字,力邀海内外学者共同来参与和支持这项工作,不吝赐稿。

《文学》自定位于前沿文学理论探索。

谓之"前沿",即不介绍一般的理论现象和文学现象,也不讨论具体的学术史料和文学事件,力求具有理论前瞻性,重在研讨学术之根本。若能够联系现实处境而生发的重大问题并给以真诚的探讨,尤其欢迎;对中外理论体系和文学现象进行深入思考和系统阐述,填补中国理论领域空白,尤其欢迎;通过对中外作家的深刻阐述而推动当下文学创作和文学理论发展,尤其欢迎。

谓之"文学理论",本刊坚持讨论文学为宗旨,包括中西方文学理论、美学、中国现当代文学及外国文学的研究。题涉中国古代文学研究者,如能以新的视角叩访古典传统,或关怀古今文学的演变,也在本刊选用之列。作家论必须推陈出新,有创意性,不做泛泛而论。

《文学》欢迎国内外理论工作者、现当代文学的研究者将倾注心血的学术思想雕琢打磨、精益求精、系统阐述的代表作;欢迎青年学者锐意求新、打破陈说和传统偏见,具有颠覆性的学术争鸣;欢迎海外学者以新视角研究中国文学的新成果,以扩充中国文学繁复多姿的研究视野。

《文学》精心推出"书评"栏目,所收的并不是泛泛的褒奖或针砭之作,而是希望对所评议对象涉及的议题,有一定研究心得和追踪眼光的专家,以独立品格与原作者形成学术对话。

《文学》力求能够反映前沿性、深刻性和创新性的大块文章,不做篇幅的限制,但须符合学术规范。论文请附内容提要(不超过三百字与关键词)。引用、注释务请核对无误。注释采用脚注。

稿件联系人:金理;

电子稿以 word 格式发至:wenxuecongkan@163.com;

打印稿寄:上海市邯郸路220号复旦大学中文系 金理收 200433。

三个月后未接采用通知,稿件可自行处理。本刊有权删改采用稿,不同意者请注明。请勿一稿多投。欢迎海内外同仁赐稿。惠稿者请注明姓名、电话、单位和通讯地址。一经刊用,即致薄酬。

《文学》主编 陈思和 王德威

图书在版编目(CIP)数据

文学.2020.春夏卷/陈思和,王德威主编.—上海:复旦大学出版社,2021.11
ISBN 978-7-309-15940-0

Ⅰ.①文… Ⅱ.①陈…②王… Ⅲ.①中国文学-现代文学-文学研究-文集②中国文学-当代文学-文学研究-文集 Ⅳ.①I206.6-53

中国版本图书馆 CIP 数据核字(2021)第 185124 号

文学.2020.春夏卷
陈思和　王德威　主编
责任编辑/杜怡顺

复旦大学出版社有限公司出版发行
上海市国权路 579 号　邮编:200433
网址:fupnet@fudanpress.com　http://www.fudanpress.com
门市零售:86-21-65102580　团体订购:86-21-65104505
出版部电话:86-21-65642845
常熟市华顺印刷有限公司

开本 787×1092　1/16　印张 18　字数 323 千
2021 年 11 月第 1 版第 1 次印刷

ISBN 978-7-309-15940-0/I·1294
定价:72.00 元

如有印装质量问题,请向复旦大学出版社有限公司出版部调换。
版权所有　侵权必究